시대의
조정자

시대의 조정자

보수와 혁신의 경계를
가로지른
한 지식인의 기록

남재희

민음사

보수와 혁신을 넘나든 '체제 내 리버럴'

2011년 1월 20일, 대법원 법정에서 반세기 만에 죽산 선생의 넋 앞에 무죄 선고가 나왔다. 그날 대법원은 선생에 대한 종전의 사형 판결을 뒤집고 대법관 전원 일치 찬성으로 무죄를 선언했다. 이용훈 대법원장은 진보당을 국가 변란 목적의 단체로 볼 수 없고, 죽산의 간첩 혐의를 입증할 만한 증거가 없다고 판결문을 읽어 내려갔다. 이 순간 법정에 모인 사람들은 모두 숨을 죽이고 있었다. 무죄 선고가 내려지던 순간, 사람들은 감격하여 말이 없었다. 평생 죽산 선생의 옥바라지와 명예 회복에 일생을 바친 장녀 조호정 여사와 가족 그리고 누구보다 이 순간을 고대했을 죽산 선생 추모회 사람들 역시 한동안 미동조차 없이 현장만 쳐다보고 있었다.

'체제 내 리버럴'이라는 별명을 가진 남재희 선생 역시 현장을 지키고 있었다. 그는 박정희 정권 시절 민주공화당 소속으로 제10대 국회의원이 되었고, 이후 1996년 스스로 후배에게 지역구를 물려주고

정계 은퇴를 선언할 때까지 여당에서 내리 4선의 국회의원을 지내 왔다. 그러나 이날 현장에서 그는 마치 재야 인사처럼 보였다. 죽산 선생의 가족들은 물론 추모회 사람들과 오랜 동지처럼 일일이 손을 잡고 격려하는 모습은 나로서는 잊을 수 없는 신선하고 열기 있는 모습이었다.

새얼문화재단에서 개최한 죽산 선생 기념 세미나 때에도 남재희 선생에게 격려사를 부탁드린 적이 있는데, 그때는 사실 위주로 다소 건조한 말씀을 하셨던 기억이 있다. 그러나 이날만큼은 당신도 한껏 기대에 부풀고, 활기찬 모습이었다. 사실, 선생과의 인연이 제법 되었다. 새얼문화재단에서 개최하는 아침 대화 행사에 강사로 초빙해 역대 대통령의 리더십에 대해 청해 들은 적이 있고, 새얼문화재단에서 발간하는 계간《황해문화》100호 발간 기념 국제 심포지엄 자리에서 축사를 부탁드린 적이 있다. 물론《황해문화》에도 몇 차례 선생의 옥고를 받아 게재했다.

1933년 충청북도 청주에서 태어난 남재희 선생은 과거 한 인터뷰에서 이런 말을 남긴 적이 있다. 만일 자기가 10년만 더 일찍 태어났더라면, 해방 공간에서 몽양 여운형 선생을 따랐을 것이고, 10년만 더 늦게 태어났더라면 죽산 조봉암 선생을 따라 진보 정당 운동에 투신했을 것이라고 말이다. 그가 과거부터 혁신계 인사들과 오랜 교분을 나눈 사람이라는 것은 알 만한 사람들은 다 아는 사실이다. 그는 4·19혁명 직후《민국일보》정치부 기자 시절 혁신 정당을 담당하게 되면서 안면을 익힌 혁신계 인사들과 평생 교분을 나눴다. 그렇기에 그의 회고 속에서는 종종 고정훈, 김철, 윤길중 선생 등 당시 활동했던 혁신 정치인들의 뒷이야기들을 들을 수 있다.

어떤 이들은 이것을 개인적 성향으로 이야기하지만, 사실 남재희 선생은 대학 시절에 이미 이승만의 양자 이강석의 대학 입학에 반대하는 동맹 휴학에 앞장섰고, 이때에도 이미 노동 문제에 많은 관심을 가져 서울대 법대 사회법학회에서 활동했는데, 당시 멤버로는 초대 회장을 맡았던 최상징, 『전태일 평전』을 집필한 조영래 변호사, 노동부 장관을 지낸 이인제, 서울시립대 총장과 노동부 중앙노동위원회 위원장을 지낸 신홍을 비롯해 《동아일보》 언론 자유 투쟁에 앞장섰던 심재택 등이 있었다.

1958년부터 1978년까지 20년 동안 신문기자 생활을 하다가 우여곡절 끝에 정치인이 되고, 노동부 장관을 역임하게 되었다. 이 시절 그가 몸담은 곳은 보수 정당이었지만, 그의 정치 성향이나 당시 행적의 면면을 살펴보면 그가 어째서 '체제 내 리버럴'이라는 별명으로 불렸는지 잘 알 수 있다. 이번에 출간하는 책은 오랫동안 언론인이자 독서인으로 지성을 갈고 닦은 남재희 선생의 시선으로 바라본 우리 현대 정치사에 숨은 이야기들을 진실된 맥락으로 바라볼 수 있을 것이다. 많은 이들이 그 시절에 뉴스의 한 토막으로만 접했던 이야기가 그 이면에서는 실제 어떤 일들이 벌어졌던 것인지 알게 되는 재미가 있다.

예를 들어 서슬이 퍼렇던 전두환 대통령 시절, 『토지』의 작가 박경리 선생의 사위이자 시인 김지하가 담시 「오적(五賊)」으로 옥고를 겪고 있을 때, 이제 그만 그를 석방할 때가 되지 않았느냐고 건의해 즉석에서 허락을 받아 낸 이야기라든지, 유신 시절 나는 새도 떨어뜨린다는 차지철 대통령 경호실장에게 선을 대고 있던 모 정치인이 10·26사건 직후 "내 차는 어떻게 되었어?"라고 물었는데 그의 측근이 "차는 밖에 대기했습니다."라고 답하자 "이놈아, 그 차가 아니고!"라고 했다는 일화는 그저 웃어넘기기엔 서글픈 이야기이다.

남재희 선생은 좌든 우든 폭력을 싫어하고 명분과 논리를 가지고 합리적인 설득을 우선하는 성향을 지닌 분이다. 이와 같은 그의 면모를 보여 주는 사건이 김영삼 대통령 시절 일어났던 현대중공업 장기 파업 사태 해결이었다. 당시 그는 노동부 장관이었는데, 파업이 장기화되자 여기저기서 공권력을 투입해 파업을 해결하자는 주장이 나왔다. 그도 그럴 것이 박정희, 전두환, 노태우 정권 기간 동안 노동운동은 물론 노동자의 파업은 언제나 탄압과 억압의 대상이었다. 그러나 남재희 당시 노동부 장관은 문민정부는 더 이상 민간기업의 파업에 함부로 공권력을 투입하는 전례를 남기지 말아야 한다고 생각했다. 그는 공권력을 투입하자고 주장하는 각료들을 앞에 두고 국무회의 석상에서 "각하, 안 됩니다. 저에게 시간을 주십시오. 평화롭게 수습하겠습니다."라고 말하며 노사분규의 공정한 중재자로서 노사 양측을 협상 테이블로 불러냈고, 합리적인 조정자로서 역할을 성실하게 수행했다. 그 덕분에 파업을 평화적으로 슬기롭게 해결할 수 있었다.

남재희 선생은 보수 정치인 출신이지만, 오늘날엔 진보 정치인들의 멘토로 불린다. 나는 이것이 우리 정치를 위해, 우리 사회를 위해 훌륭한 선례라고 생각한다. 우리 정치가 점점 더 대화와 타협이 없는, 극단적 투쟁만 남는 제로섬게임이 되어 가는 현실에서 남재희 선생의 행보는 진영을 넘어 대화가 가능한 진정한 보수로서, 이념이 아닌 당대의 실천 가능한 현실을 먼저 고민한 사람으로서 지닌 미덕이 있기 때문이다. 여러 의미에서 이분은 아직도 젊다. 책의 출간을 진심으로 축하드리며 앞으로도 우리 사회의 진보와 보수, 좌와 우를 넘어 교감할 수 있는 소통의 가능성을 보여 주는 산증인으로 오랫동안 건강하시기 바란다.

새얼문화재단 이사장

지용택

책을 펴내며

상식이 바로 서는 사회를 바라며

나이 90에 가까워지니 주변 친구들 사이에 인생을 정리하는 책을 내는 사람들이 더러 있다. 나도 글을 쓰는 일을 주로 해 왔기에 그들처럼 나의 인생을 정리하는 책을 내고 싶어진다. 그래서 그동안 몇몇 간행물에 쓴 글을 모아 여기 한 권의 책을 낸다. 책을 내면서 다시 한번 느끼는 것은 인생에 있어서 경험은 매우 중요하다는 사실이다. 여기 엮은 나의 여러 경험담들이 독자들에게 얼마간이라도 도움이 되었으면 하는 생각이다.

정치라는 용어는 광의로도, 협의로도 해석할 수 있다. 언론도 넓은 의미에서는 정치 행위에 포함될 수 있을 것이다. 특히 편집국의 정치부 역할이나 논설위원실의 집필 활동은 정치에 직결되는 것이다. 필자는 언론인으로도 활동했고 정치인으로도 활동했는데 모두 넓은 뜻의 정치 활동이라고 할 것이다. 대학 시절의 학생운동, 특히 이승만 대통령의 양자 이강석 군의 서울대 법대 부정 편입학을 반대하여 동맹 휴학을 주도한 것도 분명한 정치적 행동이었다. 그렇게 정치적인 행위를 하는 데 처음부터 무슨 뚜렷한 원리 원칙이나 주의가 있었던 것은 아니다. 다만 당시의 시대 상식에 맞추어 옳다고 생각하는 방향에 따라 행동했을 뿐이다. 이 시대 의식 또는 시대 상식은 말 그대로 세월의 변천에 따라 바뀌는 것이므로, 나는 그때그때 신문이나 방송 또는 사회의 여론에 의해 형성되는 건전한 정치 의식에 따랐다고 할 수 있을 것이다.

지금 와서 평생을 되돌아볼 때 나의 모든 정치적 행위가 떳떳했다고 할 수는 없을 것이다. 다만 그 행위들을 되씹어 볼 때 그 당시의 상황에 비추어 되도록 옳다고 생각하는 방향을 택한 것이 아닌가 생각된다. 특히 내가 군사정권들의 공천을 받아 지역구에 출마한 문제에 관해서는 찬반의 논란이 있을 것이다. 당연한 일로 생각한다. 그러나 중요한 것은 그때의 상황을 고려할 때 이것이 정치적으로 효과를 거둘 수 있는 행위였는가 하는 것이다. 관훈동에 있던 민정당 중앙당사 건물의 고층을 점거했던 대학생들이 다른 간부들과의 면담은 일절 거부한 채 남재희와의 면담만을 요구한 것은 잊을 수 없는 일이었다. 대학생과의 관계를 한 가지 더 추가한다면 내가 《조선일보》에 「낙원구 행복동 이야기」라고 토지 공개념을 매우 강조하는 글을 썼을 때 그 글이 고려대학교의 게시판에 게재되었다는 이야기도 있었다.

정치는 항상 옳은 일만 할 수는 없다고 본다. 때로는 대의를 위해 소의를 굽힐 수도 있는 일이다. 좀 거창하게 중국의 고사를 인용하면 난세의 영웅인 한신이 저잣거리에서 왈패들의 사타구니 밑을 기어서 지나갔다고 하지 않는가. 때로는 큰 것을 위해 작은 것을 굽힐 수 있는 것이 정치라고 보는 것이다. 이와 같이 말한다고 해서 내 평생의 정치 행위를 모두 정당화하려는 것은 아니다. 다만 정치의 현실이 그렇고 임기응변과 장기적인 안목이 모두 필요하다는 것을 말할 뿐이다.

이제 나이가 들어 인생 자체를 정리할 시점에 있어서 나는 지난날을 돌이켜 생각하게 된다. 어느 시인은 "하늘을 우러러 한 점 부끄럼이 없기를"이라고 시를 읊었다. 나는 그렇게 거창한 생각을 한 적은 없지만 그 시인의 시구에 비추어 생각한다면 하늘을 우러러 한 점 부끄러움이 없다는 말은 절대 할 수 없을 것이다. 그러나 일반인의 표준적인 상식에 따라 말한다면 부끄러움 없이 살았다고 자부할 수도 있는 것이 아니겠는가. 좀 오만한 생각인가. 만약에 그렇다면 읽는 여러분들께서 너그러이 판단해 주시기를 바란다.

마지막으로 나의 생애에 있어서 정치에 대한 현실적 각성을 일깨워 준 고 이영근 선생에게 감사를 드리고 싶다. 그는 역경에 처해서도 공리공론에 빠지지 않고 냉철한 현실 감각을 갖고 여러 가지로 나에게 충고해 주어 크게 도움이 되었다. 그리고 이 책을 출간하기로 결정해 준 전통 있는 민음사에 고맙다는 말씀을 전한다.

남재희

차례

2부 한국 정치에 보내는 제언

3부 시대와 인물로 보는 한국 정치

4부 인물에 관한 회상

일러두기

1 이 책은 저자가 여러 매체에 실은 글을 주제별로 편집했으므로 일부 같은 내용의 이야기가 반복되나 글의 흐름을 고려하여 모두 실었다.

2 이 책에 나오는 인물은 글의 배경 당시의 직함을 사용했다.

나의 인생 역정

1

1

해방 전후, 어린 시절 이야기

1933년생인 나는 근래 물러난 일본의 헤이세이(平成) 일왕(그들은 천황이라 한다.)과 동갑이다. 헤이세이 일왕의 이미지는 참 좋다. 평화를 사랑하고 일본의 평화헌법을 지키려고 노력하는 모습을 보였다. 특히 일왕가의 모계에 백제의 혈통이 흐르고 있다는 점을 시인한 것은 일왕으로서는 대단한 일이었다. 백제와 왜국은 밀접했던 것 같다. 일본말에 '구다라나이'라는 말이 있는데 그것은 '쓸모없다'는 뜻이지만 본래 뜻은 백제에 없다는 이야기다. 해방 후 우리가 '메이드 인 USA'를 찾듯이 그들은 백제 물건을 숭상했던 것 같다. 그러니 '백제에 없다' 하면 쓸모없다는 얘기가 되는 것이다.

아주 오래전에 관훈클럽이 목포에서 가진 세미나에 참석한 한 교수는 전라남도 해안가에서 일본식 분묘가 대단히 많이 발견된다고

---

* 《월간 헌정》 2019년 7월호.

발표했다. 그 후로도 일본 분묘 얘기는 가끔 언론에 등장한다. 관훈클럽이 거제도에서 가진 세미나에서 그곳의 한 학자는 거제도의 지명들에 백제식 이름의 잔재가 많이 발견된다고 말했다. 거제도는 백제에서 일본으로 항해할 때의 기항지였다. 따라서 많은 백제인들이 머물렀을 것이고 여러 백제 지명도 남겼을 것이다.

일본 규슈 후쿠오카에서 얼마쯤 내륙으로 들어가면 다자이후(太宰府)라는 옛 고을이 있다. 그곳 박물관 직원의 설명에 따르면 근처 산 위에 백제 유민들이 구축한 성터가 있다고 한다. 나·당 연합군에 패한 백제 유민들이 일본으로 도망 와서 혹시라도 거기까지 추격할까 봐 성을 쌓았다는 이야기다. 박물관에 가 보면 흙으로 빚은 긴 둥근 관(棺)들이 즐비하다. 광주의 박물관에서도 흙으로 빚은 긴 관들이 나열된 것을 볼 수 있었는데 비슷한 모습이다. 일본의 본토(혼슈)에 여행했을 때 백제사(百濟寺)를 마주쳤었다. 백제의 영향이 거기까지 미친 것 같다.

일본의 아베 신조 총리는 현행 평화헌법을 전쟁이 가능한 헌법으로 바꾸려 하고 있다. 지난날의 전쟁 국가 일본에 대한 반성이 부족한 것을 보여 주는 것 같다. 그러나 비록 약세이기는 하지만 다른 흐름도 있다. 예를 들어 민주당 소속으로 수상을 지낸 하토야마 유키오 씨는 지난날의 전쟁을 반성하며 동북아의 평화 유지를 위해 계속 노력하고 있다. 하토야마 전 총리의 그러한 동북아 평화에의 노력은 미국에 의해 견제당했다는 것을 여러 학자들이 지적하고 있다.

각설하고. 미, 영, 중, 소 등 세계열강의 개입으로 일본의 패망이 임박한 듯한 때 한국 사회에는 온갖 풍문이 나돌았다. 어느 사회에서나 그러한 상황에서는 갖가지 유언비어들이 나돌게 마련이다. 가령 이런 이야기가 있었다. 당시 일본의 연호인 소화(昭和)를 파자하면 나라 국자를 뜻하는 입 구(口)가 네 개가 되고 八千刀가 나온다. 그것을 풀이하여 "4대 강국이 팔천도를 갖고 공격하니 일본이 어떻게 감당하겠는가." 하는 유언비어가 나돌았다. 또한 일본의 전시 총리는 도조 히데기였다. 그것을 "천황이 도조(미꾸라지)를 먹었으니 소화(昭和)가 되겠는가." 하고 비틀어 말했다. 그리고 고이소 구니아키가 차기 수상이 되니 일본도 드디어 소기(작고 1년 만의 제사)가 들었다고 말했다.

나의 부친은 보통학교 졸업 수준이었다. 요즈음의 초등학교에 해당하는데 그때는 철저한 주입식 교육으로서 중학교 또는 고등학교 정도의 실력을 갖추었다. 그리고 한학을 열심히 공부하여 일정 수준의 한문 지식도 있었다. 그런 나의 아버지도 전쟁 말기에 떠돌던 유언비어에서 자유로울 수가 없었다. 위에 말한 글자풀이를 친구들과 이야기한 것이 일본 경찰의 귀에 들어가 경찰서 유치장에 수감되었다. 그때 당시로는 비상사태였다. 소화(昭和)라는 글자 풀이가 주된 수사 대상이 되었는데 아버님은 "4대국이 덤벼들어도 일본이 팔천도를 갖고 있으니 겁낼 필요가 없다."라고 둘러댔다. 그리고 우리 집 근처에서 선반을 돌려 금속 제품을 만들던 작은 철물 공장의 사장 서병돈 씨가 유식해서 잘 둘러댈 듯하여 그를 증인으로 지목했다. 증인으로 소환된 서병돈 씨는 학식이 있는 분으로 나의 아버지와 똑같이 말을 바꾸어 둘러댔다. "4대 강국이 덤벼도 일본은 팔천도를 갖고 있으니 겁낼 필요가 없다."라는 식의 해석이다. 그렇게 해서 아버님은 2, 3일 유치장 생활을 하고 무사히 풀려날 수 있었다. 마치 지옥에서 나온 듯하다고 술회하셨다. 왜정 말기 많은 유언비어가 나돌아 그러한 사건들이 전국적으로 자주 일어났을 것이다.

해방 전야 일제강점기 말에 나는 국민학교 6학년이었다. 어느 토요일 오후 일과가 끝나니 아이고쿠항 다이고항(愛國班 第五班)은 남으란다. 우리 동네의 명칭이다. 그리고 오후 내내 운동장 주변의 풀 뽑기를 시킨다. 일이 끝나고 해산할 때 일요일인 다음 날 다시 학교로 나오란다. 나는 토요일 오후 작업을 했는데 일요일에 또 나오라는 것은 부당하다고 말하며 일요일에는 안 나오겠다고 친구들에게 말했다. 그리고 일요일에 근처 산으로 놀러 갔다. 그런데 친구 중 한 사람이 나의 불평을 밀고한 모양이다. 일요일에 학교에서 우리 집으로 사람을 보내는 등 시끄러웠다. 월요일에 등교하니 교무실로 오란다. 그리고 퇴학을 위협하며 교무실 앞 복도에 무릎을 꿇고 앉아 있으란다. 그때의 훈육 담당 교사는 일본인 구바라(久原) 선생으로 그는 육군 오장(伍長, 우리 계급으로는 하사에 해당) 퇴역 군인이다. 오전 내내 무릎을 꿇고 주리를 틀며 고생을 하던 나에게 가끔 친구들이 다가와 퇴학은 안 시킬 것이라고 안심을 시키기도 했다. 그러한 고생 끝에 풀려난 것이다.

그 무렵 학생들은 가끔 산에서 소나무 뿌리를 캐는 일에 동원되기도 했다. 소나무 뿌리에서 기름을 뽑아내 군용으로 쓴다는 것이다.

해방 전야에 큰 사건이 일어나기도 했다. 일본의 전투기가 비상착륙을 위해 학교 운동장 위를 선회할 때 학생들은 비행기가 왔다고 운동장에 몰려나와 소리 지르며 환호했다. 내릴 곳을 못 찾은 전투기가 운동장 가 강당 옆에 비상착륙 하는 바람에 날개가 부러졌다. 다행히 학생들과 조종사는 무사했다. 나는 조종사가 훌륭했다고 생각한다.

해방이 되었을 때 학급의 힘깨나 쓰는 학생들은 일본 여관에 숙식하고 있던 구바라 선생을 방문했다. 그리고 돌아와 급우들에게 구바라 선생의 말을 전했다. "미국 사람 믿지 말라. 일본은 다시 돌아올 것이다."라는 요지다. 다음 해에 중학교에 입학했다. 입학하고 얼마 안 되어 우리 학급에 2명쯤의 열렬 좌익 학생이 생겨났다. 그들은 휴식 시간에 그들 나름의 공산주의 이론을 격렬하게 선전한다. 그리고 또 얼마 안 있어 우익 학생 단체인 전국학생연맹이 등장하여 그 소속 학생들이 좌익 학생을 불러다가 폭행을 가하기도 한다. 좌우익 학생들 사이에 폭력 행사가 시작된 것이다. 어느 쪽에도 속하지 않고 공부만 하는 학생들은 그런 가운데서도 무사할 수 있었다. 좌우익 학생들의 폭력 사태가 점차 심해지는 가운데 민족청년단이 등장한다. 그들은 우익에 속한다고 할 것이지만 좌우익 학생들의 충돌에는 중도적인 태도를 취하여 폭력 사태의 예방에 노력한 것으로 기억한다. 내 고향 청주에 있어서는 그러하다. 그 당시 청주는 읍(邑)에서 부(府)로 이름이 바뀌는 등의 인구 5만이 약간 넘는 소도시였다.

2

죽산과 그 주변의 시대

신진회와 신조회

1956년께일 것이다. 서울대학교 문리대 정치과 학생들 여럿이 신진회(新進會)라는 서클을 구성했다. 요즈음은 동아리라고 하는 모임이다. 당시 정치과 과장인 민병태 교수가 영국 노동당의 사상, 특히 페이비언 사회주의(Fabian Socialism)를 소개하여 학생들의 관심을 끌었다. 옛날 로마 제국 때 파비우스 막시무스라는 장군이 있었다. 그는 싸움에서 큰 전투는 피하고 작은 전투만을 계속하여 이김으로써 결국 전쟁을 승리로 이끄는 장군으로 이름이 났다. '페이비언'은 그 장군의 이름에서 딴 것이다. 페이비언사회주의는 시드니 웨브 부부 등 여러 사상가가 구성한 페이비언협회의 사상이지만 해럴드 래스키 교수가

* 《황해문화》, 2020년 여름호.

더 유명하여 마치 그의 사상처럼 한국에 전파된 것이다.

신진회에 가입한 학생은 10여 명쯤 된 것으로 짐작이 되는데 김지주(럭키그룹 금성사 사장)가 리더이고 이자헌(제10~14대 국회의원, 체신부 장관), 하대돈(국회의원), 최서영(《내외경제》 사장), 유세희(한양대학교 교수), 한영환(중앙대학교 교수), 이채진(미국 대학교수) 등이 모였으며 약간 후배로 정구호(KBS 사장), 류아무개(언론인) 등이 참여했다. 류아무개는 교내 잡지에 약간 진보적인 글을 기고했는데 말미에 "만국의 노동자여 단결하라."라는 문구를 별로 관련 없이 집어넣어 필화 사건이 되었다. 그는 5·16군사정변 후 구속되어 8년 가까이 형을 살기도 했다. 이 신진회는 4·19혁명이 일어날 때까지 계속되었으며 4·19혁명이 일어난 후에는 윤식(국회의원), 이영일(국회의원) 등이 남북통일학생연맹을 결성하는 데 주도적인 역할을 했다.

문리대와 이웃하여 있던 서울대 법대에서도 같은 페이비언 사회주의 서클 활동이 전개되었다. 김동익(《중앙일보》 사장), 이채주(《동아일보》 주필), 배병우(노동운동을 하다 노동법 교수), 민제영(롯데그룹 간부), 김규현(《서울신문》 기자, 5·16군사정변 후 미국 이민) 등 5, 6명이 참여했다. 서울대 의예과에서 2년 동안 공부하다가 서울대 법대에 신규 입학한 나도 신정회라는 서클 활동을 하다가 신조회에 가입했으며 동기생 최상징(《동아통신》 간부, 사업가), 조동원(해외공보관장) 등도 참여했다.

그 무렵 고려대학교 경제학과 중심으로 협진회라는 서클이 있었는데 그 서클은 이념 서클이 아니었으나 서울대학교 사회학과에 재학 중 통일 운동을 위해 임진강을 건너 평양에 다녀온 김낙중이 고려대학교 경제학과로 전학하여 협진회에 가입했기 때문에 신진회, 신조회

등과 유대를 맺게 되는 계기가 되었다. 이 세 서클은 고려대학교 구내 식당에서 합동 토론회를 갖기도 했는데 정구호가 주제 발표를 했다.

그런데 서울대 법대 신조회는 얼마 되지 않아 변화가 생겼다. 최상징이 법대이니만큼 법 연구를 중심에 두는 학회로 전환하는 것이 좋지 않겠느냐 하여 사회법학회 결성으로 방향을 튼 것이다. 나도 동의했다. 나는 그 때문에 신조회 일부 멤버로부터 아주 오랫동안 미움을 받아 곤욕을 치렀다. 그들은 나 때문에 신조회가 문리대 정치과의 신진회처럼 오래 존속하지 못하게 되었다고 본 것이다. 그러나 나는 법대이니만큼 사회법학회로의 전환이 옳았다고 생각하며 그 후의 진전도 그것을 입증하고 있다. 사회법학회는 노동관계법을 연구하는 한편 현실 사회의 노동 현장을 조사하는 활동을 활발히 하여, 정부에 의해 모든 대학의 학생 서클이 해체될 때까지 아주 오랫동안 존속했다.

사회법학회에서는 많은 인재를 사회에 배출했다. 백재봉(이화여대 노동법 교수, 목사), 신홍(서울시립대 총장, 노동법 학회장), 이광택(국민대 노동법 교수), 이인제(국회의원, 노동부 장관), 이신범(국회의원), 안동일(변호사), 황건(4·19혁명 투사), 심재택(《동아일보》 자유 언론 투사) 등등 참으로 많은 학자, 활동가를 배출했다.

한 가지 특별히 말해 두고 싶은 것은 사회법학회를 창설한 최상징은 기자 생활을 하다가 영국 유학을 갔는데 옥스퍼드 대학교에 병설된 러스킨 대학에서 수학 중 영국의 강력한 노동조합 간부와 친해져, 김철 씨가 이끄는 한국의 혁신 정당을 사회주의 인터내셔널(SI)에 가입시키는 데 성공하고 한국 정부가 김철 대표의 여권을 안 내주자

SI 대회에서 한국을 대표해 연설하기도 했다는 것이다.

졸업 후 사회 각계에 진출하여 활약하던 신진회, 신조회, 협진회의 친구들은 4·19혁명 후 다시 회합을 가졌다. 그리고 명칭을 신조회로 통일하고《신조》라는 두껍지 않은 간행물을 여러 번 내기도 했다. 이들은 을지로입구 삼각지에 있던 주석균 교수의 농업문제연구소를 그곳 직원들이 퇴근한 후에 회합 장소로 활용했는데, 그곳의 연구원이자 뒷날 유명한 진보 경제 논객이 되는 박현채가 퇴근할 때 그와 마주치기도 했다. 그 무렵 신조회는 진보적인 정책을 내세웠던 임시정부 요인 장건상 선생, 우리나라 노동운동의 선각자로 초대 사회부 장관을 지낸 전진한 선생, 그리고 얼마간 진보적인 논지의 글을 쓰던 고정훈《조선일보》논설위원 등을 초청하여 간담을 갖기도 했다. 신조회와 그 후배들은 제2공화국 정부 당국의 주목을 받기도 했는데 5·16군사정변이 나자 거의 전원이 연행되어 고초를 겪기도 했다.

나는 5·16군사정변 후 계엄 당국의 연행을 피하고 그동안 미루어 왔던 병역을 필하기 위해 육군에 사병으로 입대했는데, 군 생활 도중 506방첩대에 연행되어 조사를 받았다. 주로 문제가 된 것은《신조》잡지에 기고한 중립화 통일에 관한 나의 글이었다. 당시 미국의 맨스필드 상원 의원이 한반도에서도 오스트리아식 중립화 통일을 검토해 봄 직하지 않느냐고 발언하여 우리 언론에 아주 크게 보도되었으며, 내가 정기 구독하던 영국의 주간지《이코노미스트》도 한반도에서 핀란드식 중립화를 검토해 봄 직하지 않느냐는 요지의「아시아의 또 다른 핀란드?」라는 한 페이지의 칼럼을 실어 관심을 끌었다. 나는 그 보도들을 종합해《신조》에 중립화 통일론에 관한 글을 쓴 것이다. 당시 쿠데타를 일으킨 군사정권은 통일론과 관련해 남북 협상 주장은 엄벌했으나 중립화 통일론에 관해서는 비교적 덜 엄격했다. 4·19혁명 후 혁신 세력 가운데 민족자주통일중앙협의회(약칭 '민자통')에 뭉친 혁신 세력들은 남북 협상을 주창했으며 거기에 참여했다가 이탈한 통일사회당은 중립화를 주장했었다. 그러한 배경에서 나의 506방첩대 조사는 비교적 가볍게 처리되어 끝났다. 돌이켜 생각하면 방첩대 수사관의 수준도 낮지는 않았던 것 같다.

사회문제연구소, 청년문제연구소, 그리고 권대복의 이탈

나의 청주중학교 10년 선배로 신범식이라는 국학대학 정치학 강사가 있었다. 그는《경향신문》의 비상임 논설위원을 겸한 것으로 알려졌다. 그의 부친은 신백우 선생이다. 우리나라에는 몇 차례의 공산당 조직이 있었는데, 일제에 의해 여러 번 일망타진되다시피 검거된 후 여러 차례 새로이 당을 재건했기에 그러했다. 신백우 선생은 그 어느 한 번의 공산당 조직에서 최고 간부 5~6인에 올랐던 분으로, 한국의 공산당사에는 그의 이름이 꼭 나온다. 신백우 선생은 일제강점기 말에 공산당을 떠나 대종교 운동에 전념했는데, 대종교 운동은 또 다른 민족운동이기도 하여 변절이라고 여겨지지는 않았다. 그는 자유당 정권 아래 우리나라 진보 정당 운동의 시발점이라고 할 수 있는 광릉회합에도 참석했다. 덧붙여 말해 둔다면 청주 지방에서는 청주 동쪽 '산동의 삼걸'이라고 하여, 임시정부의 요인을 지낸 예관 신규식 선생, 민족사관을 내세운 사학자이며 독립운동 투사인 단재 신채호 선생, 그리고 신백우 선생을 손꼽는다.

그 신백우 선생의 아들인 신범식은 보성전문을 졸업하고 국학대학 강사를 하다가 사회문제연구소를 설립하기에 이른다. 이사진에는 박준선(제5대 국회의원), 이명영(《경향신문》 논설위원) 등이 포함되어 있고 사무실은 명동 입구 골목 안의 작은 빌딩 2층에 자리 잡고 있었다. 거기서 매주 한 번씩 강좌를 가졌는데 주로 대학생들이 50~60명쯤 참석했다. 대부분은 그가 강사로 있는 국학대학생들이며 그중 권대복도 포함되어 있었다. 나는 서울대 법대의 조동원, 서울대 문리대의 박맹호(출판사 민음사 사장) 등과 함께 참석했다.

그렇게 사회 문제 강좌를 계속하던 신범식은 어느 날 정릉에서 회원들의 야유회를 개최했다. 그때만 해도 도시화가 덜 되어 정릉 일대는 야유회하기에 알맞은 곳이었다. 거기에서 신범식은 일장 연설을 했다. 주요 내용은 사회문제연구소를 더 계속하려 해도 자금이 없어 못할 형편이다, 그러던 차에 집권 자유당 온건파인 이재학 의원 측에서 자금을 댈 테니 청년문제연구소를 함께하자고 제의가 들어왔다, 여러 동지들도 동참해 주기 바란다는 요지였다. 나는 돈 대 주는 쪽의 지시를 어길 수 없을 것이라고 그의 제의에 반대 의견을 말했다. 권대복도 그때 이탈했던 것 같다. 대부분의 회원들은 청년문제연구소로 편입되었다.

신범식은 청년문제연구소(회장 홍진기)의 전권을 장악하다시피 했다. 조직을 장악한 사무총장을 맡고 훈련원장을 겸했으며 기관지의 편집도 책임졌다. 그리고 전국을 순회하며 주로 대학 강사들을 조직했다. 아주 수준 높은 조직이 된 것이다. 그러나 일단 조직이 대강 완료되자 자유당 온건파에서는 돈줄을 끊어 버렸다. 그는 그 조직을 떠날 수밖에 없었다. 청년문제연구소는 얼마 후 반공연맹과 통합되고 4·19혁명을 맞아 소멸하게 된다. 그러나 5·16군사정변 후 김종필이 공화당의 사전 조직을 할 때 신범식이 조직한 대학 강사들은 중요한 포섭 대상이 되어 그중에 많은 사람이 공화당 소속으로 6대 국회에 진출하게 된다. 신범식은 얼마간 지난 후 공화당 대변인, 청와대 대변인, 문공부 장관, 유정회 국회의원 등 출세가도에 올라탔다.

권대복과 진보당의 여명회

진보당 수뇌부가 전원 구속되어 재판에 회부되었을 때 법정에 나란히 선 10명쯤의 진보당 간부 사진을 보면 거기에 권대복의 모습이 있다. 사회문제연구소를 떠난 권대복은 곧 진보당에 입당하고 진보당의 청년 학생 조직인 여명회의 대표가 된다. 새벽이 온다는 뜻의 여명이다. 여명회의 회원은 자세히는 알 수 없으나 3분의 1쯤은 그가 다닌 국학대학 졸업생들이고, 3분의 1쯤은 그가 회장으로 있던 영등포학우회의 친구들이었던 것 같다. 당시의 영등포는 서울에서 뚝 떨어진 별개의 도시 같았다. 행정상 서울이기는 하나 실질적으로는 별개의 도시였다. 그래서 권대복은 영등포학우회를 조직할 수 있었던 것이다. 여하튼 그의 조직력은 알아줄 만했다. 4·19혁명 후 권대복은 임시정부 요인 장건상 선생이 조직한 혁신당의 정책위원장을 맡기도 했다.

진보당 간부가 일제 구속되었을 때 신문에 크게 보도된 것은 비밀 당원 정태영과 그가 죽산에게 제출했다는 진보당에 관한 비판서였다. 정태영은 전북 익산 출신으로 서울대학교 수학과를 나오고 동양통신에 근무하던 중 비밀 당원으로 입당했다. 진보당에 입당한 청년 중 서울대학교를 나온 사람은 그 말고는 드물 것이다. 정태영은 진보당 사건 후 한국사회민주주의연구회를 설립, 운영하는 한편 진보당에 관한 연구를 계속하여 두세 권의 책을 내기도 했다. 지금 와서 생각하면, 그가 죽산이나 진보당에 사회민주주의 이데올로기를 결부시키려 노력한 것은 좀 무리한 일이 아니었나 한다. 오랜 기간이 지난 후 그가 운영한 연구회의 장기표와 유팔무 교수 등은 회원 다수를 이끌고 한국노총과 손잡고 새 정당을 만드는 데 동참해 버렸다. 정태영은 허를 찔려 허탈 상태에 빠졌고 그의 연구회도 곧 문을 닫았다.

대학생 신분으로 죽산 선생과 동암 선생을 만나다

서울대 법대 2학년 때일 것이다. 2년 위인 인천 출신 심재갑이 나에게 죽산 조봉암 선생을 만날 의향이 없느냐고 묻는다. 그래서 그와 함께 사직공원 옆, 나중에 뚫린 인왕산 스카이웨이 입구 옆에 있던 죽산의 거처를 방문했다. 그의 거처는 별로 크지는 않았지만 왕실의 별궁으로 '도정궁'이라 했다. 나중에 죽산의 따님 조호정 여사의 사위인 유수현에게 들으니 그 후 건국대학교에서 그 도정궁이 건축학적 가치가 있다고 하여 몽땅 그대로 건국대학교 안으로 옮겨 놓았다고 한다. 도정궁 안 죽산의 거실은 양식으로 꾸며져 있었고 우리들은 의자에 앉아 약 30분쯤 대화할 수 있었다. 죽산은 양복 차림이었다. 그와의 대화 내용은 아주 오래된 것이기에 다 잊어버렸지만 한 가지 뚜렷하게 기억에 남는 것이 있다. 그는 정치를 함에 있어서 주변 동지들과의 서클 활동이 매우 중요하다는 것을 거듭거듭 강조했다. 서클 활동이 정치 활동의 기본이 된다는 이야기인데 조직 원리로서는 올바른 것이라고 생각한다.

나의 친구 가운데 박승 박사가 있다. 그는 청와대 경제수석과 건설부 장관, 그리고 한국은행 총재 등 요직을 맡았던 인물이다. 전북 익산 출신인 그는 해군사관학교를 지망, 합격했다가 방향을 틀어 서울대 상대를 다녔다. 그때 그는 죽산을 존경하여 약수동으로 그를 방문하여 정치에 관한 이야기를 나누었다 한다. 그 무렵 죽산은 사직동에서 약수동으로 옮겨 그곳에서 오래 살았다. 그래서 약수동에 모이는 진보당 인사들을 흔히 약수동파라 부르기도 했다.

죽산을 만나고 얼마 안 있어 법대 동급생인 조동원이 동암 서상일 선생을 만나지 않겠느냐고 말한다. 조동원은 동암 선생의 집안과 멀기는 하지만 관계가 있는 모양이었다. 그래서 둘이 명륜동에 있는 동암의 한옥 자택을 방문했다. 한옥 온돌방에서 한복 차림의 동암과 마주하고 이런저런 정치 얘기를 한 30분쯤 나누었는데 지금 기억나는 대화 내용은 전혀 없다. 아마 평범한 정치 이야기였던 것 같다. 죽산과 동암. 우리나라 진보 정치의 두 거물 정치인을 대학생 신분으로 모두 만나서 이야기 나눌 수 있는 영광을 누린 셈이다.

명동 시 공관에서 진보당 창당 대회 참관

내가 대학에 다닐 때 진보당의 창당 대회가 명동에 있는 시 공관에서 개최되었다. 나는 그 참관을 놓칠세라 달려가서 2층 방청석에 자리 잡았다. 지금 기억에 남는 것은 초라하나마 나팔, 북 등 간단한 악기로 구성된 악대가 동원되었다는 사실이다. 근래의 정당 행사에서는 거의 볼 수 없는 광경이다. 그리고 시인 박지수가 낭독한 축시가 기억에 남는다. 축시는 옛날부터 많은 중요 행사에서 거의 빠짐없이 낭송되었는데 그런 일도 근래에는 사라지고 말았다. 박지수 시인이 낭송한 시의 내용은 지금 기억에 남는 것이 전혀 없지만 아무튼 그 창당 대회를 감동적인 표현으로 축하하는 내용이었다.

그 후 자유당 정권에 의해 진보당 간부가 일제히 구속되었을 때 마침 젊은 세대에 인기가 있던 《한국일보》의 입사 시험이 있어 나도 응시, 백 대 일에 가까운 경쟁률을 뚫고 1차 시험에 합격했다. 2차 면접시험은 오종식 주필이 몇 사람의 간부를 데리고 주관했다. 내가 면접실에 들어서자마자 오종식 주필은 "진보당 사건이 유죄냐 무죄냐" 하고 단도직입적으로 단문, 단답을 요구한다. 나는 지체없이 "무죄라고 생각합니다."라고 답변했다. 면접 간부들은 거의 모두가 수긍하는 듯 고개를 끄덕였다.

그 후 《한국일보》는 약 5회쯤에 걸쳐 진보당이 무죄라고 주장하는 연속 사설을 실었다. 내가 신문사 생활 20년을 했지만 그러한 여러 회의 연속 사설은 본 적이 없다.《한국일보》로서는 대단히 용감하게 모험을 한 셈이다. 사설의 집필자는 안 밝히는 것이 원칙이지만 흘러나온 이야기로는 이화여대의 법학과 교수였던 이건호 박사가 비상임 논설위원으로 집필자였다는 것이다. 과연《한국일보》의 사설이 정곡을 찌른 것이어서 1심 법원의 유병진 부장판사는 진보당 사건 전원에 대한 무죄를 선고하고, 다만 죽산이 권총을 불법으로 소지했다는 점을 들어 별도로 5년 형을 선고했다.

1심이 무죄로 나오자 관제 데모대들이 법원을 포위해 유병진 부장판사는 도피하고 그 후의 사태는 일반이 아는 대로다. 다만 재미있는 일은 유병진 부장판사가 도피한 집이 당시 자유당 정권의 전위대였던 반공청년단의 신도환 단장집이었다는 웃지 못할 사실이다.

오랜 시일이 지난 후 대법원에서 죽산 조봉암 선생에 대한 재심 언도가 있다기에 서초동에 있는 대법원에 처음으로 가 보았다. 그랬더니 이종찬, 이부영 두 전직 국회의원이 먼저 와 있는 것이 아니겠는가. 우리 세 명의 전직 국회의원은 대법관들이 나란히 앉아 있는 단상 아래의 정면에 똑같이 나란히 앉았다. 역사적인 재심 판결의 장면에 좋은 구도를 마련한 셈이다. 그런데 재심 언도는 그다음 날 있게 되었다. 나는 다시 대법원을 찾았으나 이종찬, 이부영 의원은 웬일인지 나타나지 않았다. 그래서 그들은 죽산이 무죄라는 이용훈 대법원장의 역사적인 재심 판결문 낭독을 듣지 못했다. 무죄 판결 사유는 매우 간단하다. 2심에서 증거로 채택한 것이 검찰의 조사, 기소에 의한 것이 아니라 군 수사 기관이 이중 간첩 양이섭을 조사하여 넘긴 수사 기록을 그대로 근거로 하였다는 것이다. 언도가 끝나고 밖으로 나오니 죽산의 따님 호정 여사를 찍으려고 카메라맨들이 몰려왔다. 그 후 어느 신문을 보니 호정 여사와 지용택 새얼문화재단 이사장과 내가 같이 찍힌 사진이 게재되어 있었다. 지 이사장은 죽산의 신원 노력뿐만 아니라 기념 사업에도 열을 쏟고 있다는 사실을 많은 사람들이 알고 있는 터이다.

송지영 선생과 이영근 선생

내가 1964~1965년에 걸쳐 《조선일보》 문화부장으로 있을 때다. 선우휘 편집국장이 함께 안양교도소로 가서 죄수 송지영 선생을 만나잔다. 그는 《조선일보》 편집국장과 논설위원을 지냈고 소설가이기도 한 송 선생에게 소설을 집필케 하여 《조선일보》에 연재하겠다는 계획이었다. 그때 나는 송지영 선생을 처음 만나 뵈었다. 송 선생은 5·16군사정변이 났을 때 《민족일보》의 조용수 사장과 함께 구속되어 사형 언도가 내려졌다. 그런데 송 선생이 펜클럽 회원이었기에 국제펜클럽의 맹렬한 항의와 진정으로 무기로 감형되었다가 점차 형기가 단축된 것이다. 내가 편집국 정치부장, 부국장, 미국 유학 1년을 거쳐 논설위원실로 옮겼을 때 출옥한 송지영 선생도 논설위원실로 복직되었다.

여기에서 송 선생의 경력을 간단히 설명해야겠다. 평안도에 살던, 『정감록』을 믿는 여러 부잣집 사람들이 난시에 피난처로 경상북도의 풍기가 가장 안전한 곳이라며 그곳으로 집단 이주를 했었다. 그 가운데는 송 선생의 집안 말고도 육군 대장에서 퇴역하고 청와대 비서실장으로 궁정동의 암살 사건이 났을 때 동석했던 김계원 장군의 집안, 음악 평론가로 유명했던 박용구, 국회의원 박용만 형제의 집안 등이 포함되어 있었다. 송 선생은 한학에 능해 신동 소리를 듣기도 했다는데,《동아일보》에 얼마간 근무하다가 중국으로 가서 남경대학을 다니기도 했다. 그 후 한국 독립운동가들 사이의 연락 책임을 맡았다가 일본 관헌에 체포되어 나가사키형무소에서 징역을 살았다. 나가사키에 원폭이 투하되었으나 형무소는 시내에서 20킬로미터쯤 떨어져 있어 무사했다 한다. 항일 독립군으로 팔로군과 협력해 중국 태항산에서 일본군과 싸우다 부상을 입고 포로가 된 김학철 소설가도 그와 함께 형무소에서 석방되어 같이 귀국했다. 김학철의 자서전『최후의 분대장』은 중국에서의 독립 투쟁에 관한 귀중한 자료이다.

귀국한 송 선생은 소설을 쓰는 한편 여러 언론사의 간부를 지냈다. 그러다 5·16군사정변 때《민족일보》의 조용수 사장과 함께 구속되어 사형이 언도되었다. 송 선생은《민족일보》와는 관계가 없었다고 한다. 그는 그 당시 일본의 '덴쓰' 광고 회사와 제휴하여 한국에서 광고 회사를 차릴 준비를 하고 있었다는 것이다. 다만 일본에 망명해 중립계로 활동하며 한국의《민족일보》를 막후에서 원조하고 지도하던 이영근 선생과 송 선생이 절친한 사이이기에《민족일보》사건에 얽혀들었다는 것이다.

1958년《한국일보》에 입사해 편집부에서 일하던 나는 4·19혁명 후《세계일보》가 새로운 진용으로 개편하여 재발족한《민국일보》

로 옮겨 정치부 기자가 되었다. 정치부에는 신참이기에 국회를 맡으면서 혁신 정당들을 담당하게 되었는데, 1961년 3월께 《민족일보》의 조용수 사장이 서울시청 뒤에 있던 유명한 화식집 '향진'으로 나를 초청했다. 그리고 《민족일보》로 와서 국회와 정당들을 모두 책임지는 정치부 차장을 맡아 달란다. 아주 파격적인 제안이다. 그때 보니 조용수 사장은 1933년생인 나보다 두서너 살쯤 위인 것 같았다. 나는 그 좋은 제안을 사양했다. 이유는 《한국일보》에서 《민국일보》로 옮긴 지가 채 1년이 안 되었기에 나의 이력에 1년도 안 되어 회사를 옮겼다는 것을 남기기가 싫다는 단 한 가지였다. 내가 혹시 《민족일보》로 옮겼더라면 아마 다른 간부들과 비슷하게 5년쯤의 형을 살았을 것이다.

사형을 언도받은 조용수 사장이 그 후 재심에 의해 무죄가 된 일은 모두가 아는 대로다. 5·16군사정변을 일으킨 박정희 장군이 그의 공산당 전력에 대한 국민의 의구심, 특히 미국 측의 우려를 불식하기 위해 희생양으로 혁신계를 거의 아무 죄 없이 때려잡은 것은 대부분의 사람들이 짐작한 대로다. 정치의 수레바퀴는 때로는 참 무자비하게 돌아가는 것이다.

그 송 선생이 같은 논설위원실에 있는 나를 무척 아껴 주었다. 그리고 장기간의 옥살이를 보상하듯 일과 후면 양주 살롱을 자주 찾았는데 나를 동행자로 삼기가 일쑤였다. 그는 옛 서예에 대한 감식안이 뛰어났다. 그래서 많은 사람들이 감정을 의뢰해 오고 또 판매도 부탁해 왔다. 그러니 사례금이 없을 수 없다.

송지영 선생은 한때 《태양신문》에서 편집 책임을, 이영근 선생은 업무 책임을 맡았는데 그《태양신문》의 판권을 인수해《한국일보》가 출발했다. 그《태양신문》의 인연으로 둘은 절친한 친구가 되었단다. 이영근 선생에게 나를 소개한 것은 송 선생이다. 송 선생과 함께 일본 여행을 갔을 때 이 선생을 만나 융숭한 대접을 받기도 했다.

이제 이영근 선생을 설명할 차례다. 이영근 선생은 제2고보(경복고)와 연희전문을 나왔는데 해방 후 몽양 여운형 선생의 건국준비위원회에 참여하고 그 산하의 치안대 조직에서 중요한 역할을 했다. 해방 후 혼란기에 치안대는 매우 중요했는데 우선 급한 나머지 유도 사범들을 영입했다 한다.

몽양이 암살되자 그는 죽산 쪽의 참모가 되어 죽산이 국회부의장일 때는 비서실장이 아닌 비서관이 되기도 했으나 실질적으로는 죽산의 최고 참모였다. 그때는 농민들이 국민의 다수일 때다. 그래서 그는《농민신문》을 발행하기로 하고 농민 소설 작가 이무영을 편집 책임자로 내정하기도 했다. 그런데 그 후 그의 신당 조직 활동은 이승만 집권 세력에 의해 공산당 조직 활동으로 몰려 그는 구속, 기소되었다. 2019년 말에 죽산기념사업회가 발행한『죽산 어록』을 보면 서론에 다음과 같은 구절이 나온다.

> 죽산이 이승만과 멀어지기 시작한 것은 1951년 6월 노동자, 농민을 기반으로 한 신당 창당을 시도한 시점으로 보인다. 그해 12월 이른바 대남 간첩단 사건이란 이름으로 신당 사무국 책임자 이영근을 체포해 구속하면서다.

그리고 1958년 진보당 탄압이 있을 때까지도 이영근 선생은 병보석 상태로 병원에 거주가 제한되어 있었다. 지인이 많은 그는 정보력도 대단했다. 곧 진보당에 대한 전면적인 검거 선풍이 불 것이라는 정보를 입수한 그는 지인인 박진목을 통하여 죽산에게 피신할 것을 권고했다.

박진목은 특이한 사람이다. 그에 관해 좀 더 자세히 설명하면 그는 남로당의 경북 지방 군책을 지내기도 했으며 경북도당의 간부로서 박정희 대통령의 친형 박상희, 나중에 공화당의 재정위원장이 되는 김성곤 의원 등과도 친하게 지냈다. 6·25전쟁 중에 미군 측은 그의 남로당 전력과 남로당의 거물 이승엽과의 친분을 이용하려고 그가 북쪽으로 가는 것을 도와주었다. 그는 북한의 검열상인 이승엽을 만나 휴전을 논의하자고 했으나 이승엽은 남한 당국이나 미군 측의 신임장을 갖고 오라고 그를 다시 남쪽으로 돌려보냈다. 남쪽으로 다시 넘어온 그는 미군에게 잡혔으면 고생을 안 했을 텐데 한국군 쪽에 잡혀 오랜 조사를 받는 등 고생을 한 끝에 미군에게 넘겨져 풀려났다. 그러한 박진목으로부터 피신하라는, 특히 미, 소 두 진영 간의 대립 속에서 제3세계의 대표 국가 격인 인도로 피신하라는 권고를 받은 죽산은 한 정당의 대표가 어찌 피신하느냐고 거부, 결국 구속되기에 이른다.

죽산에게 피신을 권고한 이영근 선생은 병원에서 탈출해 부산으로 내려가 지인인 이종률(《민족일보》 초대 편집국장)을 만난다. 그리고 일본 밀항에 필요한 돈을 빌렸다. 일본 밀항은 배가 감시선에 적발되면 몰수되기에 대단히 많은 돈을 요구한다. 그는 일본 밀항에 성공했으나 대부분이 그러하듯 오무라 수용소에 수감되었다. 그러나 일본에 있던 독립투사 원심창 선생 등의 도움으로 정치적 망명이 인정되어 일본 체류 허가를 받았다.

일본에서 그는 죽산 구명운동과 반정부 활동을 적극 펼쳤다. 그리고 죽산이 법살된 후에는 민단이나 조총련에 속하지 않는 제3의 중립 세력을 형성하여 조국통일운동을 적극적으로 펼쳐 나갔다.

그는 간행물 활동도 활발히 했다. 그가 발행한 『조선통일연감』은 매우 권위 있는 것이어서 당시 국내로도 수입되었으며 인기가 있었다. 그는 통일 문제를 다루는 주간지를 내다가 나중에는 일간으로 《통일일보》를 발행하기에 이른다. 간행물 발간 등 그의 모든 활동은 통일운동 동지를 중심으로 이루어졌다.《통일일보》 발행 당시에는 이승목(서울대 문리대를 나오고 일본 유학), 황영만(제1거류민단 사무국장), 손성조(《민족일보》 조용수 사장과 친구로 일본에서 한국으로 와 《민족일보》의 간부로 일하다가 5·16군사정변 후 다시 일본으로 망명) 등이 중심인물이었다. 그 과정에서 그는 점차 친정부적이 되고 나중에는 완전히 정부 측과 밀착하게 된다.

박정희 정권이 유신 체제를 선포하고 1인 독재가 강화되어 나갈 때다. 그는 그 정치적 난국의 해결 방안으로 이원집정제와 유사한 타협안을 마련하고 그 타협안을 각계에 설득했다. 박정희 대통령의 집권은 인정하되 그의 권한은 외치에 한정하고 내치는 정당 정치로 되돌리자는 것이 이원집정제의 기본 골자이다. 내가 송지영 선생과 함께 그를 만난 것은 그러한 시점일 때다. 나도 그의 타협적인 정국 수습안에 공감하여 당시 발행되던 월간 정치 잡지 《정경연구》에 「정치 발전을 생각한다」(1977년 9월호)라는 긴 논문을 게재하기도 했다.

그때 마침 김재규 중앙정보부장의 동서인 최세현 고려대 교수가 정보부 측 주일 공사로 부임했다. 그래서 그는 최 공사를 설득하고 그를 통해 김재규 부장까지 설득하려 했다. 일이 잘 진전되어 김재규 부장이 그를 만나겠다고 하여 그는 서울로 왔었다. 그러나 사나흘을 기다려도 일이 성사되지 않자 그는 일본으로 돌아가 버렸다. 그 얼마 후 궁정동 안가의 총소리가 울려 모든 일은 일단 막이 내려졌다.

이 선생은 그 후 오래지 않아 암으로 세상을 떠났다. 일본에서의 장례 절차는 우리도 크게 참고할 만하다. 사람이 죽으면 우선 가족끼리만 화장하여 그 유골을 집이나 절에 안치해 둔다. '밀장'이라는 것이다. 그 후 길게는 한 달쯤의 여유를 갖고 장례식 날짜를 정해 지인들에게 알린다. 그러니 모두 당황하지 않고 충분한 여유를 갖고 장례식을 치르고 또한 참석할 수가 있게 된다. 그 장례식에 서울에서는 윤길중, 송남헌, 송지영, 박진목, 남재희 다섯 사람이 특별 초청되었다. 아오야마 장의소라는 곳에서 치러진 장례식은 아주 엄숙하고도 장엄했다. 거문고를 타며 한국 창을 부른 장례식은 참 구슬프기도 했다. 그리고 죽산을 함께 모신 동지 윤길중 선생의 눈물겨운 추도사도 기억에 남는다. 정부에서는 국민훈장 무궁화장을 추서했다.

다시 시대를 거슬러 올라간다. 이 선생의 친형은 제헌국회 때 충북 청원군에서 당선된 이만근 의원이다. 조병옥계로 알려졌다. 그리고 이영근 선생도 2대 국회 때 청주시에서 무소속으로 국회의원에 출마해, 죽산 선생이 찬조 연설을 위해 청주에 오기도 했다. 그때 나는 중학생이었는데, 그의 선거 벽보에 "1일 3식 완전 보장"이라는 선거 구호가 큼직한 활자로 찍혀 있던 것이 나의 뇌리에 지금도 생생하게 남아 있다. '하루 세 끼의 밥을 완전히 보장하겠다.'니 이 얼마나 서민들의 가슴에 와닿는 아주 구체적이고 생활에 밀착한 선거 구호인가.

또한 그는 그 후, 일본의 동경제국대학교에서 정치학을 공부하고 돌아와 사회민주주의라는 서구적 정치 이데올로기에 따라 진보당의 정강 정책을 마련하고 여러 가지 정책을 제시한 이동화 선생의 정치 이론을 정면으로 비판하기도 했다.(동경제국대학교에는 영국의 사회민주주의를 연구한 유명한 학자가 있었으며 군벌이 등장한 후 수난을 당했다.) 서구의 정치 이론을 한국에 직수입하여 무슨 효과가 있겠느냐는 것이었다. 정책은 한국의 실생활에서 찾아내야 한다는 것이 그의 소신이었다. 그러고 보면 '평화적 남북통일, 수탈 없는 경제'를 핵심으로 한 정책들을 내세운 죽산의 정치적 사고는 이 선생의 생각과도 비슷한 것이라 하겠다.

여하간 이 선생은 서유럽에서 발달한 정치 이론을 한국에 직수입하여 적용하는 일에는 아주 질색이었다. 한번은 내가 프랑스의 사회당 소속 대통령을 지낸 미테랑의 전기를 그에게 선물했더니 그는 "여기에서 무엇을 배우려 하는가." 하며 시큰둥한 표정을 지었다.

그러한 정치적, 현실주의적 식견을 가진 그였기에 그가 형사소추를 받아 부재 중에 일어난 죽산 조봉암 선생과 동암 서상일 선생의 결별에 대해서는 대단히 안타까워했다. 그는 "죽산이 동암이란 갓을 썼어야 했는데." 하는 말을 되풀이했다. 진보당을 사실상 장악하고 있던 함경도세가 경상북도세인 동암 쪽을 공격한 면도 없지 않아 있었는데, 그는 죽산이 함경도세를 잃을지언정 동암을 택해야 했다고 본 것이다. 그랬더라면 한국민주당 창당 8총무 중 한 사람이고 경북의

'프린스'인 동암이 버티고 있는 진보당을, 이승만 정권이 아무리 독재적이라고 해도 그렇게 잔인하게 탄압할 수 있었겠느냐는 것이다.

당시 진보당에는 함경도세가 주류였다. 우선 원내의 윤길중 의원이 비록 원주에서 국회의원에 당선되기는 했지만 함경도 북청에서 소년기까지 자라 강원도로 이주했고, 당 살림을 맡은 이명하 총무위원장이나 김기철 통일문제위원장, 그리고 죽산의 최측근에서 맴돌던 전세룡 조직부 차장 등등 다수가 함경도 출신이었다. 나는 진보당에 관여하지 않았기에 자세한 내막은 잘 모르겠다. 다만 한 가지, 죽산 개인의 비중이 너무나도 컸기에 당 조직의 이런저런 일에 대해서는 죽산이 별로 신경을 쓰지 않았다는 느낌은 든다.

헌책방을 순회하는 것이 나의 취미였다. 낚시질은 안 하는 대신 헌책방에서 재미있거나 희귀한 책들을 낚시질하는 것이다. 오래전에 《희망》이라는 지난날의 주간지를 집어 들어 살펴보니, 죽산과 같은 강화도 출신 고참 기자 조경희(무임소장관) 여사가 죽산과 정치 대담을 한 것이 실려 있다. 조 기자가 죽산에게 일제 때 공산주의 운동을 할 무렵 당원들이 공산주의 이론을 잘 이해했느냐고 질문하자 죽산은 "그렇지 않아요. 몇 가지 원칙만 알고 당에 참여하는 사람이 아주 많았는데 운동을 오래 하다 보면 모두가 이론 무장을 하게 됩니다. 정당이란 마치 용광로와 같은 것이어서 불순물이 섞여 들어가도 거기서 좋은 쇳물이 나오는 겁니다."라고 답변한 것으로 기억한다. 정확한 기억은 아니고 중요한 요지만을 기억하는 것인데 죽산의 정당 용광로론은 그럴듯하다.

진보당의 결성 과정에서도 여러 부류의 진보적 정객들이 모여 정강 정책을 놓고 갑론을박했다. 그때 죽산은 정당 용광로론을 폈다고 전해진다. 기본 원칙 몇 가지만 합의하고 우선 정당을 결성하면 정치 투쟁의 과정에서 점차적으로 의견의 일치가 생기고 구체적인 정책의 합의에 도달할 수 있다는 이야기이다. 나는 이 정당의 용광로론에서 실제 정치 투쟁을 오래해 온 죽산의 정확한 정당관을 보는 것이며 그의 견해에 나도 공감한다. 전세룡 전 조직부 차장의 회고 글이 참 중요한 것 같다. 그에 따르면 남대문에서 지금의 힐튼 호텔 중간쯤에 위치한 진보당사에 출입했던 사람들을 분류해 보면 3분의 1은 죽산계, 3분의 1은 동암계, 그리고 나머지 3분의 1은 각종 정보 기관에서 공식으로 또는 비밀리에 출입하던 정보계라는 것이다. 실감이 나는 분석이다.

그리고 전세룡의 글에 따르면, 진보당의 대통령 지방 유세도 별로 성과를 거두지 못했다고 한다. 어느 지방 도시에 내려가 유세를 시작하려 하면 폭력 세력이 몰려와 유세를 방해한다. 그래서 10여 분 동안 강연을 하는 둥 마는 둥 하고 다른 도시로 도망치듯 이동했다는 것이다. 다른 도시로 이동했어도 마찬가지. 결국 유세가 충분치도 못했고 성과를 거두지도 못했다는 이야기이다. 짐작건대 당 조직도 미약하고 유세도 방해를 받아 별로 못했는데도, 그렇게 엄청난 죽산 지지표가 쏟아진 것이다.(1956년 3대 대통령 선거 공식 집계에 따르면 이승만 52.5%, 조봉암 20.2%, 무효표 19%였다.) 그 대통령 선거에서 자유당 정권이 저지른 부정 선거운동, 부정 투개표 사례는 내가 들은 것만 해도 엄청나게 많다.

한 예로 내가 조일제 국회의원에게 들은 이야기다. 조 의원은 오랫동안 정보 기관에서 활동한 끝에 중앙정보부 차장보까지 승진했다가 오사카 총영사로 옮긴 사람이다. 그는 오사카 총영사 때 조총련계 인사들의 성묘를 위한 모국 방문이라는 획기적인 계획을 제안했다고 알려지기도 했다. 그리고 10대 국회에 유정회 소속으로 국회의원이 되었는데 매우 양식 있는 사람으로 나와도 어느 정도 친밀해졌다. 한번은 '감촌순두부'라는 유명한 대중음식점에서 술을 마시면서 그는 죽산에 쏟아진 그 많은 표가 어떻게 무효화되거나 이승만 표로 둔갑했는지에 대한 그의 목격담을 털어놓았다. 죽산 표가 엄청나게 쏟아져 나오자, 죽산 표 다발의 앞뒤에 이승만 표를 합쳐서 묶어 모두를 이승만 표로 둔갑시킨 사례가 많았다는 것이다.

망우리 산 위의 죽산 묘와 강원용 목사

법살당한 죽산의 시신은 가족에게 넘겨져 일반이 볼 수 없는 사이 신속히 가족들과 몇몇 진보당 당직자들에 의해 망우리 공동묘지 산 위에 모셔졌다. 황급히 공동묘지에 모셔졌지만, 그 후에 가 보니 대단한 명당이라는 느낌이 든다. 산 위의 묘소에서 한강이 내려다보이고 한강 너머 송파구, 강동구의 도시가 보이며 멀리는 남한산성이 떠오른다. 대단히 좋은 묘지라는 생각이 든다. 나는 대법원의 재심에 의해 무죄 판결이 내려질 때까지 특별한 일이 없는 한 매년 7월 31일 죽산의 추모제에 참석했다. 노동부 장관 때도 참석하여 극우적인 언론인의 눈총을 받기도 했다. 그런데 강원용 목사가 80대 중반의 노구에 정장을 차려입고 그 무더위 속에 죽산 묘소를 찾는 것을 여러 번 목격했다. 강 목사는 경동교회의 담임목사였지만 '크리스찬 아카데미'를 주관한 분으로도 널리 알려진 인물이다. 나는 그 대화 모임에 자주 참석했으며 운영 위원을 맡기도 했다. 한두 번 그는 아주 간절한 심정을 토로하는 추도사를 하기도 했다.

내가 들은 이야기를 종합하면, 강원용 목사는 죽산과 세 번의 특별한 사연을 갖고 있었다. 강원용 목사는 본래 김규식 박사 계열 정치 단체의 선전 책임자였다. 그는 대단한 웅변가로 알려졌다. 죽산이 초대 농림부 장관이 되었을 때 농민들의 지도를 담당하는 국장에 그를 임명하려고 제의했단다. 그런데 강 목사는 이를 사양했다는데, 아마 종교의 길에 오로지 충실하려고 그랬던 것 같다. 두 번째는 죽산이 대통령에 출마했을 때 선거대책위원장으로 강원용 목사를 영입하려 했으나 그것도 역시 강 목사의 사양으로 좌절되었다. 세 번째는 죽산이 자유당 정권의 진보당에 대한 탄압이 가까워졌음을 몸으로 느끼고 당시 이름이 널리 알려졌던 김일사라는 여성 정치인에게 의뢰하여 서울 시내의 한정식집에서 강 목사를 만났다. 그리고 강 목사에게 진보당의 당대표직을 맡아 줄 것을 부탁했단다. 그러나 강 목사는 역시 종교에 충실하겠다고 사양했다고 한다.

내가 나중에 들은 바로는 죽산과 강 목사의 그러한 관계에서 중간 매개자는 진보당의 이명하 총무위원장이다. 이 위원장은 강 목사와 함경도 북청의 동향일 뿐만 아니라 그와 아주 절친한 사이였다. 그래서 죽산과 강 목사를 연결하려는 그러한 노력들이 가능했을 것이다. 그 둘의 아들들이 강대인 대화문화아카데미 이사장과 이모세 죽산기념사업회 회장인데 그들 역시 아주 친밀하게 지내고 있다. 한 가지 덧붙여 말해 둔다면, 강대인 이사장이 전하는 바에 따르면 강 목사와 같은 기독교장로회(기장)에 속하는 조향록 목사는 기독교사회주의를 주장하는 인사였다 한다. 조 목사는 진보 인사들의 광릉회합 때 축도를 한 것으로 기록에도 나온다.

내가 우연히 때 지난, 시에 관한 잡지를 읽다 보니 신경림 시인의 시와 글이 눈길을 끌었다. 시의 요지는, 누구의 시신인지 몰라도 한 시신이 어둑어둑한 저녁에 황급히 모셔지고 한 여인이 애처롭게 울부짖으며 뒤를 따르고 있고 주민들은 약간 두려운 마음으로 창문을 열고 그 광경을 내다보고 있다는 것인데, 거기에 덧붙인 신 시인의 글을 보면 죽산의 법살과 공포 속 그의 장례 절차를 묘사한 것으로 되어 있다. 나는 신 시인의 이야기를 호정 여사에게 전하고 50주기를 맞아 신 시인에게 다시 조시를 부탁하는 것이 어떻겠느냐고 말했다. 호정 여사 측이 신 시인에게 부탁해 50주기를 맞은 신 시인의 새로운 시가 전달되었으며 망우리의 추모 행사에서 그 시가 낭송되었다.

나는 죽산의 아호에 관해 궁금하게 생각해 왔다. 동학농민운동 때 농민군이 전북 부안군의 한 산에 모였단다. 농민군은 거의 모두 흰 한복을 입고 죽창을 들었기에 그들이 모두 일어서면 산이 하얗게 보였고 그들이 모두 앉으면 대나무숲만 보였단다. 그래서 서면 '백산', 앉으면 '죽산'이라는 말이 생겨났다는 것이다. 나는 죽산 선생의 아호가 그러한 죽산에서 유래했다면 동학농민운동과 연관되어 매우 혁명적인 함의를 가질 것이라고 생각했었다. 그런데 그 후에 호정 여사에게 문의해 보니, 독립운동의 한 동지가 선생의 성격이 대쪽 같다 하여 '죽산'이라고 아호를 지어 주었다는 것이다. 호정 여사의 이름에 관하여 한마디 덧붙이겠다. 상해가 위치한 절강성의 별칭은 '호강'이다. 그래서 거기에서 한 자를 따서 호정이라는 이름을 지었다는 것이다. 호정 여사의 부군은 이봉래 영화감독이었는데 그는 예총의 회장도 맡았다.

앞에 쓴 여러 가지 잡다한 에피소드들은 오랜 시일에 걸쳐 내가 죽산과 그 시대에 관해 보고 들은 이야기들이다. 반세기 이상에 걸친 이야기여서 혹시 착오가 있었는지도 모르겠다.

이상과 같이 지난날을 회상하여 글을 쓰다 보니 한국 현실을 파악하고 정책을 발전시키는 데 두 가지 경향이 있음을 감지하게 된다. 서울대 법대의 경우 영국의 페이비언 사회주의를 한국에 도입해 그것을 발전시키며 정책을 연구하자는 신조회가 있었는가 하면, 노동법을 연구하고 한국의 노동 현실을 조사하자는 사회법학회가 있었다.

현실 정치에서도 일본에서 사회민주주의를 연구하고 돌아온 이동화 선생이 그 이데올로기에 따라 진보당의 정강, 정책을 기초하고 그것이 진보당에서 분열한 민주혁신당의 정강 정책의 기초도 된 그러한 흐름이 있었는가 하면, 이영근 선생과 같이 사회민주주의라는 이데올로기는 제쳐 두고 현실을 정확히 파악해 거기에서 정책을 도출하자는 흐름도 있었다.

이 두 가지 흐름에서 한쪽을 택하고 다른 쪽은 부정하는 양자택일은 잘못이라고 본다. 문제는 어느 쪽에 무게를 두느냐일 것이다. 나는 사회민주주의 운운의 이데올로기에 속박될 것이 아니고, 다만 그러한 것은 선진국의 예나 이론적인 큰 프레임으로 연구하여 참고로 삼고, 실제적인 정책에서는 현실 한국 사회를 조사 연구하고 거기서 도출해야 하는 것이 마땅하다고 생각한다. 근래 한국의 진보 정당들이나 세력들도, 예를 들어 정의당의 경우 그리고 확대하여 해석하면 더불어민주당의 경우도 이데올로기적 속박에서 벗어나 철저히 현실 문제의 파악에서 정책을 이끌어 내고 있음을 볼 수 있는 것이다.

끝으로 한 가지 꼭 추가하고 싶은 것은 사회민주주의와 민주사회주의라는 용어가 혼용되고, 경우에 따라서는 잘못 사용되는 일에 관한 의견이다. 두 개념은 모두가 서유럽에서 유래한 것으로 그 어원은 영어로 말하여 social democracy이다. 신체의 자유, 언론의 자유 그리고 의회민주주의를 핵심으로 하는 민주주의, 즉 democracy가 본체이고 사회라는 social은 수식어이다. '사회적'이란 사회 공동체를 조화롭게 발전시키기 위해 민주주의의 본체에 여러 가지 사회적 정책을 가미해 시행하자는 것일 게다. 민주사회주의, 즉 democratic socialism이라는 용어는 서유럽에서는 거의 사용하지 않는다. 간혹 마르크시스트들이 공산주의의 전 단계를 말함에 있어서 사회주의를 말하고 거기에다가 민주적이라는 수식어를 붙여 민주적 사회주의라고 말하는 경우는 종종 보았다. 이 사회민주주의와 민주사회주의의 무분별한 혼용은 일본에서도 일어나고 있다. 그리고 4·19혁명 후 제2공화국 때 두 용어의 혼용을 놓고 라이스카레와 카레라이스의 혼용과 유사하다고 익살을 떠는 사람들도 있었다. 이견이 있을지 모르지만 나는 '사회민주주의'가 정확한 번역이라고 본다.

3

하버드 대학교 유학기

미국의 부자 니먼 가문은 언론인의 자질 향상을 위한 교육에 써 달라며 하버드 대학교에 큰돈을 기부해 니먼언론재단(Nieman Foundation for Journalism)을 세웠다. 그래서 매년 10여 명의 언론인을 선발해 하버드 대학교에서 공부하게 했다. 거기에 포드(Ford) 재단이 다시 기금을 내 영국, 캐나다, 남아프리카공화국의 언론인을 추가하게 했으며, 미국의 아시아재단도 한국, 일본, 필리핀의 언론인을 추가하도록 했다. 한국에서는 김용구(《코리아타임스》 편집국장), 박권상(《동아일보》 논설위원), 조세형(《경향신문》 편집국 부국장), 임방현(《한국일보》 논설위원)에 이어 《조선일보》 편집국 부국장인 내가 다섯 번째로 선발됐다.

한국에서의 선발은 발행인협회, 편집인협회, 그리고 니먼 언론 펠로를 다녀온 사람 중 한 명 등으로 구성되는 선정위원회에서 이루

* 《관훈저널》 2022년 봄호.

어졌다. 당시 나는 정치부장에서 중앙정보부의 눈에 거슬려 킥 업스테어즈(kick upstairs)되어 부국장이었다. 승진은 승진이지만 한직으로의 승진을 영어로는 킥 업스테어즈라고 한다. 당시 기사 마감 시간이 되면 중앙정보부 요원이 정치부장 옆에 의자를 갖다 놓고 앉아 이런 기사는 넣지 말아라, 이런 기사는 줄여서 처리하라, 이런 기사는 이렇게 고쳐 써라 등 그날의 지침을 시달한다. 그러니 중앙정보부의 요원과 정치부장 사이에 매일 시비가 없을 수 없다. 그래서 미운 털이 박힌 것이다.

미국으로 떠날 때가 가까워졌는데 여권이 안 나온다. 그러다가 등록 날짜가 임박해 '돈가스'라는 별명으로 통하던 악명 높은 중앙정보부장 김형욱이 남산의 자기 사무실로 나를 오라더니 한껏 생색을 낸 뒤에 여권을 내줬다.

1967년 9월의 학기에 맞춰 대학에 가니 첫 번째 순서로 그 대학이 자랑으로 내세우는 거대한 건물인 와이드너 도서관 순회가 있었다. 하버드의 중심 건물은 와이드너 도서관이다. 웅장할 뿐만 아니라 매우 아름다운 건물이다. 그래서 그 전면 계단이 사진 찍는 명소가 됐다. 니먼 언론 펠로 일행은 우선 도서관 순회를 했다. 특히 하버드 출신의 유명한 소설가인 토머스 울프의 전시실을 둘러보았다. 울프는 『천사여 고향을 보라(*Look Homeward, Angel*)』로 이름을 떨쳤는데, 미국 남부의 한 젊은이가 보스턴의 명문 대학에 입학하여 공부도 하고 사회 경험도 한다는, 일종의 성장소설이다. 6·25전쟁 때 중학 6학년이었던 나는 장터에서 우연히 『때와 흐름에 관하여(*Of Time and the River*)』라는 그의 소설을 발견했는데 그것이 그 소설의 속편이었다. 나는 여름방학 동안 그 소설을 통독했다. 그 통에 일본어판 영어 사전 하나가 땀과 때로 망가졌으나 영어 실력은 부쩍 늘었다.

울프 기념실에서 동료 한 사람이 나에게 그의 소설을 아느냐고 물었다. 그때 나는 속편을 읽은 이야기를 해서 그를 감탄하게 했다. 여담이지만 울프와 편집자 사이에 울프의 글이 길고 산만했기에 편집을 두고 다툼이 심했던 모양이다. 그래서 그 다툼에 관한 이야기가 한 권의 책으로 출간되기도 했다.

펠로들은 패컬티(faculty)에 준하는 대우를 받았다. 말하자면 '교수급 대우'라는 것인데 아마 강사 정도의 예우를 했을 것이다. 그래서 펠로들은 패컬티 클럽이라는 교수 식당을 출입할 수 있었는데, 나는 그것을 활용하지 못해 그곳의 소문난 말고기 요리를 맛보지 못했다. 하버드에는 니먼 말고도 여러 펠로가 있다. 국제문제센터(Center for International Affairs)가 있는데 나중에 국무총리가 되는 정일권 씨가 거기에 펠로로 왔었으며, 그후《코리아타임스》의 간부 홍순일 씨도 왔었다. 그 연구 기구의 약칭은 CFIA인데 사람들은 농담삼아 흔히 "CIA"라고 불렀다.

그 옆에 옌칭(Yenching, 燕京) 도서관이 있다. 중국 중심으로 아시아의 희귀 자료들이 소장되어 있다. 몇 년 전에 한국의 학자가 해방 후 미군정기 하지 장군의 정치고문이었던 레너드 버치 중위의 기록을 옌칭 도서관에서 발견해 국내 신문에 연재, 관심을 끌었다. 그 옌칭 도서관을 거점으로 옌칭 스칼러(Yenching Scholars)라는 것이 있어서 내가 있을 때는 이문영 전 고려대 교수 등 3명의 한국 교수가 와 있었다. 이 교수는 나중에 유신 반대 성명을 발표한 민주 투사의 한 사람이 됐다.

기대했던 키신저 교수, 세미나에서 별로 말 안 해

정치부장 때 여러 번 만났던 정일권 국무총리가 하버드에 가서 무슨 공부를 하고 싶으냐고 묻길래 헨리 키신저 교수의 강의를 듣고 싶다고 했더니 그는 교수에게 소개장을 써 주었다. 키신저는 일주일에 하루 90분간 1년 동안 세미나를 했는데 조교수에게 세미나를 진행하게 하고 자신은 별로 발언하지 않았다. 그리고 미국과 영국의 명사를 각각 초청해 의견을 발표하도록 하고 학생들에게 질문하게 했다. 그래서 세미나에서는 그의 이론을 이해하고 파악할 수가 없었다. 그는 그 세미나를 마지막으로 하버드 대학교를 떠나 정계에 입문, 닉슨 대통령의 안보 보좌관과 국무 장관이 되어 유명해졌다. 나는 기자 생활 초년 시절에 그의 저서 『핵무기와 외교 정책(*Nuclear Weapons and Foreign Policy*)』을 개머루 먹듯 읽은 적이 있다. 그의 사상은 『회복된 세계(*A World Restored*)』에 잘 나타나 있다고 한다. 프랑스혁명이 일어나고 나폴레옹의 군대가 그 혁명 사상을 유럽 여러 나라에 전파, 파급시킬 때 오스트리아-헝가리 제국의 메테르니히 재상이 유럽 여러 나라들을 결속, 신성동맹을 결성해 프랑스혁명 물결의 확산을 막았다는 것이 그 요지인데, 키신저는 러시아의 공산주의 혁명의 확산도 그러한 동맹의 결성과 강화로 방지해야 한다는 전략을 따랐던 것 같다.

니먼 펠로들은 단체로 뉴욕에 여행을 가서 국제연합의 랠프 번치 사무차장을 만나기도 하고, 공화당 대통령 후보로 경합하던 넬슨 록펠러 뉴욕 주지사를 만나기도 했다. 키신저 교수는 처음에는 록펠러의 정책 참모였는데 록펠러가 리처드 닉슨과의 지명전에서 패배하고 키신저를 닉슨에 소개하자 닉슨의 중요 참모가 되어 화려한 출셋길이 열리게 된다. 그가 참모 시절 제출했던 정책안을 다른 참모들이 수정하자 그는 "피카소가 그린 그림에 간판쟁이가 손질을 할 수 있느냐라"는 유명한 말을 남기기도 했다.

뉴욕에서 《뉴욕타임스》를 방문해 아서 설즈버거 사장(현재 사장의 부친)의 오찬 대접을 받으며 여러 이야기를 했다. 월간지 《하퍼스》의 편집인도 만나 의견을 나누었다. 당시 미국의 대표적 월간지로는 보스턴에서 발행되던 《애틀랜틱》이 있고 《하퍼스》가 있었는데, 《애틀랜틱》은 미국의 주류 의견을 반영하는 원고를 게재했지만 《하퍼스》는 아주 이색적인 원고를 게재하는 등 대조를 이루었다. 예를 들어 《하퍼스》는 노먼 메일러의 「성별의 포로(The Prisoner of Sex)」라는 장문의 작품으로 잡지 전체를 채우는 등의 이색적인 편집을 하기도 했다.

니먼 펠로들은 캐나다 정부의 초청을 받아 방문하기도 했는데 재미있는 것은 큰 언론사에 소속된 기자들은 언론 윤리상 공짜 여행은 할 수 없다고 그 초청에 응하지 않았다는 사실이다. 초청에 응한 기자들은 몬트리올, 오타와, 토론토, 퀘벡 등 도시를 방문했는데 몬트리올시는 마침 엑스포를 개최한 후여서 그때 마련한 시설들을 주로 보여 주었다. 시장이 앞으로 지하철이 발달해 '지하 문명'(underground culture)의 시대가 올 것이라고 예언한 것이 흥미로웠다. 퀘벡시는 퀘벡주의 주도가 있는 도시인데 그곳 주 의원들과의 회합에서 주 의원들은 퀘벡주의 깃발만을 책상 위에 늘어놓고 퀘벡주의 독립을 열변으로 말했다. 마침 그 얼마 전 퀘벡을 방문한 프랑스의 드골 대통령은 "자유 퀘벡 만세!"를 외쳐 대단한 화제가 되기도 했다.

스탠리 호프만, 국가는 항상 전쟁에 대비해야

나는 스탠리 호프만 교수의 '전쟁론'을 한 학기 동안 들었다. 그는 장 자크 루소를 몹시 존경해서 루소의 책에서 자주 인용했다. 그리고 프랑스 당대의 석학 레몽 아롱의 저술에서도 자주 인용했다. 아롱은 마르크시즘을 비판한 책 『지식인의 아편(*L'Opium Des Intellectuels*)』으로 우리나라에서 잘 알려졌는데, 『전쟁론(*On War*)』이라는 방대한 저작도 가지고 있다. 그는 장 폴 사르트르와 프랑스의 명문 에콜 노르말의 동기인데 둘은 당시 프랑스를 대표하는 우파와 좌파의 이론가였다. 호프만 교수의 강의를 들으니 강대국은 물론 거의 모든 국가는 항상 전쟁에 대비하는 전쟁 준비 상태에 있어야 한다는 것이다. 옳은 말이라고 생각한다. 그만큼 전쟁 문제는 중요하다고 할 것이다. 그는 『걸리버의 고민(*Gulliver's Troubles*)』이라는 책을 내기도 했다. 내가 한국의 월남 파병에 대해 월남전은 그들을 식민지화한 프랑스에 대항한 투쟁의 연속이라는 것이 핵심이라고 비판적인 의견의 글을 쓰자 호프만 교수는 "그런 의견을 말하고 귀국하여 문제가 없겠냐"라고 걱정해 주기도 했다.

매카시 상원 의원 광풍에 중국통 학자·관료 등 희생

존 킹 페어뱅크 교수는 중국에서 미국의 외교관 생활을 한 것 같다. 그는 중국의 민주주의 발달에 있어서 기독교, 특히 YMCA의 역할이 중요했다고 보고 "YMCA 민주주의(YMCA Democracy)"라는 말을 자주 했다. 그는 강의 시간 반쯤을 내어 조지프 매카시 상원 의원의 이른바 '빨갱이 사냥' 광풍이 불었을 때의 상황을 설명한다. 그도 매카시위원회에 불려 가 신문을 받았는데 "당신은 당원증을 가진 공산당원이 아닌가" 등 신랄한 질문을 받았다는 것이다. 장제스의 중국이 마오쩌둥 세력에 의해 공산화되자 미국에서는 그 책임을 놓고 빨갱이 사냥 광풍이 분 것이다. 그 바람은 오래도록 계속되어 많은 억울한 희생자를 냈다. 중국 문제를 담당했던 국무부 관리들이나 학자들이 많이 희생됐다. 인기 있던 아이젠하워 대통령도 그 광풍을 얼마 동안 진정시킬 수가 없었다. 그러나 몇 년 후 매카시 선풍은 사그러들고 매카시 상원 의원도 요절하고 말았다. 나중에 《타임》 편집인 중 한 사람이 되는 휘태커 체임버스의 저서 『증인(*Witness*)』을 읽어 보면 미국의 대공황이 얼마나 심각했던지 그때 많은 지식인들이 공산당원이 됐거나 그 동조자가 된 것을 알 수 있다. 미 국무부의 고관인 앨저 히스도 용공 분자로 고발돼 오랫동안 홍역을 치르기도 했다.

일본 문제를 가르치는 에드윈 라이샤워 교수는 케네디 대통령 때 주일 미국 대사를 지내기도 했으며, 그의 아버지에 이어 2대째 일본 전문가이다. 그의 강의를 들었으나 일본에 관해 어느 정도 알고 있는 한국인으로서는 새로운 얘기가 별로 없었다. 그가 니먼 펠로들을 그의 자택으로 초청했는데 반쯤의 펠로들이 응해서 그의 집으로 갔다. 그의 집은 케임브리지에서 얼마간 떨어진 교외의 약간의 나무들이 있는 숲속에 있었는데 반지하방이 있는 집이었다. 그의 부인은 일본에서 아주 유명했던 우리의 재무 장관에 해당하는 각료의 손녀인데 미국에서 신문기자로 활약하기도 했다. 방에는 여러 개의 한문 족자가 걸려 있었다. 교수는 그 족자들을 읽으며 풀이해 주었는데 동양 사람인 나에게 동의를 구하기도 했다. 그러나 나의 한문 실력은 부족하기만 하여 그와 의견을 주고받을 수가 없어 부끄러운 생각이 들었다. 우리나라의 중고등학교에서는 영어는 많이 가르치고 있는데 한문 교육에는 소홀한 것 같다. 한문 교육을 좀 더 했으면 한다. 이웃에 거대한 중국을 두고 있고 또 우리보다 더 발전된 일본을 두고 있는 우리로서는 한문을 더 가르칠 필요가 있지 않겠느냐고 생각했다.

정치와 경제 반반 섞인 갤브레이스의 경제 강의

갤브레이스 교수의 풀네임은 존 케네스 갤브레이스인데 그는 '존'이라는 이름을 싫어하고 '케네스'라는 이름을 선호한다. 케네디 대통령 때 인도 대사를 지내기도 했다. 그의 경제학 강의는 마치 정치학 강의 같다. 특히 라틴아메리카의 경제를 논하면서는 정치적인 측면이 주를 이룬다. 경제학을 전에는 정치경제학(Political Economy)이라고 하다가 점차 경제학(Economics)으로 이름이 바뀌게 됐다. 경제에 있어서 정치가 차지하는 역할이 컸을 때는 정치경제학이라는 것이 합당할 것이다. 라틴아메리카의 경우는 쿠데타 등에 의한 군부독재 정권이 많아 그 나라들의 경제를 논할 때 순수경제학으로 논하는 것보다는 정치경제학으로 논하는 것이 오히려 적절하지 않겠는가. 많은 교수가 그러하듯 그는 강의의 한 라운드를 마치고 『새로운 산업국가(*The New Industrial State*)』라는 저서를 냈다.

멀 페인소드 교수는 소련에 대한 강의를 했는데, 알렉산드르 솔제니친의 『이반 데니소비치, 수용소의 하루』에서 묘사한 소련의 실상을 매우 중요시하여 말했다. 한 나라의 정치를 얘기하는 데는 소설의 묘사도 중요한 자료가 된다. 소련을 묘사하는 데 솔제니친이 매우 중요한 역할을 한 것 같다. 덧붙여 이야기한다면 동구권 공산국가의 암울한 독재 체제를 이해하기 위해서는 아서 쾨슬러의 『한낮의 어둠(*Darkness at Noon*)』에 있는 묘사가 아주 실감이 난다.

나치 독일이 소련을 침공했을 때 스몰렌스크라는 작은 도시의 정치·행정 서류 일체를 압수하고 그것을 보관했다고 한다. 페인소드 교수의 연구에서도 그 스몰렌스크 문서들이 매우 중요한 자료가 된 것 같다. 우리나라에서도 6·25전쟁 때 동부전선에서는 해방 후에 북한이 차지했던 땅을 일부 수복했는데 거기에서 발견한 여러 문서가 북한 연구의 중요한 자료가 된 것 같다.

반역이나 부패 등에도 긍정적 면이 있다는 교수

카를 프리드리히 교수는 우리가 흔히 부정적인 개념으로 생각하는 반역(treason), 부패(corruption) 등의 여러 개념의 긍정적 측면을 논하는 강의를 한 학기 동안 했다. 예를 들어, 반역은 나쁜 것 같지만 그 반역을 통해 정치도 발전한다는 주장이다. 가령 우리나라의 경우를 생각해 볼 때 이성계의 위화도 회군, 그에 따른 조선조 건국 같은 것도 반역의 긍정적 측면이 아닌가. 얼마간의 부패도 중요한 사업의 추진을 위해 윤활유를 치듯 때로는 긍정적인 작용을 할 때도 있는 것이다. 그의 이색적인 주장은 여러 문제에 걸쳐 있는데 나머지는 잘 기억이 나지 않는다.

프리드리히 교수는 바이마르 리버럴의 원로학자로 알려졌다. 독일의 바이마르공화국은 매우 훌륭한 공화국이었는데, 나치 히틀러의 대두로 망하자 바이마르 리버럴에 속하는 많은 학자가 미국으로 망명해 주로 미국 동북부의 대학교수가 됐다. 그리고 그들은 프랭클린 루스벨트 대통령이 매우 개혁적인 뉴딜 정책을 시행하는 데 크게 도움을 준 것으로 알려졌다. 좀 더 추가하자면, 바이마르 리버럴들은 2차 세계대전 후 맥아더 사령부를 따라 일본에 와서 재벌 해체, 노동운동의 자유화, 농지개혁 등을 단행하는 데 크게 이바지했다. 그리고 바이마르 리버럴의 일부는 한국에 온 미 군정에도 따라와 헌법이나 노동법 제정에 기여했다는 기록도 있다. 그러나 나는 그 구체적인 내용을 알아볼 수 없었다.

새뮤얼 헌팅턴 교수는 "변화하는 사회에 있어서의 정치 질서"를 강의했는데 한국의 5·16군사정변 후의 정세도 언급했다. 그러면서 군부 지배를 로마제국 군인들의 집정관 제도와 비슷한 것으로 생각하는 것 같다. '집정관적인'(Praetorian)이라는 표현을 자주 쓰기도 했다. 헌팅턴 교수는 그 후 『문명의 충돌(*Clash of Civilization*)』이라는 책을 내 유명해졌는데 그 책은 너무 과장이 심한 것 같다.

미국 사회를 분석한 책 『고독한 군중(*Lonely Crowd*)』을 써서 《타임》의 커버스토리가 되기도 했던 데이비드 리스먼 교수 초청 세미나가 있었는데, 내가 찰스 라이트 밀스가 일본이나 한국에서는 아주 자주 인용되는데 하버드에서는 그에 관한 언급이 없다고 말하자 그는 버클리 대학교나 멕시코로 가면 많이 들을 수 있을 것이라고 말했다. 밀스는 『파워 엘리트(*Power Elite*)』, 『들어라 양키들아: 쿠바의 소리(*Listen, Yankee*)』 등의 저술로 한국에서도 많이 알려진, 얼마간 진보적인 학자다. 그의 학문적인 모토는 "Think It Big!"(크게 생각하라!)이다. 사회 문제를 생각할 때 폭넓게 틀을 잡고 생각하라는 것이다. 캘리포니아 주립대학교에는 여러 개의 분교가 있는데 샌프란시스코에서 금문교를 건너가면 미국 서부의 명문인 버클리 대학교가 있어 나는 그곳을 방문해 보기도 했다. 버클리 대학교는 한국의 조순, 이효재 교수 등을 배출하기도 했다.

"크리스마스를 믿는다"는 엡스 하버드 대학교 부학장

1967년 크리스마스철에 대학교의 중심부인 야드를 지나다가 마침 아치 엡스 하버드 대학교(칼리지) 부학장과 마주쳐 서로 "메리 크리스마스!"라고 인사를 교환했다. 그런데 엡스 부학장은 멈춰 서더니 동양인인 나의 종교가 궁금했던지 "기독교인인가?" 하고 묻는다. "아니요." "그러면 불교도인가?" "아니요." "공자를 믿는가?" "아니요." "그러면 무슨 종교를 갖고 있는가?" "구태여 말하자면 불가지론자(不可知論者)라고 하겠지요." 그러자 엡스 부학장은 매우 놀라는 기색으로 다음과 같이 말한다. "여기 미국의 동부 지방은 관용이 있는 지역이니까 괜찮지만 만약에 당신이 중서부나 남부로 가서 그렇게 말한다면 위험한 사람이 왔다고 수사 당국에 신고를 당할 것이오." 그래서 "신앙의 자유가 있는 미국에서 그게 무슨 이야기냐."라고 반문했더니 그는 주머니에서 동전을 꺼내 보여 주며 "여기에 'IN GOD WE TRUST'라고 쓰여 있지 않느냐, 미국은 그런 나라다."라고 말한다. 내가 그의 종교를 묻자 그는 "I believe in Christmas." 라고 웃으며 대답한다. 그러니까 아마 기독교의 사회 풍습을 따른다는 이야기 같다.

엡스는, 우리는 흑인이라고 말하지만 미국에서는 아프리카계 미국인(Afro-American)이라고 하는 사람이다. 그는 중동 문제가 전공이었다. 중동 지방은 주로 이슬람 국가들이다. 북부 아프리카 주민들 사이에는 회교도가 대단히 많다. 따라서 그도 혹시 회교도였을 가능성이 있다. 그는 그후 하버드 대학교(칼리지)의 학장이 됐으며 말년에는 신학에 관한 연구를 한 것으로 알려졌다.

니먼언론재단에서 미국 헌법에 관한 저명한 교수를 초청해 만찬을 겸한 세미나를 개최하고 있을 때다. 중간에 갑자기 아주 유명한 흑인 민권운동 지도자인 마틴 루서 킹 목사가 총격을 받고 사망했다는 급보가 들려왔다. 일동은 경악하여 세미나를 중단하고 킹 목사의 민권운동에 대해 높은 평가를 하며 앞으로의 사태 진전을 걱정하기도 했다. 그러나 10여 분이 지난 후 다시 세미나가 속개됐는데, 아치 엡스 부학장이 갑자기 자리를 박차고 일어나 "냉혈한!"(Cold fish!)이라고 외치며 퇴장해 버렸다. 엡스 씨는 킹 목사 암살에 대한 백인들의 미지근한 반응에 분노한 것이다. 나중에 안 일이지만 그는 흑인 민권운동의 아주 과격한 지도자인 맬컴 엑스가 하버드 대학교에 와서 강연한 것 등을 편집해 책을 내기도 했으며, 조용하지만 그도 역시 흑인 민권운동가였던 것이다.

니먼 펠로들은 미국의 대대적인 월남전 개입에 따라 반전운동이 격화되고 있는데도 월남 파병에 대한 토론을 재단 측이 마련하지 않는 데 대해 불만을 품고 비공식 토론회를 열었다. 그것을 '언더그라운드 세미나'라고 불렀다. 펠로의 아파트에서 밤에 열린 토론에 나가 보니 대통령 연설문 기초자였다는 학자가 초청됐고, 펠로 반쯤이 참석하여 진지한 토론이 진행됐다. 나도 한국의 월남전 파병에 반대 의견이어서 국내 잡지에 몇 번인가 반대하는 글을 게재한 바 있었기에 그들의 토론에 공감할 수 있었다.

반전 집회에서 낭독되는 「고도를 기다리며」 희곡

신문에 보스턴 시내의 한 광장에서 반전 집회가 있을 것이라는 기사가 났기에 가 보았다. 케임브리지시에서 보스턴시는 한국으로 치면 영등포에서 한강을 지나 서울 시내로 가는 정도의 매우 가까운 거리다. 그래서 그 일대의 지역을 합쳐 광의의 보스턴이라고 한다. 반전 집회에 모인 사람들은 거의가 대학생들 같았다. 그런데 연설이 있는 중간에 한 사람이 사뮈엘 베케트의 「고도를 기다리며」의 한 구절을 낭독한다. 나는 그 희곡을 바로 사 보았다. 희곡은 처음부터 끝까지 두 사람이 나와 말을 주고받는 형식으로 진행된다. 이런 식이다.

화자 A: 우리가 하루 종일 기다렸는데 꼭 온다는 고도는 오지 않는구먼. 이제 지쳤어. 그만 돌아가자고.

화자 B: 아니야. 고도는 꼭 올 거야. 온다고 약속했으니까. 그는 약속을 꼭 지킬 거야. 우리 고도를 계속 기다리자고.

화자 A: 할 수 없구먼. 정 그렇다면 나도 더 기다릴 수밖에. 그런데 고도가 정말로 올까.

화자 B: 고도는 꼭 올 거야. 우리는 고도가 올 것을 믿어야 해.

희곡 전체는 이런 식의 대화의 연속이다. 그래서 생각해 보면 신이 올 것이라는 많은 예언가들의 예언을 믿고 신을 갈망하고 기다리는 유대인들의 종교를 떠올리게 된다. 사뮈엘 베케트는 이름만 봐도 유대인 같다. 그는 유대인의 종교를 희곡으로 표현한 것이다. 이 작품에 노벨문학상이 수여됐는데, 그것은 유대교 교리가 아니라 희곡의 문학성이 높다는 것을 평가하여 수여됐을 것이다.

니먼언론재단 사무실에 들르니 마서스비니어드(Martha's Vineyard)에 가자는 알림이 게시판에 붙어 있었다. 나는 마사라는 사람이 갖고 있는 포도밭에 놀러 가자는 이야기인 줄 알았다. 그런데 그게 아니고 마서스비니어드는 보스턴에서 가까운 해안에 있는 섬으로, 미국에서도 유명한 하기 휴양지다. 대통령 가운데도 여름휴가를 그곳에서 보낸 사람이 여러 명 있다고 한다. 미국 친구들은 거의 모두 자가용을 갖고 있었는데 나는 차가 없어 문제였다. 그러나 퓰리처상을 탄 바 있는 진 밀러가 차편을 제공하겠다고 해서 우리 부부는 그에게 신세를 졌다.

보스턴시에서 얼마간 떨어진 해안 가까이 그 섬이 있어 페리로 자동차에 탄 채로 건너갈 수가 있었다. 섬의 크기는 잘 알아보지는 않았지만 제주도의 약 4분의 1쯤으로 짐작이 됐다. 섬의 동쪽 해변은 좋은 모래밭도 있어 여름 휴양지로서는 아주 적합할 듯했다. 그 섬의 중심지는 에드거타운이라는 작은 동네인데 그곳에서 발행되는 주간신문《비니어드 가제트》가 아주 특색이 있어 미국의 언론계에서는 널리 알려져 있었다. 일행은 오후 늦게《비니어드 가제트》 신문사를 방문해 혼자 발행인 겸 기자인 헨리 비틀 휴와 만나 의견을 나눌 기회가 있었다. 그 신문은 섬에 휴양차 방문하는 많은 인사들의 소식을 주로 다루고 있으며, 그 섬의 자연보호에 특별한 관심을 보였다. 발행인인 휴는 자신의 신문에 대해 정말 대단한 자부심을 갖고 있었다. "좋은 종이에 선명한 인쇄를 하여 발행되는 신문만이 좋은 신문이 아니다. 약간 후진 종이에 좀 덜 선명한 인쇄를 하는 신문이더라도 그것이 생활에 밀접한 관련이 있는 기사를 싣는다면 좋은 신문이 아니겠느냐"라고 말하며 자부심이 대단했다. 나중에 안 일이지만 그가 노년으로 은퇴하자《뉴욕타임스》의 부사장 겸 칼럼니스트인 제임스 레스턴이 그 신문을 인수해 그 일가가 계속 그 신문을 발행하고 있다고 한다.

10여 년이 지난 후 나는 마이애미에 방문할 기회가 있었다. 그래서 진 밀러 기자를 만나 식사를 대접하며 지난날의 호의에 감사하다는 말을 다시금 전했다. 밀러 기자는 그때도《마이애미 헤럴드》신문에서 활약하고 있었으며, 그 후에 퓰리처상을 또 한번 수상했다는데 두 번씩이나 그 유명한 상을 받았다는 것은 정말 놀라운 일이다.

하버드 대학교의 네이선 마시 푸시 총장은 니먼 펠로들을 보스턴 시내의 이름 있는 식당으로 초청한 적이 있다. 거기에서 여러 문제로 이야기를 나누었는데 기억에 특히 남는 것은 교수를 선발하는 문제였다. 푸시 총장은 흑인 가운데서 교수를 뽑으려고 애썼으나 여의치가 않았다고 말했다. 훌륭한 교수는 대학 입학 후 공부만으로는 되지 않는 것 같다. 훌륭한 교수를 배출하는 데는 중학교, 아니 그 이전의 교육이 있어야만 한다는 이야기이다.

니먼 펠로의 수료식은 하버드의 정문 옆 작은 건물에 따로 있는 총장실에서 있었다. 간단한 절차 뒤에 총장이 수료증을 주었는데, 동양인인 나로서 특히 기억에 남는 것은 수료증을 주는 총장이나 펠로를 대표해서 받은 퓰리처상의 진 밀러나 모두 두 손이 아니라 한 손으로 주고받는 장면이다.

미국에 있는 1년 내내 나는《뉴욕타임스》를 탐독했다. 시간이 보통 많이 소요되는 게 아니다. 그리고 격주로 발행되는《뉴욕 리뷰 오브 북스》를 꼭 사 읽었다. 서평도 아주 좋았지만 거기엔 훌륭한 에세이도 실려 있어 읽을 만했다. 그 밖에 여러 종류의 간행물들을 사 보았는데《아이 에프 스톤스 위클리(*I. F. Stone's Weekly*)》가 아주 이색적이었다. 스톤은 소크라테스에 관한 저술도 낸 철학자이기도 한데 그는 고집스럽게 자기 주장을 폈다. TV로는 월터 크롱카이트가 진행하는 프로그램이 있는 CBS를 주로 시청했다. 한국의 TBC(동양방송)의 앵커를 맡은 적이 있는 봉두완 씨를 친구들은 봉 크롱카이트 또는 봉 카이트라고 부르기도 하는데, CBS는 한국 언론인들이 많이 시청했던 것 같다.

나는 하버드에서 체류한 1년 동안 내가 한국 대학을 다닐 때의 두 배 정도의 시간을 내 공부한 것 같다. 그때의 공부가 나의 그 후의 언론 생활이나 정치 생활에 있어 크게 도움이 됐다.

4

'정부 기관지'라는 《서울신문》 이야기

신범식 사장과 윤필용 사건

《서울신문》의 언론자유투쟁 이야기

일본 도호쿠 지방의 센다이(仙台)에서 한일 언론인 세미나를 마치고 귀국길에 도쿄에 들르니 조선일보 선우휘 주필이 와 있다는 소식이 들렸다. 1972년 3월 초였다. 당시 《조선일보》 논설위원이었던 내가 프린스호텔로 그를 방문했더니, 한 닷새쯤의 국내 소식을 전하면서 신범식 씨가 문공부 장관을 그만두고 《서울신문》 사장이 되었다고 말했다. 그러더니 갑자기 "당신, 편집국장으로 가겠군." 한다. 육군 정훈대령을 지내고 소설가로도 명성을 얻은 선우휘 주필의 직관력은 놀라웠다. 귀국하니 과연 신범식 사장으로부터 식사하자는 전화가 곧 왔다. 청주중학교 10년 선배이기도 한 그를 만나니 서울신문사로 와

* 《황해문화》 2022년 봄호.

서 자기를 좀 도와달란다. 나는 하버드 대학교 니먼 언론 펠로로 1년 동안 갔을 때 조선일보사에서 봉급을 받는 등 여러 가지 혜택을 받아 떠날 수가 없다고 말했다. 요즈음은 민간지로 바뀌었지만 당시는 정부 소유의 '정부 기관지'라고 불렸던 《서울신문》에 가기 싫은 마음도 컸던 것이다. 회사로 돌아오니 방우영 사장이 논설위원실로 와서 나를 데리고 그의 형인 방일영 회장실로 갔다. 형제가 나에게 "신범식 씨가 갑자기 신문사를 맡으니 믿을 만한 당신이 필요한 것 같다."라며 《서울신문》으로 가서 도와주라고 권고했다. 그러면서 "당신을 신 사장에게 빌려 주는 것이니 언제고 돌아오고 싶으면 돌아오라."라고 말하기도 했다. 청와대 대변인, 문공부 장관을 지내는 동안 신범식 씨는 신문사 사장들과 친밀해졌을 것이다. 《서울신문》 사장은 그 당시 신문발행인협회의 회장이 되는 것이 관례였다. 정부가 임명한 《서울신문》 사장을 발행인협회의 회장으로 삼으면 정부와의 여러 가지 교섭에서 편리했으리라는 이유도 있었을 것이다. 따라서 신문사 사장들은 《서울신문》 사장에 대해 특별한 배려를 하고 있었다.

그런 연유들로 《서울신문》 편집국장이 된 것이다. 일요일에도 출근해 신문들을 검토하고 여러 가지 자료를 살피는 등 열심히 일했다. 그러던 중 1973년 봄 《동아일보》에서 언론자유 투쟁이 일어났다. 그 무렵 충무(1995년 통영으로 이름이 바뀜)에서 언론 세미나가 열려 중앙의 많은 언론사 간부가 참여했다. 그런데 세미나 도중 서울의 거의 모든 언론사에서 언론자유운동이 일어날 것이라는 정보가 흘러들어 언론사 간부들은 모두 세미나를 하는 둥 마는 둥 마치고 귀경했다. 한국의 나폴리라는 아름다운 그곳의 관광도 전혀 못한 채다.

신문사에 돌아와 보니 과연 낌새가 좀 이상했다. 출입처에 나가 있어야 할 기자들의 3분의 1 이상이 편집국에서 웅성거리고 있었다. 내가 국장석에서 일을 보고 있자 몇몇 기자가 오더니 "국장이 자리를 좀 비워 주어야 우리가 자유롭게 행동할 수 있겠다."고 하기에 "떳떳한 일이면 내 앞에서 하라."고 했다. 그러자 경력이 일천한 이상철, 정신모 두 기자가 편집국 중앙에 서더니 「언론자유선언문」을 낭독하는 게 아닌가. 《동아일보》, 《조선일보》 두 신문의 언론자유투쟁만 부각되는 와중에 잊혀졌던 《서울신문》 언론자유투쟁의 현장이었다. 내가 확인은 안 해 보았지만 그때 중견인 김호준(국가인권위 위원), 권영길(민주노동당 대표) 기자가 배후에서 활약했었던 것 같다.

그런데 내 걱정은 편집국 기자들의 언론자유투쟁이 아니고 위층의 사장실에 있었다. 신범식 사장은 박정희 대통령의 심복이었다. 그래서 그가 《서울신문》 기자들의 언론자유선언에 대해 어떻게 대응할지, 혹시라도 과잉 대응에 나서지 않을까 걱정이 되었다. 나는 그길로 사장실에 찾아가 "사장님은 일체 몰랐던 것으로 하십시오. 내가 책임지고 뒷수습을 하겠습니다."라고 선수를 쳐서 말했다. 그랬더니 그도 상황을 짐작하고 모든 것을 나에게 일임한다고 했다. 나라고 묘안이 있는 것은 아니었다. 다만 언론자유투쟁을 마치 없었던 것으로 치고 눈을 감는 것이 상책이라고 생각했다. 대개의 분쟁이 그렇듯이 문책이나 처벌을 하면 사태가 악화된다. 《동아일보》나 《조선일보》의 언론자유투쟁도 대량 파면으로 가면서 더욱 크게 확대된 것이 아닌가. 아무 일도 없었던 것처럼 눈을 감고 지나니 편집국의 분위기도 점차 조용히 가라앉았다.

그런데 두 달쯤 후에 이상한 사건이 일어나고 말았다. 장정행 기자의 집들이에 사회부 전원이 초청되어 술판이 벌어졌을 때였다. 성미가 괴팍한 최택만 차장이 찌개 속의 긴 생선 가시를 집어 들고 그것으로 이상철, 정신모 등 젊은 기자의 머리를 톡톡 치며 잔소리를 해 댔다. 그랬더니 언론자유선언을 낭독했던 이 젊은 투사들은 최 차장에게 담요를 뒤집어 씌우고 집단 구타를 했다는 것이다. 임판호 사회부장이 지켜보는 앞에서 일어난 사건이었다.

그 사건이 다음 날 편집국에서 큰 화제가 될 수밖에 없었다. 신우식 부국장에게 진상을 알아보라고 했더니 역시 그런 불상사가 있었다. 그 일은 도저히 눈을 감을 수가 없는 일이었다. 곧 징계 절차가 진행되어 폭행한 두 기자는 서울에서 가까운 천안과 의정부 주재 기자로 전보되고, 최택만 차장은 제2사회부(지방부) 차장으로, 임판호 부장은 공석 중인 과학부장으로 전보 발령되었다. 임판호 씨는 그 후 문교부 대변인이 되고 이어 서울지하철공사 이사가 되었는데, 평양을 방문하여 세상을 놀라게 한 임수경 씨의 부친이기도 하다.

2년쯤 지난 후, 이상철, 정신모 기자도 이제 충분히 반성했을 것이라고 여겨 본사에 복귀시키기로 하고 신범식 씨 후임인 김종규 사장에게 그 뜻을 말했더니, 아직은 반성의 기간이 더 필요하다고 말하면서 본사 복귀를 유보하라고 했다. 나는 그들을 2년 이상 주재 기자로 내보낸 것은 좀 과하다고 생각했지만 어쩔 수 없었다. 두 기자는 그 후 본사에 복귀했다가 각각 다른 신문사로 옮겨 고위 간부가 되었다. 두 사람 모두 매우 우수한 기자였다. 오랜 후에 임판호 씨와 내가 어느 사람의 초청을 받아 화식집에서 술을 마시고 있었는데 《조선일보》 편집국장이 된 이상철 씨가 왔다가 셈을 하고 갔다. 초청자는 돈 안 들이고 생색을 내게 된 셈이다.

짧았던 《서울평론》의 영광

주일 대사를 지낸 고려대학교 최상용 교수의 한 기념 행사가 프레스센터에서 열렸을 때 축사에 나선 최장집 고려대 교수는 "《서울평론》을 통해 최상용 박사를 처음 알게 되었다."라고 했다. 대통령 후보로 나섰던 정동영 의원은 "《서울평론》에 실린 최상용 박사의 글을 읽고 감동해 그를 존경하게 되었다."라고 회고했다. 30여 년 전의 《서울평론》이 새삼 부활한 느낌이었다.

내가 《서울신문》으로 옮긴 지 1년쯤 되었을 때 신범식 사장은 주간지를 내 보자고 제안했다. 국학대학 강사와 《경향신문》 논설위원을 지낸 그는 잡지 간행에 관심이 많았다. 나도 대단한 잡지광이다. 특히 미국의 《애틀랜틱 먼슬리》, 《하퍼스 위클리》, 《포린 어페어스》, 《뉴욕 리뷰 오브 북스》 등 수준 높은 간행물을 열심히 수집하고 읽었다.

신 사장의 말을 듣고 나는 잡지계에서 알아주는 편집 전문가인 이중한 씨를 만나 그를 설득해 곧 발행할 주간지 《서울평론》에 부장으로 영입했다. 이 씨는 경기고등학교의 학예부장을 지내기도 했다는데, 책과 잡지 수집의 열광적인 중독자(?)이며 이미 여러 곳의 잡지 및 책 편집에 관여하고 있었다.

나는 일본의 《아사히 저널》이 수준이 높고 세련되어 그것을 모델로 하기로 했다. 《서울평론》의 연재물 가운데 가장 인기가 있었던 것은 서울대학교 이용희 교수에게 노재봉 교수가 질문하는 형식으로 된 대담이었다. 이 교수는 서울대에서 외교, 국제 문제 등을 강의하고 있었는데 그의 해박한 지식은 정평이 나 있었다. 일본이 만주에 수립한 괴뢰 만주국의 두 기둥은 관동군과 만주철도(滿鐵)라 할 수 있다. 만주철도의 조사부는 대단한 두뇌 집단이었다. 동북아 또는 나아가 전 아시아를 경영하기 위해 정보를 수집하고 연구한 정보 집단이 이 조사부이다. 예산도 엄청나게 투입했으며 일본 본국에서는 배척하던 급진 사상가들도 모두 폭넓게 포용하는 폭을 보였다. 연희전문을 나온 이용희 씨는 한국인으로서는 드물게도 이 조사부에서 활동했던 것이다. 그러기에 그는 스케일이 크고 국제 문제에 관한 풍부한 지식을 갖출 수 있었던 것이다. 아무튼 이 이용희·노재봉 교수의 대담 연재는 대인기였다.

그리고 서울대학교 최명 교수가 중국을 새로운 시각에서 바라보는 연재물도 관심을 끌었다. 최 교수는 유명한 『삼국지』를 새로운 시각에서 정치학적으로 분석한 저술을 내기도 했다. 또한, 고려대학교 최상용 교수가 냉전에 관해 새로운 시각에서 분석을 하는 연재물도 대단히 인기가 있었다. 사내 필자로는 문화부 차장인 반영환 기자의 「한국의 다리」도 좋은 사진과 함께 지면을 장식했다. 반 기자는 《서울신문》 본지에 「한국의 성(城)」을 현지 취재로 연재해 호평을 받기도 했다.

《서울평론》이 발행된 지 1년쯤 되었을 때 사장이 갑자기 신범식 씨에서 김종규 씨로 바뀌었다. 이와 관련해 한 가지 얘기하자면, 한번은 김종필 총리와 윤주영 문공부 장관 및 정인량 총리실 대변인 세 사람의 술자리에 나도 오라고 해서 합석했다. 나는 세 사람 모두와 친밀한 사이여서 흉허물 없이 여러 가지 얘기를 했다. 그런데 정 대변인이 갑자기《서울신문》에 관한 불평을 말한다.《서울신문》은 왜 김 총리에 관해서 다른 신문과 다르게 특별히 크게 다루지 않느냐는 불평이다. 대통령은 크게 다루지만 총리 이하는 크게 다루지 않는 것이《서울신문》의 관행이었다. 대통령 중심제에서는 국무총리는 의전 절차상의 일 말고는 별로 보도할 일이 없기 때문이기도 했다. 정 대변인은《서울신문》이 김 총리를 특별대우하지 않는 것에 불평한 것이다. 그 후 얼마 안 있어 신범식 사장은 재임 2년 만에 해임되었다. 내 생각에는 아마 정 대변인이 말한《서울신문》에 대한 불만이 해임의 원인이 되었을지도 모를 일이다. 그런데 얼마 안 있어 신범식 씨는 박 대통령에 의해 유정회 국회의원으로 임명이 된다. 그리고 이어 국회의 농수산 분과 위원장에 지명되었다. 신범식 씨로서는 전화위복이 된 셈이다. 김 총리 측의 평가와 박 대통령의 평가가 전혀 달랐던 것으로 보인다. 그에 관해 해석해 본다면, 신범식 씨는 박 대통령의 후계자로 김종필 씨를 전혀 생각하고 있지 않은 반면 윤주영 씨는 박 대통령의 후계자로 김종필 씨가 대통령이 될 것으로 생각하는 차이가 있었던 것 같았다.

김종규 씨가 사장이 된 후 1년 만에 갑자기《서울평론》의 발간 중지를 말했다. 나는 그 무렵 편집국장을 사임하겠다고 김 사장에게 말하고 있던 때라《서울평론》이 아까우나 굳이 저항하지 않았다. 김 사장은 내가《한국일보》에 입사했을 때 조사부장으로 있었다. 연희 대학을 나오고 한국은행에 입행한 그는 장기영 부총재가《조선일보》의 임시관리 사장으로 옮기자 그를 따라《조선일보》로 옮겼다가《한국일보》의 창사에도 참여한 인물이다. 나중에《한국일보》사장을 지냈으며 주월 부대사와 호놀룰루 총영사, 주이란 대사를 거쳐《서울신문》사장이 된 것이다. 그가《서울신문》에 부임했을 때 나는 이왕에 신범식 사장과 나의 사임을 이야기하고 있던 중이라며 그만둘 것을 말했으나, 그가 "오랫동안 해외에서 외교관 생활을 하다 귀국해 보니《서울신문》에 당신 한 사람밖에 아는 사람이 없는데 좀 도와줘야지 떠나면 어떻게 하느냐"고 하여 자리가 잡힐 때까지 머무르기로 했던 것이다.

《서울평론》의 발행 중단에는《서울신문》상층에 있는 두 예비역 장군의 의견이 작용한 것으로 안다.《아사히 저널》을 모델로 한다고 했듯이《서울평론》의 제작 방향은 자유분방했다. 정부 기관지라는 구속은 아예 생각지도 않았다. 그런 부분이 장성들의 비위를 건드린 데가 있을 것이다. 또 결정적인 것은 '서울평론상'에 있다고 생각한다. 반년 동안의 국내 간행물에 실린 모든 논문을 살펴보고 가장 우수한 글에 상을 주는 제도인데, 외부 선정 위원들이 약간 진보적인 인사인 이건호 이화여대 법학 교수와 야성이 강한 장원종 동국대 경제학 교수를 잇따라 수상자로 결정했던 것이다. 상금은 없고 상패뿐이었다. 특히 이 수상자들의 결정이 장성들의 심기를 건드렸을지도 모른다고 뒤늦게 생각했다.

《서울평론》을 말하면서 이중한 부장에 대한 이야기를 꼭 덧붙여야겠다. 그는 부인이 디자이너로 생활을 도맡고 있어서 봉급 전액을 도서 구입비에 썼다. 어떤 분야의 책을 주로 사느냐고 물었더니 모든 잡지의 창간호, 이집트에 대한 모든 간행물, 그리고 고급 에로물을 집중적으로 산다고 했다. 책을 너무 사 모았기에 명륜동께 있던 그의 단독주택은 아예 도서 창고가 되고 그는 또 다른 집 한 채를 샀다. 그는《서울신문》문화부장과 논설위원을 거쳐 퇴사했는데, 퇴사 후에는 어느 사업가가 남이섬에 대중가요 박물관을 만들자고 그에게 책임을 맡겨 열심히 수집도 하고 계약도 했는데 그 사업가가 마음을 바꾸는 바람에 몇억 대의 부채를 떠안게 되었다. 신문사 출신이 갑자기 몇억 대의 부채를 떠안게 되니 그는 그 쇼크로 식물인간이 되고 아주 장기간 투병하다가 별세했다.

아주 오랜 후의 이야기이다. 이기웅 열화당 출판사 사장을 만나 이야기하던 끝에 들으니 그 무렵 이중한 씨의 그 많은 장서를 자신이 몽땅 사들였단다. 그는 이러한 장서들을 모아 도서관이나 책 박물관 같은 것을 지으려는 계획인 듯했다.

나도 이중한 씨 못지않은 도서 수집가이지만 열심히 몇만 권 모아 놓고 나면 그 뒷감당이 어렵고 한편 허망하기까지 하다. 이중한 씨가 이집트를 여행하여 그 거대한 고대의 유적들을 보고 나서는 그동안 그의 이집트에 관한 서적 수집이 참으로 초라하고 무의미하게 느껴졌다고 한탄조로 말한 일을 나는 지금 떠올린다.

김대중 대통령의 어록 가운데 내가 아주 중요하다고 생각하고 정치 어록 사전에 크게 부각되어야 한다고 생각하는 말은 "정치인은 서생적 문제의식과 상인적 현실 감각을 가져야 한다."는 것이다. 정치인들에게 꼭 필요한 충고다. 그런데 신문기자에겐 앞부분 "서생적 문제의식"이 꼭 필요하고 뒷부분 "상인적 현실 감각"은 그다지 필요치 않다고 생각한다.

《서울신문》 사회부의 김건 기자는 경력이 그리 길지 않은 기자였는데 상인적 현실 감각은 아주 발달했던 것 같다. 그는 사람을 사귀는 데 능수능란했으며 처세에도 매끄러웠다. 그런 그가 청와대 경비 초소의 군인들과 시비를 벌여 크게 문제된 적이 있었다. 그의 집이 청와대 뒤쪽에 있어 경비 초소 옆을 지나야 했던 모양이다. 신문기자였기에 취재상 통금을 어길 수 있고 더 나아가 친구들과 어울려 술을 마시다가 통금을 어길 수도 있다. 약삭빠른 그는 평소에 경비 초소병들에게 음료수나 빵, 과자 등을 제공하여 관계를 좋게 유지했던 것 같았다. 그런데 초소의 책임 장교가 바뀐 줄을 모르고 그 옆을 지나다가 걸려 시비가 좀 심하게 벌어진 모양이다. 그래서 즉각 구금되어 수도경비사 영창에 넣어졌다.

이야기를 더 하기 전에 서울신문사 고위층의 인물들을 살펴보는 것이 도움이 될 것이다. 신범식 사장, 윤일균 전무, 김종면 감사의 3인 체제인데 앞에서도 말했지만, 신범식 사장은 박정희 대통령의 심복 같은 인물이다. 윤일균 전무는 공군 정보 책임자를 지낸 장성으로 중앙정보부로 옮겨 오래 근무하다가《서울신문》으로 온 사람이다. 박 대통령 말기에《서울신문》에서 근무하다 10여 년 만에 다시 중앙정보부로 복귀해 해외 담당인 제2차장이 되었는데, 김재규 부장의 박 대통령 시해 사건으로 잠깐 중앙정보부장 서리를 맡기도 했다.

윤 전무는 매우 치밀하고 철저한 성품이다. 잡담이 아니고 업무상 사람들과 얘기할 때는 꼭 두툼한 메모 노트를 꺼내 놓고 중요 상황을 메모하면서 대화한다. 그는 여러 색깔이 있는 볼펜을 쓰는데 대화가 끝난 다음에는 추측건대 1) 중요 상황, 2) 후속 조치가 필요한 상황, 3) 상부에 보고할 상황을 구별하여 적색, 녹색 등 다양한 색깔로 밑줄을 그어 두기도 했다. 그렇게 기록해 둔 메모 노트가 캐비닛 몇 개에 그득하게 들어 있었다. 한번은 그가 어떤 정치 음모에 말려들어 수사 당국에 연행되었는데 사무실에 있는 메모를 보면 그의 모든 행적을 소상히 알 수 있을 것이라고 말하여 무혐의 석방되었다는 것이다. 소설가 이병주 씨는 그에 관한 이야기를 듣고 그 이상의 추리소설 소재는 없을 것이라고 감탄했었다.

김종면 감사는 본명이 김종평으로 자유당 정권 때 육군특무대장(육군특무대는 후에 보안사령부로 발전한다.)을 지냈는데, 김창룡에게 몰려 육군형무소 생활도 했단다. 군인 시절 박정희 대통령과 친했던 모양으로 박정희 대령이 충북 옥천의 대지주의 딸인 육영수 여사와 결혼했을 때 친구로서 참석해 10여 명의 친구들과 함께 신혼부부를 둘러싸고 기념 촬영을 하기도 했다. 김 감사는 그 사진을 소중하게 간직하고 나에게 자랑스럽게 보여 주기도 했다. 그 사진이 그의 특수한 신분증 같기도 했다.

박 대통령과 그런 특수 관계인 김 감사라 김건 기자가 청와대 초소병과 말싸움으로 구금되어 영창에 넣어지자 펄펄 뛸 수밖에 없었다. 그는 즉각 김 기자를 파면해야 한다고 주장해 사장도 동의하기에 이르렀다. 난처하게 된 것은 편집국장이다. 청와대 경비 초소병과의 말다툼으로 연행되었다고 해서 그만한 일로 즉각 파면이란 있을 수 없는 일이었다. 경위를 자세히 알아보고 사내 징계위에 회부하여 적당한 징계를 하는 절차를 밟아야 마땅하다. 나는 사장에게 그런 식으로 김 기자를 파면하면 내가 어떻게 편집국의 기자들을 통솔하겠느냐며 사직하겠다고 말했다. 감사와 편집국장의 대립 속에 난처하게 된 것은 사장이었다.

그 문제를 결정하기 전에 우선 김 기자가 구금된 수도경비사에 가서 사과하는 일이 대두되었다. 김 감사는 나보고 같이 가자고 하여 필동 쪽에 있는 수경사를 방문, 헌병대장인 김만기 헌병대령부터 시작하여 장태완 참모장, 진종채 사령관 등을 차례로 만나 사과했다. 나의 중학 동창인 허재송 헌병 중령은 주월사 헌병대장을 지내고 예편했는데 그를 동원해 김 기자의 선처를 부탁하려고 김만기 헌병대장과 함께 화식집에서 식사를 해 보니 참 올바른 군인 같았다. 내 예감이 틀리지 않아 그는 얼마 후 예편하여 곧 감사원 사무총장이 되었다. 장태완 참모장은 전두환 12·12사태 때 수경사 사령관으로 있었는데 병력을 동원해 쿠데타를 진압하려 출동 준비까지 했지만, 노재현 국방장관이 만류하여 중단했다는 강직한 군인이다. 그는 고향인 김천에서 제사가 있을 때에는 일석점호를 마치고 김천으로 가 제사를 지내고 일조점호 전에 부대에 도착하는 등의 철저함을 보이기도 했단다.

진종채 사령관은 얼마 뒤 보안사령관으로 자리를 바꾸었는데 보안사령관 때 만나 보니 그때 일은 소소한 일이라 모두 잊고 있었다.

본론으로 돌아가, 감사와 나 사이에 김 기자 파면을 두고서 대립은 계속되었으며 사장은 이러지도 저러지도 못하는 자세였다. 결국 내가 사임하기로 결심하고 회사에 나가지 않았다. 그리고 장기간의 룸펜 생활에 익숙해지려고 누상동의 집에서 을지로3가에 있는 국도극장까지 걸어가서 영화를 한 편 보고 다시 걸어서 집으로 돌아오다가 을지로3가 횡단보도에서 신호에 걸려 서 있었는데, 내 앞에 군 지프차가 서더니 김 기자가 내려 국장이 웬일이냐고 한다. 김 기자는 석방되면서 그의 능란한 사교술로 군 지프차를 얻어 타고 나와 집으로 가던 중이었던 것 같다. 김 기자는 속도 모르고 "국장이 몸이 달아 을지로3가에서 나의 석방을 기다리고 있었다."라고 떠벌였다는 소문이다. 내가 회사에 나가지 않자 회사에서는 나의 출근을 요청하려고 부국장들을 집에 보내기도 했던 모양이다. 결국 사장이 김 감사의 주장대로 일단 김 기자를 파면하고 또한 나의 주장대로 김 기자를 3개월 후 복직시킨다는 조건으로 타협이 이루어져 나는 정상 업무에 복귀하고 김 기자 때문에 일어난 그 지저분한 일들을 몽땅 잊기로 했다.

언론사 사장이 되는 길

편집국장으로서 하는 인사 가운데 부국장, 부장, 차장 등의 인사가 가장 중요하지만 해외 특파원 인사도 까다롭다. 해외 특파원은 한

번 발령을 하면 최소한 2년 이상의 임기를 보장해야 하는 경직성이 있기 때문이다. 그때 《서울신문》은 도쿄에 일본 특파원, 워싱턴에 미국 특파원을 두었으며, 파리에 프랑스 통신원을 두었다. 프랑스 통신원은 프랑스에 유학 중인 소장 학자들 가운데서 선정해 얼마간의 사례를 매달 지급하고 뉴스가 아닌 일종의 해설 기사를 부탁했다. 주로 문화면에 실리는 글들이다.

외신부장이었던 임동수 씨의 워싱턴 특파원 임기가 끝나 후임을 물색하게 되었다. 임동수 씨는 아주 특이한 특파원이었다. 우선 운전을 못 해 자가용 차가 없었다. 그러나 워싱턴 특파원이 꼭 가야 할 곳은 국무부의 브리핑 정도라 그것은 동료 특파원 차를 편승한 것 같다. 중요한 기사는 AP, UPI 등 외신이 전한다. 따라서 특파원이 해야 할 중요한 임무는 현장 정보를 종합하여 해설 기사를 쓰는 일이라 할 수 있다. 여러 TV 채널을 주의 깊게 시청하고 각종 신문을 정독하면 그런 해설 기사를 쓸 수 있다. 여하간 자가용 없는 임동수 특파원은 특파원으로서 낙제점은 아니었다.

임 특파원 후임으로 나는 정치부장을 지내고 부국장으로 있던 정구호 씨를 염두에 두고 추천한다고 귀띔했다. 정 부국장은 나의 의사가 거의 모두 관철되는 것을 보았기에 주미 특파원이 될 것을 확신하고 서울에 있는 집을 파는 등 성급히 준비를 서둘렀다. 그런데 김종규 사장에게 정식으로 품신 서류를 올리니 김 사장은 정구호 씨만은 절대로 안 된다고 반대한다. 아무 이유 설명도 없다. 다른 기자를 올리라고 하여 정치부의 안영모 기자가 외신에 밝기에 그를 말했더니 김 사장은 다섯 명의 후보를 올리라고 약간 특이한 고집을 부린다. 편집국 안에 주미 특파원 후보가 그렇게 많을 수가 없다. 그래서 다시 안영모 기자를 1번으로 하고 고심고심 생각하여 3명의 이름을 더 추가했는데 마지막 한 명을 고를 수가 없었다. 그래서 5번 순위에 편집국장인 나의 이름을 적어 올렸다. 예상했던 대로 안 기자가 낙점된 것은 잘 된 일인데 사장이 안 기자에게 편집국장도 경합했다고 하지 말았어야 할 이야기를 하여 안 기자가 편집국장까지 물리쳤다고 자부심을 갖게 한 일은 그 후 오랫동안 잡음의 씨앗이 되었다.

집까지 팔고 준비했던 정구호 씨의 낙담은 이만저만이 아니었다. 그는 아예 나를 외면하다시피 했다. 곰곰이 생각해 보니 그가 주미 특파원 준비를 서두른다는 소문이 난 것이 사장 귀에까지 들어가 화근이 된 것 같다. 그런데 새옹지마란 말이 있지 않은가. 신군부 쿠데타 후에 전두환 대통령이 나온 대구공고 출신 언론계 간부를 찾으니 정구호 씨밖에 없었다. 정 부국장은 청와대 대변인, KBS 사장 등 화려한 출세의 길을 거듭했다.

편집국장은 장기적으로 후임 국장 문제도 생각하고 준비해 두어야 한다. 나는 이우세 부국장을 마음에 두었다. 그런데 그는 계속 편집 기자로 내근만 했지 출입 기자 경력이 전혀 없는 약점이 있었다. 부국장을 출입 기자로 내보낼 수도 없는 일이고 나는 그가 취재 경력을 쌓도록 주일 특파원으로 내보냈다. 주일 특파원은 여러 분야의 취재 경력을 쌓을 수 있어 편집국장 준비 과정으로는 안성맞춤인 자리다. 그리고 좀 장기적인 포석으로 이우세 부국장 다음으로 신우식 부국장을 생각했다. 신우식 부국장 역시 신문사에서 줄곧 문화부에만 있었지 다른 취재 경력이 없었다. 그래서 그도 취재 경험을 쌓도록 이

우세 씨 후임으로 주일 특파원으로 내보냈다.

그 무렵 일본에는 국제한국연구원을 운영하는 최서면이라는, 주일 특파원들에게는 불가원, 불가근의 인물이 있었다. 가끔 문화재에 관한 뉴스를 흘리기에 불가원이고, 또 그가 박대통령의 처남인 육인수 의원의 도움으로 한국 정부 예산을 듬뿍 받아 육 의원과 함께 요정에서 낭비하는 행태가 불가근이라는 말인데,(신군부 들어서 조사를 하여 그 진상이 폭로되었다.) 이우세 특파원은 적당한 거리를 유지하며 잘 지냈으나 신우식 특파원은 만나다 보니 정도 들어 멀리할 수 없었다고 밀착하여 지냈음을 고백하기도 했다.

내가 편집국장을 만 5년 동안 지내고 난 뒤 이제는 더 이상 하는 것이 바람직하지 않다고 김 사장에게 교체를 요구해 후임으로 이우세 부국장을 천거하자 김 사장은 매우 오랫동안 난색을 표명하며 입맛만 다셨다. 그러나 대안이 없었던지 마지막에는 드디어 수락했다.

이우세 국장도 나와 똑같이 5년 동안 편집국장을 하고 사장으로 승진했다. 사장으로 승진한 것에 비화라 할 만한 이야기가 하나 있다. 그의 아들이 신군부 쿠데타 전에 전두환 씨 집 가정교사였다는 사실이다. 그의 아들은 서울대 공대에서 운동권으로 활동하여 구속되기도 했는데 일본에 유학하여 지금은 와세다 대학교 교수로 있다. 언론에 가끔 등장하는 이종원 교수다.

그런데 일본 도쿄 대학교에서 박사 학위를 받고 국민대학교에 있다가 민정당의 이념실장을 지낸 김영작 씨는 이와 관련해 강력하게 다른 주장을 한다. 김영작 씨는 일본에서 대학교수로 있을 때 조총련 쪽의 꼬임에 빠져 서울 성동구청장을 지내다가 납북된 부친을 만날 목적으로 북한에 밀입국했었다. 김일성은 만났으나 정작 부친은 못 만난 채 간첩 행위 지령만 받고 귀환한 후 조총련 사람이 거짓말을 했다고 맹공격하며 돌아섰었는데, 잠깐 한국에 귀국했다가 보안사령부에 걸려 5년 동안 형무소살이를 한 일이 있다. 그때의 보안사 수사관이 민정당 창당의 실무역을 맡았던 이상재 씨다. 여하간 그런 인연으로 김영작 박사는 전두환 대통령과도 직접 만나 일본 문제를 논의하기도 하는 입장이 되었다.

그 무렵 전두환 씨가 김 박사에게 《서울신문》 후임 사장을 물색하여 자기에게 말해 달라고 얘기해 그가 이우세를 추천했다는 것이 그의 이야기다. 내가 들은 바와 그의 이야기가 전혀 달라 장시간 논쟁도 한 일이 있었으나 김 박사는 그의 주장을 굽히지 않았다. 두 가지 가닥이 우연히 일치한 인사일 수도 있겠다. 신우식 씨는 편집국장 단계를 뛰어넘어 그 후 사장이 되었다. 구군부 때는 양순직, 장태화, 신범식, 김종규 씨 등 외부 인사가 사장으로 왔는데, 신군부가 되어서는 이우세, 신우식, 이한수, 이동화 씨 등 내부 기자 출신이 사장이 되는 추세로 바뀌었다. 신군부 때는 나누어 가질 '사장 몫'이 늘어서일까. 여하튼 환영할 현상이기는 하다. 그리고 《서울신문》은 급속히 민영화의 길을 걷게 된다.

논설실장으로 부임한 현역 중령과 윤필용 사건

편집국장이 된 지 만 5년이 될 무렵 나는 더 이상 그 자리를 계속했다가는 내 인생이 뒤틀릴 것이라고 생각하고 사장에게 강력히 요구하여 논설위원실로 옮겼다. 《조선일보》에서 최석채, 선우휘 씨 등 주필 밑에서 3년 반쯤 논설위원 생활을 한 나는 《서울신문》의 논설위원 수준을 별로 평가하지 않았다. 정부 기관지라는 한계도 있었지만 인적 구성이 문제가 많았다.

신범식 씨가 사장이 된 지 얼마 지나서 유갑수라는 언론계에서는 전혀 낯선 사람이 논설실장으로 왔다. 논설 책임자가 된 그가 며칠 후 나를 자기 방으로 오란다. 논설실장이 편집국장을 오라 가라 하는 것은 예의에 벗어나지만 그의 방에 갔더니 그는 "이제 우리가 동지가 되었으니 잘해 봅시다."라는 요지의 말을 했다. 신문사에서 '동지'라는 말은 전혀 어울리지 않는 것이어서 이상한 일도 다 있다고 생각했는데 유명한 윤필용 사건이 터지자 왜 그런 표현이 나왔는지를 알게 되었다.

수도경비사령부의 윤필용 사령관이 갑자기 구속되는 사태가 일어나 세간에서는 그것을 '윤필용 사건'이라고 말한다. 윤필용 사건에 관해서는 일본의 유명한 이와나미 서점에서 발간하는 《세카이》가 간단히 보도한 것 말고는 다른 보도를 보지 못했다. 국내 언론에서는 그 경위가 전혀 보도되지 않았던 것으로 기억한다. 공교롭게도 이 사건에는 《서울신문》의 신범식 사장이 깊이 관여되어 있는 것으로 알려져 있었다. 윤 장군은 신 사장을 포함한 여러 사람과 술자리를 자주 가졌으며, 한번은 그 술자리에서 "요즘 각하의 건강이 안 좋은 것 같은데 후사 문제를 생각해야 할 때가 아닌가."라는 요지의 말을 한 것으로 알려졌다. 신 사장은 윤 장군과 아주 자주 만난 것으로 추측된다. 육사 11기로 가장 먼저 별을 단 수도경비사 참모장 손영길 준장이 신 사장을 신문사로 방문하는 것을 목격하기도 했다. 그리고 논설실장에 임명한 유갑수 씨가 사건이 터진 후 현역 중령의 신분으로 윤 장군 산하의 인물인 것으로 밝혀졌다. 신범식 씨는 자기를 국방장관으로 추천하는 사람이 있어 그 방면의 연구도 좀 해야겠다고 나에게 말하기도 했는데, 나중에 생각하니 그를 추천했다는 사람이 윤 장군 같았다.

《서울신문》 사회부의 이철 기자는 국방부를 출입하면서 민완 기자로 알려졌었는데 그가 갑작스레 나에게 《서울신문》을 그만두고 미국으로 이민 가야겠다고 말한다. 그는 군 관계의 비밀을 여러 가지로 너무 잘 알고 있어 혹시라도 신상에 위험이 닥칠지도 모른다고 걱정하고 있었던 것이다. 나중에 생각해 보면 그가 윤필용 장군 사건에 대해 어느 정도 정보를 파악하고 있어 혹시라도 위험이 닥칠지도 모르겠다고 우려했던 것 같다.

윤필용 사건에 관해서는 《세카이》 보도 말고는 다른 보도가 없어 더 자세한 내용은 알 수가 없었다. 역시 신범식 사장 주변의 이야기가 중요한 정보 자료가 되었던 것이다. 짐작건대, 신 사장은 윤필용 장군과 깊은 관계를 맺었고 국방 장관 운운의 이야기와 유갑수 중령의 논설실장 임명, 그리고 손영길 준장의 서울신문사 출입 등으로 미루어 볼 때 그 그룹과도 깊은 관계를 맺었던 것 같다. 그런 신 사장이 중간에 어떻게 위험하다고 느꼈는지 몰라도 그 일들을 청와대의 박종규 경호실장에게 보고하여 윤 장군이 구속되는 이른바 '윤필용 사건'이 터진 것이다. 내가 《세카이》에 난 기사를 읽고 난 다음에 신 사장에게 자세한 이야기를 알아보려고 물어보니 그저 웃기만 하고 전혀 설명해 주지 않았다.

수도경비사의 윤필용 사건은 강창성 장군이 사령관으로 있는 보안사령부에서 담당했다. 그런데 막상 조사해 보니 육사 11기 전두환 씨를 중심으로 조직된 하나회의 멤버들이 다수 관련되어 있어 사실상 하나회를 뒷받침하고 있던 박 대통령이 그것을 가볍게 처리하도록 한 것 같다.

그 후에 벌어진 재미있는 이야기를 한 가지 추가하자면, 박정희 대통령의 사후 신군부가 집권했을 적에 윤필용 씨는 도로공사 사장에 임명되었는데, 얼마 후 신범식 씨가 그 도로공사의 이사장에 임명되었다는 선뜻 이해하기 어려운 인사가 있었다는 사실이다. 아마 인사권자가 둘 사이의 지난날 관계를 전혀 모르고 그런 인사를 했는지도 모르겠다. 지켜보는 사람에게는 매우 이상한 인사였다.

김종규 사장이 부임한 후 논설위원장에는 연세가 지긋한 변호사인 박상일 씨가 취임했다. 그의 법률 문제에 관한 사설은 수준급이었으나 나머지 논설들은 전날과 다름없이 맥빠진 것이었다.

나는 주필로 취임하면서 중요한 결정을 했다. 두 명쯤의 논설위원은 학계에서 영입한다는 것이다. '학계-언론계 넥서스'(university-press nexus)라는 말이 있는데 학계와 언론계의 두뇌가 서로 밀접히 협력해야 발전이 있을 수 있다는 주장이다. 우선 경제 담당 선정을 위해 고심했는데 그동안에 나온 신문, 잡지의 기명 경제 논설들을 살펴보니 중앙대학교 박승 교수의 글이 가장 뛰어났다. 아주 쉬운 말로 썼으며 주장이 분명하고 정확한 것 같았다. 경제부의 최낙동 기자가 그를 안다기에 식사 자리를 마련해 달라고 하여 그를 만나 내 의향을 말했다. 대학교수직을 유지하면서 하는 일이니만큼 비상임 논설위원이지만 봉급은 상임과 똑같이 주겠다고 했다. 박승 교수는 당초 해군사관학교에 합격했으나 포기하고 서울대 상대를 졸업한 후 한국은행에 입행했다. 그 후 뉴욕주립대학교(Albany)에서 박사 학위를 하고 중앙대 교수가 된 것이다.

국제·외교 담당도 강화하려고 서울대학교의 김학준 교수를 역시 같은 조건으로 영입했다. 김 교수는 미국에 유학해 피츠버그대학교에서 박사 학위를 취득하기 전에 《조선일보》에서 정치부장인 나와 함께 기자 생활을 했는데, 외무부 출입 기자인 그의 기사는 초년 기자임에도 아주 출중해 점 하나 고칠 데가 없었다.

사회 문제 담당은 교육 분야가 가장 중요하다. 사회부의 유승삼 차장이 매우 뛰어나 그를 발탁하여 논설위원실로 발령했다. 유승삼 씨는 이왕 신문기자가 되었으니 선망의 사회부장을 꼭 한번 해 보고 싶었다고 아쉬워하면서 응해 주었다. 그리고 나머지 《서울신문》으로서는 중요한 분야인 정치 문제는 내가 직접 담당했다.

그렇게 진용을 새로 짜고 나니 《서울신문》의 논설은 대단한 수준의 향상을 보게 되었다. 박승 교수의 경제 사설은 특히 빛났다. 그는 내가 신문사를 떠난 후에도 몇 년 동안 더 《서울신문》에 머물렀다. 그의 실력이 출중한 것이 점차 인정을 받았기에 그는 노태우 대통령 때 청와대 경제특보와 건설부 장관, 김대중 대통령 때 한은 총재라는 막중한 자리를 맡게 된다. 김학준 교수는 후에 청와대 공보특보와 비례대표 국회의원을 지냈고 단국대학교 총장 등 여러 교육계 요직을 거쳐《동아일보》의 사장, 회장을 역임하기도 했다. 유승삼 씨는 《서울신문》이 민간지가 된 후 선출직 사장을 지냈다.

주필이 된 지 1년 반쯤 되었을 때다. 당시 집권당인 공화당의 정책위 의장인 박준규 씨가 사람을 보내 서울에 신설되는 선거구인 강서구에서 국회의원에 출마할 의향이 있는지 타진해 왔다. 그와 나는 아주 오래전인 제2공화국 때 특집 취재차 두 시간 정도의 긴 인터뷰를 한 것 말고는 별로 접촉이 없는 사이이다. 아마 그가 나의 언론인 생활에 관심을 갖고 관찰해 온 것 같다. 나중에 안 얘기지만 그는 내가 통일사회당의 김철 대표와 아주 친밀하다는 사실까지 파악하고 있었다.

결단의 순간이다. 정부 기관지인《서울신문》의 편집국장을 5년 하고 주필을 1년 반 동안 한 나에게는 다른 언론사에서의 언론 활동이 사실상 막힌 셈이다. 길이 있다면 경영진으로 옮기거나 관계나 정계로 나가는 방법밖에 없다. 말하자면 나는 막힌 골목에 다다라 있었던 것이다. 그래서 아무와도 상의하지 않고 박준규 씨에게 수락의 신호를 보냈다.

당초 공화당에서는 박정희 대통령이 친아들처럼 아끼는 이건개 검사를 강서구의 후보로 청와대에 추천했다. 그런데 이건개 씨를 젊은 나이에 서울시경국장에 임명하여 별로 재미를 못 본 박 대통령은 아직 이르다고 그를 제쳐 놓았다. 그러자 그 자리를 메꾸어 추천된 것이 나의 이름이었다고 한다. 박 대통령과 나는《조선일보》때 청와대에서 몇몇 논설위원들을 만나는 모임에서 몇 차례 만났고 흉허물 없는 술대접을 받기도 하였기에 어느 정도 익숙한 사이가 된 셈이었다. 그렇게 하여 나의 언론 생활은 끝나고 어설픈 정치인으로서의 인생 제2막이 시작된 것이다.

《서울신문》을 말하면서 이른바 '정부 기관지'라고 말하는 것은 그럴 만한 이유가 있어서다. 《서울신문》의 자본 구성은 거의 99퍼센트 이상이 정부 직접 투자이거나 정부 산하기관들의 투자이며 민간인의 주식 보유는 거의 무시할 정도로 아주 미미한 것이었다. 그리고 《서울신문》의 기사 내용이 정부를 대변하는 것도 아니고 정부가 특별히 《서울신문》을 통해 중요 발표를 하는 것도 아니었다. 다만 《서울신문》은 다른 신문에 비해 정부 측 발표와 정부에 유리한 기사를 크게 다루고 있을 뿐이었다. 따라서 정부 기관지라는 말은 전혀 성립될 수가 없는 것이다. 다만 보급에서 《서울신문》은 정부나 그 산하 동(洞)이나 리(里)까지의 행정단위에서 집단 구독을 하는 특혜를 누리고 있어 그것이 다른 신문에 비해 재정적인 여유를 갖게 하는 것이었다.

5

우리 정치는 소극(笑劇)일 수도

박찬종, 오유방, 권정달, 이종찬 등의 이야기

우리는 희극이나 비극에 관해서는 가끔 이야기하지만 소극(笑劇)에 관해서는 거의 이야기하지 않는다. 그러나 세상에는 소극이 더 자주 일어난다.

안철수의 잘못된 공약

언론인 친목 연구 단체인 관훈클럽의 간부들이 버스 한 대에 타고 지방 여행을 할 때다. 마침 안철수라는 새로운 정치인이 혜성처럼 나타나 국민의 관심을 끌고 그가 1) 국회의원의 정수를 줄이겠다. 2) 국회의원 공천권을 중앙당에서 지구당 당원이나 지역구 주민들에게로 대폭

* 《황해문화》 2021년 봄호.

넘기겠다는 요지의 공약을 내세워 화제가 되었다. 버스에 탄 회원들 대부분은 국회의원 정수를 줄인다는 데 찬성하는 의견이었다. 그리고 공천권을 지역으로 대폭 이양하는 방안에도 과반쯤이 동조하는 분위기였다. 아마 그때 많은 국민이 비슷한 반응을 보였을 것으로 생각한다.

그러나 냉정히 생각해 보면 그 두 가지 반응은 모두 잘못된 것이라고 생각된다. 먼저, 현재 300명인 국회의원 정수는 줄일 게 아니라 얼마간 더 늘려야 한다는 것이 정답일 것이다. 한 학자가 꽤 많은 국가의 의원 수에 대해 조사·연구한 바에 따르면, 대한민국에서는 국회의원 수가 상·하원 양원이 된다는 것을 가정할 때 500명 선이 되어야 한다는 것이었다. 만약 통일 한국이 되어 상·하원이 구성된다면 그렇게 될 것이라고 짐작되기도 한다. 상원 100~150명, 하원 350~400명 선이라고 상상할 수도 있다. 그런데 정치적 분석과 판단을 해 보지 않은 일반 국민들은 막연한 생각에 국회의원 정수는 무조건 줄여야 한다는 방향으로 흐르고 있는 것이다.

국회의원 공천권 문제에 대해서도 비슷한 이야기를 할 수 있다. 중앙당이 공천권을 갖는 것보다 지구당 당원이나 지역구 주민들이 공천권을 갖는 것이 보다 민주적이라고 생각하기 쉬울 것이다. 그러나 우리의 정치 현실을 깊이 생각해 볼 때 지역에 공천권을 대폭 이양하는 것은 결국 주로 지방의 토호들에게 공천권을 이양하는 것과 같은 이야기가 된다. 또한, 지방의 토호라고 할 때 그것은 주로 아파트 등 주택건설업자들을 뜻하는 것이 되는 것이 당시의 지방 세력 분포의 실상이었다. 그때와 지금은 얼마간 달라진 것 같다. 요즈음은 아파트도 유명 회사를 선호하게 되어 건설업계의 구도가 달라졌다는 이야기도 있다.

토호의 덫에 걸린 길전식

《조선일보》에서 논설위원으로 있을 때 중학교 선배인 신범식이 문공부 장관에서 《서울신문》 사장이 되자 나를 편집국장으로 데려가려 했다. 나는 정부 기관지에 가는 것이 싫다고 했으나 그가 《조선일보》 사주에게 부탁하여 결국 반강제로 《서울신문》에 가게 되었다. 그렇게 해서 편집국장 5년, 주필 2년쯤 하고 있을 때다. 집권당인 공화당의 정책위 의장인 박준규 의원으로부터 서울에 신설되는 선거구인 강서구에 국회의원 출마를 할 의향이 없느냐는 타진이 왔다. 그때 신문사에서 나에게 열린 길은 조만간에 전무이사나 사장으로 경영진이 되는 길밖에 남아 있지 않았다. 그래서 수락 의사를 말했던 것이다.

그런데 공화당 안에서 길전식 사무총장과 박준규 정책의장 간에 암투가 있다는 것을 뒤늦게 알게 되었다. 강서구에 박정희 대통령이 존경하던 작고한 이용문 장군의 아들 이건개 검사를 일단 공천하는 데는 합의했으나, 박 대통령이 이건개를 아주 젊은 나이에 서울시 경국장에 임명했다가 실패한 일이 있어 그의 공천을 승인하지 않을 것이 거의 틀림없으므로 그 후를 놓고 서로 암암리에 의견 대립이 있었던 것이다. 길 총장은 이미 강서구의 큰 건설업자를 공천하기로 흥정이 있었던 것 같다. 그 흑막을 눈치챈 박 의원이 박 대통령과 얼마간 안면이 있는 나를 공천 경합자에 내세워 견제에 나선 것이다.

공화당에서 박 대통령에게 이건개를 추천하자 예상했던 대로 박 대통령은 받아들이지 않았다. 그때 박준규가 남재희가 어떻겠느냐고 말하자 박 대통령은 본인이 수락하면 그렇게 하라고 지시했다는 것이다. 길전식으로서는 완전히 허를 찔린 셈이다. 그는 나에게 공천 사실을 전화로 연락하면서 우선 화풀이부터 했다. 전화를 걸어도 안 받는데 어디를 그렇게 돌아다니느냐고 꾸짖는다. 그리고 박 대통령이 공천을 승인했다고 말하며, 조사해 보니 돈도 없던데 그런 사람이 어떻게 출마하려고 하느냐고 꾸짖는 말투로 대한다. 그리고 얼마 있다가 다시 전화를 걸어와 "청와대에서 종로구에 민관식을 공천하기로 했는데 지금 전화해 보니 민관식이 일본 여행 중이어서 연락이 안 된다. 만약 민관식이 수락을 하지 않는다면 당신을 강서구에서 종로구로 옮겨서 공천하겠다."라고 아주 기분 나쁜 어조로 이야기한다.

여기에서 자세한 이야기는 하지 않겠지만 길전식은 강서구의 건설업자와 공천 문제를 두고 굳은 약속을 한 것 같다. 그 건설업자는 공천을 얻기 위해 강서에 거주하는 한 유력 정치인에게 엄청난 액수의 대가를 약속하며 흥정했다는 사실이 《서울신문》 김호준 기자의 보도로 드러난 바도 있었다. 그러니 공천을 둘러싼 흑막은 짐작할 만하다. 길 총장은 또다시 전화를 걸어와 나를 후원해 줄 사람의 명단을 제출하라고 한다. 공화당 총재인 박 대통령이 공천을 결정한 마당에 이 무슨 수작인가. 그러나 나는 예의를 지켜 후원 예상자 명단을 제출했다. 그 후 길 총장은 자기가 지나치게 월권한 것이 미안했던지 입막음용으로 500만 원을 주었다.

내가 선거구에 갔더니 며칠 후 문제의 그 건설업자가 나타나 이번은 당선되도록 밀어줄 테니 다음번에는 자기가 공천되도록 노력하겠다고 약속하라고 터무니없는 요구를 했다. 길 총장에게 기대했던 공천이 안 된 분풀이 같기도 한 정말 사기꾼 같은 이야기다.

박찬종의 원맨쇼와 오유방의 맥주병

10대 국회에 당선되고 초선 의원으로서는 좋은 자리라고 하는 정책연구실 차장에 임명되었을 때다. 정책연구실장은 재선의 박찬종 의원이었다. 박 대통령이 암살되고 난 후, 박찬종이 공화당 안의 부패한 의원들을 숙정하자는 이른바 정풍운동의 첫 신호를 올렸다. 그리고 10여 명의 젊은 의원들이 호응하여 세가 확장되었다. 박찬종은 칸막이벽을 옆에 두고 바로 옆방에 있는 나에게 일언반구의 이야기도 하지 않았다. 그럴 때 서대문구 출신인 오유방 의원이 나를 만나자더니 정풍운동에 참여할 것을 권고한다. 오 의원은 나의 중학교 6년 후배이고 대학교 4년 후배다.(나는 의예과 2년을 다니고 서울대 법대에 신규 입학을 하여 2년을 꿇었다.) 오유방의 요청에 나는 부패한 의원들이 공화당에 있는 것이 사실이니 그들을 정리하는 것은 필요하다고 긍정적인 태도를 보였다. 그러자 언론에서는 곧바로 나도 정풍운동의 참여자로 그 이름을 올렸다. 그러나 통로가 트인 칸막이벽 옆방의 박찬종으로부터는 끝내 정풍운동에 관한 한마디 설명도 없었다. 정풍운동 참여자로 보도된 의원들의 모임도 내가 알기로는 한 번도 없었다. 박찬종의 원맨쇼다. 정풍운동에 가담한 것으로 보도된 의원들도 모르는 사이에, 온갖 정풍운동의 방향 설명 등이 그의 입에서 쏟아져 나왔고 언론에 보도가 되었다. 나는 오유방에게 간단히 당의 숙정에 긍정했다가 박찬종의 독주에 포로가 된 셈이다.

그래서 오유방을 만나 다음 세 가지를 물어보기로 했다. 첫째로 이 정풍운동이 신당운동의 포석이 아닌지, 둘째로 그때 서서히 윤곽을 드러내던 신군부와의 연결이 있는 것은 아닌지, 셋째로 공화당 대표인 김종필까지 겨눈 것은 아닌지 하는 세 가지였다. 맥줏집에서 만났는데, 오유방은 첫째 질문에 아니라고 답변하며 맥주병을 하나 들더니 콘트리트 바닥에 수직으로 강타하여 그 병을 박살 낸다. 그 야만적인 행태에 나는 크게 놀랐다. 그러나 참았다. 다만 참고만 있을 수 없어 나도 "알았다."라고 말하며 유리잔을 하나 들어 콘크리트 바닥에 박살 냈다. 두 번째 질문에 오유방은 "아니오." 하고 맥주병을 콘크리트 바닥에 박살 내고 나도 "알았다." 하고 유리잔을 박살 냈다. 세 번째 질문에도 오유방은 "아니오." 하고 맥주병을 박살 내고 나도 "알았다." 하고 유리잔을 박살 내는 연극 아닌 실제 상황을 계속했다. 아무리 그가 재선 의원이고 내가 초선 의원이지만 그렇게 야만적인 행태를 세 번이나 반복해서 할 수 있겠는가. 그것은 희극도 비극도 아닌 소극이라 할 것이다.

박찬종의 원맨쇼는 계속되었다. 그는 정풍운동에 동의한 의원들과 한 번의 모임도 갖지 않고 혼자 온갖 이야기를 쏟아내더니, 드디어는 김종필까지도 겨누고 신당운동을 내비치기도 했다. 장터 같은 데서 좋은 물건이 있으면 그것을 들고 튀는 것을 들튀기라고 하는데, 그의 수법은 꼭 그 들퉈기 수법과 같다. 한번 정풍에 동의했다고 그 동의를 들퉈기하여 달아나며 멋대로 자기 혼자의 생각을 정풍운동의 이름으로 언론에 쏟아 내는 식이다. 그러나 오유방은 맥주병 세 개를 콘크리트 바닥에 박살 내며 한 약속은 지켰다.

이러한 박찬종의 소극 같은 연극은 신군부의 쿠데타로 일단 막이 내려졌다. 그 뒤의 이야기이지만 박찬종은 신군부 시대에 자기 나름의 정당을 만들어 대통령에 출마해서 그래도 어지간히 표를 모았다.

난초를 가꾸듯이

신군부의 쿠데타로 국회가 해산되자 돈이 없는 나는 지구당에 있던 직원들의 월급을 주는 등 관리하는 문제가 막막했다. 그렇다고 아예 정치 활동을 포기할 수도 없는 일이었다. 그럴 때 나와 금시초견인 영안모자 회사의 백성학 사장이 1년 동안 지원하겠다고 나타났다. 그는 6·25전쟁 때 이북에서 어린 소년의 몸으로 단신 월남하여 성공한 인물인데, 회사를 운영하자니 수출 문제 등 큰 회사의 그늘이 필요하여 두산그룹의 지원을 받고 있는 처지였다. 그런데 두산그룹은 합동통신을 맡은 바가 있어 그 안에 언론계를 잘 아는 인사가 있고 그 인사가 백 사장에게 나를 아주 좋게 평가했다는 것이다. 그래서 마치 취미로 난초를 가꾸는 사람이 있듯이 아무 반대급부도 바라지 않고 난초를 가꾸는 심정으로 나를 1년 동안 도와준 것이다. 1년 후는 완전히 지원을 끊고 다시 남남처럼 만나지도 않았다.

정치와 식물에 관한 이야기를 했으니 더 추가해 보자. 동양화의 대가였던 박노수 화백은 나에게 연꽃 그림을 그려 주며 거기에 '연화재수'(蓮花在水)라고 썼다. 무슨 뜻이냐고 물었더니, 연꽃은 비록 진흙탕 속에서 피어나지만 그 꽃은 매우 아름답듯이 정치인도 혼탁한 정치 세계에서 활동하지만 그 아름다운 꽃과 같은 드높은 이상을 추구해야 한다는 것이라고 설명했다. 백악관과 의회 등 권력의 심층을 취재하다가 기자 생활을 마친 한 미국의 언론인은 그 은퇴 기념 행사의 고별 연설에서 "권력의 마력에 끌려 권력의 심층을 파고 또 파고들었으나 그 심층은 마치 양파 속 같은 진공이다."라고 술회했다. 박정희, 전두환, 노태우, 이명박, 박근혜 등등 대통령의 말로를 생각해 볼 때도 권력의 심층은 양파 속 같은 진공이라는 허무한 사실을 우리는 느끼는 것이다.

독립투사의 후예 이종찬과 토지공개념

오랫동안 지역에서 꾸준히 유권자를 접촉하며 정치적으로는 암중모색을 하고 있던 차에 신군부 측은 신당 조직에 착수하고 나에게도 손이 뻗쳐 왔다.

나에게 처음 접촉해 온 사람은 중앙정보부 국장으로 승진한 이종찬이었다. 그에게서 한번 만나자는 연락이 와 서린호텔에 갔다. 나는 이종찬을 한번 만나 보고 바로 그에게 호감을 갖게 되었다. 그는 우리나라에서 손꼽히는 독립운동 가문의 출신이다. 그의 조부는 이회영 선생으로, 그분은 당시 독립운동을 하기 위해 재산을 몽땅 팔고 만주로 망명해 신흥무관학교를 설립했으며 평생을 독립운동에 몸 바쳤다. 이종찬은 해방이 되었을 때 임시정부 요인들과 함께 고국에 돌아왔다. 그리고 육군사관학교를 나와 소령으로 중앙정보부에 있었다고 하나 오랜 기간 영국 파견 생활을 하여 영국의 민주적 정치 분위기가 몸에 밴 인물이 된 듯했다.

이종찬이 나에게 맡긴 일은 정강 정책을 마련하는 일과 서울시 국회의원 공천의 틀을 짜는 일이었다. 여기에서 자세히 이야기할 수 없고 요점만 말하자면 나는 정강에 있어서 민주와 민족이라는 두 가지 대의 가운데 민족을 앞세워야 한다고 주장한 것이다. 두 가지 대의는 등가성을 가진 것이지만 공화당 정권에서는 박정희 대통령의 친일 경력 때문에 민족을 크게 내세울 수가 없었다. 그러므로 시대가 달라진 그때에는 당당히 민족을 앞세우는 것이 차별화할 수 있는 명분이 된다는 논리였다. 그리고 정책에 있어서는 토지공개념적 요소를 집어넣는 것이 특색이었다.

서울시 국회의원 공천의 틀은 우리 국민의 구성이 모두 한눈에 보이도록 반영해야 한다는 것이었다. 구체적으로 전날의 여야가 반영되고, 진보 세력이 포함되며, 노동, 여성, 학생운동 등등의 세력이 골고루 대표되어야 한다는 원칙이었다. 나중에 서울 지역의 국회의원 공천을 보면 그런 요소들이 모두 골고루 반영되는 결과가 나왔다. 이종찬과 나는 호흡이 맞았다.

권정달 총장과의 마찰

그러나 막상 민정당을 창당하고 보니 권정달 측과의 대립이 갈수록 심화되는 양상이 되고 말았다. 권정달은 정승화 육군참모총장을 속임수로 유인해 공관에서 체포함으로써 신군부 쿠데타의 단초를 마련한 보안사의 대령 출신이다. 따라서 그는 아주 기세등등했다. 그와 나의 마찰은 작은 일에서 시작되었다.

전두환 대통령이 궁정동 안가에서 민정당의 시·도당 조직책을 처음 만나 만찬을 했을 때 나는 서울시 조직책이었기 때문에 전 대통령과 마주 앉게 되었다. 그러니 다른 사람보다 그와 더 많은 이야기를 할 수밖에. 이야기 도중 나는 『토지』의 작가 박경리의 무남독녀 외딸의 남편인 김지하 시인이 지금 옥중에 있는데 그를 석방해 달라고 전 대통령에게 부탁했다. 전 대통령은 선선히 석방을 약속했지만 사무총장 내정자로 배석했던 권정달 대령은 불가하다고 반론을 제기해 결과적으로 초면부터 우리 사이는 의견 대립으로 시작이 된 것이다.

또한, 대통령 비서실장인 김경원 박사가 나와 서울대 법대 동기 동창이어서 만찬이 끝난 후 그와 함께 다른 곳으로 술을 마시러 간 것도 주목거리가 된 것 같다. 김 박사는 하버드 대학교에서 헨리 키신저 교수의 지도로 박사 학위를 받았다. 그 후 나는 정책위 의장에 임명되었는데 사무총장과 정책위 의장은 비중의 차이는 현저하나 상하 관계는 아니어서 그에게 별로 관심을 두지 않고 지냈다. 업무가 아니더라도 많은 당직자가 그를 만나러 가는 등 그의 방은 항상 만원이었는데, 나는 그의 방을 한 번도 가 본 적이 없는 결과가 되었다. 심지어 언론계 출신인 봉두완 의원은 권정달이 차기 대통령이 될 것 같다고 말하기도 하여 그것이 일부 신문에 가십으로 나기도 했다.

당시 초대 당 대표위원은 이재형 영감이었다. 그는 자유당 정권 때 상공부 장관도 지낸 원로 정치인이다. 나는 가끔 그의 방에만 인사차 들렀었다. 한번은 내가 대표위원실에 들렀을 때 권 사무총장이 업무 보고차 들어왔다. 그때 대표위원이 한 익살이 일품이다. "권 총장, 나는 내 방 바로 위층인 권 총장 방바닥이 방문객들의 무게로 무너져 내릴까 봐 의자를 벽에 바싹 기대어 놓고 앉아 있네."

내가 이종찬 원내총무와는 가까이하며 권 총장 방에는 한 번도 들르지 않는 등 결과적으로 그와 소원한 관계가 되자 권 총장은 나를 당직에서 축출하기로 결심한 모양이다. 내가 이 대표위원실을 방문했더니 대표위원은 이런 말을 했다. "권 총장이 나에게 와서 남재희를 정책위 의장직과 중앙집행위원직에서 해임하자고 건의하기에 내가 '인사는 그렇게 하는 것이 아니네. 해임하고 싶으면 하나만 하고 하나는 남겨 두게.'라고 말했다."는 것이다. 그래서 나는 권 총장에 의해 정책위 의장직은 날아가고 중앙집행위원직은 이 대표위원의 도움으로 유지하게 된 것인데, 민정당의 존속 기간을 통틀어 계속 중앙집행위원을 한 사람은 나뿐인 결과가 되었다.

권정달의 유치한 행태와 몰락

권 총장이 나에게 행한 유치한 짓거리는 여러 가지이지만 그중

한 가지만 소개해 보자. 대통령이 외국 여행을 하거나 기타 중요한 행사에 올 때는 영접 의식이 있고 영접 열과 일반 열로 구분된다. 그런데 권 총장이 의도적으로 정책위 의장인 나를 영접 열에서 빼고 일반 열로 넣었다. 한번은 내 중학 친구의 친동생인 윤창숙 총무처 국장이 의전 관계를 살피다가 내가 일반 열에 있으니까 잘못된 것을 알고 나를 영접 열에 데려다 놓았다. 그랬더니 행사장을 둘러보러 나온 권 총장이 내가 영접 열에 있는 것을 보자 이상하다는 표정을 지으며 고개를 갸우뚱하고 지나갔다.

권 총장은 그의 전성기에 여러 가지 이권 운동과 인사 개입을 했다. 그리고 본처와 이혼하고, 비례대표로 국회의원이 된 여성(이 여성이 이혼한 뒤)과 결혼하여 많은 뒷말을 남겼다. 그러나 신군부 쿠데타에 사단 병력을 이끌고 참여한 노태우 소장이 점차 표면에 부상하기 시작하자 총장직에서 밀려났으며, 국회의원을 두 번 하고 세 번째는 아예 공천에서 탈락하고 말았다. 권정달이 차기 대통령이 될 것이라고 말했던 봉두완 의원도 권정달과 함께 공천에서 탈락하는 신세가 되었다.

여당인 민정당 소속 의원은 그 수가 아주 많아, 여러 그룹으로 친분에 따라 모였다. 우선 시도별로 모이는 것이다. 그런데 서울에는 수가 많기에 다시 소그룹으로 나뉘었다. 나는 이종찬 원내총무가 독립운동의 명문 가문 출신이고 그의 정치적 태도도 훌륭하고 해서 그와 자주 만났다. 그리고 거기에 오유방, 홍성우 의원이 더해져 넷은 하나의 그룹처럼 된 것이다. 홍성우 의원이 재혼했을 때가 흥미롭다. 신랑 홍성우, 주례 남재희, 축사 이종찬, 사회 오유방이었다.

그렇게 되자 정보기관인지 당내 인사들인지 몰라도 그 모임이 이종찬을 대권 주자로 추대하는 모임인 것처럼 상부에 보고한 모양이다. 청와대로부터 나에게 호출이 왔다. 전두환 대통령과의 독대다. 전 대통령은 이종찬 총무는 잘된 것은 다 자기가 한 것이고 잘못된 것은 다 대통령이 지시한 것이기 때문에 어쩔 수 없었다는 식으로 대통령에게 책임을 돌리는 못된 사람이라면서, 그를 따라다니거나 지도자로 추대하지 말라고 강경한 어조로 말했다. 나는 이종찬을 훌륭한 성품의 정치인으로 보았을 뿐 그를 나라의 지도자로 추대한 적은 없다고 말했다. 사실 이종찬은 대권에 대한 욕심을 한 번도 나에게 말한 일이 없었다.

정보부장실에 불려 가다

그러고 나서 얼마 후 청와대 경호실장에서 안기부장이 된 장세동이 남산에 있는 안기부장실로 나를 오란다. 그는 이종찬과 자기가 국민학교 동기 동창인 사실까지 말하면서도, 이종찬은 전 대통령의 빛을 받아 훌륭하게 보일 뿐이고 그 자신이 빛을 발하는 정치인이 아니라며 그를 지도자라고 따라다니지 말라고 충고했다. 전 대통령의 말을 반복한 셈이다.

내가 남산의 안기부장실을 방문한 것은 그때가 세 번째였다. 첫 번은《조선일보》정치부장으로 있을 때 정권에 밉보여 킥 업스테어즈되어 편집부국장이 되었는데, 그때 하버드 대학교 니먼 펠로에 선발되었다. 그런데 '돈가스'라는 별명을 가진 김형욱 중앙정보부장이 내 여권을 외무부에서 가져가 자기 서랍에 넣어 두고 내주지 않았다. 돈가스는 대학의 등록 마감이 되니까 나를 남산의 부장실로 오라고 하더니 엉터리 같은 일장 훈시를 하고 여권을 내줬다.

돈가스와는 재미있는 일화도 있다. 공화당의 김성곤 재정위원장이 당시 서울에서 제일 이름이 있던 요정 청운각으로 《동아일보》, 《조선일보》, 《한국일보》 3사의 정치부장을 초대했다. 가 보니 정권 측에서는 이후락 청와대 비서실장과 김형욱 중앙정보부장이 나와 있었다. 권력 측과 언론의 대담처럼 되었다. 그런 술자리는 아마도 전무후무할 것이다.

내가 중앙정보부의 미움을 받고 있다는 사실을 알고 있던 김성곤은 "신문사 측에서는 남 부장이 술이 센 것으로 듣고 있고 우리 측에서는 김형욱 부장이 센데 둘이 오늘 한번 시합을 해 보라."라며 큰 맥주잔에 조니워커 블랙을 가득가득 두 잔 따랐다. 그러자 돈가스는 잔을 먼저 들더니 한 번도 쉬지 않고 그 술을 쭉쭉 마셔 버렸다. 나는 놀랐다. 정말 용감한 음주다. 그 후 나는 잔을 들어 아주 여러 번 쉬어 가며 모두 마신 것이다. 그러자 SK라는 호칭으로 통하던 김성곤은 두 번째 잔을 가득 채웠다. 돈가스가 두 번째 잔을 들기에 나는 "내가 졌습니다. 김 부장님이 마시는 것을 보니 나는 감히 따라갈 수가 없을 것 같습니다."라고 패배를 인정했다. 그러자 돈가스는 언론계의 대표 선수를 한 방에 이겼다고 어린애처럼 좋아했다. 다음 날 신문사에 나와 중앙정보부의 '출입 기자'(신문사에 매일 나타나는 중앙정보부 요원을 그렇게 불렀다.)에게 김 부장의 주량이 어느 정도인지 알고 있느냐고 물었더니 그는 정보부에서는 부장은 마셨다 하면 보통 양주 두 병으로 알고 있다고 했다. 악명 높았던 돈가스는 정보부장을 그만둔 후 비례대표 국회의원이 되었다가 미국으로 망명, 박정희 정권을 맹렬히 비난하는 활동을 계속했다. 그리고 프랑스 파리 여행 중 행방불명이 되었는데, 그가 타살된 것은 확실한 것 같지만 어떻게 죽었는지에 관해서는 아직까지도 명확하게 밝혀지지 않고 있다.

내가 정치부장으로 있을 때 남산의 출입 기자는 경북에서 학교 선생을 하다가 중앙정보부 요원이 된 박기식이라는 사람이었다. 그는 매일 신문 마감 시간에 나타나 내 옆자리에 의자를 놓고 앉아 이 기사는 빼라, 이 기사는 줄여라, 이 기사는 내용을 부드럽게 하라는 등의 지침을 말하여 나와 계속 다투고 아주 심한 언쟁까지도 했다. 그러던 그가 갑자기 미국으로 이민을 가더니 반 박정희 민주화 투사로 변신해 한국의 한 신문에도 그 사실이 보도된 바 있다. 내가 미국에 유학 중일 때 그는 나에게 한번 연락을 해 왔었다.

두 번째로 남산의 중앙정보부장실을 방문한 것은 일본의 나카소네 야스히로(中曽根康弘) 중의원 의원이 2일간 한국을 방문했을 때다. 그가 곧 일본의 내각 총리가 될 것이 분명했기에 우리 측에서는 그를 극진히 예우하여 첫날은 공화당 초선 의원인 내가 안내역을 맡고 이튿날에는 유정회 초선인 김윤환 의원이 안내역을 맡도록 했다. 나는 첫날 그와 차에 동승해 제3땅굴을 시찰하고 최규하 국무총리를 예방한 후 남산의 부장실로 김재규 중앙정보부장을 예방했다. 그런데 그 예방에서 좀 이상한 일이 있었다. 나카소네가 국제 정세를 말하는 가운데 '세이도쿠'(서독), '도도쿠'(동독)라는 표현을 썼다. 일상에서는 보통 '니시도이쓰'(서독), '히가시도이쓰'(동독)라고 말하는데 그 면담에서는 세이도쿠, 도도쿠라는 표현을 쓴 것이다. 그러자 일본말을 아주 능숙하게 하는 세대에 속하는 김재규 부장이 그 뜻을 못 알아듣고 윤일균 해외 담당 차장을 바라보았다. 윤 차장이 설명하고 나서야 그는 알아들었다는 표정이었다.

홀브룩과의 인연

나는 그때 김재규 부장이 엉뚱한 생각을 하고 있다가 나카소네의 말을 못 알아들은 것으로 추측해 보기도 한다. 그 면담이 있고 난 후의 이야기지만 이런 일이 있었다. 내가 용산 삼각지의 헌책방에서 미군 부대로부터 흘러나온 《뉴욕타임스》의 《선데이 매거진》을 보니 거기에 리처드 홀브룩이 미국 카터 행정부의 국무성 동북아 및 아시아·태평양 담당 차관보가 되기 전에 쓴 기고문이 있었다. 읽어 보니, 박정희 정권하의 한국 정세는 미국으로서는 딜레마인데 그 해결책은 《뉴욕타임스》의 그 난에 개디스 스미스 교수가 지난번에 쓴 것처럼 박 대통령을 교체하는 방법밖에 없다는 것이다.

홀브룩은 아주 유능한 외교관이었는데 한때 국무성을 떠나 《포린 폴리시(*Foreign Policy*)》라는 외교 전문 격월간지의 주간으로도 활약했고 주간지 《뉴스위크》에 기명 칼럼도 썼다. 그러다가 대통령 선거 중 카터 진영에서 중요한 역할을 한 것으로 알려졌는데, 《뉴욕타임스》의 기고문은 자신이 국무성 동북아 담당 차관보가 될 줄은 모르고 쓴 것 같다.

그는 1975년 9월 7일《뉴욕타임스》의《선데이 매거진》에 기고한 「도미노 함정 벗어나기(Escaping the domino trap)」에서 "한국을 위한 최선의 결과는 남한의 박정희 대통령을 '북한과의 새로운 논의에 도움이 되는 온건하고 더 민주적인 체제'로 교체(replacement)하는 것"이라고 개디스 스미스 교수가 같은 지면에서 제안했던 내용을 인용하면서 다음과 같이 덧붙였다.

> 제안에는 아무런 문제가 없다. 실제로 일어날 가능성이 충분하다면 추구할 가치가 있는 제안이다. 그러나 그럴 가능성은 거의 없어 보인다.
>
> 따라서 미국은, 좋든 나쁘든 우리의 통제를 벗어난 일이 발생할 때까지 무기한 현재 상황을 수용하거나, 일본의 상황을 악화시키지 않는 방식으로 한국에서 우리의 역할을 바꾸려고 노력해야 할 것이다. 이 질문은 미국 정부 내에서 뜨겁게 논의되어야 할 사항인데, 그래 왔는지는 잘 모르겠다. 오늘날의 한국처럼 우리가 조종할 수 있는 여지가 거의 없는 상황이라면, 누군가 죽거나 무언가가 발생하길 기대하며 그냥 아무것도 안 하는 것이 더 편리하고, 때로는 더 현명한 선택일 수도 있다. 새로운 상황이 발생하면 그때 그것을 활용하면 될 것이다.
>
> 그러나 기다리는 것 또한 심각한 위험을 수반한다. 박 대통령은 인기와 실효성 면에서 내리막길을 걷고 있는 듯하다. 의회에서 그의

압제에 대한 정치적 이슈는 점점 커질 수밖에 없으며, 베트남 전쟁을 끝내고 터키에 대한 원조를 중단한 의회는 다시 한번 모여 한국에 대한 우리의 개입을 제한하거나 중단하도록 표결할 가능성이 있다. 일본에 대한 리스크가 없었다면 이미 이런 일이 벌어졌을지도 모른다.

38선을 따라 휴전이 발효된 이후 22년 동안 진행되어 온 상황이 그대로 지속될 가능성도 있지만, 지속되지 않을 가능성도 똑같이 크다. 22년 후에도 42,000명의 미군이 한국에 남아 있을까? 아마도 아닐 것이다. 문제는, 한국에 대한 배신도 아니면서 남북이 스스로 문제를 해결하는 데 도움이 되고, 무엇보다 일본의 정국을 획기적으로 변화시키지 않는 방식으로 미군을 어떻게 철수할 것인가 하는 것이다.

홀브룩은 동북아 담당인데도 박 대통령의 생존 시에는 한국에 한 번도 오지 않은 것으로 알고 있다. 박 대통령 피살 후 홀브룩이 공식적으로 서울을 방문했을 때는 정동의 미 대사관저에서 아주 성대한 리셉션이 있었다. 국회의원인 나도 초청받았는데 나는 키가 큰 홀브룩과 마주쳤을 때 약간 기분이 이상하여 그에게 거친 질문을 했다. "박 대통령이 죽고 난 후에 와 보니 기분이 어떠냐." 그러자 그는 아무 말 않고 바로 다른 데로 가 버렸고 그의 수행원인 듯한 몇 사람이 나를 둘러쌌다. "무슨 이야기냐.", "누가 그러더냐."라고 묻는다. 개디스라는 교수가 한 말을 인용한 것 같다고 하니까 "서프라이즈드!"(Surprised!)라는 말이 내 등 뒤에서 들렸다.

그러고 나서 몇 년 후 한미 수교 100주년을 기념하는 한국 측 방미 사절단의 일원으로 나는 미국을 방문하게 되었다. 김용식 전 외무부 장관이 단장으로 각계의 인사 10여 명으로 구성된 방미단에는 국회의원으로서는 나 하나만이 포함되었다. 미국의 중요 도시를 순방하며 한미 친선의 유공자 또는 그 후손들을 위한 파티를 열고 감사패를 전달했다. 백악관도 방문하여 레이건 대통령은 못 만나고 부시 부통령과의 면담만 가능했는데 김용식 단장을 따라 국회의원인 나 혼자 수행하는 행운을 가졌었다. 부시 부통령은 부시 부자 대통령 중 그 아버지다. 부시 부통령의 책상 위에는 한 젊은이의 큰 사진이 세워져 있기에 누구냐고 물었더니 아들이라 한다. 아들 부시 대통령이다. 부통령의 집무실은 백악관 밖에 따로 있어 그런지 몰라도 백악관 안의 집무실은 그리 넓지 않았다.

방미 사절단이 베푼 뉴욕에서의 파티는 아주 성대했다. 그런데 공교롭게도 홀브룩과 내가 나란히 옆자리에 앉게 되었다. 나는 그의 《뉴욕타임스》 기고문에 관해서는 아예 언급을 피하고 엉뚱하게 월남전에 관해서만 여러 가지 이야기를 했다. 주한 미 대사를 지낸 크리스토퍼 힐의 회고록을 읽어 보니 홀브룩이 아주 유능한 외교관으로 묘사되어 있다. 특히 유고슬라비아가 해체되어 많은 분쟁이 잇달았을 때 그는 대단한 외교 역량을 발휘했다고 한다. 그러나 그는 젊은 나이에 요절했다. (본론에서 이탈하여 다른 이야기가 길게 되었다. 중요한 문제이기 때문에 기록에 남긴 것이다.)

"YS는 머리가 비었다"

오유방의 이종찬 지도자 추대 운동은 계속되었다. 특히 민정, 민주, 공화당이 민자당으로 합당된 후 노태우 정권 말기에 이르자 그는 내놓고 이종찬 대통령 추대 운동을 맹렬히 전개했다. 그리고 이종찬을 칭찬할 소재가 많지 않으니 경쟁 예상자인 민주계의 김영삼을 공격하는 데 열을 냈다. 그의 중요 공격 요지는 김영삼이 '머리가 비었다'는 것이다. 김영삼이 민주화 투쟁이 뚜렷한 만큼 공격할 것이 별로 없으니 '머리가 비었다'는 외골수 비난이다.

나는 그 무렵 포항제철을 세운 강철왕으로 통하는 박태준에게서 집요한 지지 요청을 받았었다. 한번은 그가 롯데호텔의 화식집 '벤케이'에 나를 부르더니 간곡히 대통령 후보 지지를 요청했다. 나는 애매한 태도를 취했다가는 오히려 앞날을 그르칠 것 같아 분명히 말했다. "대표위원께서는 내각책임제하에서는 훌륭한 총리가 되실 수 있습니다. 그러나 대통령 직선제에서는 대통령 출마에 적합하지 않습니다." 그때 박태준은 민정당의 대표위원이었다. 그는 대단히 섭섭하다는 감정 표시를 노골적으로 했다. 오랜 후의 이야기이지만, 그는 김대중 대통령 밑에서 김대중, 김종필 연합 합의에 따라 김종필계로 국무총리를 지낸 것이 아닌가.

《중앙일보》가 한 페이지 전면에 이르는 대담 특집을 기획하면서 대담자로 오유방과 나를 선정했다. 나는 깊은 생각 없이 대담에 응했는데 그것이 큰 실수였다. 역시 대담은 민자당의 대통령 후보 경합에 초점이 모아졌는데 오유방은 또다시 김영삼이 머리가 비었다는 주장을 계속 되풀이했다. 오랜 군인 정권을 지나오면서 YS가 계속 민주화 투쟁을 치열하게 전개해 왔으니 공격할 것이 별로 없기 때문일 것이다. 그렇다고 내가, 세가 약한 도전자이고 오유방이 떠받드는 이종찬을 비난할 수도 없는 형편이었다. 이종찬은 대권을 맡을 지도자감은 아니지만 그래도 좋은 정치인이 아닌가. 그리고 그가 대권 출마를 명백히 선언한 바도 없고 오직 오유방이 떠들고 다니는 상황이 아닌가. 오유방의 YS 맹공에 내가 난처한 입장에 있을 때 오유방이 먼저 이종찬의 중앙정보부 전력을 말했다. 그는 안기부라고 표현했다. 그제야 나는 바로 그 점이 이종찬의 치명적인 약점이라고 지적했다. 1960년대 초에《동아일보》에서 춘치자명(春雉自鳴)이라는 사자성어를 크게 화두로 삼은 적이 있었다. 봄에 꿩이 스스로 울어 포수의 표적이 된다는 이야기다. 오유방은 그와 같은 '춘치자명'을 한 셈이다. 박정희, 전두환, 노태우 등 오랜 군인 통치를 겪은 우리나라에서 다시 육사 출신 그것도 영관급 장교 출신, 더군다나 악명 높았던 중앙정보부 출신이 민주화 시대의 대통령으로서 적격자일 것인가. 대담은 오유방의 YS 맹공으로 채워졌지만 그가 꺼낸 이종찬 중앙정보부 출신 운운으로 사실상 끝난 것이다. 그러나 그 진흙판 같은 대담에 응해서 나는 내 명예에 대단한 손상을 입은 것이다.

오유방은 이종찬을 떠받들고 탈당하여 새로운 정당을 만들기에 이르렀다. 그러나 예상했던 대로 그의 계산은 완전히 빗나가고 완패로 끝났다.

'YS가 머리가 비었다'는 공격은 다른 계파에서도 나왔다. 민정·민주·공화 3당이 합당하여 민자당이 된 지 오랜 후에 열린 한 번의 의원총회에서 민정계인 김중위 의원이 등단해 의제와는 전혀 관계없이 YS가 머리가 비었다는 공격을 장황스럽게 한다. 나는 놀라고 이상한 일이라고 생각했다. 아마도 그는 포항제철을 건설해 '강철왕'이라고 불리던 박태준 의원을 대통령 후보로 추대하는 운동에 가담한 것 같기도 했다. 그런데 더 이상한 것은 그가 다음 날 나에게 전화를 걸어와 "다른 의원들은 내가 연설을 잘했다고 칭찬하는데 왜 남 의원은 나를 칭찬하지 않느냐." 하고 힐난한다. 나는 "그걸 연설이라고 하느냐."고만 말하고 전화를 끊었다.

그런데 더 이상하고 알 수 없는 일은 YS가 대통령에 당선된 임기 후반에 일어났다. YS가 머리가 비었다고 의원총회에서 혹독하게 공격한 김중위를 환경부 장관에 임명한 것이다. 나는 그 불가사의한 임명의 내막을 아직까지도 알지 못하고 있다. 그냥 대단한 수수께끼로 남겨 두고 있을 뿐이다.

10, 11, 12, 13대 네 번의 국회의원을 지내고 14대에 불의의 낙선을 한 나는 YS 정권하 노동부 장관을 맡았다. 그리고 15대 국회의원 후보 공천을 받고 선거 자금 5000만 원도 얻었다. 얼마 동안 선거운동을 하다 보니 20년 동안 정치를 했으니 이제 정치를 떠날 때도 되지 않았느냐는 생각이 들었다. 우선 민주화가 거의 이룩된 마당에 정치하는 긴장감이 사라져 이상하게도 맥이 빠지기도 했다. 그래서 강

삼재 사무총장을 만나 내가 공천을 반납할 테니 그 자리에 민주화 투쟁을 오래 한 이신범을 공천할 것을 약속해 달라고 말하여 그의 확약을 받았다. 이신범은 나의 대학 시절 동아리 후배이기도 했다.

체제 내 리버럴

홀가분하게 정치에서 손을 떼고 있을 때 광주에 있는 호남대학교의 총장 이대순이 5년 임기의 객원교수로 와 달라는 제의를 해 왔다. 이대순과는 서울대 법대 때부터 친분이 있는 사이로 그는 국회의원과 체신부 장관을 지내기도 했다. 공교롭게도 내가 모신 대통령은 모두 영남 출신이었다. 따라서 호남에 가서 대학교수를 하는 것도 무언가 뜻이 있을 것 같았다. 일주일에 하루 항공편으로 광주로 내려가 강의하고, 학생들에게 저녁에 나하고 술을 마시며 이야기하고 싶은 사람은 누구라도 광주역 앞 칠성식당으로 오라고 말하여 그들과 밤 11시 지나 서울로 떠나는 준완행열차 시간까지 즐거운 시간을 보냈다. 학생들이 처음에는 10명 선까지 오더니 나중에는 한두 명이 되기도 했는데 나는 5년 내내 그 술과 대화 모임을 빠짐없이 계속했다.

정치를 떠난 심정을 좀 더 설명하면, 특별한 사연도 있었다. 일제하 한반도의 공산주의 운동을 연구해 아주 훌륭한 저술을 냈고 계속 미국에 살고 있는 서대숙 교수가 잠시 서울에 왔을 때 한 교수가 그의 집에 몇몇 인사를 초청해 철야 토론을 하자고 했었다. 나도 그 토론에 참석했는데 자정을 넘겨서까지 계속된 시국 토론이 끝나자 서 교수는 나에게 "체제 내 리버럴이군요." 하고 평가한다. 미국에서 학자로서 대성한 그의 눈에는 내 모습이 그렇게 비친 것 같다. 나는 그 '체제 내 리버럴'이라는 표현이 계속 기억에 남아 있음을 느꼈다. 정치를 그만둘 때도 시대 상황이 '체제 내 리버럴'의 역할은 더 필요로 하지 않음을 느꼈던 것 같다.

광주의 호남대학교에 나가고 있던 때 오유방으로부터 자하문 밖에 있는 큰 중국 음식점 하림각에서 만나자는 연락이 왔다. 악동 같은 그의 요청이지만 나는 응했다. 가 봤더니 이종찬, 오유방, 홍성우라는 예의 그 멤버와 그 밖에 두 명쯤의 다른 사람이 있었다. 오유방은 그들이 김대중 대통령 후보를 밀기로 합의했는데 나도 동참해 달라고 요청한다. 나는 DJ를 아주 오래전부터 알고 있으며 그를 훌륭한 정치인이라고 생각하지만, 정치를 은퇴한 마당에 또다시 정치에 뛰어들 생각은 없다고 사양했다.

DJ와의 인연

내가 DJ를 만난 것은 4·19혁명 후 장면 민주당 정권 때부터다. 당시《한국일보》에 있던 나는 유명한 언론인 천관우가《세계일보》의 편집 전권을 맡고 제호를《민국일보》로 바꿨을 때 그 신문으로 옮겨 정치부 기자로 일하고 있었다.

4·19혁명 후 5·16군사정변까지 이른바 4·19혁명 공간은 통일

논의가 만개할 때였다. 그래서 두 페이지에 걸친 통일론 특집을 하기로 하고 우선 집권당 측부터 인터뷰하기 시작했는데 김대중 민주당 대변인이 응해 왔다.(제1야당인 신민당 측에서는 박준규 의원이 나왔다.) 김대중은 원외 인사로 집권 민주당의 대변인을 맡은 대단히 정치 역량이 있는 인물로 보였다. 그와 두 시간이 훨씬 넘는 심층 인터뷰를 하고 서울시청 옆 빌딩에 있던 인기 있는 불고기집에서 저녁 식사까지 했는데 일어나려 하자 그가 흰 봉투를 내민다. 이른바 촌지라는 것이다. 나는 장시간의 인터뷰와 저녁 식사로 그의 시간을 많이 뺏은 것이 미안한데 촌지를 받는 것이 마음에 걸려 그 촌지를 사양했다. 그랬더니 그의 얼굴빛이 변하는 것이 아닌가. 원외 정치인이라고 무시당하고 있다는 표정인 것으로 나는 느꼈다. 그래서 할 수 없이 촌지를 받아들였다.

《민국일보》에 내가 집필한 두 페이지에 걸친 통일론 특집은 아주 중요한 연구 자료가 될 것인데, 그 특집은 정태영의 진보당 연구 책자에 두 페이지짜리 인쇄물로 접혀 들어가 있다. 정태영의 진보당 연구 책자도 관심을 가질 만하다. 진보당의 당대표 조봉암이 사회민주주의자라고 규정한 것은 정태영이고 그 책자에 의한 것이다. 진보 진영의 혼선을 피하기 위해 설명해 둔다면 그 경위는 이렇다. 진보 진영의 대표적 이론가였던 이동화는 일제 때 동경제국대학에서 영국의 진보 사상을 연구한 교수 밑에서 공부했다. 그리고 조봉암과 서상일이 손잡고 진보당을 할 때에 그 정강 정책을 기초했다. 거기에 사회민주주의 사상을 집어넣은 것이다. 그 후 조봉암과 서상일이 갈라졌을 때 그는 조봉암을 떠나 서상일과 함께 민혁당을 했으며 사회민주주의 이론도 함께 그리로 옮겨 놓았다. 그러한 과정에서 짐작할 수 있는 것은 조봉암은 사회민주주의를 주장한 일이 없으며 다만 이동화에 의해 덮어쓰였을 뿐이라는 것이다. 조봉암은 평화적 남북통일과 수탈 없는 경제를 내세웠을 뿐 무슨 주의를 주장한 적이 없다. 경위가 그러한데도 정태영이 그의 책에서 조봉암이 사회민주주의자라고 몰아갔기 때문에 그 후에도 오래도록 진보 진영에 혼란스러운 양상이 남게 된 것이다. 여기에서 이 문제를 특별히 중시하여 설명하는 것은, 진보 진영 인사들 가운데 요즘도 정책 대안보다는 사회민주주의 등 '이데올로기' 문제에 집착하여 생각하는 사람이 적지 않기 때문이다. 이데올로기는 사상적 가설일 뿐이지 그 자체가 고정불변의 원칙이 아니다. 중요한 것은 당면한 현실을 개혁해 나갈 구체적인 정책들인 것이다. 그런데 주의에 집착하는 사람들은 순서를 뒤바꿔 보는 것이 아닌가 하는 것이다. 이 문제는 진보 진영에서 깊이 있게 생각해 볼 문제라고 생각한다.

5·16군사정변 후 나는《조선일보》정치부 기자가 되어 주로 야당을 담당했는데, 박정희, 윤보선 대결의 대통령 선거가 있고 난 후 당시 유명했던《사상계》잡지에서 그 선거를 총정리하는 원고를 써 달라는 청탁을 받았었다. 그래서 박정희 당선자의 앞으로의 정치는 '미지수(未知數) 민주주의'라는 요지의 원고를 썼다. 첫 번째 잡지 기고이지만 좋은 평가를 받았다. 그 후 여러 잡지에서 청탁이 있어 기고를 계속했다. 그러던 중 DJ가 한정식 집을 정해 놓고 단둘이 만나 정치 이야기를 하잔다. 아주 장시간 이야기한 것으로 기억난다. 그 만남이 끝나 갈 무렵 "김 의원은 우리나라의 빌리 브란트가 되십시오."라

고 말했다. 그 무렵 DJ는 얼마간 앞선 대북 정책을 말하고 있기도 했다. DJ는 대통령이 되어 대북 정책으로 노벨평화상을 받기도 했으니 나의 빌리 브란트 발언은 얼마간 예언적인 것이었다고도 할 것이다.

오랜 후 내가 국회의원으로 있을 때다.《조선일보》정치부에 같이 있다가 역시 국회의원이 된 채영석 의원이 친상을 당했을 때 서울대학병원에 문상을 갔다. 그때는 영안실이 아주 좁았다. 거기에서 DJ와 마주쳐 다른 조문객도 별로 없고 하여 얼마 동안 이야기를 나눌 수 있었다. 그때 DJ는 "남 의원, 그때 내 촌지 안 받았었지."라고 한다. 20년이 훨씬 넘는 시일이 지난 때이다. 나는 DJ의 그 기억력에 새삼 놀랐다.

이종찬, 오유방 등은 DJ의 대통령 선거에 열심히 뛰었다. 그리고 DJ는 꿈을 이루었다. 이종찬은 국정원장에 임명되었다. 중앙정보부 국장으로 정치에 입문하여 국정원장이 되었으니 어느 정도의 성공은 한 셈이다. 그런데 오유방은 서대문구에서 국회의원을 세 번 했는데도 엉뚱하게 용산구에 국회의원 공천을 받아 낙선하고 말았다. 그리고 정계에서 모습을 볼 수가 없었다.

그 무렵 나는 호남대학교에 계속 나가고 있었는데 김원기 의원(제17대 전반기 국회의장)이 점심을 같이 하자더니 노사정위원장을 맡아달라는 DJ의 뜻을 전한다. 노사정위원장은 직급만은 장관급이다. 나는 뜻은 고맙지만 정계를 떠난 입장에서 다시 되돌아갈 의사가 없다고 그 제의를 정중히 사양했다.

나는 의예과 2년 동안 철학 서적을 읽는 데 시간을 많이 보냈다. 그때는 6·25전쟁 중이었는데 한국인이 쓴 철학책은 거의 없고 일본인들이 남기고 간 철학책뿐이었다. 철학책을 많이 읽다 보니 철학과로 전과할 생각도 했고 의과대학 본과로 진학하면 지그문트 프로이트를 모방하여 정신분석을 연구하고도 싶었다.

그런 배경에서 아마추어로서 오유방의 정신분석을 해 볼까 한다. 아주 여러 가지 분석을 할 수 있겠는데 인신 모함으로 비칠까 봐 기초적인 두 가지만 말해 보겠다. 첫째로, 오유방은 고등고시 사법시험에 합격하고 그 후 국회의원이 되었다. 박찬종 의원은 서울대 상대를 나왔지만, 역시 사법고시에 합격하고 국회의원이 되었다. 그 무렵은 사법고시 합격자의 수가 아주 적을 때였다. 정확히는 말할 수 없지만 1년에 30명 이내 20여 명쯤이 되었을 것이다. 그러니 둘 다 얼마나 수재 의식을 가졌겠는가. 과장하여 아마 천재 의식까지도 가졌을 것이다. 박찬종의 들뛰기식 독주 정치 행태나 오유방의 스스로 마치 제갈량 같은 책사처럼 하는 처신은 그런 지나친 자부심과 자만심을 말해 준다.

한 가지 보태어 말해 둘 것은 박정희 대통령이 친아들처럼 아끼던 이건개 검사의 주변에 사법시험 합격자들이 모여들어 이른바 이건개 사단을 이루고 거기서 많은 국회의원이 나왔다는 이야기다.

둘째로, 오유방의 이름에 문제가 있다는 것이다. 유방은 있을 유(有) 나라 방(邦)으로 그 뜻은 한 나라를 갖는다는 것이 된다. 그러니

어릴 적부터 혹시라도 얼마나 대야망을 키워 왔겠는가. 자기가 군주의 상(像)을 타고났다고 자주 자랑하던 전진한 정부 수립 초대 사회부 장관의 일화가 생각난다.

그 밖의 정신분석은 일반론이 아니고 구체적인 신상에 관계되는 것이므로 여기에서는 접어 두기로 한다. 이상의 긴 글에서 나는 우리 정치인들의 행태에는 그럴듯한 희극이나 비극이 있었기보다는 가벼운 소극(笑劇)이 이따금 되풀이되었다는 것을 설명했다. 차라리 우리 정치인의 행태는 소극의 불연속성이 아닐까.

6

로키산맥 산허리에서의 꿈같은 2주

아스펜 "사회와 정의" 세미나 회고

우선 일반 여객기로 미국 콜로라도 주도(州都)인 덴버로 갔다. 거기에서 아주 작은 여객기를 타고 콜로라도주를 남북으로 가로질러 있는 로키산맥을 살짝 넘어 산허리에 있는 작은 휴양 마을 아스펜으로 향했다. 높은 산맥 위의 난기류로 비행기는 얼마간 요동을 쳤다. 그리고 내린 곳은 시골 학교 운동장만 한 비행장이다. 아스펜은 미국에서도 유명한 휴양지다. 여름에는 고산지대라 기후가 서늘해 좋고 겨울에는 훌륭한 스키장이 여러 곳 있어 스키 팬들이 모여든다. 산속에 별장들이 산재해 있어 총 가구 수는 짐작이 안 가지만 모여 사는 마을은 대충 200여 호 정도로 보였다. 재미있는 것은 그곳 지도를 보니 '밀수꾼의 골목' 같은 재미있는 이름도 있다. 그 고산의 휴양지에 아스펜인문연구소(Aspen Institute for Human Studies)가 시설을 갖추어 놓고

* 《월간 헌정》 2020년 6월호.

"사회와 정의"라는 2주 동안의 세미나를 개최하고 있는 것이다. 참가자들은 20명 남짓인데 거기에 프랑스의 법률 관계 관료, 이스라엘의 대학교수, 그리고 한국의 국회의원인 내가 포함되어 있었다. 미국인들은 연방과 주의 판사들이 많았고 교도행정관리, 대학교수 등이 들어 있었다. 세미나에 앞서, 읽는 데 한 달 이상이 걸릴 만한 한 아름의 자료들이 송부되었다. "사회와 정의"에 대한 논문들이 다수이고 특히 셰익스피어의 희곡 「Measure for Measure」('잣대에는 같은 잣대로'라고 번역할 수 있을 것이다.)가 포함되어 있었다.

뒤늦게 안 일이지만 그 세미나에는 『정의란 무엇인가』의 번역서로 우리나라에서 베스트셀러 저자가 된 하버드 대학교의 마이클 샌델 교수가 있었다. 그는 아주 젊은 학자였다. 특히 부인과 함께 오지 않고 모친과 함께 참석하여 더욱 앳되어 보였다. 세미나의 주재자는 미국 중북부 주(州)의 여성 대법원장이었다.

내가 아스펜 세미나에 참가하게 된 것은 참 우연한 계기에서다. 1968년도 하버드 대학교의 니먼 언론 펠로로 1년 동안 같이 있었던 미국 앨라배마주《애니스턴 스타》신문의 에이어즈 사장 부부가 내가 11대 국회의원일 때 세계 여러 나라를 순방하는 중 한국에 들러 나를 찾은 것이다.《애니스턴 스타》는 비록 시골의 작은 신문이지만 미국은 지방분권이 강한 곳이라 그 신문은 앨라배마주에서 큰 영향력을 행사하고 있고 따라서 전국적 차원에서도 무시할 수 없는 신문인 것 같았다. 앨라배마주는 'deep south'의 대표적인 주로 흑백 분리가 가장 늦게까지 우심했던 주이다. 그리고 노예제도와 대토지 소유 제도의 전통이 남아 있어 부자들은 매우 수구적이기도 하고 거들먹거리기도 한다. 그 에이어즈 사장이 나에게 경제 부총리와의 긴 단독 인터뷰를 주선해 달라고 요청한다. 당시의 신병현 경제 부총리는 국제기구에서 오래 근무했던 경제 전문가인데 그때 인터뷰를 주선했던 나를 아스펜 연구소의 세미나에 추천했던 모양이다.

아스펜 연구소의 시설은 산허리의 지형을 그대로 보존하고 살린 곳에 마련되어 있다. 고산식물이 군데군데 눈에 띄고 옆 계곡에는 고인 물에 이빨로 토막 낸 나뭇가지로 집을 짓는다는 비버마저 서식하고 있다. 그리고 우리 세미나와 병행하여 열리고 있는 또 다른 세미나에는 미 국무부의 고위층을 지낸 조지프 나이도 포함되어 있었는데 그들은 돌로 된 간이 상설 무대장치에서 그리스 시대의 옷을 입고 그리스 희곡을 연기하기도 했다.

세미나 시설 옆의 초원에는 아주 큰 텐트가 쳐지고 거기서 저녁나절에 아스펜 음악 페스티벌이 열리고 있었다. 굳이 입장료를 내고 텐트 안으로 들어가지 않고도 텐트 밖 풀밭에 드러누워 음악을 감상할 수가 있었다. 나보다 한 해 먼저 참석했던 서울대학교의 이홍구 교수가 귀띔해 준 요령이다.

"사회와 정의" 세미나는 거의 완전히 법정에서의 법률 논쟁처럼 되어 가고 있었다. 자본주의 사회에서 고도로 발전한 단계에 이르면 정의 문제에서 정치적, 경제적, 사회적 측면은 희미해지고 수준 높은 법률 논쟁화하기 마련인 것 같다. 개발도상국이나 후진국에서 주 관심사가 되는 경제적, 사회적 측면은 거의 배제되어 버리는 것이다. 법정의 법률 논쟁처럼 되어 가던 세미나 논의를 지켜보던 나는 나에게 발언 순서가 돌아왔을 때 정의의 경제적 측면에 비중을 두어 이야기했다. 예를 들어 한국 같은 후발 자본주의 국가에서는 급속한 도시화에 따른 계급 분화가 심화되고 있는데 그에 대한 처방으로 토지공개념을 강조할 필요가 있다는, 말하자면 헨리 조지의 이론과 같은 논지를 폈다. 참가자의 다수가 압도적으로 미국인이고 그들은 고도 자본주의의 법리론에 익숙하기 때문에 나의 주장 같은 것은 구시대적 이론으로만 간주되었을 것이다. (훨씬 후에 제헌국회 때의 자료를 읽다 보니 거기에 농지개혁을 심의할 때 임야의 국공유화도 하자는 주장이 나온 대목이 있다. 만약에 그때 임야를 국공유화했더라면 국가는 토지 가격 급등에 따른 빈부 격차의 심화를 완화할 수 있는 수단을 확보할 수 있었을 것이다.)

미국의 경우는 이야기가 다르다. 유럽으로부터 신대륙으로 이민 온 그들은 토착 인디언들을 그냥 내쫓거나 드물게는 아주 명목상의 대가를 주고 땅을 사기도 했다. 그리고 모두들 각각 말뚝을 박아 사유재산을 확보했다. 그 사유재산은 권총이나 윈체스터 총으로 방어된다. 말뚝을 박을 데가 더 없으면 무한하다시피 뻗어 있는 대륙의 서쪽으로 이동하며 말뚝을 박아 가면 된다. 그렇게 서쪽으로 서쪽으로 이동하며 박아 온 끝에 드디어 태평양 연안에 이르게 된다. 따라서 그들에게는 토지의 공개념이라는 말이 당초부터 생길 여지가 없었다.

아스펜 주변의 구경도 기억할 만하다. 무엇보다도 바람에 흔들거리는 그 많은 아스펜 나무의 작은 이파리들이 참 음악적으로 느껴지고 아름답다. 마치 교향곡을 연주하고 있는 것 같다는 착각도 든다. 아스펜이라는 고을 이름이 이 아스펜 나무에서 비롯된 것인지도 모르겠다. 개척 시대에 임금이 낮은 중국 노동자(그들을 '쿠리'라고 낮추어 불렀다.)들을 동원하여 길을 닦았기에 그들의 숙박 시설들도 마치 고스트타운처럼 산간에 남아 있다. 산간의 찬물 흐름에 가 보니 송어 낚시를 하는 사람들이 눈에 띈다. 한국에서도 덕유산에 갔을 때 보니 찬물을 가두고 송어를 양식하고 있었다. 로키산맥과 덕유산은 높이에 있어서 어른과 아이의 차 이상일 것이다. 송어회는 된장에 약간의 고추장을 섞어 찍어 먹으면 맛이 더한다. 거기에 한국인이 좋아하는 칵테일 소맥을 한잔 걸치면 더욱 좋을 것이다.

저녁에 마을을 찾아가 보니 마침 거기에도 한국인이 경영하는 카페가 있었다. 그 여주인은 한국인을 만나 반갑다고 칵테일 한 잔을 무료로 제공해 주었다. 고지대이기에 술은 칵테일 두 잔 이상은 하지 말라는 주의이다.

세미나 후반에 영화 상영도 있었다. 『모비딕』의 저자 허먼 멜빌의 해양소설을 영화화한 것인데 거기에서도 해상에서의 형사 사건이 주제가 되었다. 세미나가 끝날 무렵에는 두 세미나 팀이 모두 참석한 영화 감상이 있었는데 청나라의 마지막 황제 푸이를 다룬 「마지막 황제」의 감독 베르나르도 베르톨루치의 작품 「이십 세기(Novecento)」이다. 이탈리아의 한 마을에서 어떻게 파시즘 운동이 시작되었는가로 시작되어 무솔리니의 집권까지를 다루었는데 영화가 끝난 후의 평가에서 우리 세미나에 참가한 프랑스의 법률 관계 관료는 "지나치게 과장되었다."라고 이견을 말했다.

내가 세미나에 참석한 시기는 한국의 정치적 격변기였다. 박정희 대통령이 암살되고 신군부가 다시 쿠데타를 일으키는 등 진통을 겪고 있었다. 나는 마침 그때 나온 박 대통령의 암살 모의를 다룬 추리소설 「서클(The Circle)」의 포켓판을 세미나의 틈틈이 읽고 있었다.(저급한 추리소설이었다.) 세미나를 주관하는 주 대법원장은 나에게 몇 가지 묻기도 했으나 한국의 정치 혼란에 관해서는 일체 질문을 하지 않는 배려를 해 주었다.

세미나가 끝난 마지막 만찬에서는 모두가 흥이 나서 노래를 한 곡씩 하기로 되었는데 나는 「선구자」를 불렀다. "일송정 푸른솔은 늙어 늙어 갔어도/ 한 줄기 해란강은 천년 두고 흐른다/ 지난날 강가에서 말 달리던 선구자/ 지금은 어느 곳에 거친 꿈이 깊었나"라고 힘차게 불러 많은 박수를 받았다.

마지막 세미나 장에는 사진 예술가 버코 씨가 찍은 모두의 사진이 전시되었다. 그는 아무도 모르는 사이에 살짝살짝 표정을 잡은 것이다. 그런데 모두의 사진은 엽서 크기인데 유독 나 하나만의 사진은 큰 노트북 크기였다. 세미나의 발언을 심각하게 경청하는, 얼마간 고민하는 듯한 표정을 잡은 것이다. 나는 그 사진을 나의 두 번째 저작 『정치인을 위한 변명』의 뒤표지에 전면으로 실었다. 작가의 이름은 밝혀 놓았지만 저작료는 미불인 채로다.

세미나에는 미 육군의 법무차감이 있어서 그는 워싱턴DC에 가면 펜타곤을 안내하겠다고 제의했다. 그래서 참석자들 대부분은 오각형의 건물을 겹겹이 지어 만든 펜타곤을 구경할 수 있었다. 물론 수박 겉핥기이지만 외부인으로 미국 국방부 청사 내부를 구경하기란 참 드문 기회일 것이다.

나는 아스펜의 기억을 살려 정의에 관한 에세이를 써서 어느 잡지에 기고한 적이 있는데 정만교라는 노장 언론인이 여러 사람의 글을 모아 한 권의 책으로 발행한 데에 그 글이 포함되기도 했다. 30여

년이 지난 지금도 그 아련한 아스펜의 기억은 많은 그리움과 함께 남아 있다. 그리고 나는 그 2주간의 세미나에서 참으로 큰 자극을 받고 보다 깊은 생각을 하게 되었다.

7

'광주 폭동'을 '광주민주화운동'으로

신문 편집 기자의 정치 언어 감각

대학을 졸업한 후 나는《한국일보》에 입사해 편집 기자로 주로 1면을 담당했다. 서울대 정치학과 출신의 최영철 기자와 둘이서 교대로 1면을 편집했는데 최 기자는 나중에 국회의원이 되어 노동부 장관, 통일원 장관, 국회 부의장 등으로 출셋길을 걸었다. 1면 편집자는 정치 언어의 감각을 발전시킨다. 예를 들어 4·19혁명에 앞서 마산에서 3·15부정선거에 항의하여 학생 데모가 일어나고 파출소가 불태워지는 등 사건이 계속되었을 때다. 1면 편집을 맡은 나의 옆으로 오종식 주필이 다가와 "마산에 의거"라고 제목을 붙이라고 흥분하여 말한다. 그러자 뒤이어 온 장기영 사장이 "권력에서는 폭동이라고 보는데 회사 망치려고 그러느냐"고 반대 의견을 말한다. 나를 둘러싸고 회사 간부들이 마산 사태에 대한 이름 붙이기로 옥신각신한 끝에 결국

---

* 《월간 헌정》 2019년 3월호.

"마산에 소요"라고 중립적인 언어로 결론이 났다. 그만큼 정치적 사태에 대한 이름 붙이기는 중요하기도 하고 까다롭기도 하다. 나는 1면 편집을 3년쯤 하면서 그러한 정치적 이름 짓기 훈련을 한 셈이다.

노태우 씨가 전두환 대통령에 의해 차기 대통령 후보로 내정되었을 때의 일이다. 그의 연설문 작성을 전담하던 김학준 박사가 민정당의 정책위 의장으로 있는 내 방으로 찾아와 "아주 중요한 연설문인데 너무 평범하여 마음에 안 찬다."라며 자기가 쓴 연설문을 보여 주고는 조언을 구한다. 읽어 보니 그냥 평범한 것이고 감동을 줄 만한 대목이 없다. 그래서 "야마(山)가 없군." 했더니 그는 바로 그 점이라고 했다. 야마는 일본말로 우리가 아직도 쓰고 있기도 한데 핵심 같은 것을 말한다.

김 박사는 내가 《조선일보》 정치부장으로 있을 때 외무부 출입기자로 활약했고, 내가 《서울신문》 주필로 있을 때 서울대학교 교수로 있던 그를 비상임 논설위원으로 위촉하여 같이 일한 일이 있는 아주 친밀한 사이이다. 한참 생각한 끝에 나는 "위대한 평민의 시대를 열겠다."라는 구절을 넣으면 어떻겠느냐고 했다. 그랬더니 그는 크게 수긍하며 '평민'을 '보통 사람'으로 바꾸면 어떻겠느냐고 했다. 한층 향상된 것 같은 느낌이다. 그렇게 해서 "위대한 보통 사람의 시대를 열겠다."라는 선거 구호가 탄생한 것이다.

노태우 후보의 대통령 선거전은 그 "위대한 보통 사람의 시대로"라는 구호 한마디로 끝났다고 할 수 있다. 다른 모든 정책들은 거기에 파묻혀 버리고 말았다. 내가 김대중 후보의 서울 유세에 직접 가서 들어 보니 그 머리가 좋다는 김대중 씨도 '보통 사람의 시대'라는 슬로건의 함정에 빠져 있었다. 그의 연설의 상당 시간을 '보통 사람의 시대'를 반박하는 데 보내고 자기의 주장을 펼 시간을 낭비했다.

그 후 김대중 씨의 정당이 당명을 평화민주당, 약칭 평민당으로 바꾸었으니 내가 말한 '평민의 시대'와 공교롭게도 비슷하게 되었다고도 할 수 있다. 좋은 정치 언어를 찾다 보면 그렇게 될 수도 있겠다.

노태우 씨는 대통령에 당선된 후 인수위 대신에 민주화합추진위원회(민화위)를 구성했다. 전 대통령으로부터 정권을 인수한다는 것이 어색하여 호칭을 그렇게 바꾼 것 같다.

민화위는 원로 언론인 이관구 씨를 위원장으로 하고 3개 분과로 구성되었는데 각 분과에 민정당의 현역 국회의원 한 명씩을 배치했다. 광복군 출신인 조일문 의원, 김학준 의원, 그리고 나 등 3명이다. 나는 가장 까다로운 광주분과위에 배치되었는데 분과위원장은 민족청년단계로 국방 장관을 지낸 박병권 씨고 간사는 육영수 여사 언니의 사위로 재무부 이재국장, 서울 지역구 국회의원, 농림부 장관을 지낸 장덕진 씨였다.

여기에서 우스갯소리 하나를 소개해야겠다. 4·19혁명 후 김성곤 씨가 경영하던 《연합신문》이 '서울일일신문'으로 제호를 바꾸고 이관구 씨를 사장, 천관우 씨를 주필로 영입하자 언론계의 말쟁이들이 이관구(李寬求) 씨의 求를 狗로, 천관우(千寬宇) 씨의 宇를 牛로 바꾸어 두관짜리 개(狗)가 천관짜리 소(牛)를 끌고 가는 형국이라고 익살을 떨었다. 눈치 없는 언론인이 그 이야기를 천관우 씨 앞에서 했다가 혼쭐이 났다는 소문이다.

광주분과위에는 독립투사인 이강훈 씨와 김옥균 천주교 주교도 있는 등 그 구성원이 비중이 있었다. 기록영화도 보고 증언도 청취하는 작업을 하기도 했으나 결국 문제는 광주 사태를 어떻게 규정짓느냐 하는 정치적 이름 짓기의 문제였다. 이강훈 씨는 '광주 의거'라고 기염을 토했었다. 그러나 전 정권에서 '폭동'이라고 하던 것을 '의거'라고 할 수는 없는 일이다.

그래서 나는 노태우 당선자의 핵심 참모 중 한 명인 현홍주 의원에게 조언을 구했다. 서울대 법대 후배인 현 의원은 아주 예의 바른 인물로 "남 선배가 알아서 하셔야지 제가 뭐라 하겠습니까?"라고 말했다.

여기에서 현 의원에 대한 이야기를 한 가지 삽입해야겠다. '학원안정법'이 민정당 중앙집행위원회에 상정되었을 때다. 속칭 전두환 친위대들이 연달아 발언을 신청하여 '학원안정법'을 찬양 지지했다. 발언자로는 나 혼자 그 법안에 반대했다. 나는 심사위원회에 법관이 포함되었다고 하나 그것은 어디까지나 행정위원회이고 법원이 아니기 때문에 거기서 인신을 강제 구금하는 결정을 한다는 것은 법치주의에 어긋난다는 논리를 폈다. 그랬더니 친위대들이 또 연달아 나를 맹공격하는 발언을 했다. 어떤 의원은 "저런 소신 없는 의원과 자리를 같이하는 것이 부끄럽다."며 극언까지 했다.

고립무원이 되다시피 한 나는 현홍주 의원을 방패로 삼기로 했다. 그래서 "율사인 현홍주 의원에게 묻겠다. 중진국 이상의 국가에서 인권에 관한 이런 법률을 가진 나라가 있느냐." 그러자 현 의원은 "없습니다."라고 결정적 한마디를 했다.

학원안정법이 통과되면 대통령 후보로 출마할 노태우 씨로서는 선거전에서 엄청난 역풍을 맞게 될 것이다. 그렇다고 전두환의 뜻을 거슬러 '학원안정법'에 반대할 수도 없고, 그런 생각에서인지 노태우 대표위원은 현 의원의 발언이 끝나자마자 "이것으로서 산회하겠습니다."라고 사회봉을 쳤다. 이렇게 해서 학원안정법은 미결로 남겨지고 뒤이어 김수환 추기경이 반대 성명을 내는 등 여론이 들끓자 결국 흐지부지되고 만 것이다. 현 의원은 그 중앙집행위 발언 후 정책실장에서 곧 해임되었다. 그러나 노태우 정권에서 법제처장, 유엔 대사 등에 임명되었을 때 신문 프로필란에 으레 '학원안정법'에 반대했다는 찬사가 붙었다. 이야기가 샛길로 새 길어졌다. 다시 본론으로 돌아가자.

광주 사태를 어떻게 정치적으로 명명할 것인가를 두고 고심하던 끝에 나는 '광주민주화운동'이라는 작명을 하기로 했다. 보통 정치적 변혁을 지칭하여 이름을 지을 때 혁명, 의거 등 두 문자 또는 길어야 세 문자로 하게 마련이다. 그런데 '민주화운동'은 파격적으로 다섯 자이다. 그러나 아무리 생각해도 달리 줄여서 말할 수가 없었다. 나는 최종 결심을 하고 친한 사이인 장덕진 간사와 그 호칭을 두고 술을 마시며 의견을 교환했다. 그가 동의해 주어 그다음 분과위원회나 전체 회의에서의 일사천리로 결정되었다.

민화위는 최종 결론을 보고서에 담아 대통령 당선자에게 제출하는 엄숙한 의식을 거행하기로 했다. 그러나 거기에 담긴 건의들은 그저 그런 평범한 것들이고 민화위가 남긴 큰 업적은 '광주 폭동'을 '광주민주화운동'으로 새롭게 정의하는 정치적 결단이었다. 노 대통령의 동료들이 광주 진압에 관여하여 '광주 폭동'이라고 하던 시대에서 그 동료들이 지켜보는 가운데 '광주민주화운동'이라고 이름을 바꾸어 부르는 것은 일대 결단이고 변혁일 수밖에 없었다. 그로부터 아주 오랜 세월이 지난 오늘날까지도 '광주민주화운동'이라는 명명은 그대로 살아 있고 굳건한 생명력을 유지하고 있고 감동을 주고 있는 것이다.

8

바이칼호에서 국운을 생각한다

올해가 마침 우리나라에 비극적 운명을 가져오는 데 결정적 계기가 된 러일전쟁이 있은 지 100주년이 되는 해인데 이때를 맞아 관훈클럽에서는 한·러 관계 세미나와 견문을 위해 이번 늦여름에 시베리아 여행을 계획했다. 조세형, 봉두완 등 전직 의원을 포함한 일행은 블라디보스토크와 이르쿠츠크를 찾았다.

블라디보스토크의 신한촌터에는 근래 기념비가 세워졌는데, 거기에는 김원기, 박관용, 손세일, 이윤기 등 전현직 의원들의 이름이 보인다. 망국의 한을 안고 이민했던 동포들의 생활은 매우 어려웠던 듯 신한촌이 있었다는 곳에는 아무 흔적도 보이지 않는다. 돌이나 벽돌로 집을 짓지 못하고 나무나 흙벽돌로 겨우 삶의 터전을 마련했을 것 같다는 설명이다.

---

* 《월간 헌정》 2004년 10월호.

1911년 『연해주 요람』의 기록에 따르면 블라디보스토크와 그 외각에 위치한 중소업자 총 2,182명은 유럽인 935명, 중국인 1,028명, 일본인 192명, 고려인 27명으로 되어 있다. 우리 동포들의 간도나 연해주로의 이민은 쌀농사가 가능한 한계선까지라는 것이 오래전 이용희 교수의 설명이었다. 그만큼 쌀농사 짓는 데 재주가 있어 스탈린에 의해 연해주에서 중앙아시아의 우즈베키스탄 같은 곳으로 강제 이주 당해서도 그곳에서 쌀농사도 했다는 것이다.

일행인 정진석 교수는 당시 블라디보스토크에서 장지연 선생이 《해조신문》(일간)에 참여하고, 신채호 선생이 《권업신문》(주간)에서 일했으며, 좀 떨어진 치타에서 나온 《대한인정교보》(월간)에는 이광수 씨가 있었다는 자세한 설명을 한다. 물론 오늘날의 신문에 비하면 초라하기 짝이 없고 오래가지도 못했다. 그리고 《대한인정교보》는 등사로 나왔다고 한다. 춘원의 소설 「유정」이 바이칼호를 무대로 하는 것은 그런 사연도 있다.

이르쿠츠크는 흔히 '시베리아의 파리'라고 한다. 물론 어림없는 이야기이지만, 그런대로 훌륭하다. 우선 남한 면적의 3분의 1쯤 되는 바이칼호(호수라기보다는 바다라 할 것이다.)에 임해 있어 기후가 해양성 기후에 준하는 좋은 조건이다. 겨울에 영하 40도까지 갈 때도 있지만, 대체로 영하 15도쯤이라니 견딜 만하다. 여름에는 40도까지의 더위라 자작나무, 소나무 등이 죽죽 곧게 자라 밀림(타이가라 한다.)을 이룬다.

이르쿠츠크의 앙가라강은 북쪽으로 흘러 예니세이강과 합쳐져 북극해로 들어가는데, 바이칼에서 흘러나오는 유일한 강이다. 그 강가에 널찍널찍하게 공원이나 광장이 자리 잡고 있어 기념물도 세워졌을 뿐 아니라, 시민의 휴식 공간이 되고 있다. 강을 아우르는 공간이 시원하다. 조세형 씨는 "여기다가 강변 아파트를 꽉 들어차게 지을 일이지……." 하며 서울을 빗댄 부러움을 역설적으로 표현했다.

이르쿠츠크에서 가장 감동적이었던 것은 데카브리스트 기념관을 방문한 일이다. 제정러시아는 나폴레옹과의 전쟁에서 동장군(冬將軍) 덕으로 승전하여 프랑스까지 진격해 간다. 거기에서 장교들이 목격한 것은 프랑스혁명 후의 공화정치이며 자유 사회이다. 이들이 귀국해 차르를 타도하고 대의 정부를 수립하려고 기도하다 실패한 것이 데카브리스트의 거사이다. 12월에 일어났다 하여 거기에서 따서 데카브리스트라고 했는데, 상트페테르부르크의 거사에 동원된 군인은 3000명 정도이나 사전에 정보가 누설되어 차르의 군대에 의해 괴멸됐다. 장교들은 귀족 출신이 많았다. 그래서 처형 안 된 장교들은 멀리 시베리아의 이르쿠츠크로 유배, 강제 노동을 하게 되고 그들이 이르쿠츠크 문화의 씨앗을 뿌렸다는 것이다.

우리의 갑신정변을 떠올리게 한다. 김옥균, 박영효 등 명문가의 젊은이들이 개화한 일본을 모델로 하여 정변을 일으킨 맥락은 데카브리스트와 유사하다. 우리의 개화기, 특히 김옥균을 연구하는 김영작 교수는 만약에 우리에게 식민지가 안 되고 독립국가로 발전할 수 있는 계기가 있었다면, 아주 자신 있게 말할 수 있는 것은 아니지만, 갑신정변이 성공했더라면 하는 것이라고 말한다. 같은 이야기로는 만약 데카브리스트 거사가 성공했더라면 러시아는 대의정치의 길을 걸었을 것 같으며 볼셰비키 혁명이라는 극단적 대응은 일어나지 않았을 수도 있지 않았겠는가 하는 것이다.

톨스토이의 『전쟁과 평화』는 당시의 이야기인데 거기에 보면 러시아 상류사회가 프랑스 문화에 흠씬 젖어 있었음을 알 수 있다. 이르쿠츠크의 데카브리스트 기념관(관이라기보다 거주했던 2층 가옥)에도 책상에 당시에 읽던 장 라신의 프랑스어 원본이 보존되어 있다. 속초 출신으로 그곳에서 상법을 공부하고 있는 가이드 성윤해 양은 동시대 시인 푸시킨이 데카브리스트에 바친 헌시를 눈물겹게 낭송해 주었다.

그리고 의미 있게 살펴본 것이 1921년 이르쿠츠크파 고려공산당이 창당 대회를 가졌었다고 추정되는 건물이다. 지금은 그 안에 큰 식당이 있는데, 몽골 공산당 대회도 그곳에서 있었다는 이야기고 보면 틀림없을 듯하다. 볼셰비키혁명의 러시아에 의지해 조국의 독립을 도모하는 일이었을 것인데, 그런 상황에서 극심히 분열이 생겨 몇백 명을 대량 살육하는 참극을 벌였다니 가슴이 아프다. 그 후 나뉜 파가 상해파 고려공산당을 만든다.

시베리아는 샤머니즘 연구가들에게 보물단지와 같다. 인맥상도 바이칼 근처에서 북아메리카로 가기도 했고 남하하여 한반도까지 오기도 하여 연결되어 있다. 인류학자들은 얼마간 견강부회(牽强附會)를 하기도 하지만, 요즘은 DNA 연구로 입증되니 부인할 수 없다. 칭기즈칸과 관련이 있다고 내세우는 부랴트족의 샤먼을 보러 갔다. 부랴트 공화국까지는 못 가고 가까운 부랴트 자치구로 갔는데, 정말 우리와 용모가 같은 몽골 계통이다.

샤먼을 만나는 첫 순서는 나뭇가지를 태우는 불 위로 양다리를 휘젓고, 왼손의 약손가락에 말젖을 찍어 하늘을 향해 튀기는 것으로 시작한다. 대충 우리 무속과 유사한데 관광화되어서 그런지 몰라도 관중의 참여를 유도하는, 대단히 훌륭한 엔터테인먼트이기도 하다. 역시 무당굿이란 종합예술이 아닌가.

시베리아 샤먼은 많이 소개되었지만, 내가 특히 관심을 가진 것은 불을 계속 피우고 있다는 점이다. 티베트 불교를 라마교라고 하는데 그것이 중국 대륙을 거쳐 몽골을 휩쓸었으며 바이칼까지 와 있다. 그렇게 생각하면 옛날 페르시아의 배화교(조로아스터교)의 불 숭배 사상이 시베리아 샤먼의 불의 의식으로까지 연결되었다고 추리할 수도 있을 것 같다.

바이칼 근처의 민속박물관을 구경 갔다가 숲속에서 우리 장승과 아주 비슷한 나무 장승을 발견하고 고개를 끄덕였다. 그런데 일행 가운데 한 사람의 이탈자가 생겼다. 그 사회가 영어가 거의 안 통하는 형편이니 버스로 찾아 나선 일행의 걱정은 컸다. 식당에서 종업원에 커피나 비어라고 주문하면 어리둥절할 뿐이다. 거리나 공공건물에서 영어 표지를 찾기도 힘들 정도다. 영어 사용에 있어서는 중국보다도 세계화가 훨씬 덜 되어 있다. 오히려 거리를 달리는 많은 버스(소형차는 일제가 인기란다.)가 우리나라에서 수입한 중고라 한글 표지가 그대로 버젓이 남아 있어 미소를 짓게 하고 있다. 이탈자를 찾아 숲길을 한참 달리고 있을 때 갑자기 "아! 있다!" 하고 버스 앞좌석에서 소리친다. 환호성이 터졌다. 그런데 그 "있다"는 행불자가 아니라 모기였다. 여름이 덥고 숲이 우거져 모기가 극성인 것이다.

이르쿠츠크 세미나에서 정태익 주 러시아 대사는 노련한 직업외교관답게 훌륭한 발표를 해 주었다. 고려인이 연해주에 3만 명, 이르쿠츠크 등 시베리아 도시 지역에 3만 명, 사할린에 4만 명 등 구 소련권에 총 55만 명이 분포되어 있는 것으로 알려졌는데, 이들은 대개 넉넉한 형편이 되지 못한다. 정 대사는 요즘은 컴퓨터 시대니 인터넷을 통해 이들 고려인들의 네트워크를 만들고 있다고 했다. 그리고 앞으로 북한에서 유출될 것으로 예상되는 동포들을 남한에서 모두 포용하기란 벅찬 일이니, 옌하이저우 등 시베리아에서 받아들일 수 있는 바탕을 마련하는 일도 필요하다고 말한다. 사실 인구가 희박한 편인 시베리아에는 중국인들의 유입이 엄청나다는 것이며 그것이 위협적이기까지 하다는 것이다. 마치 미국 남부에서 국경을 넘어 막무가내로 대거 유입하는 멕시코인들을 연상케 한다. 하기는 생활공간을 찾아 사람들이 이동하는 것은 역사적 안목에서 볼 때 자연스러운 것이라 해야 하겠다.

볼고그라드 국립대학교 경제학 교수인 고려인 김(金)콘스탄틴 박사는 증조 때 김해(본관 이야기인지 고향 이야기인지 애매)에서 연해주로 이주해 왔다가 스탈린 때 우즈베키스탄으로 강제 이주 당하고 지금은 거기에서 가까운 볼고그라드(스탈린그라드)에서 살고 있다는데 한국어고 영어고 모두 서툴다. 그는 20세기 초에 시베리아 극동 지방에서 여러 가지 협동조합 운동이 활발했고 고려인들도 거기에서 도움을 많이 받았다고 구체적인 사례를 설명하면서 그 중요성을 말했다.

미국으로 망명한 러시아 학자 앤드루 그라이단제프는 1944년 우리나라가 해방이 되기 전에 『현대 한국사론(*The Modern Korea*)』(이기백 교수 번역)란 놀라운 제목의 책을 냈는데, 결론에서 한반도에 금융조합조직이 잘 되어 있음을 지적하며 독립 후 그 조직을 기반으로 민주화가 가능하다고 낙관하는 전망을 한 것을 기억한다. 김 교수의 발표 내용이나 방법론도 유사한 맥락이라고 하겠는데, 소련 학계에서 발달한 사회과학의 흐름인 것 같다.

관훈클럽은 이제까지 금강산, 백두산, 상하이, 호치민시, 후쿠오카, 이르쿠츠크 등을 돌며 우리나라의 앞날을 생각하는 세미나를 가졌다. 러일전쟁 100주년이라고 했지만 그때와 비슷하게 지금도 열강의 힘 겨루기 속에 있는 우리나라다. 북핵을 둘러싼 미·러·중·일 그리고 남북한의 6자 회담이 매우 중요하고 또한 상징적이기도 하다. 지혜롭게 풀어 나가야만 할 텐데……. 힘이 약한 지식인의 한 사람으로 궁리만 많고 걱정이 태산 같다.

시베리아 동물 전시관에 구경 갔을 때 흥미롭게 본 것은 그 크나큰 시베리아 불곰의 천적이 있다는 것이다. 엉뚱하게도 작은 흰 쥐처럼 생긴 동물. 불곰이 동면할 때 그 귀로 들어가 파먹기 시작하면 불곰은 당해 낼 수가 없다는 것이다. 전에 이상우 한림대 총장이 고슴도치 이론을 내세우며 그것이 우리의 생존 전략이라고 말하던 일이 떠오른다.

9

나의 책 수집벽과 난독의 경력

정말 우연이라 할까, 나는 소학교(초등학교), 중학교, 대학교 모두 두 곳씩 다녔다. 청주 석교초등학교 2학년에 올라갈 때 사범학교 부속 초등학교가 신설되어 그쪽으로 편입되었으며, 중학교 입학 원서가 청주상업학교에서 맨 먼저 와 그리로 입학했다가 3학년으로 올라갈 때 의과대학을 지망하여 청주중학교로 편입학했다. 서울대 의대 예과 2년을 마칠 무렵 전과를 결심하고 다시 서울대 법과대학 입학시험을 쳐 그리로 옮겼다.

중학교 때는 생물학에 관심을 가져 그 방면의 초보적인 책을 읽고 마침 집에 작은 현미경이 있어 여러 생물들을 관찰했다. 큰 저수지에서 플랑크톤을 떠다가 보았으며 올챙이 꼬리 부분의 혈관에 적혈구가 순환하는 것을 보며 재미있어 했다. 현미경을 통해 플랑크톤

* 《녹색평론》 2017년 11·12월호.

들을 보고 그려 학교의 과학상을 타기도 했다. 생물학에 대한 어렸을 적 취미 이야기가 나온 김에 생각나는 게 있다. 생물학에는 "개체발생은 계통발생을 되풀이한다."라는 명제가 있다. 나는 그 명제를 오래 기억하고 원용해 왔다. 그것은 인간의 의식 세계에도 사회·정치 체계의 발전에도 원용될 수 있다고 보기 때문이다.

중학교에 다니던 때 6·25전쟁이 터졌다. 설마 청주까지 남침해 올까 하고 위험을 느낀 사람은 별로 없어서 비교적 평온했다. 나는 올챙이를 떠 오려 교외로 나갔다가 다시 시내로 들어오려 무심천에 있는 석교를 건너려는데, 국군의 경계가 삼엄하게 전개되어 있었다. 검문하는 군인이 나에게 학교 선생의 이름, 교장의 이름 등을 묻기도 하고 어깨 쪽을 벗어 보라며 총을 멘 꾸덕살(굳은살)이 있나 없나 살피기도 한다. 아마 사복을 입은 북쪽 선발대가 침투하는 것을 막기 위한 조치였을 것이다.

그날 피난령이 내렸다. 산간 마을로 일단 피난했다가 잠잠해진 후 청주 시내에서 10리쯤 떨어진 고향인 농촌의 집성촌으로 옮겼다. 소종파의 종손이기도 해서 의용군으로 가라는 말은 없었다. 그렇게 오랫동안을 지냈는데 하루는 학교 선생이 급습하듯 방문해 왜 학교에 안 나오느냐고 학교로 같이 가잔다. 나중에 깨달은 것이지만 누군가가 고자질을 한 모양이다. 학교에 도착하니 선생은 나를 복도에서 기다리게 한 채 교무실로 들어갔다. "한 놈 잡아 왔습니다." 하는 말소리가 교무실에서 새어나왔다. 나는 아차 했다. 충북도청 앞 관사촌이 의용군 대기소가 되어 있어 나는 그리로 인계되었다.

그런데 참 행운이라 할까. 그곳 책임자가 청주상업학교의 같은 반 학생이던 친구가 아닌가. 그는 얼굴에 주근깨가 많아 '깨떡'이라고 불렸는데 그때부터 열렬한 남로당 선봉가였다. 나는 의과대학을 갈 생각으로 오로지 공부만 했고 정치에는 전혀 관여하지 않았기 때문에 그와 사이가 나쁠 이유가 없었다. 어둑어둑 저녁이 될 때 나는 "송 형,(성만을 알고 이름은 모른다.) 우리 집이 시내에 있는 것 알고 있지? 불편한 이곳에서 잘 것이 아니라 집에 가서 자고 오면 어때?" 하고 말했다. 깨떡은 아주 우호적인 태도로 선선히 동의해 주었다. 그 후로는 삼십육계 줄행랑이다.

의용군에 가면 죽을 위험이 크다는 공포심이 있었을 것이다. 그리고 인민군 치하의 그 공포정치가 왠지 싫었다. 그때의 본능적인 도피 행각이 나의 정치적·사상적 경향에 결정적 분수령이 되었을지도 모른다. 무슨 투철한 이론적 검토가 아니라 그냥 본능적 선택이라고나 할까.

한·일·영 다언어 세대의 혜택

중학교 4학년 때일 것이다 윌 듀런트의 『철학 이야기(*The Story of Philosophy*)』가 유형기 목사의 번역으로 『철학사화』(1946) 상하권으로 나왔다. 흔히 철학을 학문의 여왕이라고 한다. 나는 그 말에 끌려 그 책을 사서 열심히 읽었다. 알 듯 알 듯하며 모를 이야기인데 아무튼 흥분해 계속 읽어 나갔다. 오로지 철학이라는 그 자체에 끌려서다. 그리고 안호상 박사의 철학 팸플릿도 읽었다. 여하간 그것이 철학에의 관심의 시발점이다.

국군이 북진하여 청주도 수복된 후이다. 시장의 노점에 두툼한 영어 소설이 있기에 샀더니 그게 토머스 울프의 『때와 흐름에 관하여』다. 고교 3학년(학제가 변경되어 중학 6학년이 그렇게 되었다.) 때 여름방학을 이용해 그 소설을 완독하기로 하고 학교의 시원한 2층에 자리 잡고 읽기 시작, 방학 동안 500페이지쯤의 분량을 완독했다. 미국 남부의 젊은이가 북부에 있는 보스턴의 대학에 유학해 여러 가지 경험을 하는 이야기다.(참 공교로운 일이다. 이 소설을 읽던 한국의 젊은이가 17년 후 같은 보스턴의 대학에 유학하게 되었으니.) 그때는 『콘사이스 영화(英和)사전』이라고 영어-일본어 사전을 쓸 때다. 소설을 읽으면서 까다로운 단어는 대여섯 번쯤 찾은 것으로 기억한다. 너무나도 자주 사전을 펴 봤기에 인디언 페이퍼로 된 사전은 땀과 때로 들러붙어 거의 사용할 수 없는 정도가 되었다. 『때와 흐름에 관하여』는 『천사여, 고향을 보라』의 속편이다. 토머스 울프는 그 당시 미국의 다섯 손가락 안에 드는 작가라고 했다. 내가 니먼언론재단 연수 과정으로 미국의 하버드 대학교에 수학하러 갔을 때 첫 순서에 그 대학의 와이드너 도서관 순회가 있었다. 거기에 그 대학 출신인 '토머스 울프 룸'이 있어, 그의 친필 원고를 비롯해 그에 관한 거의 모든 책이 수장되어 있었다. 15명쯤의 미국인 중심의 일행 가운데 내가 자신 있게 울프에 관해 말할 수 있어 우쭐했던 기억이 남는다.

『때와 흐름에 관하여』를 독파하고 나니 영어에 자신이 붙은 듯했다. 그래서 무슨 계획에 따라 읽는 게 아니고 눈에 띄는 대로 영어 소설을 읽기 시작했다. 조지프 콘래드의 『어둠의 속』, 오스카 와일드의 『도리언 그레이의 초상』, 괴테의 영역 『젊은 베르테르의 슬픔』 등을 읽었다. 잭 런던은 『야성의 부름』, 『흰 송곳니』 등 청소년들이 좋아하는 소설도 썼지만 『마틴 이든』은 한 청년이 성숙해 가는 과정을 묘사한 것으로 대단히 흡인력이 있었다. 니체의 영향을 많이 받았다는 평도 있는데, 그의 소설 『강철군화』에서 보듯 사회주의적 영향도 받은 것 같다. 참 공교로운 일이다. 1954년 서울대 법대 입학시험 영어 시험지에 잭 런던에 관한 문장이 나온다. 러일전쟁 때 그가 취재차 아시아를 방문했던 모양이다.

의예과 1학년 여름방학 때 나는 톨스토이의 『전쟁과 평화』를 영문으로 독파하기로 작정하고 그 방대한 소설에 도전했다. 그러나 친구들과 만나는 기회가 잦아 반쯤밖에 못 읽고 완독에 실패했다. 안드레이 볼콘스키가 전장에서 부상을 당하고 누워서 하늘을 바라보며 허무함을 말하는 장면까지 읽고 중단했다. 읽은 영문 소설 가운데 제임스 조이스의 단편집 『더블린 사람들』이 기억에 남는다. 그중에서도 특히 「작은 구름」이 인상적이다.

1952년 부산에서 대학에 입학했을 때 《대학신문》에 나중에 서울대학교 총장이 되는 권중휘 교수가 아서 쾨슬러의 『한낮의 어둠』(1940)을 꼭 읽어 보라고 권고하는 서평을 썼다. 읽어 보니 공산주의의 실상을 폭로하는 소설로는 그 이상이 없을 정도의 참으로 명작이라고 생각되었다. 공산주의 진상을 폭로한 작품으로는 여러 사람이 공저한 『실패한 신(神)』(1949)도 있다. 내가 특히 탐독한 것은 휘태커 체임버스의 『증인』(1952)이다. 미국에서 대공황의 참상을 겪으며 어떻게 지식인들이 좌익 사상에 빨려 들어갔는가 하는 과정을 실감 있게 묘사한 자서전이다. 그는 《타임》의 편집인 가운데 한 사람으로 활약하기도 했는데, 미 국무성 고관 앨저 히스가 공산주의 조직과 내통했다고 폭로해 유명해지기도 했다.

피난지 부산에서 대학에 입학해 보니 읽을 만한 책은 거의 일제가 남기고 간 책들이고 우리나라 저자의 책은 별로 없었다. 그래서 책을 좋아하는 학생들은 대청동 주변에 산재한 헌책방을 돌아다녔다. 다행히 초등학교 6학년 때 해방을 맞은 나는 일본어에 익숙했고 계속 일본 책을 읽다 보니 일본 책을 읽는 데 큰 어려움이 없었다. 여기에서 한 가지 관련된 이야기를 말해 두고 싶다. 출판계의 거물인 민음사의 박맹호 사장이 팔순을 맞아 큰 잔치를 베풀었을 때 노벨문학상 후보로 가끔 이름이 오르는 고은 시인, 유명한 문학평론가이며 에세이스트인 이어령 교수, 그리고 언론을 생업으로 했던 나 셋이 축사를 했다. 셋은 모두 1933년생 동갑인데 공교롭게도 글과 관련된 직업을 평생의 업으로 삼아 왔다. 거기에서 얼핏 생각난 것이 셋 모두 한국어·일본어·영어를 자연스럽게 구사할 수 있게 된 다언어 세대라는 점이다. 다언어 사용은 두뇌 개발에 도움이 된다고 하는데 그래서 모두 글과 관련된 일을 했을 것 같다.

고서점에서 많은 책들을 샀다. 그때 유명한 독서 입문서로 학생들이 많이 읽던 책이 가와이 에이지로의 『학생과 독서』다. 아마 당시 책을 좋아하던 거의 모든 학생이 그 책을 읽었을 것이다. 여기에서 먼저 그에 대한 소개를 해야겠다. 그는 영국 유학에서 토머스 힐 그린의 사상에 심취했던 모양으로, 그의 주저는 그린의 사상에 대한 연구서다. 도쿄대학교 교수로 있던 그는 일본이 점차 군국주의 파시즘으로 흘러가자 그에 감연히 맞서 투쟁하다가 2차 세계대전 중 종전을 보지 못하고 옥사했다. 일본에 여행 갔을 때 나는 도쿄의 유명한 고서점가 '간다'(神田)에서 그의 마지막 저서 『자유주의의 옹호를 위하여』를 발견하고는 감격해 사서 읽었다. 전쟁 직후라 형편없는 지질에 인쇄된 책이지만 시대의 정신이 느껴지는 듯해 감격스러웠다.

이야기를 『학생과 독서』로 되돌려 보면 그 책에서는 많은 책들을 추천하고 있는데 특히 철학책이 많았던 것 같다. 예를 들면, 니시다 기타로의 『선(善)의 연구』(1911), 이데 다카시의 『철학 이전』(1922), 와츠지 데츠로의 『인간과 풍토』(1931), 『니체 연구』(1913) 등등이다.

『선의 연구』는 당시 일본 철학서의 최고봉으로 간주되고 있었는데 불교 철학의 깊이 있는 철리를 파고들며 거기에 미국의 윌리엄 제임스의 심리학을 결부했다는 이야기다. 『철학 이전』은 그리스 철학을 아주 명료하고 이해하기 쉽게 설명한 것으로 지금 생각해도 그리스 철학을 설명하는 명저 같다. 『인간과 풍토』는 당시로는 참 이색적인 것으로 지역 풍토와 거기에서 탄생하는 사상 체계가 각각 다르게 연관되었다는 상당히 앞선 연구서다. 모진 계절풍이 부는 지대에서 이루어진 사상과 온화하고 풍요로운 지대에서 생성된 사상이 다르다는 것이다. 『니체 연구』는 니체 사상을 한 권으로 압축한 책으로는 대단한 역작이다. 헤겔의 일본 번역서도 대충 구입했는데, 그의 『역사철학』은 완독했으나 다른 책들은 까다로워 뒤로 미루었다가 읽지 못했다. 그때 우연히 다케치 다테히토의 『헤겔 논리학의 세계』(1947)를 샀는데, 마르크스의 『자본론』과 헤겔의 『대논리학』의 구조가 거의 완전히 일치하고 있다는 것을 설명하는 내용인데 그럴듯하다. 마르크스는 그 논리학을 헤겔에서 배운 것이고, 헤겔 철학의 내용을 물구나무서기 한 것도 같다.

그 후에 저자의 이름은 잊었지만 *Marxism After 200 Years*라는 책을 읽었는데, 참 흥미로웠다. 두 가지 요점인데, 첫째는 마르크스가 '자본주의의 출산통(出産痛)'을 '자본주의의 사망통(死亡痛)'으로 잘못 생각했다는 것이고, 둘째는 프랑스에 잠시만 머물렀던 마르크스가 프랑스혁명기에 관해서는 매우 중요한 논문을 두 편 썼으나, 아주 오래 체류한 영국의 의회정치를 통한 정치 발전에 관해서는 아무런 글도 남기지 않은 것이 이상하다는 것이다. 다른 책에서의 이야기지만, 엥겔스의 경우는 독일에서 사회민주당이 얼마간의 의석을 획득하자 의회정치를 통한 혁명 정치의 가능성을 말하여 오늘날에도 일부 학자가 엥겔스가 사회민주주의의 길을 열었다고 하는 것과 대비가 되는 일이다.

사회과학 서적으로 관심을 돌리다

법과대학에 입학해서는 사상 서적으로 관심을 돌렸다. 당시 서울대 문리대 정치학과 주임인 민병태 교수는 영국의 페이비언 사회주의 신봉자인 해럴드 래스키의 책들을 번역, 출간해 관심을 끌었다. 정치과 중심으로 많은 학생들이 모여 그런 사상에 따라 신진회를 조직해 그 조직이 오랫동안 이어졌다. 4·19혁명 때는 그 구성원들이 민족통일학생총연맹의 주역들이 되어 활발한 활동을 했다.

서울대 법대에서는 신진회보다는 규모가 작았으나 신조회가 구성되었으며 나중에 안 얘기지만 그중 성급한 학생이 영국 페이비언협회에 가입 신청까지 냈다는 것이다. 신조회는 몇 년 계속되다가 사회법학회로 전환되어 아주 오래 계속되었으며 사회조사 활동 등 실적도 얼마간 쌓았다. 그 멤버 중에 유명한 학생운동가인 황건, 심재택, 장기표, 조영래, 이신범 등등이 있었다.

사회과학 서적으로 우선 영문 『자본론』을 읽으려고 시도했으나 너무 까다로워 몇 장 읽고 단념했다. 그러고는 『자본론』을 통독한 사람이 드물 것이라고 생각했다. 그러나 나중에 《한국일보》에 입사하고 놀랐다. 《한국일보》는 사주 장기영 씨가 선린상업고가 최종 학력이기 때문에 지원 자격에 대학 졸업을 요구하지 않고 고졸도 응시가 가능했다. 경북고등학교가 최종 학력인 지동욱 기자는 『자본론』을 독일어 원서로 읽었다고 자랑한다. 그의 실력으로 보아 능히 읽었을 거라고 추측이 되어 나는 기가 죽었다. 『자본론』 읽기에 좌절한 나는 가와카미 하지메의 『경제학 대강(大綱)』(1928)을 읽었다. 이 책은 일본 개조사(改造社)의 『경제학 전집』 제1권으로, 가와카미는 교토대학교 교수로 있다가 2차 세계대전 때 사상적 이유로 추방된 일본 1급의 마르크시즘 경제학 대가였다. 비교적 읽기가 쉬워 통독할 수 있었다. 아주 오랜 후에는 폴 스위지의 『자본주의 발전의 이론』(1946)을 접할 수 있었는데, 알기 쉽게 마르크시즘 경제학과 그 후의 정치적 전개를 소개하고 있다. 스위지는 과격 사상으로 하버드 대학교수직에서 추방되었으며 《먼슬리 리뷰》 등 출판 활동을 활발히 계속했다.

래스키에 관해서는 『정치학 강요』(1925)가 주저처럼 알려져 애써 완독했지만 특별히 머리에 남는 게 별로 없다. 다원 사회 이론을 전개한 책이었다. 래스키의 책 가운데 가장 읽기 쉽고 중요하게 생각되었던 것은 『국가』(1935)이다. 내가 읽은 정치 이론서 가운데 가장 분명한 이론의 책 같다. 래스키는 페이비언 사회주의자로 분류되지만 그 가운데에서도 좌파 편향으로 간주되어 미국 하버드 대학교에 초빙되어 갈 때 입국 비자로 어려움을 겪었다는 이야기가 있다. 여기에서 인종차별로 오해받을 우려가 있기는 하지만 말해 두고 싶은 것은 래스키가 카를 마르크스처럼 유대인이라는 사실이다. 자세한 이야기는 생략하겠지만 유대인들은 참 머리가 좋은 것 같다. 유랑 민족으로서의 그 오랜 기간을 머리가 좋지 않고서는 생존할 수가 없었을 것이다.

사회학자 가운데는 미국의 찰스 라이트 밀스가 많이 읽혔다. 그의 주저에 『파워 엘리트』(1956), 『화이트칼라』(1951) 등이 있지만, 그의 논문집이 읽어 볼 만하다. 정치학에서 래스키의 『국가』가 좋다면 사회학에서는 밀스의 논문집이 비슷하게 좋다고 하겠다. 그의 책 『사회학적 상상력』(1959)은 우리말로 번역되어 학생들이 많이 읽은 것으로 알려져 있다. 쿠바의 카스트로 혁명을 다룬 『들어라 양키들아』(1960)는 다 아는 대로 아주 많이 읽혔다.

이야기를 앞당겨 하면, 하버드 대학교에 수학하러 갔을 때 『고독한 군중』(1950)의 저자 데이비드 리스먼 교수 초청 세미나에서 내가 "아시아에서는 찰스 라이트 밀스가 자주 인용되는데, 이곳에서는 전혀 듣지 못하겠다."라고 말하자, 리스먼 교수는 "버클리 대학교에 가 봐라. 그에 관한 이야기를 많이 들을 것이다. 또는 멕시코에 가 봐라."라고 말했다. 그런데 평소에 밀스는 "Think It Big!"(크게 생각하라!)라는 말을 자주 했다고 한다. 사회현상의 관찰에서 거시적 안목이 중요하다는 이야기일 것이다. 세부도 중요하지만 거기에 국한하다 보면 대국을 놓치기가 쉬운 것은 사실이다.

베트남전이 한창 진행되고 한국군의 베트남 파병이 논의되기 시작하자 그 전쟁에 관한 책들이 많이 읽혔다. 프랑스 출신 버나드 B. 폴의 책이 가장 널리 읽힌 듯하다. 베트남 파병을 놓고 한국 지식인 사회에서도 찬반 논의가 있었다. 나는《조선일보》에서 그 찬반 논의를 성의 있게 다루었으며, 그때 나오던 월간지《청맥(靑脈)》에 파병을 반대하는 글을 쓰기도 했다.《청맥》은 얼마 후 좌익 인사가 발행하는 잡지라는 이유로 폐간되었다.《조선일보》 편집국장을 지낸 인기 소설가 선우휘 씨가 베트남 파병을 찬양하는 소설을 신문에 연재하려 해 임재경 기자와 내가 그를 따라다니며 한사코 말린 일도 있다. 그때의 지식인 사회를 베트남 파병 찬성파와 반대파로 양분해 분류할 수도 있겠다. 다만 주한미군을 베트남으로 빼돌리겠다는 압력이 거셌던 만큼 정책 결정자들의 고민이 컸으리라는 점은 고려해야 할 것이다.

미국 기자 가운데 데이비드 핼버스탬이 쓴 『최고의 인재들』(1972)도 유명했다. 케네디 행정부의 하버드를 나온 우수한 참모들이 어떻게 무모하게 그 진흙탕 싸움에 말려 들어갔는가 하는 정책 결정 과정을 분석한 책이다. 그는 『콜디스트 윈터』(2008)라는 한국전쟁에 관한 책도 냈다. 또 하나 기록해 두고 싶은 책은 미 국무성 차관보를 지낸 로저 힐스먼의 *To Move a Nation: The Politics of Foreign Policy in the Administration of John F. Kennedy*(1967)다. 이런 얘기가 흥미롭다. 프랑스 시찰단이 베트남을 방문했더니 미국 측에서 'kill-ratio'(살상자율)를 열심히 설명하더란다. 그것은 퍼부은 폭탄이나 탄환에 대비한 북베트남 측 병력의 사상자 비율이다. 살상자율이 상승하고 있다고 자랑하자 프랑스인들은 "또 통계냐!"라고 불만을 비쳤다고 한다. 프랑스인들은 베트남전의 역사적 배경, 즉 프랑스에 의한 베트남의 식민 지배, 디엔비엔푸 전투 패배 후의 프랑스군 철수와 미군에 의한 대책, 북베트남 측의 치열한 독립 투쟁 등 역사적·정치적 배경을 중시했던 것이다.

근래의 일이다. 박근혜-문재인의 대통령 선거전이 있은 후 패배한 민주당 측에서, 서울대학교의 한 교수가 중심이 된 연구팀에 선거 종합 평가를 요청하여 보고서가 나오자 홍익표 의원을 포함한 20명쯤의 의원들이 나를 국회로 불러 그 보고서에 대한 의견을 말해 달란다. 나는 힐스먼의 책에서 읽은 일화를 빌려 그 평가 보고서는 세세한 사회학적 통계는 많으나 역사적·정치적 맥락에서의 고려가 없다고 비판했다. 즉 이명박 정권의 정치 공작의 영향을 암시한 것이다. 문재인 정권이 들어선 후 이명박 정권의 선거 부정 개입이 요즈음 속속 드러나고 있지 않은가.

하버드에서의 경험

앞서 말한 대로 1967년 니먼언론재단 펠로로 1년 동안 하버드대학교에서 수학한 때부터 나의 독서 영역이 급격히 달라진다. 미국에 도착해 우선 루이스 J. 할의 *The Cold War as History*(1967)를 사 보았는데, 그 책은 냉전 문제에 관한 좋은 입문서 같았다. 냉전이라고 하면 그때까지 흔히 소련이 일방적으로 비난만 받아 왔는데, 미소 어느 쪽에 책임이 있느냐 하는 논쟁이 일기 시작한 것이다. 미국 측에 책임이 있다는 책도 나왔다. 마침 그 무렵 소련권 봉쇄 정책의 입안자였던 조지 케넌의 회고록도 출간되었는데, 그는 거기에서 원래 봉쇄 정책은 정치적인 의미가 강했는데 그 후 그것이 지나치게 군사화되었다고 술회하고 있었다. 냉전의 기원과 진전은 결국 상호적일 수밖에 없는 것이기에 그 논쟁에 대한 설명은 여기에서 접어 두기로 한다.

니먼 펠로들은 1년 동안의 연수에 한 과목만의 학점을 요구받고 있어 비교적 자유스럽게 원하는 수강을 할 수가 있었다. 한 과목의 학점을 요구하는 것은 지방 여행을 다니거나 기타 활동으로 연수를 소홀히 할까 해서이다. 나는 좋다 싶은 과목을 하루 종일 쫓아다니며 충실히 들었다. 다른 학생과 비교하면 아마 3년치의 강의를 수강했을 것이다.

존 케네스 갤브레이스의 경제학 강의는 매우 유익했다. 그의 저서 『풍요한 사회』(1958)는 미국에 가기 전에 미리 읽어 두었지만 별로 기억에 남는 것이 없다. 경제학을 'political economy'라고도 하고 'economics'라고도 하는데 점차 'political economy'보다는 'economics'로 내용이 옮겨 가는 추세에 있다. 그런데 갤브레이스의 강의는 반 이상이 정치학이라고 할 정도다. 라틴아메리카 여러 나라의 경제를 설명하며 그는 정치적 착취나 억압 구조의 설명에 비중을 두고 그 개선을 역설한다. 나는 그의 접근이 올바르다고 생각한다. 그러한 뒤틀린 사회구조를 놓고 순수경제 이론만 갖고 설명하려 한다면 무슨 해답이 나오겠는가.

갤브레이스는 그 후 『새로운 산업국가』(1967)를 간행했다. 그 책은 나에게 크게 인상을 남기지 못했다. 그의 책 중에서 재미있었던 것은 *On Poverty*라는 소책자다. 제목이 흥미로워 읽어 보았더니 가난을 해결하는 첩경은 부자 나라에 이민 가는 것이라는 결론이다. 간단하고 명료한 이야기다. 많은 나라 국민들이 부자 나라로 이민을 가는 것은 틀림없는 현실이기 때문이다. 근래에는 중동이나 아프리카 사람들이 유럽으로 이민 가기 위해 지중해에서 배가 뒤집혀 익사하는 모험을 무릅쓰기도 한다. 그러나 물론 이민은 빈곤 문제의 근본적 해결책이 아니다. 갤브레이스는 가난에서 벗어나려는 사람들의 필사적인 선택에 대해 말한 것이라고 본다.

나는 안보 문제에 특히 관심을 갖고 헨리 키신저의 안보 세미나와 스탠리 호프만의 전쟁론 강의를 각각 1년씩 수강했다. 키신저는 이미 그때 대가 취급을 받고 있어 법과대학의 '로스코 파운드 룸'(저명한 법학자 로스코 파운드의 이름을 딴 강의실)이라는 으리으리한 방에서 세미나를 진행했다. 조교수가 옆에 앉아 세미나의 순서를 진행하고 키신저는 중요 발언만을 하는 권위를 보였다. 나로서는 생소한 분야고 영어도 짧아 감히 토론에 참가는 하지 못했다.

그 후 오랜 시일이 지나 키신저가 방한했을 때 어느 모임에서 주최 측이 나를 그의 옆자리에 앉게 해 주었다. 나는 그에게 하버드 시절 영어가 짧고 키신저 박사의 발음도 독일식이어서 듣기가 어려웠다고 말하자, 그는 자기도 언어 문제로 힘들었다고 털어놓는다. 키신저는 어렸을 때 독일에서 미국으로 이민을 간 유대계 인물이다. 그가 얼마나 우수했는가를 말해 주는 일화가 있다. 하버드 대학교 2~3학년 때쯤 지도교수가 칸트의 『순수이성비판』과 『실천이성비판』을 건네주며 몇 달 안에 보고서를 작성해 오라고 했단다. 키신저는 그 어려운 칸트의 두 비판서를 읽고 훌륭한 보고서를 제출하여 그 교수의 지원으로 학계에서의 위치를 굳히게 되었다는 것이다. 아무튼 천재적이라 할 재능을 가진 인물임은 틀림없다.

호프만 교수의 강의는 그가 프랑스 출신이어서인지 프랑스식 발음으로 말해 수강에 애를 먹었다. 그는 장 자크 루소와 레몽 아롱 등 프랑스인의 저서를 자주 인용했다. 나는 그에게 리포트를 제출하여 니먼언론재단이 요구하는 학점을 취득했다.

키신저나 호프만의 안보 세미나나 전쟁론을 듣고 나서 내린 나의 약간 건방진 결론은 중국의 『초한지』나 『삼국지』 또는 『손자병법』을 읽거나 공부한 것과 그 원리가 크게 다르지 않다는 것이다. 전략·전술에는 동서의 차이가 그리 클 수가 없는 것이 아닌가. 내가 유념하고 있는 원리는 "한쪽이 절대적인 안보를 추구하면 상대방은 절대적인 불안정으로 빠지게 되어 평화가 유지되기 어렵다. 따라서 서로가 상대적인 안보를 추구하는 데 머물러야 할 것이다."라는 이치다.

존 킹 페어뱅크 교수는 중국학의 알아주는 대가다. 굳이 그를 설명할 필요가 없겠다. 그의 강의를 1년간 듣고 특히 기억에 남는 두 가지가 있다. 그는 공산화 이전의 중국 정치를 'YMCA 민주주의'라고 자주 말했다. 중국이 서양 문물이 도입된 후 민주화되는 데는 기독교의 영향이 컸고, 특히 YMCA의 조직과 활동이 많은 기여를 했다는 이야기일 것이다. 개화 이후의 한국을 생각해도 비슷한 이야기를 할 수 있을 것 같다. 민주주의 사상의 전파에는 기독교의 영향이 컸고, 특히 YMCA의 활동에 힘입은 바 많았다고 할 것이다. 그때의 정치 지도자들을 살펴보면 그런 판단이 들기도 한다.

페어뱅크 교수는 종강 시간에 그가 '매카시위원회'에서 당한 참담한 수모와 고초를 생생하게 회상했다. 미국에 매카시 선풍이 분 데에는 중국이 공산화된 충격이 큰 영향을 주었다. 미국은 "중국을 잃었다."라고 표현했다. 그러니 미 국무성 관리들이나 중국 전공 학자들이 공격의 대상이 될 수밖에 없었다. 페어뱅크 교수는 매카시위원회에서 "Are you a card-carrying communist?"(당원증을 가진 진성 공산주의자가 아니냐?)라는 집요한 추궁을 당했다는 것이다. 그의 회고는 매우 비통한 어조였다.

새뮤얼 헌팅턴 교수의 정치철학 강의는 그가 곧이어 출간하게 될 책 『변화하는 세계의 정치 질서(*Political Order in Changing Societies*)』(1968)의 맥락에 따른 것 같았다. 그는 발전도상국의 정치를 말하며 'praetorian leader'가 필요하다는 점을 말했다. 우리나라의 경우를 설명하면서 박정희가 아닌 김종필을 언급한 것도 재미있다. 여기서 'praetorian'을 국내 일부 학자들은 '독재적'이라는 의미로 해석하기도 하는데, 나는 '권력 독점적'이라는 뉘앙스로 해석하고 싶기도 하다. 'praetorian'은 옛 로마 시대의 집정관을 일컫는 단어인데 그때의 집정관은 밑으로 침투하여 장악하는 독재라기보다는 상층에서 권력을 독점하는 체제가 아니었나 한다.

헌팅턴 교수는 그 후 『문명의 충돌』(1996)이라는 저서로 유명해졌는데, 나는 어쩐지 못마땅한 생각을 떨칠 수가 없다. 베트남전이 한창

일 때 그가 베트남 촌락에 폭탄을 퍼부어 농민들을 모두 도시로 집중시키는 '강제적 도시화'를 추진하면 해결이 용이할 것이라고 건의했다는 기사를 어느 신문에서 읽었기 때문이다.

에드윈 라이샤워 교수는 케네디 행정부 때 주일 미국 대사를 지낸 일본통이며 그의 부친도 일본 연구자이다. 부인이 일본 재무상을 지낸 정치가의 손녀로 미국에서 일류 신문의 기자를 한 여성이다. 그의 강의는 일본을 어느 정도 아는 한국인으로서는 특이하다 할 것이 없었다. 다만 그의 인품이 매우 훌륭하다는 점을 말해 두고 싶다. 한번은 보스턴 교외에 있는 한적한 숲속의 그의 저택에 니먼 펠로들을 초청했다. 벽면에 걸린 액자의 한시(漢詩)를 술술 일본말로 읽으며 나에게 동의 겸 의견을 묻는데 나는 당황했다. 한문 공부를 게을리한 나는 한시를 줄줄 읽고 해석할 능력이 없었기 때문이다.

멀 페인소드 교수는 소련에 관해 강의했는데 『러시아는 어떻게 통치되는가(*How Russia is Ruled*)』(1953)가 그의 주저다. 강의가 참 알아듣기 쉬웠다. 일본이나 중국 또는 러시아를 강의하는 교수들의 영어 발음은 매우 알아듣기 쉽다. 반면에 서구권을 강의하는 교수들의 발음은 알아듣기가 어렵다. 문명의 동질성과 이질성에 따라 언어 습관도 달라지는 모양이다.

이제는 소련이 망하여 별 의미가 없는 일이지만, 2차 세계대전 때 서방 측이 몽땅 노획한 소련의 일부 지방의 문서들이 연구에 큰 도움이 된 것 같다. 6·25전쟁 때 수복 지구에서 미국이 몽땅 노획한 북한의 문서들이 미국 북한학자들의 연구에 큰 도움이 된 것과 같은 이치이다.

아차, 카를 요아힘 프리드리히의 정치학 강의를 빠뜨릴 뻔했다. 교수는 정치에 있어서 부정적 개념인 모반, 부패, 폭력 등등의 긍정적 측면을 생각해 보는 강의를 했다. '모반'(treason) 하면, 흔히 사악한 것으로 여겨지기 쉽다. 그러나 다시 생각해 보면 모반 없이는 정치의 획기적인 진전도 없었을 것이다. 우리나라의 경우 이성계의 위화도 회군이라는 모반이 있었기에 정체된 고려왕조는 전복되고 조선조라는 새로운 혁명적 정권이 수립된 게 아닌가. 특히 정도전의 혁명적 개혁을 유의해 볼 일이다. 우리나라뿐 아니라 다른 나라의 정치에 있어서 혁명이나 개혁은 대부분 모반적 측면을 가지고 있는 것이 아닌가.

부패의 긍정적 측면을 생각한다는 것은 좀 당혹스럽다. 교수는 미국 어느 주의 지사가 대단히 좋은 프로젝트를 성사시키기 위해 주의회에 얼마간의 돈을 뿌린 이야기를 들며, 약간의 비용으로 엄청나게 큰 좋은 계획을 용이하게 성사시켰으니 긍정적 측면이 있는 게 아니냐고 설명한 것으로 기억한다. 우리나라에서도 흔히 "기름을 친다."라고 표현하는 그런 일들인데, 음미해 볼 만한 일이다. 프리드리히 교수가 제기한 그러한 색다른 정치 명제들은 우리나라 정치학자나 언론인들도 한번 깊이 있게 연구해 볼 일이라고 생각한다.

니먼 펠로들은 가끔씩 유명 학자들을 초빙하여 니먼 세미나를 갖는다. 거기에 『세속 도시』(1965)라는 저서로 알려진 하비 콕스 신학대학 교수도 초빙되었다. 나중에 관심이 있어 그의 다른 저서들을 읽어보니 신약성서의 일부 번역이 우리가 읽던 신약성서의 영역본과 매우 차이가 난다. 콕스 교수의 번역이 더 반항적이고 혁명적인 뉘앙스가 짙은 부분이 있다. 그래서 나는 《월간중앙》에 강원용 목사에 관해 긴 글을 쓰면서 그 부분을 인용하기도 했다. 내 나름대로의 해석으로는, 정본 신약성서는 혹시라도 거친 언어를 순화한 것이 아닐까 한다.

한 권의 책이 불러온 태풍

하버드에서의 수학이 끝날 무렵이다. 그레고리 헨더슨의 『소용돌이의 한국 정치(*Korea: The Politics of the Vortex*)』(1968)가 곧 출판될 것이라는 이야기가 들려왔다. 그는 주한 미국 대사관 문정관을 지낸 사람으로 그때 유엔 산하기관에 근무하고 있었다. 출판에 앞서 서평용으로 하버드의 한국학 담당 에드워드 와그너 교수에게 한 권을 보내 온 것을 알고, 그것을 급히 빌려 읽어 보았다. 한국은 단자화(單子化)된 개인들로 구성되어 하나의 큰 소용돌이를 이루고 있는 불안정한 사회이기 때문에 중간 매개 집단을 강화하여 안정시킬 필요가 있다는 게 그 책의 요지였다. 중간 매개 집단으로 지방자치단체와 각종 직능 단체들을 들었다.

그래서 그 책에 대해 급히 긴 서평을 써서 우편으로 《조선일보》에 보냈다. 초판이 출간되기 전에 신문에 서평이 났다. 귀국해서 서울대 사회학자 이만갑 교수에게 설명하니 그는 친족 관계, 여러 가지 계 조직 등을 들며 한국이 단자화된 개인들의 사회라고 하기는 어렵다고 비판적인 의견을 말한다.

나는 신문사 문화부장 때부터 강원용 목사의 '크리스찬아카데미' 모임에 참여했다. 그래서 강 목사에게 그 이야기를 하니, 그는 오랜 숙고 끝에 중간 집단 교육을 대대적으로 전개하기 시작했다. 노동, 농민, 여성, 종교 등 각 분야에 걸쳤는데 매우 성공적이었다. 그러나 결과적으로 민주운동의 풀뿌리를 강화하는 그 운동을 박정희 정권이 보고만 있을 리 없었다. 1979년에 대대적인 검거 선풍이 불었다. 이른바 '크리스찬아카데미 사건'이다. 구속된 간사들은 박 정권이 무너지고 난 다음에야 풀려났다. 쟁쟁한 인물들이었다. 한명숙(제37대 국무총리), 신인령(이화여대 총장), 이우재(민중당 대표, 15·16대 국회의원), 김세균(서울대 교수), 장상환(경상대 교수, 민주노동당 정책위원장), 황한식(부산대 교수) 등등이다. 한 권의 책을 소개한 것이 태풍을 불러온 셈이다.

순서가 이상해졌지만 조지 오웰의 『동물농장』과 『1984』의 이야기를 꼭 해야겠다. 『동물농장』은 아주 짧은 우화소설로 번역본을 우리 주변에서 용이하게 볼 수 있지만 참 대단한 명작이다. 중진국이나 후진국의 정치권력의 양태들이 잘 묘사되었다고 볼 수 있다. 『1984』는 앞으로 점점 조여 오는 정보화사회의 위험성을 경고한 역시 대단한 작품이다. 영국의 정치학자 버나드 크릭이 쓴 매우 훌륭한 『조지 오웰 평전(*George Orwell: A Life*)』이 있다. 오웰은 영국 노동당과 비교적 유사한 별도의 진보적 정당의 당원이다. 그런 사람이 소련을 빗대어 신랄하게 비판하고 공격하는 『동물농장』을 썼으니 국제 지식인 사회에서의 파문이 대단할 수밖에 없다. 그때 사태가 매우 심각했던 모양이다. 『1984』도 좀 덜하기는 했으나 정치적 파문이 있었다 한다.

빠뜨릴 수 없는 두 사람은 E. H. 카와 에리히 프롬이다. E. H. 카는 『역사란 무엇인가』(1961)라는 명저로 널리 알려졌지만, 그의 바쿠닌 전기도 읽어 볼 만하다. 에리히 프롬은 마르크시즘과 프로이트 정신분석학 그리고 휴머니즘의 세 흐름을 잘 융합하여 하나의 학문 세계를 이룬 학자인데, 그의 모든 책이 읽어 볼 만하다.

이렇게 쓰다 보니 노동 문제에 관심을 가졌던 내가 노동 관계 서적을 거론하지 않은 것 같다. 노동부 장관을 그만둔 뒤 읽은 세 권의 책을 소개하고 싶다. 프랜시스 퍼킨스는 미국의 프랭클린 루스벨트 대통령이 4선을 하는 동안 한 번도 바뀌지 않고 노동부 장관을 한 여성이다. 루스벨트가 뉴욕주지사를 할 때부터 노동 담당이었다고 한다. 그의 전기는 루스벨트의 뉴딜 정책을 이해하는 데 얼마간 도움이 된다. 클린턴 대통령 때 노동부 장관을 한 로버트 라이시의 회고록도 참고할 만하다. 대통령과 그가 마치 학문의 친구처럼 대화할 수 있는 분위기였음이 부럽기만 하다. 세 번째 책은 내 딸의 것이어서 소개하기가 주저되지만, 미국 워싱턴대학교 남화숙 교수의 『배 만들기, 나라 만들기(*Building Ships, Building a Nation*)』(2009)다. 우리나라에서 가장 오래된 부산에 있는 조선소의 노동운동사를 서술하면서 그 노동운동이 우리나라 정치에 미친 파급 효과를 분석하는 노동·정치사라 할 것이다. 이 책은 아시아학회가 수여하는 '제임스 팔레 저작상'을 받기도 했다.

이렇게 쓰다 보니 우리나라 저자들의 이야기를 하지 못했다. 나는 철학자 박종홍 교수, 문학평론가 백낙청 교수의 글 그리고 정치학자 최장집 교수의 책과 논문을 챙겨 읽었다. 그리고 아주 가까웠던 소설가 이병주 씨의 『소설 알렉산드리아』, 『지리산』을 관심을 갖고 읽었으며 최정희 씨의 『인간사』, 박경리 씨의 『시장과 전장』을 의미 있게 읽었다.

내가 미국 수학 1년에 300권쯤의 책을 욕심껏 사서 돌아오니 이병주 씨가 꼭 구경하잔다. 집으로 초청하여 책을 보여 주고 아무 책이나 한 권을 선물로 주겠다고 하니 『고도를 기다리며』라는 아주 얇고 값싼 희곡본을 집어 든다. 몇 달 후 그 저자인 사뮈엘 베케트가 노벨문학상을 수상했으니 참 우연치고는 기가 막힌 일이다. 『고도를 기다리며』는 현대인의 정신 상황을 묘사한 대단한 명작이다. 추가하여 중국 작가 루쉰의 『아큐 정전』과 일본 나쓰메 소세키의 『나는 고양이로소이다』, 『도련님』도 추천해 둔다.

탐독했던 정기간행물

신문기자였던 만큼 책 말고 신문·잡지에 관한 이야기도 해야겠다. 그 정기간행물들이 책 이상의 비중을 갖고 있기 때문이다. 우선 미국의 《타임》을 대학 초년생부터 몇 년 전까지 정기 구독했으니 55년 내지 60년쯤 본 셈이다. 그중 2~3년 동안은 《뉴스위크》로 바꾼 적도 있었다. 그리고 미국 월간지 《애틀랜틱》, 《하퍼스》 등 고급 잡지도 열심히 사서 읽었다. 미군 부대에서 흘러나온 잡지들이다. 미국이 징병제를 실시하고 있을 때는 서울의 헌책방들에 좋은 책들이나 고급 잡지들이 많이 흘러나왔다.

그러나 지원제로 바뀐 다음에는 사병들의 학력 저하로 그러한 책이나 잡지를 구하기 힘들게 되었다.

미국 수학 기간에는 《뉴욕타임스》를 바이블처럼 열심히 읽고 공부했다. 신문기자로서의 훈련에 크게 도움이 되었다고 생각한다. 일요일에는 별도의 부록으로 《선데이 매거진》과 《북 리뷰》 등이 있어 거의 하루 종일의 독서량이다. 그때 미국의 신문기자 친구가 《뉴욕 리뷰 오브 북스》를 추천하며 《뉴욕타임스》의 《북 리뷰》와 다른 것이라고 주의를 준다. 《뉴욕 리뷰 오브 북스》는 약간 진보적인 참 좋은 서평 주간지다. 좋은 책들을 그렇게 훌륭하게 압축해 설명할 수가 없다. 그리고 필자들도 미국의 최상급에 속하는 진보적인 인사들이다. 정말 빨려들 듯 열심히 읽었다. 귀국해서도 미 공보원의 친한 미국 친구가 내가 좋아하는 줄을 알고 《뉴욕 리뷰 오브 북스》를 한두 해 제공해 주었다. 《I. F. 스톤 위클리》는 한 고집스러운 언론인이 혼자서 발행했던 주간지로 몇 페이지 되지 않지만 아주 독특한 주장을 하고 있는 개성 있는 주간지였다. 발행인 I. F. 스톤은 소크라테스에 관한 깊이 있는 연구서도 출간한 것을 보면 높은 수준의 지식인인 것 같다.

월간지로는 《애틀랜틱》, 《하퍼스》, 《에스콰이어》, 《램파츠》 등이 있고 아주 수준 높고 진보적인 《디센트》 등이 있었다. 《애틀랜틱》은 보스턴에서 발행되고 《하퍼스》는 뉴욕에서 발행되고 있었는데, 니먼 펠로들은 뉴욕 방문 시 《뉴욕타임스》 본사를 방문하여 아서 헤이즈 설즈버거 사장을 만나 구내식당에서 좋은 점심을 대접받기도 했으며, 하퍼스사를 방문해 윌리 모리스 편집인과 장시간 이야기를 나누기도 했다. 모리스 편집인은 미국 남부 출신의 작가로 남부 문제에 관한 책을 내기도 했다.

귀국하여《조선일보》논설위원으로 있을 때 보니《하퍼스》의 모리스 씨가 노먼 메일러가 쓴 "The Prisoner of Sex"라는, 책자 길이의 글을 잡지를 몽땅 내어 게재하는 이색적인 편집을 한 것이 보였다. 그래서 그런《하퍼스》와 모리스에 관해 신문에 칼럼을 썼더니, 브리태니커 백과사전의 기록적인 판매에 성공하여 떼돈을 번 한창기 씨가 만나자더니, 둘이 한번 새로운 형식의 획기적인 월간지를 발간해 보자고 제안한다. 나는 신문사 쪽을 포기할 수 없어 사양했는데, 한 씨는《뿌리깊은나무》라는 정말 획기적인 월간지를 발행했다. 한 씨는 서울대 법대 후배이기도 한데, 여러 분야에서 한국적인 것을 추구했던 참 특이한 문화인이다. 아깝게도 일찍 죽었는데 순천과 벌교 사이에 있는 낙안읍성을 방문해 보니 그를 위한 사설 박물관이 있었다.

매우 우수한 주간지인 영국《이코노미스트》이야기를 해야겠다.《이코노미스트》는 주간지가 아닌 일간지라고 자칭하는데, 구독자의 절반 이상이 미국에 있어 영국과 미국에 걸친, 그리고 국제적인 간행물이라 할 것이다. 미국의 언론인 친구들에게 주간지를 추천하라 하니 압도적으로《이코노미스트》에 손을 든다. 나는 신문기자 초년에《이코노미스트》를 1년쯤 구독했다. 그리고 쉬었다가 30년 전부터 지금까지 정기 구독을 계속하고 있다. 역시 훌륭한 잡지다. 영국식 표준으로는 보수적인 잡지라고 하고, 그래서 영국 노동당이나 진보 세력에 대해서 비판적이기도 하지만, 우리 기준으로는 그렇지도 않고 중도적인 것으로 보인다.《이코노미스트》를 통해 참 많은 공부를 했다.

특히 서평란이 좋아 꼭 챙겨 보았다.

1990년대에 한 5년쯤 프랑스의 《르몽드디플로마티크》 영문판과, 영국의 《가디언》 신문의 주간지를 정기 구독했다. 두 간행물 모두 약간 진보적이지만 그 수준이 매우 높다. 《르몽드디플로마티크》에서 특히 지금까지 기억에 남는 것은 브루스 커밍스의 기고문이다. 한국전쟁 때 미군기가 북한을 폭격한 양상을 두 페이지에 걸쳐 소상히 기록한 것인데, 그 폭탄 투하량이 어마어마하다. 당시 미국의 전략공군사령관 르메이 장군은 "전략공군은 폭격으로 석기시대로 되돌릴 수도 있다." 운운의 이야기를 한 적도 있는데, 그런 위협적 발언이 실감이 난다. 북한이 핵과 미사일을 발전시키는 데는 여러 가지 이유가 있겠지만 6·25전쟁 때 그 어마어마한 폭격의 피해를 입은 공포에서 발단한 측면도 있을 것이 확실하다.

나는 나의 난독과 잡독의 습관으로 엄청나게 많은 책과 잡지를 샀다. 평생의 용돈이 거의 모두 거기에 들어간 셈이다. 정확히 셈할 수는 없지만 아마 8만 권쯤을 샀을 것이다. 거기에는 좋은 월간지나 계간지도 포함된다. 중간에 4만 권쯤을 한 대학에 기증했는데, 고맙게도 두툼한 사례금을 주어 받기도 했다. 근래 널찍한 단독주택에서 아파트로 옮기게 되어 책을 정리해야 하겠는데 몇 가지 방법이 있으나 고민하고 고민한 끝에 경제력이 약하나 좋은 신문을 만들기 위해 노력하고 있는 언론사에 기부하기로 하고 그렇게 했다. 다만 일절 비보도의 조건을 달고서다. 책을 거의 몽땅 정리하고 나니 허전한 마음이 들었으나 이제 되도록 주변을 정리할 때가 된 것이 아닌가 하고 자위하고 있다.

나의 생애는 책과 언론 간행물로 쌓인 것 같다. 그러면서 아직까지 뚜렷한 사상 체계도 정립하지 못하고 맴돌고 있으며 세상에 도움이 되는 좋은 책을 내지도 못하고 신변잡기 같은 책 몇 권만 냈을 뿐이다. 능력의 한계이고, 또 거창하게는 시대의 한계가 아닐까도 한다.

한국 정치에 보내는 제언

2

1

'운동 정치'와 함께 요동치는 총선거

오래전에 미국의 문명 비평가인 폴 굿맨이 정치에는 음모 정치, 운동 정치, 정당정치의 세 가닥이 있다고 쓴 것을 읽은 기억이 난다. 음모 정치란 예를 들어 우리나라의 5·16군사정변, 5·18 같은 것이고, 정당 정치란 글자 뜻 그대로인데, 아마 운동 정치란 용어가 좀 생소할 것이다.

운동 정치(movement politics)란 말하자면 NGO 운동을 비롯하여 학생·시민·민중운동 등 전반을 포함하는 이야기이다. 4·19혁명은 그 극치라 할 것이다.

지금 진행되고 있는 낙선운동이나 당선운동, 또는 한나라당에서 홍위병이라고 비난하고 있는 '국민참여0415' 같은 것이 모두 운동 정치라고 할 수 있는데, 노 대통령이 '시민혁명' 운운의 표현을 내놓고

* 《월간 헌정》 2004년 3월호.

쓴 바 있는 것처럼 노 대통령이나 열린우리당은 총선거에서 '정당 정치 + 운동 정치'의 방식을 따르고 있다. 한나라당은 '정당 정치 + 오래된 보수 지원 우군'이라고 할 수 있겠다.

많은 사람들이 노 대통령에게 말을 아끼라고 권고한다. 처음엔 그렇게 생각했으나 요즘은 국회에 아주 적은 정당 기반밖에 없는 대통령이 말로나마 보완해야 할 것이 아니냐, 또한 그것은 운동 정치에의 메시지가 아니냐고 관점을 바꾸었다. 예를 들어 이문열 씨는 "디지털과 결합한 포퓰리즘에 의해 소수 정권이 집권했다."라고 비판하고 있는데 비판은 각각일 수 있고 정치의 역학은 그렇다는 이야기다. 가치판단의 차원과는 별개의 것이다.

현 시국을 안정기로 보느냐, 전환기로 보느냐에 따라 판단이 갈릴 것이다. 안정기로 본다면 총선거에 정당정치로만 임하는 것이 정상일 것이다. 그러나 여러 가치들이 치열하게 경쟁하며 표면상 혼란을 이루기도 하는 일대 전환기라고 느낀다면 '정당 정치 + 운동 정치' 방식을 택하고 오히려 운동 정치 쪽에 무게를 두는 것이 전략상 득이 될 것이다. 어느 쪽을 택하느냐는 각 당의 판단과 사정에 따른 것이며, 그것을 불가하다고 할 일은 아니다.

이번 총선거에서 가장 논란이 되는 것이 낙선·당선운동이고 그 기준을 놓고 공정성 시비가 붙었을 뿐 아니라 방법을 둘러싸고 합법·위법의 논쟁이 있는데 구체적인 사안을 놓고 판단해야 하며 일반론으로 통틀어 말하기는 어렵다. 다만 분명한 것은 국민의 알 권리 차원에서 후보에 관한 정확한 정보를 제공하는 운동은 당연한 게 아니냐고 말하겠다.

합법 여부에 관하여는 현행 법제가 현역에만 유리하게 되어 있는 등 많은 불합리가 있는 것도 사실이니, 공분(公憤)해서 못 참겠다면 나중에 처벌을 감수한다는 각오를 하고서 절차적인 위법은 운동하는 사람들로서는 각오해야 할 줄 안다. 세계적인 운동 정치의 양상도 그렇다.

4·15총선은 노무현 정권에 대한 중간 평가

이번 총선거에서 볼 점은 많다. 우선 정당별로 보면 1) 한나라당이 슘페터가 말하는 창조적 파괴를 통한 혁신 같은 환골탈태를 하여 낡은 이미지를 불식하고 대안 세력으로 부상할 수 있겠는가. 2) 민주당이 한나라당과 노 정권의 격돌이라는 회오리의 틈바구니에서 제3자적인 위치이기에 유권자의 관심권 밖으로 혹시라도 밀려나 더욱 소수당이 되는 게 아닌가. 3) 열린우리당(우리당이란 약칭은 너무 잔재주 같다.)이 과반수까지는 안 가더라도 노 정권이 그런대로 명분상의 안정을 얻을 만큼 의석을 차지할 것인가. 4) 자유민주연합이 충청도에서 그렁저렁 체면 유지를 할 수 있을 것인가 등이다.

그런 정당별보다는 정치 명제별 관찰이 더 의미가 있을 것이다. 첫째로, 총선거는 누가 무어라 해도 노 정권에 대한 중간 평가라는 의미를 갖게 된다. 미국을 보아도 중간선거란 대통령에 대한 평가로 간주되는 것이다. 마침 노 대통령이 신임투표 운운의 제안을 던져 둔 상태이니만큼 더더구나 그렇다. 그렇다고 의석 과반수를 얻어야 신임이고 그렇지 않으면 불신임이라는 간단한 초보 산술은 아니다. 의석이 지금보다 훨씬 늘어나 국민이 보기에 그런대로 명분을 확보했다는 판단이 서는 정도면 될 줄 안다.

둘째로, 지역 구도가 어느 정도 깨지고 그 대신 정책 구도로 옮아갈 것인가 하는 점이다. 노 대통령이 DJ의 지지를 받고 당선되었으니만큼 열린우리당이 호남에서 어느 정도 의석을 얻을 것이다. 또 노 대통령이 부산·경남 출신이고 그곳에 힘을 쏟았으니만큼 그쪽에서도 상당한 의석을 차지할 것으로 본다. 따라서 지역 구도는 약화될 것이 분명하다. 다만 정책 구도가 될 것인가 하는 점에서는 그렇게 보기보다 친노(親盧) 대 반노(反盧) 구도를 보는 것이 보다 실제에 가까운 관찰일 것이다. 그것도 정책 구도의 측면은 있지만 말이다.

셋째로, 물갈이와 판갈이가 어떻게 될 것이냐는 것이다. 이것은 정치 부패에 대한 한국판 '깨끗한 손'과 같은 검찰의 척결 노력과 직결된 것이다. 틀림없이 정치 정화가 진전될 것이다.

점쟁이 흉내를 낼 생각은 없다. 그러나 정치 부패에 대한 국민의 분노가 그야말로 하늘을 찌를 듯하기에 선거 사상 최고의 현역 낙선율을 기록할 것이 틀림없어 보인다. 다만 아무리 정치를 불신한다 해도 국민들이 사람을 선별할 줄 알아야 할 것이다. 그렇지 않고 모두를 불신하면 모처럼의 정치 개혁의 기회를 놓치는 것이 되고 말 것이다. 경우에 따라 부패 정치인이 득을 보고 미소 지을 것이다.

물갈이와 대비되는 판갈이는 특히 민주노동당 측에서 관심을 갖고 제기하고 있다. 민주노동당은 경상도 노동 벨트의 지역구 의원, 정당 투표를 통한 비례대표 의원을 합쳐 15석을 얻겠다고 공언하고 있는데 그것은 얼마간 허장성세이겠지만, 여하간 그렇게 되면 한국 정치의 지형이 크게 바뀌게 되는 것이어서 판갈이까지는 안 되더라도 좀 과장하여 판갈이 운운할 수는 있을 것이다. 그런데 만약 운동 단체들이 당선 운동에 열중하면 사표를 내지 않겠다는 유권자의 심리 탓에 민주노동당만 손해 보기 십상이라는 것이다. 따라서 운동 단체들이 물갈이보다는 판갈이에 관심을 가져 달라는 부탁인데 그러기가 용이하지 않을 것이다.

그 밖에 일부에서 대통령의 권한이 너무 막강하니 그 일부를 나누는 분권형 개헌을 말하기도 하고 또 내각책임제 개헌을 제기하여 이번 총선거의 쟁점으로 삼으려는 움직임도 있다. 한나라당의 경우는 당내에서도 강력한 반론이 있어 당내 합의가 의문이다. 그리고 정치 부패란 뜨거운 쟁점의 김 빼기 작전 같다는 인상도 주고 있어 논의의 광장에 주요 의제가 되기 어려울지도 모르겠다.

이 문제는 복잡한 내용을 담고 있어 여기에서 자세히 이야기할 계재가 아니지만 결론만 말한다면 대통령의 권한을 분권하는 쪽이 아니라 국회의 권한을 강화하는 쪽으로 논의를 전개해야 올바른 방향이 될 줄 안다. 미국의 경우를 참고로 할 만하다. 대통령의 권한을 분산시키면 정치 질서가 방만해지고, 국회의 권한을 강화하는 쪽이면 긴장 관계가 유지되어 방만화를 막을 수 있을 것이다.

주변을 관찰해 보면 민심이 요동치고 있음을 느낀다. 지진 때처럼 지각이 크게 흔들리는 것 같다. 가을에 김장을 위한 푸른 배추의 차떼기도 아니고 푸른 만 원권의 차떼기로 상징되는 정치 부패에, 청와대 주변의 전시회를 방불케 하는 부패 행진에, 정치에 대해서 다만 아연해하는 국민이다. 옛날에 TV 연속극에서 공주 갑부가 "민나 도로보데스!"(전부 도둑놈입니다!)라고 연발해 유행어가 된 적이 있는데 정말 "민나 도로보데스!"라는 말이 튀어나오게 되었다.

또한 정치 감각의 세대 간 차이가 현저하다는 것을 느낀다. 세대적인 대변동인 것이다. 우선 6·25전쟁을 경험한 세대가 아주 소수가 되었다. 동서 냉전이 사라지고 햇볕 정책의 영향으로 전쟁 위협을 거의 느끼지 않게 된 분위기 속에서 성장한 세대가 압도적 다수가 되었다. 영화를 말하면 「공동경비구역 JSA」를 감격적으로 말하는 젊은이들이다.

'반미'와 '친북'을 구분하는 게 옳다

김수환 추기경의 발언이 언론에서 공방전의 토픽이 되고 꼬리를 끌고 있는데 거기에 깊이 개입할 생각은 없지만 관련하여 한 가지만 말해 두고 싶다. 처음 신문에서 그 발언을 읽고 꼭 동의하는 것은 아니지만 그런 판단을 할 수도 있겠구나 했다. 다만 한 가지 "반미 친북 세력이 커져 가는……" 대목에 아차 했다. 클린턴 때는 안 그랬다. 주로 부시의 강압적 일방주의 '정책' 때문에 반미 세력이 급증한 것은 우리나라뿐 아니라 선진국인 영국, 프랑스, 독일 같은 나라에서도 비슷한 현상이다.

그런 반미 현상인데, 사이비 자칭 원로도 많은 세상에, 몇 안 되는 우리의 진짜 원로인 추기경이 실수로 "반미 친북"이라고 둘을 동일

시하는 표현을 해 버린 것이다. 물론 반미 안에 극히 일부의 친북은 있다고 본다. 지금 친북을 한다는 것은 정신 나간 사람이지만 말이다. 고령인 추기경의 감각과 젊은 세대들의 감각이 맞지 않는 것이다.

스티븐 보즈워스 전 주한 미 대사는《포린 어페어스》에서 "특히 한국의 젊은 세대는 북한을 안보에 대한 위협이라기보다는 자선(慈善)의 대상으로 생각하고 있다."라고 썼는데, 안보에 위협이 상존함에도 불구하고 그런 생각을 하는 그 젊은 세대의 생각이 옳다 그르다를 떠나 그들의 감각을 이해하는 데 참고로 할 만하다고 본다.

김 추기경의 발언을 둘러싼 이야기가 세대 간 감각 차이를 살펴볼 수 있는 단서가 될 수 있다고 본다.(물론 총선거 이해의 단서이기도 하다.)

더구나 세계에서도 최상위권에 들어간 인터넷 보급률의 영향도 있고 하여 40대 이하의 세대들은 지금 엄청난 변화를 겪고 있는 것이다.(인터넷의 영향으로 긍정적인 것도 있지만 경박해진다는 부정적 면도 있을 것이다.)

그 역동적 상황을 인식하여 노 대통령은 '시민혁명' 운운했는데 거기까지 갈지는 아직 잘 판단이 안 간다. 이번 총선거 결과를 지켜볼 수밖에 없다. 중차대하고 심각한 총선거에 관전 운운하면 경솔한 이야기가 될지 모르겠으나 그게 관전의 재미일 수도 있겠다.

2

호랑이 등에서 내려오라

운동 정치는 그만, 정치는 국회로

몇 년 전에 연길을 통해 백두산에 갔을 때다. 가이드를 맡은 조선족은 베이징대학교, 김일성종합대학 등을 나온 고학력 소유자였는데 중국 현대사를 설명하며 이렇게 말했다.

"마오쩌둥은 모든 인민에게 평등하게 부를 분배해 굶주림을 없앴고, 덩샤오핑은 동쪽 해안을 개발해 부를 축적했으며, 장쩌민은 그 부를 기반으로 신장 등 서부 지역의 개발에 힘쓰고 있어서 모두 평가할 만하다."

우리 정치나 정권에도 그런 단계나 사이클이 있다고 생각한다. 노태우 정권은 6·10민주항쟁의 압력과 여소야대라는 제약 때문에 불가피하게 민주화의 시발 시기를 기록했고, 김영삼 정권은 3당 합당이라는 족쇄에도 불구하고 보수 본류의 세를 몰아 민주화를 추진했으

* 《월간 헌정》 2004년 7월호.

며, 김대중 정권은 DJP 연합이라는 제약이 있기는 했으나 어느 정도 진보성을 띤 민주화를 계속해 나갔다.

노무현 정권은 초기엔 소 정당으로 발목을 잔뜩 잡혀 발버둥 쳤으나 지난 총선으로 원내 과반수 정당이 되어 이제 민주화를 완숙시킬 단계일 뿐만 아니라 민주화를 공고히 할 시기를 맞고 있는 것이다. 나는 노무현 정권이 정치적 고양(高揚)의 시기를 거쳐 이제 평정(平靜)의 시기로 진입해야 한다고 기대하는 것이다.

구체제를 변혁하는 데는 정치적 고양 또는 앙등(昂騰)의 시기가 있어야 한다. "시민혁명" 운운하기도 하고 있지만 운동 정치를 통해 조반(造反)의 미학을 발휘해야 하는 것이다. (정치를 4·19혁명이나 6·10민주항쟁 같은 것이 절정이라 할 운동 정치, 5·16군사정변 같은 음모 정치, 그리고 통상의 정치로 나누어 볼 때의 이야기다.) 국제적 금융 투기업자이며 철학자 카를 포퍼의 제자인 조지 소로스는 "생명은 혼돈의 주변에서 생성된다."라는 눈에 번쩍 띄는 말을 한 것을 보았는데 노 정권의 참모들도 그런 이치를 터득하고 따르고 있는지 모르겠다. 운동 정치의 아슬아슬한 주변에서 새로운 정치의 탄생을 목격한다는 그런 철학 말이다.

열린우리당은 총선을 통해 아주 작은 소수파에서 일약 국회 과반수 정당으로 비약했다가 지방선거의 보선에서 참패했다. 총선에서 승리한 데는 첫째로 탄핵 사태와 그와 관련된 운동 정치의 덕을 톡톡히 보았고, 둘째로 편향된 조·중·동(《중앙일보》는 약간 달라지고 있다는 세평이지만)을 압도한 역시 편향된 TV의 위력에 힘입었다. 지방 보선 참패는 그 두 가지 요인이 빠진 데 따른 어쩌면 당연한 결과가 아니겠는가. 원내 의석 과반수를 확보한 지금에도 노 정권은 운동 정치에 유혹을 느끼고 있는 것 같다. 관성이라 해도 좋고 중독성이 좀 있는 게 아니냐고 해도 좋다.

운동 정치에서는 민중의 욕구를 도에 넘게 자극하기 마련인데 그러다 보면 나중에는 그 격앙된 욕구의 파도에 삼켜 버려질 우려도 있게 된다. 민중의 욕구를 고양시키는 데도 절제가 있어야 하는 것이다. 그래서 중우정치(衆愚政治)를 탓하기도 하고, 지나친 직접민주주의의 폐해를 말하기도 한다.

'앙등의 시대' 접을 때 됐다

앙등의 시기가 계속되다 보면 환상은 미구에 깨지게 마련이어서 환멸이 뒤따르고 허전함만이 남으며 종단에는 반발이 생길 수도 있는 것이다. 지금을 영상민주주의 시대라고도 말하는데 빛의 각도에 따라 과도하게 커 보이는 그림자에 현혹되다 보면 대단한 착각에 빠지고 또 뼈아픈 좌절을 맛보기 쉬운 것이다.

어느 학자는 지난 총선에서, 몰락한 중산층이 한나라당이 야당인데도 그들이 기득권 세력을 대표한다고 보고 한나라당을 향해 한풀이한 것이라고 분석했는데 그럴듯하게 여겨졌다.

선거 등 정치 행사가 일단 지나간 지금, 이제는 평정을 찾고 정상 시기로 돌아갈 때이다. 그것은 정당정치, 의회정치의 궤도를 따르는 것을 의미한다. 운동 정치로 성과를 거두었기에 그 유혹은 크겠으나 거기에 너무 빠지면 안 된다.

나라 살림에 말로만 이루어지는 기적은 없는 것이다. 기술 개발, 생산성 향상, 고용 확대, 최소한의 복지 보장 등 얼핏 보기에는 따분한 일들에 인내하고 땀을 흘려야 한다. 하기야 말처럼 쉬운 일은 아니다. 하지만 그렇게 해야 국민의 생활도 향상되고 나라도 발전하는 게 아니겠는가. 각고면려(刻苦勉勵)의 따분한 시대를 우리는 매몰찬 결의를 갖고 견뎌야만 한다. 그게 실사구시의 이치다. 구두쇠 작전이기도 하다. 감사원이 KBS의 방만한 운영을 적발했는데 우선 공기업부터라도 허리띠를 졸라매야 한다.

그런데 요즘의 정권 주변의 언행을 보면 실망스럽다. 물론 훌륭한 방어는 오히려 공격이라는 전략 전술을 고려에 넣고서 생각해 보아도 그렇다. 각고면려의 땀을 흘리는 따분한 시대를 각오하지 않고 "시민혁명" 운운의 운동 정치의 연장선에서 계속 정치적 고양만을 부추기니 불안하다.

바로 짐작이 갈 것이다. 대표적으로 인용되는 것이 "합리적 보수, 따뜻한 보수, 별놈의 보수 다 갖다 놓아도 보수는 바꾸지 말자"는 것일 것이다. 또한 "국민의 국회", "돈, 권력, 감성으로 왜곡된 민의로 선출된 국회" 운운하며 국회를 몇 대 몇 대로 갈라서 높이거나 깎아내리는 것, 탄핵 총선 때 편향되었다고 판정 난 TV에는 함구한 채 주요 활자 매체에 대한 공세를 계속하는 일 등등.

정치 이론으로 볼 때 보수주의라고 나쁜 것은 아니다. 물론 수구와 보수는 구분해야 하지만 그렇게 따진다면 진보주의에서도 전체주의적 극단론은 배제되어야 할 것이다. 보수주의일지라도 그 상대적 가치를 인정하고 서로 경쟁하는 것이 의회주의의 원리가 아닌가.

운동 정치를 떠맡고 있는 젊은 지지 세력에 계속하여 메시지를 보내 그들을 동원하는 것이라 보겠는데 그 메시지의 약발은 점차 떨어져 가고 있으며 국민 간의 분열만 조장한 채 품격만 저하되고 있다 할 것이다.

'대문자' 아닌 '소문자' 개혁에 역점

소수파였을 때 운동 정치에 의지하는 것은 이해가 되었으나 넉넉한 원내 과반수를 확보한 지금에 와서는 그런 운동 정치를 지양하고 정상적인 정당정치, 의회정치로 돌아와 확실히 국민의 삶을 보살펴야 한다.

대문자로 시작하는 개혁보다는 소문자로 시작하는 많은 개혁들을 통해 민주화를 공고히 하고 민생을 보살피는 일이다. 중간 논의를 생략하고 결론으로 뛴다면 그것은 이른바 유럽 모델로의 착실한 접근을 말한다. 그렇게 못할 때 몰락한 중산층이나 국민의 불만은 한나라당이 아니고 앞으로는 열린우리당으로 향할 것이 틀림없다. 행정수도 이전이냐 천도냐 하는 용어 다툼은 접어 두고 생각해 보자. 대선 때 어떤 머리 좋은 득표 전략가가 내놓은 행정수도 충청권 이전 아이디어에 박수를 쳐야 할지 어처구니없어 해야 할지 모를 일이었으나 "그러면 서울 집값이 떨어져!" 하고 대응한 반대당의 무감각도 기억해 둘 만하다. (지난 총선에서 나의 고향인 충북에서 열린우리당이 싹쓸이를 한 것도 수도 이전 기대 심리 때문이란다.) 그건 그렇고 냉정히 생각해 보자. 예산이 넘치고 남아도느냐 하는 것이다.

우선순위가 거기에 있지 않다는 것은 분명하다. 기술 개발은 어떤가. 가계 부채에 허덕이는 서민층은 어떤가.

또한 미군 일부 철수에 따른 국방비 증액을 말하는 사람이 많다. (그 문제는 그리 간단하지 않아 남북 긴장 완화라는 큰 틀에서 보아야 할 줄 안다. 최근의 '룡천역 열차 폭발 사고'에서 생생히 보았듯이 북한의 사정은 매우 열악하여 군비 경쟁의 여력이 없는 것은 물론이고 체제 유지마저도 급급해하고 있는 것이다.)

여하튼 행정수도 이전은 순위가 저만큼 뒤로 처진다. 그런데 천도 운운의 기염이니 두렵기까지 하다. 솔직히 말해 보류가 상책인데 그럴 수는 없을 것이고, 아주 좁혀서 서서히 단계적으로 일을 추진해야 할 줄 안다.

옛날부터 호랑이 등에 탔다는 비유가 있어 왔다. 호랑이 등에 잘못 탔다가는 내려올 수가 없다. 그랬다가는 잡아먹힌다. 할 수 없이 태산준령을 이리저리 난폭하게 달리며 바위나 나무에 부닥치고 상처를 입으면서도 계속 꽉 잡고 달려갈 수밖에 없다. 그럴 때 옆에 말이 있으면 말로 옮겨 타고 달릴 수는 있다. 달리는 것은 계속 달리는 것이나 템포가 고르게 되고 속도가 알맞게 줄어들게 된다.

이 정권도 이제 호랑이 등에서 말 등으로 갈아타야 한다고 비유적으로 말하고 싶다. 젊은 세대에 의지하는 운동 정치에서 과반수를 국회에서 확보한 정당정치에로의 전환을 말한다. 의회민주주의의 상도를 걷는 일이며 아주 용이한 일이 아닌가.

그것은 이벤트 정치, 감성의 정치에서 이성의 정치로 향한다는 말이기도 하다. 인터넷 세대라고 말해지는 젊은 세대는 확실히 신인

류라고 할 수 있다. 이성보다는 감성이 중요하다.

그러나 아무리 그렇다고 하더라도 그러한 감성의 시대는 정치적 고양의 시기가 지나면 조만간 진정 국면을 맞이할 것이고 그래도 결국은 이성적 판단이 최종적인 발언권을 가질 것이다.

또한 역학적으로 볼 때도 운동 정치의 지하수는 일단은 점차 고갈될 것이다. 냉혹한 현실의 논리는 감성이 아닌 이성의 논리다. 포스트모던한 시대에는 이성의 확고했던 위치가 무너진다. 여러 잡신들이 풍미한다. 그러나 그런 여러 잡신들 가운데도 주신(主神)은 역시 이성이 아니겠는가. 이성의 정치를 기대한다.

3

보수 세력도 후련해할 정도로 '북 인권' 제기해야

국회에서는 한 여당 의원의 과거를 놓고 색깔 시비가 일고 있고, 북의 개성공단에서 생산된 가정 집기가 남쪽의 백화점에서 팔리는 등의 현상이 동시에 진행되는 상황을 《서울신문》 임영숙 주필은 '포스트모던'하다고 표현하는 칼럼을 썼다. 그렇게도 말할 수 있겠다. '포스트모던'을 신을 빼 버린 다신론(多神論)적 상황이라고 말한다면 너무 거친 압축일까. 아무튼 이성(理性)이 주재하여 조화를 이루지 않고 이성도 빛을 잃은 채 모든 분야가 자기 나름대로인 풍경이다. 요즘은 '포스트모던'하다기보다는 얼마간 희극적이다.

국민들 사이에 의견이 크게 갈리고 있는데 거창하게 이야기하면 이념적인 대립이라고까지도 말할 수 있겠다. 북한에 대한 태도가 가장 대립이 심한 편인데 여기에도 세대 간의 차이가 크게 관련된다.

---

* 《월간 헌정》 2005년 1월호.

그런 상황에서 노장층인 원로들이 가장 두드러지게 들고일어났다. (좀 실례의 말을 한다면 이른바 원로의 기준이 무엇인지 애매하며, 간혹 그것을 무슨 직업처럼 떠메고 다니는 사람도 있는 것 같다.) 장년 세대, 청년 세대에서도 움직임이 있다. 그 가운데서는 '뉴라이트 운동'이라는 것이 크게 각광을 받고 있는데, 《조선일보》와 《동아일보》에서 너무 대서특필하니 《한겨레》에서는 "두 신문의 인큐베이터에서 강제로 부화된 것"이라고 비꼰다.

그렇지만 사상의 자유 시장은 개방되어야 하고 참여자가 많을수록 좋은 게 아닌가. 마침 국회에서 전력 시비가 돌출했지만, 학생운동을 했던 박범진 전 의원은 그가 발표한 글에서 학생들 일부가 유신 때 좌편향이 심해지고 5·18광주민주화운동으로 또다시 극좌쪽으로 가 버린 것 같다고 분석하여 이제는 그러한 편향을 털어 버려야 한다고 했다.

뉴라이트 운동 '강단 사상'이면 생명력 잃어

내가 광주에서 5년간 대학 강의를 했던 경험에 비추어 볼 때도 광주 학살의 충격과 아픔은 컸고 그때 어쩌면 부지불식간에 극좌파 이론이 스며든 것도 같다. 그 후 민주화가 되고 세월이 흐르면서 학생들의 생각이 평상으로 돌아간 것을 확인할 수 있었다.

그러한 극좌 노선의 잔영 청산 작업에 뉴라이트 운동이 기여할 수도 있겠다. 다만 운동이라는 것은 현실 문제와 맞부딪혀 씨름할 때 뜻이 있게 되는 것이지 강단(講壇)에서 배운 그럴듯한 말만 나열한다고 이루어지는 것은 아니다. 그들의 새로운 운동이 당면 문제들에 대해 태도를 분명히 할 때 "인큐베이터" 운운의 폄하도 빛을 잃을 것이다. 지금 국회에서 논의되고 있고 또 치열하게 대립하고 있는 쟁점들이 바로 우리의 현실인 것이다. 그것은 국회의 질 여하에 관계가 없다.

또 한 가지 노파심에서 이야기한다면 지난날의 NGO 운동가들이 정계에 진출하는 '좀 재미를 본' 일을 선망하여 이번에 새로이 등장하는 운동가들이 성급히 정치 세력화한다거나 정·관계에 진출하려 한다거나 하는 일은 극히 주의해야 할 것이다`.

현 정부가 좌파라거나 또는 성장보다는 분배를 중시한다거나 하는 비난에 대해서는 김종인 박사가 아주 분명하게 판단하는 것을 잡지에서 읽었다.

> 나는 경제 정책에 관한 한 이 정부가 친기업적이라고 단정하고 싶습니다. 경제 정책 중 좌파 논리로 만들어진 게 뭐가 있습니까? 좌파적인 정책을 쓴 적이 한 번도 없어요. 종합부동산세는 좌파 논리와는 맥락이 다른 얘기입니다. 나는 이 정부더러 좌파니 우파니 하는 것은 난센스라고 봐요. 분배 위주의 정책을 편다고 욕하는 사람들이 있는데, 이 정부가 분배주의 정책 쓴 거 없어요. 오히려 저소득층을 더 어렵게 만드는 정책을 썼지.

광고를 매개로 재계에 영향 받기 마련인 언론의 중구난방의 왜곡 속에 갈피를 잡기 어려웠던 나는 청와대 경제수석을 지낸 훌륭한 경제학자인 그의 판단을 신뢰한다.

그러나 정치학자 김영작 박사는 다른 차원에서 비판한다. "여권의 이른바 386 세력은 개혁을 내세우는 문화우월주의라는 도그마티즘에 빠져 있다."라는 것이다. 그는 이들을 '21세기의 위정척사파'라고 비꼰다. 정치 경제에 있어서 자기만 옳다고 내세우며 현실성·실용성이 결여되어 있다는 것이다. 나는 386 운운은 잘 모르는데 김 박사보다 심한 비판도 자주 들어 왔으니 판단에 고민하게 된다.

노무현 대통령의 로스앤젤레스 발언부터 시작하여 자이툰 부대 방문으로 끝맺는 일련의 외교는 성공적이었다. 그의 줏대를 드러낸 것이고 우리의 외교 역량을 보여 준 것이다. 일부에서 비판하는 사람들도 있으나 그것은 미국에 주눅 들어 온 타성과도 관계가 있는 것이 아닐까. 부시 행정부(미국 자체가 아니다.)의 비위를 혹 거스른다고 하더라도 한반도의 평화를 위해서는 의당 그렇게 해야 하는 것이라 본다.

북 인권 함구는 "부끄러운 무단결근"

그런데 미국의 네오콘이 하는 비판 가운데, 다른 것은 너무 극단에 치우쳐 그렇다고 하더라도 에버스타트 미국기업연구소(AEI) 연구원의 최근 일침은 아프다.

그는 우리가 북의 인권 문제에 침묵하는 것을 두고 "부끄러운 무단결근"(AWOL)이라고 말했다. 그에 대해서는 '6자 회담이나 남북 관계가 저해되지 않게 하기 위해서'라든가, '북한 사회의 특수성을 감안해 여러 가지 접근 방법이 있는 게 아니냐'라든가, '약이나 식량을 돕는 것이 북한 주민의 원초적 인권을 위한 것이 아니냐'라든가,(요즘은 그런 차원에서 '인간 안보'(human security)라는 말이 나왔으나 아직 생소하다.) '미국식의 압박이 과연 북의 인권 개선에 도움이 되겠는가, 오히려 탈북만 더 어렵게 만들고 있지 않는가' 하는 등 여러 가지의 항변이 있을 수 있겠으나 설득력이 너무 떨어지는 것들이다.

최근에 영국의 자유주의적 진보파로 분류되는《가디언 위클리》에서 흥미 있는 기사를 읽었다. 국가보안법 폐지 문제는 이제 자본주의가 공산주의에 승리했음을 의미하는 것이고 앞으로도 남북 간에 민족주의적 경쟁은 계속될 것이라는 요지다. 국제적으로 베를린 장벽이 무너지면서 공산주의의 패퇴는 분명해졌다. 한반도에서도 공산 체제는 명백히 파국에 직면하고 있다. 그런데 특히 6·25전쟁을 경험한 노장 세대에서는 그러한 사실에서 자신감을 가지려 하지 않고, 아직도 냉전 시대의 경계심을 늦추지 않고 있는 것이다. 이해 못 할 바는 아니다. 그러나 젊은 세대의 태도를 위험하다고 보기보다는 자신만만한, 자랑스러운 기상으로 이해할 수는 없을까 하는 것이다. 나는 북한 정권에의 추종자는 무시할 만한 숫자라고 본다.

우리의 북에 대한 태도는 북이 '좋아서'가 아니다. 북이 '좋지 않지만' 한반도의 평화를 유지하기 위해, 그리고 북의 안정적 변화를 통해 장기적으로 민족의 통일을 이룩하기 위해 부득이 그러는 것이다. 이 점은 명백하다. 그런데 의심암귀라는 말이 있듯이 노장층 중심의 일부는 거기에 마음을 놓지 않고 있는 것이다.

노 대통령의 현 정부는 북핵 문제가 미국의 위협을 느끼는 북이 취하는 대응 조치로 '일리가 있다'는 태도를 보였다. 그리고 그다음에 뒤따르는 말들이 있음직한데 그다음 말이 아직 안 들린다. 그다음에 뒤따를 말은, 핵무장을 하지 말라는 대전제가 되는 말에 더하여, 여러 가지가 있을 것이다. 예를 들어 북도 이제 국제사회의 보편 원칙에 따라 사람 대접을 잘 하라는 이야기도 해야 할 줄 안다.

우파든 좌파든 마음 열고 토론을

국제사회의 관계에서도 인간관계에서와 같이 좋은 말만 할 수는 없고 필요하다면 듣기 싫은 소리도 해야 하는 것이다. 남북 관계의 기틀을 유지하기 위해 원조만 할 것이 아니라, 때로는 그들의 비위에 거슬리는 말도 해야 한다. 일본은 피랍자 문제에 집요하다. 우리도 납북자 문제에 강력히 나서야만 한다. 국군 포로 문제도 망각의 창고에 넣어 둘 수 없다. 그리고 잔혹하다고 알려진 북의 정치범 문제도 국제사회와 연대하여 점차 압박해 나가야 할 줄 안다. 물론 남북대화의 기본 틀을 깨지 않는 범위 안에서 점진적으로 현명하게 일을 도모해야 함은 두말할 것도 없다.

그런 태도 전환이 보이지 않기에 일부에서 갖는 회의적인 눈초리의 꼬투리를 주고 있는 것이다. 지난날의 과격했던 이념의 속박에서 아직도 충분히 벗어나지 못하고 그 잔영 속에 머물기에 어떤 선을 넘기를 꺼리는 것이 아닌가 하고도 오해하는 것이다. 아니 일부러 그렇게 왜곡해 보는 측도 있다.

"북은 이러저러한 것을 잘못하고 있소. 그런 것들을 시정하시오."

하고 이제까지의 자제의 선을 넘어서서 요구한다면 얼마나 청신하게 느껴질 것인가. 북에 '일리 있다.'고 이해심을 표시하면서 동시에 '사람 대접을 잘 하시오.' 하고 나서는 것이다. 음식을 잘못 먹어 속이 답답할 때 바늘로 손끝을 따면 시원하게 풀린다. 그런 비유를 할 수 있다. 북의 문제에 보수적인 생각을 가진 사람들도 후련해할 것이다.

아주 오래전에 들은 우화에 가까운 에피소드가 생각난다. 소설가이자 언론인이었던 선우휘 씨가 1960년대에 판문점에 가서 북의 언론인과 이야기를 주고받았다. 서로 고집을 피우며 다투게 되었을 때, 재치 있는 선우휘 씨는 서로 따라하기 내기를 제안했다. 그러고는 "박정희 나쁜 사람." 하며 김일성에 대해서도 따라해 보라고 했다. 북쪽 사람이 내빼 버린 것은 물론이다. 대입하여 이런 생각이 든다. 북의 인권 문제를 이야기하라면 우리 정부가 꽁무니를 빼는 격이라면 너무 심한 비약일까.

남북 간에 지금 온통 북핵 문제에만 매달린 듯한 형국이지만, 그것이 전부는 아니다. 그 문제를 포함한 남북 간의 전반적인 관계가 있다. 지금도 개성공단을 건설하는 등 여러 가지 사업이 진행되고 있지만, 거기에 더하여 사람다운 삶을 영위할 수 있는 사회를 만들기 위한 노력도 병행하는 데 소홀해서는 안 될 것이다. 새해에는 그러한 세상을 위한 노력도 있게 되어 국민이, 보수건 진보건, 서로 마음을 열고 대국(大局)에 있어서는 화합하는 해가 되었으면 한다.

4

지금의 헌정 질서 섣불리 바꾸면 대혼란

변칙을 경계하고 정칙을 옹호하라

열린우리당, 집권당 위상 찾아라

"싱거운 소리 한마디"라고 전제하며 노무현 대통령은 "대한민국은 큰 걱정거리는 없지만, 걱정거리가 두 개 있다. 하나는 태풍이고 하나는 대통령. 대통령이 비행기 타고 나가니 열흘은 조용할 것이고……"라고 말했다고 전한다. 싱거운 소리가 아니고, 국민의 기분을 언짢게 할 수 있는 그런 이야기는 아예 안 할 일이다. 대통령의 품위도 생각해야 한다. 방향성은 그런대로 어렵게 어렵게 잡혀 나가고 있으나 언행, 즉 행태가 문제라고 본다.

지금 한국의 정국에 불어오는 미풍, 강풍은 거의 모두 청와대의 말이다. 청와대가 진원이다. 그리고 앞으로 폭풍이 불어올 거라고 많

---

* 《월간 헌정》 2005년 10월호.

은 사람이 예상하며 경우에 따라서는 쓰나미나 카트리나 같은 허리케인이 될지도 모른다고 점치는 쪽도 더러 있다.

한나라당의 맹형규 의원이 대통령 당적 이탈, 개헌안, 국민투표, 대통령직 사퇴 등의 예상 시나리오를 말하고 있는데, 그것은 좀 비약이 심한 것 같지만, 연정, 선거법 개정, 개헌 등의 수순은 많은 사람들이 추측하고 있다.

아무튼 국민들은 헷갈린다. 혼란스럽고 불안하기까지 하다. 이럴 때는 비교적 사심 없이 우리 정치를 분석하고 앞으로의 방향을 제시하는 학자들의 의견을 들을 필요가 있다. 요즘 신문에서 읽은 것 중에 서강대의 강정인 교수, 고려대의 최장집 교수, 연세대의 김성호 교수의 글이 관심을 끌어 요약, 소개하고 싶다.

> 서구 국가들은 현재의 자유민주주의로 성숙하는데 적어도 200년 이상 걸렸다. 지난 50년간 이룩한 한국의 민주화를 자기 비하적으로 '일탈', '파행', '왜곡'으로 보는 시각을 시정해야 한다. 특히 1987년 이후 20년은 한국 현대 정치사에 있어서 민주주의가 가장 안정적으로 정착된 시기이다.(강정인)

> 오늘의 시점에서 '지역 문제가 정권의 운명을 걸고 청산해야 할 최우선 과제'라고 말한다면 그것은 뭔가 다른 의도를 가진 정치적 알리바이일 가능성이 크다. 한국 정치가 갖고 있는 문제의 궁극적 원인을 지역주의라고 말하고 이를 해결하기 위해서는 집권 정부이기를 포기할 수도 있다는 태도는 현실로 존재하는 사회 갈등과 균열

요인에 제대로 대면하지 않으려는 것이다. 한국의 민주주의를 지탱해 온 잠재력과 자원이 고갈돼 가고 있다는 느낌이다. 현재 상황의 엄중함은…… (이전의 민주 정부에 비해) 훨씬 어두운 그림자를 드리운다.(최장집)

아직 성인식도 치르지 못한 우리의 1987년 헌법은 분명 완벽하지 않다. 정치적 타협과 거래의 산물인 측면도 분명 있다. 그러나 과연 1987년 헌법이 스스로 해결할 수 없는 문제를 노정하고 있을까. 그에 대한 합의가 우리 사회에 널리 퍼져 있을까. 더군다나 개헌이라는 판도라의 상자를 열었을 때 이미 분열될 대로 분열된 우리 사회가 그 후폭풍을 감당할 수 있을까. 다가오는 입헌정치의 끝이 단지 권력 구조의 재편이라고 믿는다면 큰 오산이다. 토지공개념을 위시한 상당수의 권리조항, 그리고 역사적 정통성을 적시한 헌법 전문(前文) 및 총강(總綱) 조항 전반 역시 도마 위에 오를 것이 자명하다. 1987년 헌법의 문제가 순식간에 1948년 체제와 통일 한국의 문제로 번져 나갈 것은 명약관화하다. 일상 정치로도 이루지 못한 대타협이 입헌정치를 통해 만들어질 리 없다. 더구나 문제의 본질은 대한민국의 정체성이지 권력 구조가 아니다.(김성호)

이 세 학자들의 의견만 읽어도 대충 우리 정부에 관해 '보는 눈'이 밝아질 것이다. 부연 설명이 필요 없을 정도다.

'극장형 정치'를 경계한다

마침 이웃 나라 일본이 치른 총선거에서 '고이즈미 극장'이라는 흥미 있는 말이 들려온다. 고이즈미 준이치로 수상의 전격적인 의회 해산과 우편민영화법 찬성이냐 반대냐(개혁이냐, 반개혁이냐)의 한 줄기로 압축한 국민에의 호소가 적중해 압승을 가져왔는데, 그 스타일인 '극장형 선거전'이라는 것이다. 약간 어이없는 날치기 수법 같은 인상도 있다. 우리의 탄핵 정국과 유사한 데가 있다는 평론가의 관전평도 있었다.

우리나라에서도 지금 말하자면 그런 극장형 선거전에 맛을 들여 그런 방향으로의 무언가 꿍꿍이가 있는 듯하다는 것이 많은 사람들의 짐작인데, 거기에 따른 불안감까지도 생겨나고 있다.

그동안 절차적 민주화는 많이 진전되었다. 학자들의 용어를 빌리면 이제 '민주주의 공고화'가 과제인 것이다. 절차만이 아니고 실질의 민주화에 힘쓸 때다.

안정을 유지하는 가운데 실사구시의 정신으로 인내심 있게 나라의 내실을 기하는 것이다. 이럴 때 배를 흔들어 대는 일은 바람직하지 않다. 배를 흔들어 대면 '극장 정치' 또는 '이벤트 정치'를 할 수 있는 득이 있을지 몰라도 국익에 도움이 되지 않기 때문이다.

제2공화국을 경험한 사람들은 더러 그때를 연상할지 모른다. 국민 수준이 크게 높아졌고, 힘의 관계도 달라졌기에 그때의 재판은 일어날 수 없는 것이라고 믿지만, 사회 심리적으로는 그때와 비슷한 헷갈림, 혼미한 느낌, 꺼림직한 일들의 빈발에 따른 거부감, 때로는 막연한 불안감이 있는 것이 아닌가 한다. 여기에 충격을 가할 때 파국이 올 수도 있다. 희망찬 사회 분위기인데 쓸데없이 그런 말을 한다고 반박해 온다면, 틀린 판단을 하여 반박을 받더라도 차라리 희망찬 것이기를 바라야겠다.

열린우리당도 문제가 큰 것 같다. 청와대와 여당과의 관계를 제대로 설정하지 못한 상태에서 열린우리당은 정체성을 확립하지 못하고 승복하면서 끌려다니기만 하는 것 같다. 영국의 존 던 교수는 이번 방한 학술 발표에서 "한국은 정당의 역할이 강화돼야 한다."라고 말했다는데, 물론 열린우리당은 지난 대선 과정에서 급조된 정당이기는 하지만, 하루빨리 여당다운 구실을 해야 할 줄 안다. 지금 국민에게 힘도 없고 산만한 정당으로 비치고 있다는 것은 아는지 모르겠다.

한나라당, 구호 접고 실행 청사진 보여라

한나라당은 태생적 한계와 잔여 세력의 문제에도 불구하고 열린우리당과 비교할 때 그런대로 야당의 구실을 안정되게 하고 있는 것 같다. 한나라당이 좋다는 것은 아니다. 다만, 청와대발 장풍(掌風)에 한나라당이 그래도 안정을 희구하는 국민의 뜻에 맞게 대응하고 있다는 이야기다.

여기에서 한나라당뿐 아니라, 요즘 무슨 무슨 단체를 구성하여 성명을 내는 이른바 명사 그룹을 포함하여 많은 사람들이 관련되는 정치 용어 이야기를 한 가지 해 두어야 하겠다. 입만 열면 '자유민주주의와 시장경제'인데, 그거야 당연하게 대전제로 하고 있는 것을 왜 그렇게 유별나게 강조하는지 모르겠다. 그런 이야기를 누가 모르나.

자유민주주의란 원리나 원칙일 뿐 나타나는 구체적 형태는 미국식, 영국식, 프랑스식, 독일식, 스웨덴식, 인도식, 일본식 등 여러 가지다. 문제는 그 뉘앙스와 스펙트럼이다. 정책을 입안, 집행함에 있어서 구체적인 선택지의 문제다. 디테일의 문제다. 분명하게 말하지만, 자유민주주의에는 독일이나 영국이나 프랑스의 진보 정당이 내걸고 있는 사회민주주의도 포함된다. 마르크시즘과 투쟁해 온, 또는 내부적으로 이를 극복한 이들 정당들은 스펙트럼은 사회민주주의지만, 자유민주주의(liberal democracy)의 큰 흐름에 있는 것이다.

따라서 실업, 사회 안전망, 경제성장, 노사 관계 등을 구체적으로 어떻게 할 것인가를 제시하고 논의해야지 '자유민주주의' 타령은 금이 간 레코드판에서 들리는 소리 같다.

'시장경제'도 마찬가지다. 시장 지상주의가 아니고 보면 국가와 시장의 역할을 어떻게 배분할 것인지를 이야기해야 한다. 국가는 사회를 통합하고 발전시키기 위해서, 그리고 낙오된 불우 계층을 돕기 위해서도 당연히 중요한 역할을 해야 하는 것이다. 그런데 '자유민주주의와 시장경제'의 구체성 없는 슬로건만 되풀이하다니. 현 정권을 '반(反)무슨무슨'으로 몰아붙이려는 저의가 깔린 것이라면 그것은 변형된 매카시즘의 일종이 될 것이며, 한편으로는 혹시라도 재벌을 대변하려 한다면 몰라도 학술적 통용 가치도 없는 슬로건일 뿐이다.

민주노동당, 원내 단체답게 활동하라

이번 17대 국회에는, 노동 세력의 신장도 있었겠지만, 선거법의 비례대표제도 개정에 힘입어, 민주노동당이 황무지에서 일거에 10석을 획득하는 비약을 했다.

그런데 요즘 보면 민노당이 이른바 NL파에 끌려다니는 것 같아 대안(代案) 정당이 되기를 포기한 인상이다. 원내와 원외 당이 구별되어 있어 자세한 사정은 모르겠으나 원외당이라 할 당 본부의 간행물들을 보면 '강정구 교수적'이다. 아주 폭넓게 생각하여, '항의를 주로 하는 운동 단체'라면 NL파가 득세했다고 해도 한탄할지언정 크게 탓잡을 일은 아니다. 그러나 정권을 획득하려는 대안 정당이고, 또한 지금의 17대 국회에 있어서도 연정의 파트너가 될 가능성이 열려 있지 않은가. 그런 정당이 조반(造反) 운동을 하듯 하면 장래가 걱정스럽다.

큰 맥락에서 볼 때 지금은 헌정 질서를 흔들지 말아야 할 시기라고 본다. 더구나 변칙은 안 된다. 정칙으로 나가야 한다. 변칙과 정칙의 구별이 무어냐고 따지면 애매한 데도 있으나 일반 국민의 상식적 판단으로 변칙이라고 보이는 것은 자제해야 할 것이다.

지금의 헌법은 그렇게 나쁜 게 아니다. 박정희 장기 집권 후라 장기 집권 방지 차원에서 5년 단임이 나왔고, 6·10민주항쟁 후 3김 시대의 타협도 있고 하여 다시 5년 단임이 계속되었다. 지금 4년 중임제도가 다수 의견으로 대두되고 있으나 아직은 그것 때문에 개헌 정국으로 들어가 비유적으로 말해 댐을 무너트려 큰 홍수가 터지게 할 필요는 없는 것이다. 그렇게 절실하지는 않다는 말이다.

요즘 대통령중심제의 문제점이 드러나고도 있지만, 지금의 헌정 발전 단계에서 내각책임제로 옮긴다는 것은 '프라이팬에서 벗어나려다 화덕 속으로 들어가는' 격이 될 것이다. 현상 유지 정치, 부패, 정경 유착 등의 늪이 내다보이기 때문이다.

선거법 협상은 시도해 볼 만하다고 본다. 흔히 말하는 독일식 비례대표제도가 되면 지금의 비례대표제도보다는 향상된 것이라고 할 것이다.

지금은 여야가, 특히 젊은이들을 참담케 하는 실업, 늘어나는 비정규직, 계속 벌어지는 빈부 격차, 사회 안전망, 경제성장 등 흔히 말하는 민생 문제를 놓고 정책적인 대결을 본격적으로 박 터지게 해야 할 때이다. 유럽의 선진국들을 보라. 그러는 것이 '극장 정치'보다 착실한 정치의 진전이다.

5

한국 노동운동을 안타까워한다

딱 한 번 여러 명이 함께 노 대통령을 청와대에서 만난 일이 있다. 아마 그의 임기가 1년쯤 되었을 때였을 것이다. 나는 몇 가지 의견을 말하며 그중 한 가지로 "요즘 사회 기강이 너무 풀어져 있어 걱정되는데 얼마간 조이는 듯하게 할 필요가 있을 것 같다."라는 요지의 이야기를 했다. 그랬더니 아마 내가 노동부 장관을 지냈기에 그렇게 판단한 것인지 "노동계 이야기를 하는 것 같은데 그런 방향으로 나갈 것이다."라고 노동 분야로 좁혀 말을 받는다.

사회 전반을 조이는 데에는 권력에 한계가 있다고도 말했다. 사회의 불만 분출기에 법과 질서를 잡기 위한 권력과 사회 제 세력과의 관계론 같아 음미해 볼 만한 과제로 여겼다. 사실 그런 대답이 나올 만한 배경은 있다. 13대 국회 때 노동위원회에는 노무현, 이해찬, 이

* 《월간 헌정》 2006년 11월호.

상수, 이인제 의원 등 투사들이 포진하여 노동자들을 위한 열띤 주장을 했다. 그때 4선인 나도 그 분야에 관심이 있어서 노동위에 자원해 있었으나 야당 초선들의 날카로운 공세에 여 측으로서 아주 점잖게 대응하여 그들과 어느 정도의 공감대를 형성할 수 있었다고 본다.

이른바 1987년 민주(노동)항쟁으로 세상이 바뀌기 전까지 역대 정권들은 경제발전을 위해서라는 명분으로 계속 노동자를 억압해 왔고 노동조합 운동을 탄압해 온 것은 명백한 사실이다. 노동 정책은 즉 치안 정책이어서 노동청장이나 장관 가운데에는 경찰 출신, 군 출신이 많았다.

박 대통령이 수출입국을 내세울 때부터의 억압이고 탄압이니 노사 관계는 그동안 엄청나게 왜곡되어 왔고 '전태일 사건'이 상징하듯 노동자들은 많은 희생을 감수해야 했다. 그렇게 장기간에 걸쳐 왜곡되어 온 구조가 1987년 민주항쟁 이후 정상 상태로 평형을 되찾는 데에는 역시 오랜 진통의 시일이 걸린다는 것은 자명하다. 강산도 변한다는 10년쯤을 주먹구구식으로 잡아 보는 것은 어떨까. 그런 셈법이라면 1990년대 후반에야 그런대로 평형을 회복한다는 이야기가 된다.

여기에서 한 가지 소극(笑劇)적이라 할 이야기를 소개한다면, 우리나라 대기업을 거의 장악하고 있는 민주노총 세력이 매우 오랫동안 합법 노조가 되지 못하고 '불법'으로 취급되거나 기껏해야 '법외'(法外)로 대접받는 것이다. 그만큼 정권들은 억압적이었다. 민주노총이 합법화 절차를 밟게 된 것은 김영삼 정권 말기에 전국적인 '노동 대란'이 있은 후이니 민주화의 속도가 노동계에서는 지체되어 있었음을 짐작할 수 있을 것이다.

그러나 1987년 이후 10년이 지나고 또다시 10년이 지나는 오늘날의 상황이나 실정은 다르다. 노동계는 다른 이유에서 문자 그대로 사면초가에 직면해 있는 것이다. 노동 쪽에는 불행하게도 세계화의 급진전으로 고용은 감소하고, 실업자는 급증하고 있으며 그나마 취업했다 해도 그중 37% 정도가 비정규직이다. 또한 노조의 조직률도 우리나라는 10%대이지만 전 세계적으로 계속 하강 추세이며, 이미 지난날과 같은 전투성도 상실해 가고 있는 형편이다.

게다가 우리 노동계는 근래 추문이 잇달았다. 또 국민 정서에 지나치게 어긋나는 과격 쟁의 행위도 빈발했다. 더구나 특히 민주노총의 경우는 대기업의 노동자들이 상대적으로 고임금이기 때문에 그들의 임금 인상 투쟁은 결과적으로 하청 업체 노동자들의 고통을 가중시키는 것으로 '귀족 노조'의 자기 욕심 채우기로 비추어졌다. 민주노총과 한국노총 간의 경쟁은 있을 수 있는 것이지만 그것이 때때로 불미한 모습을 보이기도 하여 국민의 눈살을 찌푸리게도 하고 있다.

지금 여론은 노조에 비판적이다. 노동운동은 지금 역풍을 맞고 있다. 다만 여기에서 주의할 것은 올바른 판단을 위해서는 '여론'이라고 내세우는 때로는 뜬구름 같은 이야기만 그냥 따를 수는 없다는 것이다.

거대 언론이 당초부터 분명 노동운동에 부정적 시각을 보이고 있다는 것은 많은 연구가 보여 주고 있다. 거대 언론이 대기업 소유이기도 하고, 또한 대기업 광고에 크게 의존하고 있기도 하며, 대기업과 언론인 사이에 유착 관계가 끈끈해서이기도 할 것이다.

시각을 바꾸어 보아, 기업 측의 행태는 과연 정상적인가 하는 문제도 고려해야 한다. 언론에 보도되지 못한 숱한 노동 애사(哀史)들이 사회엔 깔려 있는 것이다. 그런 측면도 분쟁의 과격화의 배경으로 이해해야 할 줄 안다.

당면해서는 최근의 '노사정 타협'을 둘러싼 민주노총과 한국노총 간의 대립에 관해 의견을 말해 두어야 하겠다. 간단히 큰 대목만 설명한다면 기업 단위 복수 노조 허용 문제를 연기하는 대신 노조 전임자의 임금을 기업이 부담하는 것을 금지하는 규정의 시행을 역시 연기하는 식으로 맞바꾸기를 하자는 이야기다. 한국노총에는 중소기업들의 노조가 많아 전임자의 임금을 기업이 부담해 주지 않는다면 당장 노조 활동에 큰 지장이 있을 것이다.

반면 기업 단위 복수 노조 허용은 ILO(국제노동기구)가 내세우는 대의(大義)이기도 하지만, 기업 단위 복수 노조가 허용되지 않을 경우 한국을 장악하고 있는 기업에 민주노총이 조직을 확장할 수가 없게 되어 민주노총으로서는 받아들이기가 어려운 것이다. 조직 확장을 놓고는 그 역의 경우도 있겠으나 활동 역량에 비추어 민주노총 측의 불만이 크다고 하겠다. 그 밖에 복수 노조 금지는 유명 대기업에 있다고 알려진 '유령 노조'라는 도깨비들을 온존시킨다는 측면도 있다.

최근의 '노사정 타협'은 그렇게 볼 때 원칙에는 어긋난 것이다. 그러나 노동운동의 현실이라는 게 있다. 기업 측은 대부분 그 타협에 찬성하고 있다. 기업 가운데는 민주노총 측이 주도권을 쥐고 있어 그것을 깨기 위해 복수 노조가 필요한데 이번 타협대로라면 그런 일이 불가능하게 되었다고 불만인 곳도 있다는 보도이다.

이러한 얼마간 혼미한 상황에서 정부 측이 택하기가 용이한 정책 방향은 타협을 수용하는 쪽일 것이다. 우선 대충이라도 타협해 비록 미봉책이더라도 사태를 봉합하는 일이다. 세상 사는 대개 그렇게 하여 그렁저렁 굴러가기도(muddling through) 하는 것이다.

노동 문제를 생각할 때 역시 큰 세력이고 역동적 양상을 보이는 민주노총에 관심이 더 쏠리게 된다. 민주노총 측에 의견을 말함에 있어서 다른 노동계의 권위를 잠깐 빌려야겠다. 김금수 씨는 자타가 인정하는 노동운동의 대부(代父) 격이다. 그가 얼마 전 노사정위원장의 임기를 마치고 가진 고별 기자회견에서 의미 있는 쓴소리를 했다. '백조의 노래'(swan song)라 하여 서양에서는 백조의 마지막 노래를 미화하는 비유가 있는데 나는 그의 고별 회견에 그런 무게를 두고 싶은 것이다. 고별 회견은 지난 6월 20일에 있었으니까 최근의 '노사정 타협' 이전이다. 그는 "민노당의 비정규법안 대응을 어떻게 보는가"라는 질문에 이렇게 답변했다.

"법안이 국회에서 본격 심의되기 전에 민노당 단병호 의원은 정부안에 대해 크게 부정적이지는 않았다. 그러나 막상 국회 교섭이 진행되니 민주노총을 의식해서 기존의 입장을 바꾸고 강경한 입장을 취해 왔다. 나도 처음 정부안에 대해서는 파견 직종을 네거티브 방식으로 바꾼 것 등 서너 가지 문제점을 지적한 적이 있지만 현재 국회에 계류 중인 안은 노동계 요구가 많이 반영된 것이고 일부 비정규직 단체들도 법안의 통과를 원하고 있는데 민노당이 민주노총 눈치를 보며 법안 처리에 반대하고 있는 것이다."

그리고 이런 이야기도 했다.

"현재 노동운동은 엄청난 위기다. 민주노총의 주요 간부조차 자기 조직의 목표를 제대로 모르고 있는 경우도 있다. 위기를 탈출할 수 있는 돌파구가 필요하다. 이중 대외적 돌파구는 정책 참여다. 제도나 정책은 교섭 대상이 아니다. 정책 참여를 한다면 현재로서는 노사정위원회에 참여하는 것밖에 없다. 만약 정책 참여를 하지 않겠다면 총파업을 해야 하는데 이것도 잘 안 되고 있다. 내년 선거를 앞두고 벌어질 주도권 쟁탈전에 사회적 대화가 이용되어서는 안 될 것이다."

(노사정위 기록대로이다.)

완곡한 표현이지만 민주노총이 보다 유연성을 가져야 한다는 엄한 충고이다. 사실 김금수 씨는 노사정위원장을 맡고 무던히 고민한 것 같다. 노사정 간의 이른바 사회적 합의는 김대중 정부 임기 초에 한번 반짝했고 그 후로는 침체기에 빠져들었다. 노사정위가 필요 없다는 사람도 많은데, 나는 지금 노조가 약체여서 그런 말을 하지 노사 분쟁의 고조기가 되면 노사정위에서의 사회적 합의가 효용이 있을 것으로 본다. 마치 불꽃이 살아 있는 휴화산 같아 언제 다시 활화산이 될지 짐작할 수 없는 것이다.

김금수 씨의 충고가 아니더라도 민주노총이 노선을 바꾸어야 한다고 생각한다. 강경 투쟁 노선을 늦추어 온건한 유연 노선을 택했으면 한다. 지금의 투쟁 노선은 밖에서 보기엔 계급투쟁 노선에 기운 것 같다.

과연 지금 이 시대에 계급투쟁 운운이 유효할 것인지에 관해서는 식자들 사이에서 결론이 난 것으로 안다. 지금 노동계급은 변화,

다양화, 축소 등으로 바뀌고 있으며 그 노동계급만의 계급투쟁으로 목적을 달성하기엔 사회 환경은 멀찌감치 가 버려 있는 게 아닌가.

마르크스는 경제학만이 아니고 전반적 학문에 있어서 그 방법론으로는 충분히 참고가 되지만 현실 경제나 정치에 관한 결론이나 처방으로는 이미 현실과 크게 유리된 것이다. 이미 1세기 반 가까이 지난 마르크스가 아닌가.

다른 한편 민주노총(또는 많이 중복되는 민주노동당)의 흔히 NL파라고 하는 측의 극단적 주장에 다수 국민은 도저히 따라갈 수가 없다는 점을 지적하고 싶다. 간단히 말해 민족해방 이론에 따른 반미 외골수이며 북과의 나이브한 "우리 민족끼리"이다. 긴 설명을 할 계제는 아니고, 미국이라고 물론 좋은 것만은 아니다. '좋은 미국'도 있고 '나쁜 미국'도 있다. 특히 일방주의적으로 세계를 호령하는 부시 대통령의 미국은 정말 수용하기가 어렵다.

민주노총-민주노동당의 반미 외곬은 자승자박

그렇다고 우리를 둘러싼 미·일·중·러의 국제 정치적 역학 관계(그 밀림의 법칙이 통하는 적나라한 힘의 세계)에 눈감을 수는 없다. 북에 있는 김정일 체제는 동포끼리라고 아무리 안타까운 생각이 든다 하더라도 이미 실패한 체제임이 입증된 게 아닌가. 세상 사람들을 웃기는 체제는 얼마 유지될 수가 없다.

그런 상황에서 우리가 평화와 생존을 추구한다면, 흔히들 너무 쉽게 사용하고 있는 말이지만, 용미(用美)가 우리에게 필요한 것이지 반미 외골수가 길일 수는 없는 것이다. 설혹 반미 운동의 변증법적 역학 작용을 인정한다고 하더라도 민주노총이나 민주노동당같이 이제는 우리 사회의 중요한 부분을 무겁게 차지하고 있는 주역들이 그럴 수는 없는 것이다.

대기업 노조의 특권화·귀족화 문제는 너무나 알려져 있는 일이기에 말을 줄이는 게 좋겠다. 대기업 노조 쪽에서도 생각 있는 사람들은 반성하고 있으며 어떻게 하면 국민의 이해를 얻을 수 있고 '감동'을 줄 수 있을까 골몰하고 있는 것으로 알고 있다.

끝으로 요즘 신문에 등장하고 있는 이른바 뉴라이트 노동운동에 대해 한마디 하겠다. 그러한 노선은 있을 수도 있다고 생각한다. 그러나 형태를 갖추기 전에 정당들과 교섭을 하는 등의 정치적 편향을 보이고 있는 것은 실망스럽다. 한국노총이고 민주노총이고 어떻든 치열한 투쟁을 했고 꾸준한 노력을 통해 역사를 쌓아 온 조직이라는 점을 잊지 말아야 한다.

참고로 서울대 《대학신문》(2006년 9월 25일 자)에 학생 간부 김재천 군이 쓴 칼럼 「언론이 모른 척한 포항 지역 건설 노동자」에서 약간 길게 인용한다. 의미가 있는 글이라고 생각한다.

> 법적으로는 건설노동자와 하청 업체 간에 직접 고용 관계가 성립하는 것이 맞지만 원청회사인 포스코 건설이 사실상 노동자들의 근무 여건을 결정하는 것이나 다름없다. 원청회사가 공사 단가를 지나치게 낮춰 버리면 하청 업체들은 노동자들의 처우를 개선해 주기

어렵기 때문이다. 전문 건설업체들은 "하청 단가에 맞추려면 임금 인상이나 일요일 유급휴가 등의 요구 사항을 들어줄 수 없으니 포스코 측에 직접 가서 말하라"고 하고 포스코 측은 "교섭 대상자인 하청 업체와 협의할 일"이라고 발뺌했다.

더구나 포스코 측은 건설 노동자들의 파업이 합법적이었음에도 건설 현장에 대체 인력을 투입했다고 한다. 노동자들로서는 다단계 하청 사슬의 정점에 위치한 포스코 본사를 점거하는 것 외에 다른 선택의 여지가 없었다. 그러나 이런 속사정을 보도하는 매체는 거의 없었다. 일부 인터넷 매체만이 이런 문제점을 지적했을 뿐이고 주요 언론들은 대부분 모른척하며 불법 파업으로 몰고 갔다.

6

'무기력'보다는 '때 묻은' 능력

'RIP'가 중심이 된 대선 정국

이번 대통령 선거에는 별의별 명칭이 다 붙는다. 언론에서 추려 보면 '엽기', '전대미문', '묘한', '최악의' 등등의 오명이 붙는데 한마디로 '감동 없는 대선'이라고 말하고 싶다.

유명한 정치학자인 최장집 교수는 학술적으로 표현해 "RIP(폭로(Revelation) — 조사(Investigation) — 기소(Prosecution))가 중심이 되는 다른 수단에 의한 정치"라고 했는데 'RIP'는 미국 등에서 학술 용어로 사용된다고 한다. 그러고 보면 유식하게 'RIP 대선'이라고 할 수 있겠다.

근래 대화문화아카데미에서 최 교수의 "대선과 절차적 민주주의"라는 주제 발표를 듣고 이부영, 강금실 씨 등 정치인 학자들이 토론을 가졌다. 나는 거기에서 짐짓 색다른 대선 정국 해석을 했다. 오해가 없도록 미리 밝혀 둘 것은 한나라당 후보에 대한 찬반 여부와

---

* 《월간 헌정》 2007년 12월호.

는 아무런 관계가 없다는 전제를 달고서다.

나의 관점은 이렇다. 한나라당의 이명박·박근혜 경선이 말하자면 이번 대선의 본경기인 셈이다. 그리고 12월에 치러지는 선거는 후속으로 그 본경기 결과를 마무리 짓는 법률적인 요식 행위인 것 같다. 노 정권에 대한 거부감으로 한나라당에 대한 지지도는 압도적으로 되었다. 그 바탕 위에서 이명박과 박근혜 두 경쟁자가 가히 용호상박(龍虎相搏)이라는 표현이 딱 들어맞을 만한 치열한 대결을 했다. 전국을 돌며 정견 발표도 하고 투표도 하여 국민의 관심을 집중시키는 흥행에도 성공했다. 게다가 중앙선거관리위원회라는 헌법 기관이 나서서 경선의 투개표 관리를 하여 선거의 공명성을 보증해 주었다. 마지막으로 박빙의 승부에서 석패한 박근혜 씨가 깨끗하게 결과에 승복하여 국민에게 진한 감동을 주었다. 아름답다는 표현이 나올 수밖에 없었다.

그러니 실질적으로 이번 대선의 메인 이벤트는 끝났다고 국민은 느끼고 있는 것이다. 다만 '아직은' 하고 붙잡는 게 있다. 그것은 이명박 후보의 앞길에 도사리고 있을지 모를 '지뢰'를 두고서이다. 지금 BBK 문제에 관한 검찰의 수사가 한창이다. 이 글을 쓰고 있는 지금 그 귀추는 예측하기 어렵다.

그러나 도곡동 땅에 관한 검찰의 발표에서 보듯이 일도양단적인 명백한 검찰의 수사 결과를 기대하기는 어려울 것 같다. 검찰은 흔히들 고도의 정치적 판단을 하는 것 같다고 한다. 최소한 정치의 낌새에 둔감할 정도로 무딘 사람들은 아니라는 말이다. 이명박 후보에 대한 거대 언론의 보살핌은 너무 애틋하여 그 편애에 저항이 느껴진다.

우리나라에서 가장 역사가 오래된 두 거대 언론의 논객들은 이렇게 변명해 주고 있다.

> 사건 구조는 간단하다. 김 씨가 벤처를 만들어 주가를 끌어올리려다가 잘 안 되자 돈을 끌어모아 미국으로 도망간 사건이다. …… 이명박 대선후보는 증권을 잘 몰라 LKe 동업을 했을 때 모든 것을 김 씨가 주도했다.(《동아일보》)

> 그들은 이명박 후보의 온갖 허물을 때론 그가 성공을 일궈 냈던 그 시대의 탁류 탓으로 돌리고, 또 때로는 그가 몸담았던 업종의 혼탁한 성격 때문일 거라고 스스로 달래 가며 이명박 후보의 흉터에 애써 눈을 감았다.(《조선일보》)

결국 눈감아 주자는 이야기다. 사업가들에게는 그런 말이 맞을지 모른다. 그러나 기업만 한다면 몰라도 대통령을 하겠다니 이야기가 다른 게 아닌가. 왜 그런 측면은 눈을 감는지…….

그리고 이런 논법의 논객도 있다.

> 역대 대선에서 보수 세력을 대표한 이들 가운데 한나라당의 이명박 씨가 가장 흠 많은 후보라면, 통합신당의 정동영 씨는 중도 우파 세력을 대표했던 이들 가운데 가장 무기력한 후보다.(《한국일보》)

비슷한 해석을 가진 것으로는《미디어오늘》의 사설이 있다.

유권자들의 심중을 헤아리는 여론조사는 차기 대통령으로 '무능'보다 '때 묻은 능력'을 선호하는 쪽으로 기울어져 있다.

이야기가 난 김에 시중에서 얻어들은 재담 한 가지 더해 보자. "요즘 대선의 선택은 펀드 투자와 비슷하다. 약간 문제가 있어도 수완이 있는 이명박 펀드에 투자하는 것을 선호하는 것 같다." 이쯤 되면 대선은 증권시장 같은 투기단이 되는 건가. 이명박 캠프에서 '선의의 마키아벨리스트'론이 나온다. 물론 그 뜻을 학문적으로는 수용하지만…….

그래도 아직 모를 일이다. 옛부터 해 오던 말에 "가랑비에 옷 젖는다."라고 하지 않았던가. 이명박 후보의 자녀 문제, 기사 문제 등 작은 비리들이 많이 밝혀져 왔고 땅 소유권을 거쳐 마지막으로 BBK로 클라이맥스로 가고 있으니 말이다.

이번 대선 국면에서 신문, TV, 인터넷을 포함한 매스미디어의 막강함을 더더욱 실감하게 되었다. 선거운동은 대부분 매스미디어를 통해서고, 대중을 직접 상대하거나 동원하는 일은 급속히 줄어들고 있다. 언론에 의한 선거랄 것이다. 그런데 그 미디어 중 거대 미디어는 대부분 대기업 편이다. 노 정권이나 여당 측에 대해 불균형하게 비판적이라는 이야기가 된다.

그리고 정당정치에 커다란 변화가 일어나고 있다는 사실이다. 위에 말한 대화문화아카데미 토론에서도 '정당정치의 위기'가 거론되었다. 정당이 약화된 데는 여러 가지 까닭이 있다. 노 대통령이 열린우리당과 청와대를 분리한다고 하면서 당에 구심력이 생기는 것을 계속 문질러 버린 데도 원인이 있다는 분석이다. 그리고 정당의 원내 정당화로 경비는 절약되었지만 원외 조직이 현저히 약화되고, 그러기에 경선에 있어서 당내 투표보다 더욱 여론조사에 의지하게 되는 현상이 생겼다. 폴(poll)에 의지한 당 후보의 결정에 대해 일부에서 위헌·위법론이 제기되기도 한다. 여하간 여론조사에 의지하게 될수록 매스미디어에 더더욱 영향을 받게 된다. 경마장의 경마 경기를 보는 듯하게 되는 문제도 있다.

후보에 대한 'RIP' 선거로도 요동을 치고 있지만, 국내 제일인 삼성 재벌의 갖가지 부정에 대한 국회의 특검 결의까지 있어 경우에 따라 한국 정치의 바탕까지도 흔들리게 되었다. 삼성의 로비는 그만큼 문어발이고, '삼성 공화국' 또는 '삼성 제국'이라는 말이 상식으로 통용되게끔 막강한 것이기 때문이다.

만약에 이번의 특검이 잘 되고 그 후속으로서의 제도 정비까지 되어 재계가 합리화되고 현대화되는 계기가 마련된다면 그것은 우리 정치의 합리화와 현대화로도 직결이 될 것이다. 정치의 흑막 제거도 문제지만 그것은 재계의 흑막 제거와 병행되어야만 한다는 것은 너무나 자명한 이치이다. 노 대통령도 "권력은 정부가 아닌 시장이 가지고 있다."라고 어록에 남을 만한 말을 남기지 않았는가. 역시 한국 정치는 누구의 표현대로 '소용돌이의 정치'이다. 삼성 특검은 하기에 따라 대선보다 중요할 수도 있다.

이회창 후보의 급부상을 보고 한나라당의 한 중진은 한나라당에는 본래 이회창계와 박근혜계란 양대 산맥만 있었고 이명박계는 없었던 것이 경선을 거치면서 급조된 것일 뿐이라고 분석했다. 그러기에 이명박계의 이재오 의원이, 본인은 나중에 부인했지만, 이명박 후보가 승리하면 신당을 창당할 것이라고 시사한 게 아니겠는가. 일부에서는 이명박계가 영호남 화합을 명분으로 호남 세력과 제휴할 것이란 관측까지 하고 있다. 그렇게 되면 박근혜계나 이회창계도 딴 살림을 준비할 수밖에 없고, 결국 정계는 일대 개편의 계절을 맞을 것이다.

서울대학교의 대학신문에서 얼마 전 학생 상대로 여론조사를 한 것을 보니 지지도가 이명박, 문국현, 권영길, 정동영(이회창 출마 선언 이전의 조사 같다.) 순으로 되어 있다. 보수를 자처하는 학생 수도 대폭 늘었단다. 그리고 타 대학에서는 보수화가 더 현저하다는 것이다.

설명이 필요 없을 것이다. 대학생들도 취업에 관심을 갖게 되니 전날보다는 더욱 경제 제일주의가 되는 것이고 그들 눈에 경제성장, 고용기회 확대를 가져올 것으로 보이는 후보를 선호하게 되는 것이다.

그것과 관련하여 요즘 유행어가 된 '88만 원 세대' 이야기가 떠오른다. IMF 사태 후 대기업에 공적 자금을 엄청나게 투입하여 살렸듯이 젊은 세대의 장래를 위하여 이 '88만 원 세대'에게도 융자 등 여하간 생산적 방식으로 공적 자금을 얼마쯤 투입하는 길은 없을까 하는 것이다. 순조롭게 발전하지 못하고 참담한 좌절을 겪는 젊은 세대들의 인생을 위해서는 물론이고 나라를 위해서는 엄청난 손실이다.

찬반의 논의는 제쳐 두고, 현실로서 신자유주의의 물결은 우리 사회에 출렁출렁 높이 파도친다. 김대중, 노무현 정권을 거치면서 이미 신자유주의는 굳건히 자리 잡고 있는 것이다. 이제 나머지 방파제가 얼마 안 남았다. 금·산 분리 철폐, 순환 출자 제한 폐지 등등인데 그것마저 이명박 후보는 터 버리겠단다. 대기업과 부유층에 편중된 경제 살리기일 것이라는 비판이 벌써 나오고 있다.

재미 삼아 한번 인용해 본다면 코뮤니스트당 매니페스토(번역이 여러 가지로 된다.)에 "부르주아지는 역사에 있어서 가장 혁명적인 역할을 했다."라고 나와 있다.

기업이 혁명적 역할을 하는 것은 분명하지만, 지금 신자유주의의 급물살에 휩쓸려 그런 대기업의 혁명적 역할만 믿어야 할 것인지. 대답은 우리나라에 있어서의 기업의 혁명적 역할을 인정하면서도 정부에 의한 조절이 반드시 있어야 한다는 것이다. 공정 경쟁은 물론이고 공공성과 사회연대를 위한 제반 조절이다. 그것이 정치의 발전이다. 지금 선진 정부들이 시행하고 있는 대부분 정책이 그런 것이다. 털어 낼 것은 관료주의적 타성이다. 또한 사회적 약자를 보호하기 위한 복지 정책을 위해 기업에 대한 부담은, 우리나라의 경우, 확대되어야만 한다. 그런 것을 하는 것이 국가이다. 그럴 때 "국가란 하나의 예술 작품"으로까지 된다.

한나라당 세력이 집권해도 남북 관계에 큰 변화가 없으리라 예측된다. 우선 6자 회담의 틀이 순조롭게 자리 잡아 가고 있기 때문이기도 하다. 그리고 언더도그(underdog)의 저항이 클 것이기 때문에 서민을 위한 정책의 후퇴는 없으리라 본다. 다만 전경련적 방식의 제도 개혁이 예상되는데 삼성 특검 등의 여파로 각성되는 국민들 여론의 거센 저항을 받을 것으로 내다보여 일이 그리 간단하지는 않을 것이다. 삼성 특검이 전화위복이 되어 재계의 합리화·현대화가 이루어진다면 길게는 내각책임 개헌론자들도 힘을 얻게 될 것으로 전망된다.

7

이명박 행정부에 우선 기대하는 것

'창당'(昌黨)과의 경쟁으로 우편향 우려

드디어 이명박 대통령의 취임을 앞두고 국민들의 기대도 크고 축복도 넘친다. 거대 언론의 몇 곳에서는 동시에 '함박눈처럼'이라는 표현을 써 가며 기대와 축복을 표현하고 있다. 많은 사람들이 거듭거듭 말해 오는 바와 같이 우선 MB(약칭으로 그렇게 부르고 있다.)의 시원시원한 집행력에 기대가 크다. 벌써 몇 년째 골치인 전봇대를 말 한마디로 당장 옮겨 버린 상징적인 사건을 국민들은 보고 있다. 그 집행력은 정부와 그 관료 조직의 기강과도 통할 것이다. 아무리 정책이 그럴듯하면 무엇 하나. 집행이 잘 안 되고 기강이 느슨하면 실효가 없는 게 아닌가. 아마 낭비의 문제도 관련이 있을 것이다. 이러한 모든 게 노무현 행정부와 대비해서 나온 이야기가 아니겠는가.

그런데 그런 기대 속에서 부패의 걱정은 떨쳐 버리기 어려운 것

* 《월간 헌정》 2008년 2월호.

을 어쩌랴. 인수위 과정부터 산업은행 등의 민영화가 요란하게 보도되는가 하면, 한국은행의 독립성 문제로 숙적 간의 감정싸움 비슷한 것도 입방아에 오르내리고 있다. 앞으로 쏟아질 민영화, 그리고 권력 핵심의 행태에서 걱정이 가슴에 와닿는다. 더구나 무슨 교회인가의 유대가 크게 보도되고 있는 것을 보고는 크로니즘(Cronyism: 끼리끼리 나눠 갖기)이라는 단어가 떠오른다.

노무현 정권이 너무 인기가 없어 그에 대한 거센 반대 여론을 업고 압도적인 표차로 당선되었기에 무엇이든 노 정권의 것은 부정하고 보자는 기류가 될 수밖에 없다는 역학 작용은 이해 못할 것도 아니다. 그러나 미국의 부시 정부가 클린턴 정부를 부정하기 위해 ABC(Anything But Clinton) 방침을 택하여 실패했음을 교훈으로 삼아야겠다.

대표적으로는 북한 핵에 대한 미국의 정책이다. 지금의 부시 정부 정책은 클린턴 정부 말기의 것과 유사하다. 미국에서 보수 쪽으로 분류되고 있는 주간지 《타임》은 요즘의 남북한 관계의 진전을 긍정적으로 평가하는 3페이지에 걸친 특집 기사를 실었다.(2008년 1월 21일 자) 그런 《타임》의 변화는 사실 놀랍기까지 하다. "이제 부시는 북한의 핵무장 해제에 대한 대가로 일련의 외교적·경제적 당근을 약속함으로써 거의 사실상 '햇볕 정책'을 채택했다."(Bush has all but adopted the "sunshine policy".) 부시가 햇볕 정책을 채택하다니. 한국(남한)의 반대파들이 아연실색할 일이다. 물론 정부 기구를 축소하는 것은 좋은 일이다. 그러나 인수위의 통일부 폐지안은 감정적인 일격처럼만 보인다.

최근 당선자의 미국 특사가 가면서 그동안 한미 관계가 '훼손'되었으니 '복원'한다 운운의 말들이 나왔다. 부시의 그동안 일방주의적 강압 외교는 세계가 대다수 반대하던 바다. 그리고 근래 부시는 개심(改心)하는 조짐을 보이고 있다. 그런데 '훼손', '복원' 운운하며 왜 우리가 그 책임을 스스로 뒤집어쓰려고 하는지 모르겠다. 만에 하나 노무현 대통령의 경솔한 발언 등 우리에게 잘못이 있다 해도 우리가 그렇게 떠드는 것은 외교의 하지하책(下之下策)이 아닌가.

MB는 대북 정책에 적극적인 자세를 보여 왔고 일반적으로 긍정적 평가를 받아 왔다. 그러나 이회창 씨의 당이 MB를 초강경하지 못하고 오히려 유화적이라고 몰아붙이는 바람에, 총선거를 앞둔 경합관계에서 MB가 작전상 우편향하지 않을까 걱정하는 소리를 자주 듣는다. 그렇게 되면 박근혜 씨 측이나 이회창 씨 측에 비해 상대적으로 개혁적이라는 MB의 이미지는 손상을 입을 것이다.

MB에 관한 또 다른 걱정은 대운하에 관해서다. 여기에서 찬반 논쟁을 벌일 일은 아니고, 한마디로 결론을 말한다면 대운하를 추진했다가는 잘 나가던 MB의 세(모멘텀이라고 표현할 수 있다.)에 큰 차질이 빚어져 그 모멘텀이 한풀 꺾일 것이라는 이야기이다. 동강댐 때의 일을 상기해 보자. 반(反)MB 세력뿐만 아니라, 환경운동을 비롯한 온갖 NGO 세력들이 좋은 구심점이 생겨 모두모두 결속하여 대항할 것이다. 그야말로 긁어 부스럼인 셈이다. 대운하를 계속 연구 과제로 남겨 둔다고 해서 누가 MB가 공약을 저버렸다고 비난하겠는가. 몇십 년의 숙제인 경인 운하를 완공하고 나니 그것을 철저히 평가해 보고 그 바탕 위에서 경부 운하 등을 재검토해 보겠다고 한다 해서 누가 공약 위반이라고 핏대를 세우겠는가.

“망가진 자연은 회복되지 않는다”

“우리 국민은 지금 운하라는 유령으로부터 벗어나기 시작했다. …… 20세기까지 인류는 자연을 대상과 도구로 생각했다. 자원이 무한하다는 인식 아래 마구 파헤치고 개발했다. 그러나 무한한 것은 없다. 한번 망가진 자연은 회복되지 않는다.”

한 대운하 연구서의 말미에 나오는 인용이다. 그렇다. 망가진 자연은 회복되지 않는다.

요즘 유행어가 ‘기업 프렌들리’다. 좋은 말이다. ‘노동 프렌들리’라 해도 또다시 ‘좋은 말이다.’라고 할 것이다. 프렌들리에 나쁠 것이 없지 않겠는가. 그런데 문제는 ‘전경련 프렌들리’가 되지 않았으면 하는 것이다. 일부에서는 ‘재벌 — 경제 관료 — 조중동 복합체’를 우려하는 소리도 들려오지 않는가.

CEO가 인기 절정이라고 해서 기업 CEO가 곧바로 정치 CEO가 되어야 한다는 등식을 요구해서는 안 된다. 정주영 씨, 정몽준 씨를 거쳐 이명박 씨가 CEO의 대권 도전에 성공했다. 문국현 씨도 CEO로 신선하게 등장해 주목받았다. 대학에서는 MBA 시대이고, 사회에서는 CEO 시대이다. 긴 이야기를 짧게 하자면, 태국의 CEO 탁신 총리도, 이탈리아 CEO 베를루스코니 총리도 뒤끝이 안 좋았다. 기업의 목적이 오로지 이윤이라면 정치의 목적은 국민의 행복으로, 목적부터가 다르지 않는가. 마침 《동아일보》(1월 21일 자)의 『맹자』 소개를 보니 이런 구절이 나온다.

“왕이 나라의 이익만 생각하면 그 아래 신하는 ‘어떻게 하면 내

집안을 이롭게 할 수 있을까.'만 생각하고, 선비와 서민들은 '어떻게 하면 내 한 몸을 이롭게 할 수 있을까.' 하는 생각만을……." 요는 공공성이 희박해진다는 말일 것이다. 그러니 평생을 이윤만을 목적으로 하던 기업 CEO가 정치 CEO가 될 때 대단한 영재라 하더라도 일을 그르칠 우려가 있는 것이다.

비근한 예를 하나 들어 보자.

"노사 분규가 심한 기업체 노동자들이 (태안 기름 유출 사고 현장의) 자원봉사하는 기분으로 자세를 바꾼다면 그 기업이 10퍼센트 성장하는 게 뭐가 어렵겠느냐."(《프레시안》 2008년 1월 11일 자)

신문에서 그대로 인용한 것이다. 그 인식과 현실과의 엄청난 괴리에 아연실색할 수밖에. 그런 표현을 쓴다면 너무 지나칠까. 여하간 감각의 무딤을 느낀다.

대통령의 말은 정말 중천금(重千金)이다. 노태우 대통령은 모든 말을 참모가 숙고하여 써 준 '말씀 자료'에 의지해서 했다. 그래서 말씀 자료를 써 주던 참모가 이임하는 자리에서 한 말이 바로 그 참모가 마지막으로 써 준 말씀 자료대로였다는 촌극까지 있었단다. 그렇다고 노태우 대통령을 그런 일로 하여 낮게 평가하는 사람은 없다. 좀 심했다 싶기는 하지만 말이다. 오히려 '참을 수 없는 가벼운' 입 때문에 나오는 대로 말을 하여 실수를 일삼은 노무현 대통령이 문제가 아닌가. 부디 MB는 꼭 말씀 자료에 따라 발언하여 말로 인한 실수가 없기를 바란다. 서울시장 때 '하나님께 봉헌' 운운의 큰 실수를 한 전력이 있지 않는가.

국가 사회의 지향점을 모델이라 한다면 미국(앵글로색슨) 모델이 한쪽에 있고, 북구(스웨덴 등) 모델이 다른 한쪽에 있으며 그 중간에 여러 모델들이 있다. 진보파들은 북구 모델을 선호하는데 MB는 아무래도 미국 모델인 것 같다. 그런데 그 중간에 그런대로 양호한 일본의 하이브리드 모델이 있다는 것을 잊지 말기 바란다. 외래문화를 흡수하여 절충·소화하는 데 뛰어난 일본인들은 그런대로 살 만한 사회를 가꾸었다. MB의 관심이 미국에서 스웨덴으로 바뀌는 것을 기대하기는 어렵겠고, 일본쯤으로 눈을 돌리는 것을 기대할 수는 있지 않겠는가.

최근 한 잡지의 좌담 기사를 읽다 보니 이런 말이 눈에 띈다.

"대통합신당이 크게 대패한 것을 국민 앞에 인정했으면 특검을 취소하는 것이 바람직합니다. 무리하게 통과시켜 검찰 수사를 믿지 못하게 만드는 것은 말이 안 되죠. 선거가 끝나고 국민 심판이 내려져 있는 상황에서 이명박 씨의 비리·부정부패가 드러나면 그것대로 다르게 접근해야 합니다. 국민들이 심판을 내리고 쳐다보고 있는 상황에서 뭔가 연장전을 통해 득을 보려고 한다면 또다시 혼날 것입니다."

이른바 이명박 특검을 취소하라는 이야기인데 그럴듯하기는 하지만 균형이 맞질 않는다. 지금 노무현 대통령은 이른바 삼성 특검에 포함되어 걸려 있지 않는가.

노무현-이명박, 특검에서 함께 푸는 게 대국적 자세

나는 얼마 전 전직 국회의장 한 사람을 만난 자리에서 이런 부탁을 한 적이 있다.

"대통령 당선자도 특검에 걸려 있고 현직 대통령도 특검에 걸려 있고…… 나라 꼴이 이상하지 않습니까. 전직 국회의장이면 국가의 원로가 아닙니까. 이럴 때 국가의 원로들이 나서서 지혜를 발휘할 때라고 봅니다. 양쪽 모두 특검에서 풀어야 합니다." 이웃 나라 일본에서는 원로들이 그런 지혜로운 수습을 하는 것을 가끔 보았다. 그러는 데 대해 이의가 있는 사람도 많을 것이다. 법리만 따르면 그럴 것이다. 그러나 나라 꼴이 이게 무언가. 정말 대국을 볼 때가 아닌가 싶다.

8

민주노동당의 애가

옥탑방 살림인데 싸워도 당내서 싸웠어야

민주노동당의 이른바 평등파(PD)가 자주파(NL)와의 정면 대결에서 패배하자 탈당을 결행하고 독자 창당을 서두르고 있다. 평소에 별로 보도가 잘 되지 않던 민노당이 분열극을 보임으로 인해 언론의 각광을 받고 있으니 장한 일이 아니라 구슬픈 이야기다. 그래서 애가(哀歌)라고 말해 본다.

지금 민노당에 대해 이런저런 조언을 하는 것은 때늦은 일 같다. 또 남들이 많이 이야기하는 때에 덩달아 끼어드는 것 같아 겸연쩍다. 그러나 작년 권영길 씨가 민노당의 대통령 후보로 선출되었을 때 권 씨에 대한 편지 형식으로 《월간 헌정》(2007년 10월호)에 글을 쓴 바 있고, 그 글을 두고 NL계의 인터넷 언론 《민중의 소리》에서 반론이, PD계라 할 수 있는 인터넷 언론 《레디앙》에서 반론에 대한 반론이

* 《월간 헌정》 2008년 3월호.

전개된 바 있어 한번쯤 정리해 볼 필요는 있게 되었다. 권 씨에의 편지에서는 코리아연방제 운운하는 것과 베네수엘라 차베스 대통령처럼 반미를 하겠다는 등등을 허황되다고 꾸짖었던 것이다.

진부하다 할 정도로 인용되는 명언에 “진보는 분열하고, 보수는 부패한다.”라는 말이 있다. 정당은 투쟁하면서 큰다. 대외적인 투쟁이 주이지만, 내부의 투쟁도 없을 수가 없다. 특히 진보 세력은 이념적이기에 이념을 중심한 분파 투쟁이 왕성할 수밖에. 그러나 당내에서 분파 투쟁을 하는 것은 있을 수 있는 일이지만, 분당까지 가는 것은 결코 바람직스럽지 못하다. 진보 측 사람들이 잘 쓰는 말에 ‘변증법적 정반합’이라는 것과 ‘지양’이라는 게 있다. 당내의 이념 대립이 정반합으로 지양되어야 할 일이지 빙탄불상용(氷炭不相容)처럼 되어서는 결코 안 되는 것이다.

우리나라의 정치 발전을 위해서는 유럽 모든 나라와 이웃 일본처럼 우리도 진보 정당(대개는 사회민주주의 정당이다.)이 최소한 원내 교섭단체를 구성할 정도로는 있어야 하는 것이다.

우리에게 너무나 친근한 미국이 예외인데 거기에 대해서는 전날에 베르너 좀바르트의 책을 비롯해 많은 연구서나 논문이 있다. 광대한 대륙에 이민들로 구성된 나라라 신개척지(프런티어)가 많고, 전래의 고착된 계급이 없는 데다가 사회적 이동이 활발하다는 등의 원인 분석이 있다. 근래에는 랠프 네이더의 거듭되는 도전이 있었지만, 공화·민주 양당제의 벽을 넘을 수가 없었다. 대개의 경우 그런 세력을 민주당이 흡수해 버린다. 우리나라에서는 민노당 같은 정당이 원내교섭단체 크기가 된다면 집권까지는 못 가더라도 문제를 파헤치고, 견제하고, 비전을 제시하는 등으로 보수 정당들에 밸런스를 취해 주어 정치 발전에 큰 도움이 될 것이다. 카운터베일(countervail)이라는 표현이 알맞다.

4·19혁명 후 5·16군사정변 전의 제2공화국 시절에 진보 세력이 움직임이 활발했다. 그때는 혁신계라 했다. 혁(革)이 가죽을 뜻하므로 가죽신이라고 농담 삼아 말하기도 했다. 그때 정당으로는 통일사회당(서상일), 사회당(최근우), 혁신당(장건상), 사회대중당 잔류파(김달호)의 4개 정당이 있었지만, 세(勢)로는 통일 관련 협의체로 일단 뭉친 민족자주통일연맹(민자통)이 영향력이 컸다. 그러다가 민자통의 남북 협상 노선에 반대하는 통일사회당계가 이탈하여 중립화통일연맹(중통련)을 구성하는 분열이 생긴 상황에서 쿠데타를 맞은 것이다. 그때 민자통은 대중 동원력을 갖고 있었고, 중통련은 행사를 안 해 그 역량을 보여 주지 못했다. 그때의 민자통과 중통련은 지금 NL과 PD와는 다른 것이지만, 남북 관계로만 국한하여 볼 때는 어떤 면 방불하다 할 것이다.

그 무렵인가, 그 후인가 특히 기억에 남는 일은, 한 보수 신문이 '봄철에 꿩이 스스로 울어 (포수에게 들킨다.)'라는 뜻의 '춘치자명'(春雉自鳴)이라는 옛 표현을 써 가며 남북협상파를 꼬집은 것이다. 오늘날의 '종북(從北)주의' 운운의 문제 제기와도 또한 엇비슷한 것 같다.

NL이고 PD고 그 본질을 정확히는 모르겠지만 이른 바 NL에 속한 사람들의 북에 대한 태도는 납득하기가 어렵다. 맥아더 장군의 군대가 개입해서 통일이 안 되었다고 하는 사람이 그쪽의 대표 논객의 하나다.(맥아더 동상 철거 소동까지 있었다.) 또한 이른바 해방 공간에서 들은 바 있는 좌익의 이론 전개들이 네안데르탈인들이 되살아난 것처럼 그쪽의 간행물에 자주 보이고 있다. 진보적 평론가인 진중권 씨가 북의 인권 문제를 제기하고 비판하는 것이 "통일되는 날, 김정일 정권 아래 고생했던 북조선 인민들에게 갖춰야 할 인간적 예의"라고 말한 것이 인용되고 있는데 공감이 간다. 유엔 인권선언에 있는 것처럼 인류 보편적 가치가 아닌가.

민노당 안의 논쟁을 들으면서 당내 투쟁의 수사법(修辭法·레토릭)과 당외 투쟁의 수사법이 달라야 한다는 점을 느낀다. "진실은 회색계통의 어느 색깔"이라고 사양 사람들이 자주 쓰는 명구가 있다. 인생사나 세상사는 스펙트럼, 그러니까 무지개 색깔처럼 다양하기도 하고 애매모호한 구석도 있다. 흑과 백으로 명명백백한 경우가 드물다는 말이다. 정치에 있어서는 문제를 슬로건(구호)으로 만들다 보면 회색지대의 것이 흑백으로 변질해 버리기는 한다.

'운동권 정당' 운운의 비판을 보자. 진보 정당의 경우 원내 활동과 원외의 대중운동이 결합되어야 한다는 것은 불가피하다. 다만 원내의 비중을 너무 낮게 잡고 대중 투쟁에 치우치는 것은 바람직스럽지 못하다 할 것이다. 그럼으로 다만 스펙트럼의 어디쯤이냐 하는 정도의 문제가 될 것이다.

'민주노총당' 운운도 비슷하다. 영국 노동당 등 진보 정당들의 예에 비추어 볼 때 노동조직을 기반으로 출발하는 것은 당연하다. 지금 민노당 당원의 40퍼센트쯤이 민노총 소속이라 한다. 다만 영국 노동당도 노조에 휘둘리다가 점차 거기에서 탈피하여 비교적 자율성을 갖는 방향으로 나아갔다. 물론 대기업 노조 중심인 민노총의 이해관계가 있느니만큼 거기에만 휘둘릴 수는 없을 것이다. 그러나 지나친 의존을 벗어나야 한다는 정도이지 마치 대결주의적으로 공격할 것은 아니라고 본다. 역시 정도의 문제다.

영국 노동당 이야기에 덧붙인다면, 1980년대 초 노조 주도하의 경직성에서 탈피하여 리버럴한 노선을 걷기 위해 로이 젠킨스(재무 장관·부당수 역임), 셜리 윌리엄스 등 지금 우리나라의 심상정, 노회찬 씨보다 더한 거물 인기 스타들이(진보 정당에서의 스타의 역기능을 말하는 측도 있다.) 탈당하여 사회민주당(Social Democratic Party, SDP)을 창당한 일이 있다. 처음에는 많은 관심을 끌었으나 노조라는 '물'을 잃은 '고기'들은 오래 견디지 못하고 자유당(Liberal Party)과 연합하다가 흡수되고 말았다.(영국에는 비례대표가 없다.) 젠킨스는 회고록에서 그 경험을 강물의 본류(本流)에 합쳐진 지류(支流)였지만 나름의 역할은 했다고 자평했다. 물론 SDP의 경우를 민노당의 경우에 바로 적용해 말할 수는 없다. 그러나 크게 참고는 될 줄 안다.

'종북주의' 운운의 가장 치명적인 비판을 보자. 북의 지령에 따르는, 또는 그 비슷한 사람들이 있다면 그런 일은 어떻든 수사 당국의 과제로 맡겨 두어야 할 것 같아 여기에서는 제외하자. 다만 남북관계가 같은 민족끼리라는 특수성에 비추어 여기에서도 스펙트럼에 있어서의 정도의 문제를 말해야 할 것 같다. 하기는 남북이 합의한 문서에 있는 "우리 민족끼리"가 녹피(鹿皮)에 쓴 가로 왈(曰) 자처럼 이리도 저리도 해석이 되는 신축성·애매성이 있다. 그래서 왼쪽의 극단론자들은 "우리 민족끼리"를 당장 '미군은 즉각 철수하라'로 해석해 소란을 피우지 않았는가. 해석에는 여러 가지가 있겠지만 "우리 민족끼리"는 국제적 관계를 일체 배제하는 절대 배타를 의미하는 게 아니고 민족애를 강조하는 정신일 게다. 쉽게 생각해 보면 강대국의 제국주의적 행태는 배격하나 6자 회담을 통한 협력 같은 것은 수용하고, 남북이(주로 남이) 서로 돕는 그런 차원 말이다. 북한과 미국과의 관계에 있어 근본적으로 문제는 북한의 체제와 행태에 있는 것이고 부차적으로 미국의 압박 정책에 있다 할 것이다. 요는 '종북주의' 운운도 당내 레토릭치고는 타 정파에 대한 것으로 너무 대결주의적인 인상을 준다.

끝으로 이른바 일심회 관련 당원의 제명 문제. 크게는 국가보안법의 문제고, 작게는 당헌·당규의 문제일 것이다. 잘은 모르겠지만 당헌·당규로 제명 사유가 된다는 것이 상식이 아닌가. 국가보안법 문제는 정치적 판단을 요구한다. 폐기론과 개정론이 근래에 다투어 왔다. 줄여서 간단히 말하면, 악법이라고 반대 투쟁을 하는 차원과, 악법도 법이기에 그것이 개폐되기 전까지는 준수해야 한다는 차원에서 생각해야 하리라고 본다.

옛날 대학에서 들은 기억에 따르면 독일에서 히틀러가 집권해 탄압에 나섰을 때 사회민주당 중앙은 당원들에게 준법투쟁을 지시했다는 것이다. 법을 어기지 말라고. 법은 어떤 면에서 권력 편에 있는 것이기에 위법은 결국은 약자에게 손해가 되기 마련이 아닌가. 개인의 양심에 따른 법의 불복은 있을 수 있다. 양심적 불복종이다. 그러나 정당과 같은 조직의 법 불복은 다른 일이다.

이렇게 NL에 대한 PD의 공격을 생각해 볼 때, 양비양시론(兩非兩是論)이라 할지 모르겠으나, 우선 NL의 태도에 근본적으로 문제가 있다고 보고, 부차적으로 PD가 당내 투쟁이 아닌 당외 투쟁의 레토릭을 휘둘렀다는 비난을 면키 어렵다고 하겠다.

당 기관지에서 PD 측이 보수 측의 언어 프레임에 말려들었다고 지적하는 글을 읽었는데, 그런 측면도 생각할 수 있다. 언어 프레임, 달리 말하면 개념 사용에 있어서의 헤게모니 문제라 할 것이다.

지난 2월 15일 한국정치학회와 관훈클럽이 공동 주최한 '이명박 정부의 과제와 시대정신'이라는 학술회의의 한 논문에 이런 구절이 나온다.

> 최근 한국 사회가 당면하고 있는 갈등의 중심축은 탈냉전과 신자유주의의 세계화에 따른 사회 균열 현상이라 할 수 있을 것이다. 그럼에도 불구하고 비정규직 문제, 교육 정책, 부동산 정책, 사회복지 제도 등 세계화 신자유주의의 갈등들은 한국의 정치사회나 시민사회에서 갈등의 중심축으로 다뤄지지 않은 채 탈냉전 갈등만이 부각되고 있다. 한국 사회의 본질적 갈등을 배제한 채 자신들의 지지 동원에 유리한 냉전 구도 갈등만을 부각시키고 있는 것이다.

일반론으로 말한 것이지만, 꼭 민노당을 향한 것만 같다. NL이나 PD나 음미해 볼 일이다.

생각이 메마르고 답답할 때는 상상력을 갖기 위해 문학의 세계, 시의 세계를 찾기도 한다. 마침 김광규 시인의 시 「영산(靈山)」이 마음에 와닿는다.

내 어렸을 적 고향에는 신비로운 산이 하나 있었다.

아무도 올라가 본 적이 없는 영산(靈山)이었다.

영산은 낮에 보이지 않았다.

산허리까지 잠긴 짙은 안개와 그 위를 덮은 구름으로 영산은 어렴풋이 그 있는 곳만을 짐작할 수 있을 뿐이었다.

영산은 밤에도 잘 보이지 않았다.

구름 없이 맑은 밤하늘 달빛 속에 또는 별빛 속에 거무스레 그 모습을 나타내는 수도 있지만 그 모양이 어떠하며 높이가 얼마나 되는지는 알 수 없었다.

내 마음을 떠나지 않는 영산을 불현듯 보고 싶어 고속버스를 타고 고향에 내려갔더니 이상하게도 영산은 온데간데 없어지고 이미 낯설은 마을 사람들에게 물어보니 그런 산은 이곳에 없다고 한다.

허무를 말하려는 게 아니다. 시대도 끊임없이 변하고 있으니 항상 새롭게 생각하자는 이야기다. 요즘 유행하는 대로라면 새롭게 디자인하자는 것이다.

줄곧 페이비어니즘에 집착해 오던 필자도 너무나도 시대가 변하고, 난제가 속출하여 해결 방안에 당혹하게 되니 그것이 '영산'이었나 하고 몽롱하기까지 한 느낌이 들 때도 있다. 독재의 탄압 아래 마르크스주의나 그 비슷한 조류에 관심을 가졌던 세대에게도 시 「영산」

이 어떤 깨우침을 줄지 혹 모르겠다.

몸담아 온 당의 애처로운 분열상에 실망하여 정계를 아예 떠난다고 전해지는 외골수 노동 투사 단병호 의원의 심정은 어떠할지.

9

한국 진보 정당들의 장래

'연합'과 '불복 정당'의 두 궤도

민주노동당이 내부 분탕으로 진보신당이 분열되어 나오기 직전 월간《헌정》3월호에 「민주노동당의 애가(哀歌): 옥탑방 살림인데 싸워도 당내에서 싸웠어야」라는 칼럼을 썼다. 분당도 분당이지만 시기적으로 총선거를 바로 앞두고 분당하다니 그 앞날이 비관적으로 보여서다. 대강 짐작했던 대로 진보신당은 전멸하고 민주노동당은 5석을 건졌다. 4년 전의 절반이다. 솔직한 느낌은, 진보신당은 노선이 틀렸다기보다는 전략상 실패를 했고, 민노당은 노선이 옳았다기보다는 전략상으로 성공했다는 것이다. 이상한가. 그러나 여하튼 감은 그렇다.

선거를 예측하는 감이라는 게 묘하다. 선거일 며칠 전에 의석 예측치를 기록해 두고 예측의 정확도를 평가해 보았는데, 민노당 4, 진보신당 1, 문국현당 3이라고 쓴 것이 거의 맞았다.(이회창당 18, 통합민주당

* 《월간 헌정》2008년 5월호.

85라고 썼었다.) 그러고 보면 한나라당 쪽이 남는데 거기에는 박근혜 세력이 그렇게 강세일 줄 미처 몰라 예측이 아주 크게 빗나갔다. 전날에 박근혜계에서 이명박계로 줄을 바꾸면서 한 의원이 박근혜계를 "무슨 '종교 집단' 같다." 운운한 것으로 기억하는데 과연 그 결집력은 놀라운 것이다.

선거 때에 가까운 후배인 진보신당 후보를 만나 보았다. 역시 총선 20여 일 전에 창당했기에 유권자들이 당명마저도 잘 모르고 있다는 고충이었다. 잘 알고 있던 유권자도 "민주노동당 아니에요?" 하더란다. 그 후보의 표정에서 이미 저질러진, 되돌이킬 수 없는 일에 대한 후회가 스쳐 가는 것을 느꼈다.

총선이 끝나자 여러 가지 진단이나 처방들이 나온다. 사후 약방문이라는 말이 있기는 하지만 반드시 그렇게만 생각할 일은 아니다. 개혁적인 학자로 잘 알려진 김형기 교수의 「진보가 사는 10가지 길」(《조선일보》 4월 1일 자) 같은 것을 주의 깊게 읽었다. 일반이 생각하고 있는 것들을 거의 종합한 것 같은데 "반시장경제, 반기업 이미지를 탈피하자.", "노동의 권리와 윤리를 함께 주장하자." 등은 크게 참고해야 하리라고 본다.

그러나 얼마간 이의가 없는 게 아니다. 예를 들어 "국민의 평균적 정서와 동떨어진 정책을 제시하지 말자."라고 했는데 그 평균적인 정서란 대기업의 영향 아래 있는 거대 매스미디어들이 좌지우지하는 측면이 있지 않을까. 진보 진영의 dissent(불복)는 기존의 사회 통념을 깨고 새로운 사회 통념을 형성해 나가는 것이 아닐까. 따라서 그 이야기는 맞는 것 같지만 맞지 않는다. 또한 "민족주의의 틀에 갇히지 말자."

라면서 뒤이어 민족경제론, 민족문화론만을 말했다. 남북 간의 민족 문제, 그 강대국 국제정치 관계상의 맥락 같은 게 빠졌다. 민족주의의 과잉과 냉철한 현실적 판단력의 부족 등은 문제겠지만, 분단 민족으로 통일을 지향해야 하는 우리로서는 어쩔 수 없이 떠안은 숙명이 아닐까.

민노당 내부의 NL파와 PD파 간의 치열한 논쟁과 그 후에 일어난 분당 과정을 지켜본 경험으로도 그렇게 간단히 처리할 수 있는 문제가 아니라고 본다. 실패한 체제임이 분명하고 핵무기까지 만든 북한이 '악의 축'이고, 핵무기도 없고 알카에다와 연결도 없는 이라크를 침략한 미국은 '정의의 사도'라고 단세포적으로만 볼 수 있는 일도 아니지 않은가. 폭력이 최종적인 의지처인 국제정치의 정글에서 말이다. 거기에 민족적 고민이 있고 아픔이 있게 된다 할 것이다.

민노당과 진보신당 측 모두 다시 합치는 일에 대해서는 부정적이고 독자적인 길을 가겠단다. 그럴 수밖에 없다고 본다. 생각이 현저히 다른 두 정당끼리 이제 와 굳이 무리하게 합칠 일도 아니다.

그래서 생각해 보는 것이 진보 운동에 있어서의 두 개의 궤도(two tracks)론과 단계론이다. 진보 지식인 사회에도 크게 두 개의 궤도가 있다. 한쪽은 정책 대안 같은 것은 염두에 두지 않고 무조건 올곧은 이야기만을 계속 주장하는 지성인이다. 정책 대안이 없다고 하면 "노!라고 말하는 것도 대안이다."라고 되돌아온다. 미국의 놈 촘스키가 떠오른다. 다른 한쪽은 무조건 올곧은 소리만 외친다고 되는 게 아니고 현실 정치에 도움이 되는 대안을 내고 참여해야 한다는 진보 지식인이다. 글쎄 누가 맞을까. 굳이 찾자면 내가 그럴듯하다고 생각하는 이정우 교수 같은 사람을 말할 수 있지 않을까.

진보 정당에도 두 개의(경우에 따라서는 여러 개의) 궤도가 있을 수 있다. 영어로 말하여 dissent(불복, 이의 제기)로 보람을 찾는, 아니 그 dissent만으로도 충분히 정치적 역할을 하고 있다고 생각하는 정당이 있다. 그것대로 충분히 역할이 있다고 본다.

미국의 진보적인 이단 정치인 랠프 네이더는 이번에도 대통령에 나서면서 이와 같이 말했다. "불복은 상승의 어머니입니다. 그런 맥락에서 저는 대통령 선거에 출마하기로 결심했습니다."(Dissent is the mother of ascent. And in that context I've decided to run for president.) dissent(불복)와 ascent(상승)의 음률을 살린 것 같다.

그런가 하면 계속 dissenter나 야당으로 머물러서는 안 되고 어떻게 하든 집권의 길을 모색해야 한다고 끊임없이 노력하는 진보 정당이 있다. 그 예는 너무나 많다. 우리는 외국 정당의 예를 들 때 흔히 미국, 일본, 영국 등을 자주 거론하는데 우리가 소홀히 하는 이탈리아도 흥미롭다. 2차 세계대전 후의 정치에서만 보면 역사적 상황으로 인해 좌우의 대립이 팽팽했던 것부터 어쩌면 참고가 될 일이 많을 것 같다.

근래 외지(《르몽드디플로마티크》 영문판 1월 호)에 보도된, 본래 공산당 출신으로 이탈리아 대통령이 된 조르조 나폴리타노에 관한 정치 생애 해설은 흥미롭다. 1989년 베를린 장벽이 무너진 후 1991년 이탈리아 공산당(PCI)은 PDS(좌파 민주당)로 탈바꿈하고 사회민주주의 정당들의 국제 모임 SI(Socialist International)에 가입한다. 공산당의 일부는 재건공산당으로 남는다. PDS는 1998년 SD(좌파 민주당)로, 2007년 PD(민주당)로 바뀐다. 그러는 사이에 공산당은 사회당, 사회민주당 등과 합류하게 되고 지난날의 마르크시즘 이데올로기를 버리고 개혁주의적인 사회민주주의 세력이 된다. 나폴리타노는 하원 의장, 좌파 연합의 내무 장관 등을 거쳐 드디어 대통령에 이른다. 내각책임제지만 대통령의 정치적 역할도 만만치 않다는 것이다. 그 유명했고 막강했던 이탈리아 공산당이 말하자면 영국 노동당처럼 변신한 것이다.

한국의 경우는 죽산 조봉암의 진보당의 경우를 생각할 수 있다. 진보당에 대한 민노당의 인식은 애매한 데가 있다. 민노당만이 노동자 계급에 기반한 한국 초유의 진보 정당이라고 자부하고 있는 그들은 진보당을 진보 정당으로 인정하는 데 소극적이다. 그러면서 죽산에 대해서는 존경의 뜻을 보이고 있다. 앞으로 이론적인 논의가 있어야 할 듯하다.

자유당 정권이 4사5입이란 억지 개헌을 강행하자 야당 진영은 호헌(護憲)을 명분으로 대동단결 움직임을 보인다.(그것이 민주당이 되었다.) 이때 죽산은 그 대동단결 정당에 참여하기로 했다. 독자적인 진보 정당을 만들지 않고 보수 세력이 주류인 범야 대동단결 정당에 참여하기로 한 결단은 정당정치의 전략 전술로 연구감이다. 죽산의 가입 제의에 한민당의 후신인 민국당계인 낭산 김준연, 유석 조병옥 등 보수파가 완강히 반대하고 동암 서상일은 적극 찬성했으며 인촌 김성수는 호의적인 태도를 보인 것으로 알려지는 가운데 죽산의 가담은 무산되었다.

그래서 한민당의 8명 총무 가운데 하나였으면서도 개혁적이었던 동암과 죽산이 합류하여 진보적인 정당을 모색하게 된다. 그러나 결국 결렬되어 죽산은 진보당으로, 동암은 민혁당으로 갈린다. 그때를 목격했던 죽산의 수석 참모인 창정 이영근(나중에 일본에 망명하여 《통일일보》를 발행하고, 4·19혁명 후에 서울에서 발행된 《민족일보》를 스폰서함)은 죽산이 이른바 약수동파라고 지칭되던 완고한 당 간부들을 버리는 한이 있더라도 한민당의 튼튼한 뿌리를 갖고 있는 동암 한 사람을 잡았더라면 비극을 맞지 않았을 수도 있었을 것이라고 한탄했다. 그때 당시의 정치는(지금도 비슷하지만) 죽산, 동암의 두 지도자만 손잡으면 당원들은 그리 문제가 되지 않는 것이었다. 이 점이 주로 노동자 계층에 기반한 오늘날의 민노당과 다른 점이기는 하다.

보수 본류인 YS 정권 때 그의 정당에 진보적 정당인 민중당 출신의 이재오, 김문수 등이 입당할 수 있었던 것은 격세지감이 있다. 그때 대망을 품고 있던 최형우 의원이 학교 동창인 안병직 교수의 권유로 그러한 파격적인(?) 영입을 성취시켰다는 소문이다. 그때 본래의 소신을 굽히지 않고 함께 행동하지 않은 장기표는 어쨌든 지금까지도 떠돌이별이다. 그러한 나폴리타노나 죽산의 경우에 비추어 보면 민노당에서 진보신당이 분열되어 나온 것은 형태적으로 역(逆)코스라 할 것이다. 죽산은 범을 잡으러 범굴로 향했고, 진보신당은 범을 피해 범굴에서 나왔고…….

하기는 기독교의 구약성서에도 카인과 아벨의 이야기가 있다. 형제 살인까지도 불사한다. 진보 측에서는 그들 사이에 이데올로기적 대립이 치열하여 오히려 카인과 아벨의 관계가 되기 쉽다고 전부터 유럽 진보 정치에서 운위되어 왔었다. 성급하고도 무모한 장기 예측을 시도해 본다면 이런 이야기도 할 수 있을 것 같다.

통합민주당과 문국현당과 진보신당이 일단 연합 세력을 형성하는 일이다. 민주노동당은 독자적인 진보 정당으로 갈 길을 가도록 놓아 두고 말이다. 영국 노동당에서 갈라져 나온 사회민주당이 결국은 자유당과 합류했다는 이야기는 전에 언급한 바 있다.

덧붙여 말한다면 우선 통합민주당 측은 17대 국회 때 탄핵 파동에 힘입어 원내 다수가 되었는데도 개혁 정책을 지그재그로 하여 실패했으며 게다가 그 성원 일부의 경망함으로 국민의 미움을 샀다는 점을 반성해야 한다. 이제부터는 일관성 있는 정체성을 확립해야 할 것인데 예를 들어 미국 민주당을 모델로 하여 개혁적 세력의 결집체로 발전시킬 수도 있을 것이다. 클린턴 대통령 때는 '제3의 길'이라 하여 영국 신노동당의 블레어의 '제3의 길'과 통하기도 했으니 영국 신노동당을 모델로 해도 무방할 줄 안다.

만약에 한나라당의 MB 정권이 무모하게 대운하 계획을 관철하고, 인플레 정책을 따르면서 국영 기업의 민영화를 추진하여 대기업을 더욱 살찌게만 하며, 교육·의료 등 여러 분야에 신자유주의 정책을 집행해 나갈 때, 자칫 사회계층 간의 격차는 더욱 벌어지고 불만은 더 쌓일 것으로도 내다보인다.(물론 한나라당이 한 단계 업그레이드되어 그렇게 안 되기를 바라는 마음이지만.) 그럴 때 개혁운동, 또는 진보운동은 힘을 받을 기회를 잡을 수도 있을 것이다.

10

대항 문화의 형성이 발전의 추동력

'68혁명' 40주년과 청년문화론

미국 역사가들은 1968년을 모든 것을 바꿔 놓은 한 해로 평가하는데 주저하지 않는다. 그만큼 1968년이 미국 정치·사회·문화에 미친 영향은 지대하다. 미 역사상 최초의 흑인 또는 여성 대통령이 등장할 가능성이 점쳐지는 2008년, '변화'가 대통령선거의 화두로 떠오른 2008년을 격동의 시기였던 1968년과 비교하여 공통점과 차이점을 모색하는 이들이 적지 않다. 2008년 미국에서 1968년 미국의 그림자를 보고 있기 때문이다. 6·8혁명을 촉발시킨 베트남전 대신 그 자리를 이라크전이 차지하고 있다.

앞의 글은 《서울신문》 김균미 워싱턴 특파원의 기획 기사(5월 12일자)의 도입부다.

---

* 《월간 헌정》 2008년 6월호.

또한《조선일보》의 강경희 파리 특파원은 「프랑스 68세대와 한국의 386세대」라는 칼럼(5월 19일 자)을 다음과 같이 시작하고 있다.

> '1968년, 세계를 바꾼 해'. 최근 프랑스 시사 주간지《렉스프레스》는 이런 표지 제목과 함께 40년 전을 조망하는 특집을 실었다. 미국의 흑인 인권 지도자 마틴 루서 킹의 피살, 이라크 지도자 사담 후세인의 쿠데타, '프라하의 봄'으로 기록되는 체코슬로바키아의 민주화운동과 구소련의 침공, 미국 컬럼비아 대학교 등에서 가열된 베트남전 반전 시위 등 1968년 세계에는 너무나 많은 일이 일어났다. 특히 1968년을 뜨겁게 보낸 나라가 프랑스다. 낭테르 대학의 시위로 촉발된 68년 5월혁명으로 학생들과 노동자들이 경찰과 대치하며 투쟁했다. '금지하는 것을 금지한다.'라는 구호를 외치며 기성 질서에 도전하는 문화혁명이었다. 68혁명을 계기로 프랑스에서 교육제도가 바뀌고 세대 간의 관계가 달라졌으며, 노동자의 권리가 높아지고, 성(性)의 혁명이 분출했다.

68혁명, 5월혁명, 5월학생혁명이라고 여러 이름으로 불리는 이 1968년의 대격동이 40주년을 맞자 세계의, 특히 프랑스의 언론들이 여러 가지 특집 보도를 하고 있다. 4·19혁명과 6·3시위를 앞서서 겪은 한국인의 눈으로 볼 때는 그리 놀라운 일이 아니었을지도 모르지만 말이다.

영국의 보수적인《이코노미스트》까지 「40주년의 근질근질함」이라는 칼럼(1월 5일 자)을 실어 "좋게든 나쁘게든 그때는 무엇이든 가능하다는 무드가 있었다."라는 말을 인용하면서 "1968년은 60년대의 정치적 유산을 형성한 모루(鐵砧·anvil)였다. (미국) 민주당은 전쟁, 성 문제 등 모든 면에서 결정적으로 왼쪽으로 편향하여 소수파화 되었었다."라고 분석하고 있다. 조지 맥거번 후보 등이 대선에서 참패하던 때를 말하는 것 같다. 많은 평자들은 68혁명 이후 문화 쪽은 더욱 개방적이 되었지만 정치 쪽은 오히려 보수화되었다고 보고 있다.

공교롭게도 1967년과 1968년의 한때를 신문 연수차 미국 대학에서 지낸 경험이 있기에 그때가 생생하게 회상된다. 월남전 반대 운동(그때는 지원제 아닌 징병제였음을 유의), 흑인 차별에 항의하는 민권운동과 마틴 루서 킹 목사의 암살, 대통령 후보로 젊은이들의 기대를 모았던 로버트 케네디 상원 의원의 피살……. 그리고 버클리 대학교의 자유언론운동, 컬럼비아 대학교에서 심했던 학생 저항운동. '양반' 취급받던 하버드 대학교에서도 학장실이 점거되고 경찰이 투입되는 일이 있었다.

그때의 미국 체험을 바탕으로 하여 한국에 '청년문화론'을 소개하는 첫 수입상이 되었었다. '역사비평사'에서 낸 『논쟁으로 본 한국사회 100년』을 보니 거기에 「1970년대 청년문화론」(허수 서울대 강사 집필)이라고 하여 한 항목으로 되어 있다.

그 글에서 인용해 보면 다음과 같다.

> 1970년 《세대》 2월호에 실린 남재희의 「청춘문화론」은 이 문제를 최초로 공식 거론한 대표적인 글이다. 여기엔 이후 전개된 청년문화의 중요 논점이 소박한 형태로나마 망라되어 있다. 이 글에서 그

는 한국의 대학생운동이 부진한 이유를 학생운동이 민주주의나 민족주의와 같은 '통념적 진리'에 기반했기 때문이라고 보았다. 이런 기반은 한국 학생운동이 폭넓은 사회적 지지를 받거나 운동이 범학생적으로 전개되는 데 긍정적으로 기여했다. 그러나 그 기반으로 인하여 운동이 지나치게 획일화되고, 통념적 진리를 벗어난 것만 비판하는 소극적 운동에 머무르게 된 것은 부정적 면으로 보았다. 선진 외국의 경우 통념적 진리가 사회적으로 거의 실현되었기 때문에 학생운동은 오히려 통념적 진리를 부정하고 새로운 이념을 내세우게 되었는데, 이 과정에서 그들이 형성하는 문화가 바로 '청춘문화' 혹은 '청년문화'라는 것이다.

1968년의 격동을 미국에서 체험하고 그 문화적 측면을 전달하려고 한 것인데, 영어의 adolescent나 youth를 '청년'으로 번역하면 남성만 지칭하는 느낌을 주는 것 같기에 남녀를 모두 포함하는 '청춘'이라는 표현을 한번 썼었으나 곧 '청년'으로 굳어지게 되어 '청년문화'라 하게 된 것이다.

허수 씨의 글에도 자세히 소개되어 있지만 청년문화론은 첫 수입상을 거쳐《동아일보》문화부의 김병익 씨에 의해 발전되고, 서울대의 한완상 교수에 의해『현대사회와 청년문화』라고 책으로까지 나오게 되었다.

청년문화론을 전개하니 주변에서 민주화 투쟁하는 학생운동에 혼선을 가져오는 것이 아니냐는 비판이 나오기도 했다. '통념적 진리' 이상의 이념을 젊은 세대는 지향해야 한다는 것인데 '통념적 진리'에도 훨씬 미달인 한국 사회에서 그런 주장을 하는 것은 시기적으로 바람직스럽지 않다는 지적이었다.

그러던 차에 《문학과지성》에서 청탁이 와서 「학생 참여의 양식」이라는 글을 써서 좁은 뜻의 문화론만이 아니고 광의의 문화에 포함될 수도 있는 학생운동론을 폈다. 청년문화에 '비참여'(uncommitted)와 '참여'(committed)를 나누어 보기도 하는데 '참여' 쪽을 서술한 것이다. 비참여 쪽이 주가 되는 「청춘문화론」과 참여 쪽인 「학생 참여의 양식」은 둘 다 '현암사'가 낸 『청년문화론』에 수록되어 있다.

그후 여러 대학의 신문에서 글 부탁이 줄을 이었다. 같은 이야기일 뿐이라고 사양해도 거듭 써 달란다. 약간씩은 다르게 써 주었지만, 요지는 청년문화의 주류는 대학문화이고 대학문화의 형성·발전에 대학신문이 중요한 매체이니 학생들이 주도적으로 대학신문을 편집해 보라는 것이었다. 여러 대학 기자들이 수련 대회에 가서 강연도 했다. 그랬더니 중앙정보부 남산 지하실에서 몽둥이 찜질이다. 그러한 청년문화론이 학생운동을 격화시킨다는 것이 권력 당국의 판단이었던 것 같다.

서울대학교의 《대학신문》은 「68혁명 40주년을 맞아」라는 사설(5월 5일 자)에서 "68혁명을 낳은 비판 의식과 동력의 주체가 바로 대학이었다."라고 말하고 있다.

68혁명에 대해 프랑스의 사르코지 대통령이 "나는 1968년 장(章)을 문 닫으려 한다."라고 공언한 뒤 프랑스에서 논쟁이 활발했던 것 같다. 국내에도 그 내용이 많이 소개되었다. 그 가운데서 "1968년은 코르셋을 착용한(경직된 가치에 갇힌) 프랑스를 해방시켰던 자유화운동이었다."라고 말한 프랑스 의원의 비유적인 이야기가 와닿는다. 얼마간의 경성(硬性) 사회가 더욱더 연성(軟性) 사회로 전환했다고 볼 수도 있다. 혁명인지, 운동인지의 평가를 떠나 1968년의 일은 확실히 큰 충격임에 틀림없다. 좌우 모든 기존 권위주의 정치 체계에 대한 충격이고, 이른바 '관리 사회'에 대한 저항이며, 경직된 성문화에 대한 반발이다. 철학적으로는 허버트 마르쿠제의 『일차원적 인간』 같은 책이 영향이 있기도 했다. 혁명적 낭만주의의 분위기다.

1968년의 일은 사회적 일대 격동이었다. 그러한 일대 격동은 자주 오는 게 아니다. 격동의 사이클은 아주 오랜 간격을 둔다. "프랑스혁명을 평가하기엔 아직 이르다."라고 말했다는 저우언라이 중국 총리의 말을 흔히 인용한다. 우리나라의 이름 있던 문인이자 언론인인 우인 송지영 씨는 "학교에서 프랑스혁명을 단 몇 시간에 가르쳐 혁명이 쉽게 되는 것인 줄 알고 과오를 범한다."라고 젊은이들에게 자주 말했었다. 그는 중국에서 대학 공부를 하여 느긋한 기질을 체득한 것 같았다.

그러나 한편 사회의 급변으로 그러한 사이클의 기간이 단축될 것으로도 보인다. 인터넷의 급속한 보급으로 인터넷 시대가 되었으며 휴대폰이 필수품화가 되어 시민들이 가히 디지털 '유목민'처럼 되었다. 거기에 아파트의 전국화도 보태진다. 이런 상황에서 적당한 계기가 주어지기만 하면 사회적 일대 격동은 쉽게 일어날 수 있다. 몇 년 전의 미군에 의한 여학생 사망 사건 촛불 데모, 탄핵 반대 촛불 데모, 그리고 요즘의 미국 쇠고기 문제 촛불 데모 등등도 그러한 증좌라 할 수 있다. 《진보정치》의 김민웅 교수 칼럼(5월 19일 자)은 촛불 데모 현장의 청년문화의 단면을 잘 묘사하고 있다.

1968년의 일에서 중요하게 느껴지는 것은 대항(對抗) 문화(counter-culture · 反文化라는 번역도 있다.)가 형성되고 발전되어야 한다는 것이다. 청년문화는 아(亞)문화 또는 하위문화(subculture)이지만, 대항 문화의 성격도 함께 갖고 있다. 그 대항 문화를 좁은 의미의 문화, 사회, 정치의 세 측면에서 나누어 볼 수도 있다.

협의의 문화에서는 역시 매스미디어가 중추적 역할을 할 것으로 본다. 청년문화론을 소개한 후 '참여(participatory) 저널리즘'론도 역시 수입하여 《창작과비평》에 쓴 바 있다. 거의 불가능에 가깝기도 한 '객관성'을 체하지 말고 아예 자기 주관을 실존적으로 투입하여 진실이라 믿는 것을 쓰는 기사 같은 것 말이다. 우리의 지난날에 《창작과비평》, 《문학과지성》, 《뿌리깊은 나무》 등이 큰일을 했었다. 문예 분야가 중요함도 물론이다.

사회적 측면에서는 사회단체, 특히 NGO가 중요한 것은 두말할 것도 없다. 68혁명이 가속시킨 페미니즘운동이나 환경운동은 매우 큰 역할을 한다.

정치 측면에서는 운동 정치이다. 어느 논자는 정치를 정당정치, 운동 정치, 음모 정치로 나누어 말했는데 그 운동 정치 이야기다. 그리고 거기에는 결국 협의의 문화와 사회의 대항 문화가 모두 합류된다.

이러한 대항 문화의 발전과 성숙이 없을 때 68혁명과 같은 대격동이 있어도 그 성과나 파급은 그리 크지 않게 되리라고 본다. 협의의 문화에서는 알찬 대항 문화의 뒷받침이 있고 사회운동의 활성화가 있으며 운동 정치가 왕성하게 될 때 사회는 '양적 혁명'만이 아닌 '질적 혁명'을 기대할 수 있게 되리라고 본다.

1968년 당시 보스턴의 공원에서 젊은이들의 큰 집회가 있어서 가 보니 아마추어 연극도 하던 끝에 사뮈엘 베케트의 『고도를 기다리며』에서 일부 구절을 암송한다. 인상적이었다. 정확히 기억은 안 되지만 자주 인용되는 이런 구절이 아니었나 싶다.

에스트라곤: 나 이런 생활 계속 못하겠어.(I can't go on like this.)

브라디밀: 그런 얘긴 누구나 하지.(That's what you think.)

(임성희 번역본)

어떤 면에서 68혁명은 권위주의 체제에 저항하는 부조리의 드라마 같기도 했다. 베케트는 곧이어 노벨문학상을 받았다.

11

신자유주의 홍수 속, 둑에 구멍 내는 격

거대 보수 의석 상황에서의 개헌 논의

거대 여당인 한나라당의 대표에 당선된 박희태 씨는 당선 후인 지난 7월 7일 기자회견에서 여러 문제를 언급하는 가운데 개헌에 관해서도 의미 있는 발언을 했다.

"내년에 시작해서 내년에 마무리해야 한다. 이왕 개헌의 빗장을 풀게 되면 권력 구조만 건드리는 원 포인트 개헌이 아니라 자유민주주의라는 기본 이념부터 통일 문제, 영토 조항 등에 대해 전반적으로 논의될 수밖에 없다."

박 대표의 개헌 발언 말고도 여당 측에서 엄청 많은 개헌 주장이 쏟아져 나오고 있는데, 그래도 역시 박 대표의 발언이 가장 비중 있는 것이라 하겠다. 그리고 그 발언 가운데서 주목하는 것은 "자유민주주의라는 기본 이념부터……." 운운하고 말하는 것의 함축이다.

---

* 《월간 헌정》 2008년 8월호.

또한 한나라당 큰 계파의 보스인 박근혜 의원은 대통령 4년 중임제를 내세우며 "빨리 할수록 좋다."고 말하고 있다. 매스미디어도 거기에 공감해서인지, 아니면 그냥 보도거리여서인지 가끔 개헌론을 보도하기도 하고 특집물을 편집하기도 한다. 심심파적인 것 같은 경우도 있다. 대화문화아카데미는 여러 차례의 분과 모임을 선행한 후에 지난 5월 하순 "헌정 20년, 새로운 정부 형태 필요한가"라는 주제로 큰 규모의 포럼을 가졌다. 《한겨레》(5월 22일 자)는 "한동안 잠잠했던 개헌 논의가 다시 시작됐다. 대화문화아카데미가 자리를 폈다. …… 대화문화아카데미는 노무현 정부 후반기 개헌 논의의 한 진앙지였다."라고 약간 차가운 듯한 시각으로 보도했다.

그 모임에 끝까지 자리를 지키며 들어 보니 미리 합의한 것은 없는 듯 발표자마다 각양각색이고, 토론자들도 '중구난방'이다.

A 교수는 대통령 4년 중임제에 대통령과 국회의 임기를 일치시키는 것을 제안했다. 노무현 대통령 말기에 이른바 '원 포인트 개헌'을 운운하고 불쑥 나온 것과 같다. 그리고 부통령제를 신설하여 정부 후보가 연계 출마(running mate)하게 하자는 것이며 그럴 때 총리제는 폐지하게 된다.

개헌 사항은 아니지만 국회의원 선거제도에 있어서 비례대표 증대, 중선거구 도입, 권역별 비례대표제 시행도 내놓았다.

B 교수는 완전한 의원내각제로 개헌해야 좋을 것이라고 했다. 현재의 대통령제의 문제를 극복하는 대안으로 대통령제를 유지하되, 중앙정부의 힘을 약화하고 지방자치의 광역화를 통해 지방정부를 강화하는 방안, 혼합정부제(이원정부제)를 채택하는 방안, 의원정부제(의원

내각제)를 채택하는 방안이 있는데 의원내각제로 하는 것이 한국적 문제를 해결하는 데 상대적인 우위를 가질 것으로 본다고 했다.

C 교수는 대통령중심제인 현행 헌법은 건드리지 않고 제도를 개선하는 방안으로 예컨대 국회 원내교섭단체의 인원수의 하한선이 20석인 것은 세계적으로 보아도 높은 선이니 15석 또는 10석쯤으로 낮추고, 국회의원 비례대표수를 대폭 늘려야 한다고 주장했다.

토론에서 주목되었던 것은 한 중견 정치학 교수가 이른바 87헌정 체제 이후 우리 정치가 오히려 발전해 왔다며 새로운 체제가 필요치 않다고 한 것이다. 그는 내각제로 바꾼다고 해서 개선될 게 없다고 했다. 또한 통합민주당의 한 다선 의원은 현재의 정치 수준에서 내각제가 되면, 인구에 있어서 영남이 압도적이기에 한나라당 체제가 고착되어 정권 교체가 이루어지기 어려울 것이라고 했다. 색다른 시각 같다.

그 자리에서 필자가 밝힌 견해에 자료를 추가하여 전하면 다음과 같다.

일반 국민들의 의견을 종합해 보면 지금 개헌을 절실히 바라는 사람들은 거의 없다시피 하다. 현재의 제도가 불만인 채로 그럭저럭 참고 지낼 만하다고 생각하는 사람들이 다수이다. 아주 잘 알고 있는 서울의 거주 지역에서도 개헌해야 한다는 말을 전혀 듣지 못했다. 전에는 개헌에 관심이 있어 "요즘 거리에는 칠면조가 많이 돌아다닌다."라고 농담하는 유지도 만났었다. 개헌 때마다 찬성하니 칠면조가 아니냐는 익살이다.

굳이 개헌을 하겠다면 대통령 4년 중임에 선거 시기를 일치시키는 이른바 '원 포인트 개헌'이 지금으로선 그런대로 많은 지지를 받을 것으로 보이기는 한다. 그런데 5년 단임제와 4년 중임제를 비교해서 생각해 본다면 모두가 일장일단이 있는 것이어서 꼭 어느 쪽이 아주 좋다고 하기가 어려운 것이다.

5년 단임의 노태우, 김영삼, 김대중, 노무현 대통령 등에 국민들은 흡족해하고 있지 않고 있다. 오히려 불만이 많았다. 그래도 5년 단임이기에 4년 중임의 8년이 아니어서 천만다행이었다고 생각할 것이다. 8년이었다면 큰일 날 뻔했다는 것이 일반 국민들의 감각일 것이다.

내각제로 하여도 외국의 좋은 예에 따라 조각 후 2년 안에는 불신임을 못하도록 규정하자는 것이 헌법학자들의 공통된 의견이다. 따라서 내각제가 되어도 정권(총리)은 2년 이상 유지될 것이다. 제2공화국 1년 미만의 경험밖에 없어 말하기 어렵지만 주먹구구의 짐작으로는 2, 3년짜리도 있겠지만 길면 4년쯤 갈 정권이 있을 것이 아닌가 한다. (극단적으로는 싱가포르의 경우처럼 아주 부자가 잇따라 하는 준독재적인 장기 집권도 있다.) 만약에 길어서 4년쯤 간다면 현행의 익숙해진 제도를 굳이 바꾸어 생소한 내각제로 할 이유가 없는 것이 아닌가 하는 생각이 들기도 한다.

대통령제 약 60년의 헌정 경험은 선불리 버리기에는 너무나 소중한 것이다. 관행의 중요성에 비추어 본다면 바꾼다 해도 조금씩 점진적으로 바꾸는 것이 제도 개혁의 지혜다.

개헌 논의에서 간과해서는 안 될 것이 18대 국회의 의석 분포다. 보수 세력이 의석의 3분의 2를 차지하고 있다. 이른바 개혁 세력의 의석 수는 3분의 1 미달이다. 즉 개헌 저지선이 무너진 '정치적인 중대 사태'인 것이다.

아직은 개헌 논의에서 크게 부각 안 되어 있고 4년 중임이냐 내각제냐에 파묻혀 바닥에 가라앉아 있지만 정말로 중요한 것은 신자유주의적 개헌이라는 거센 움직임인 것이다. 대화문화아카데미의 무분별 선행 토론에서도 그 논쟁이 이미 있었다. 약간 격렬했다고 하겠다. 문제는 헌법 제119조 2항이다. 그것을 폐지하자는 것이다.

그 조항이 없어진다면 이미 있는 많은 법령들은 물론이고, 앞으로 미국의 뉴딜 정책처럼 국민 복지를 위해 국가가 개입하는 입법을 할 경우 그렇지 않아도 보수적이라는 평판인 헌법재판소가 잇달아 위헌 결정을 내릴 것이다. 거기에다 한미자유무역협정이 성립되면 이른바 국가소송제가 발동되어 미국식이 아닌 제도는 그 존립이 크게 위협을 받을 것이다. "이 협정(한미FTA)의 가장 큰 문제점은 우리 경제의 미래 행로를 영·미형으로 제한해 버린다는 점입니다. 다른 모델을 택하고 싶어도 투자가-국가 제소라는 무서운 장치가 들어와 있어 우리 경제의 운신의 폭은 극도로 제한될 것입니다."(이정우 경북대 교수) 전문가들이 한번 세밀 분석을 해 볼 일이다.

앞질러 말하는 것이 되겠는데 4년 연임제냐 내각제냐에 정신이 팔려 얼떨결에 개헌 논의에 올라타다 보면 결국은 헌법 제119조 2항 폐지운동의 길라잡이가 되고 말 것이란 육감이다. 전혀 본의 아니게 말이다. 헌법 제119조 2항은 이렇다.

> 국가는 균형 있는 국민경제의 성장 및 안정과 적정한 소득의 분배를 유지하고, 시장의 지배와 경제력의 남용을 방지하며, 경제 주체

간의 조화를 통한 경제의 민주화를 위하여 경제에 관한 규제와 조정을 할 수 있다.(1987년 개정 헌법)

'경제의 민주화' 조항이라 하는 것으로 간단히 말하면 2차 세계대전 후의 서독의 '사회적 시장경제' 원리를 담고 있는 것이다.

이에 대해 오래전부터 공세가 있어 왔다. 좌승희 박사와 민경국 교수가 그 대표적 인물이다. 강원대학교의 민경국 교수는 지난 6월에 "경제 선진화를 위한 헌법 개정 방향"을 발표했는데 《동아일보》 6월 5일 자 기사를 보면 다음과 같다.

민 교수는 '경제 선진화를 위한 헌법은 자유와 재산을 보호하는 헌법, 즉 시장경제를 보호하는 자유 헌법'이라고 규정했다. 민 교수는 오늘날 경제 불안의 원인으로 '국가가 무제한적으로 시장에 간섭할 수 있도록' 허용하고 있는 헌법을 꼽았다. 그는 …… 제119조 2항을 폐지해야 한다고 말했다.
민 교수는 '한국 헌법은 복지국가의 환상에 젖어 있어 시혜성 복지를 막기 위해선 최소의 보장만 명문화해야 한다'며 '이익 단체에 정치가 흔들리고, 다수결 논리에 따라 일관성 없는 정책이 나오는 등 민주주의의 부정적 모습이 나타나고 있다'고 지적했다.

좌승희 박사는 전경련 산하의 경제연구원 원장 때부터 제119조 2항 삭제를 주장해 왔는데 그의 견해는 《동아일보》 5월 31일 자 기사에 잘 나타나 있다.

좌 원장은 '차별·선택·복제(증폭)의 과정을 거쳐 경제가 발전한다'는 '복잡계 경제발전 원리'를 내세웠다. '발전은 성공하는 주체에게 더 많은 인기와 부·명예를 안겨 줘 차등과 차별을 만드는 과정'이란 설명이다. 이를 통해 사회 전체의 부가 늘어난다는 것이다. …… 선진 경제 도약을 위한 방법으로는 '차별화를 통한 무한 경쟁'을 제시했다. 그는 '중소기업·농민·근로자·지방·지방 대학·낙후 지역 혹은 약자라야 대접받는다는 생각에서 벗어나도록 해야 한다'며 '홀로 서서 성공하는 사람을 더 우대해야 한다'고 주장했다. 이를 위한 구체적 대안으로 수도권 규제 철폐, 평준화 교육 탈피, 대기업 역차별 및 중소기업 우대 금지 등을 들었다.

간단히 말하면 신자유주의 미국 모델로, 그것도 그 극단으로 가자는 이야기다. 제119조 2항을 입안한 당시의 헌법 개정 위원이었던 김종인 박사는 그 입법 취지를 다음과 같이 설명했다.(《국회보》 2005년 12월호 「개헌 …… 119조2항, 헌재(憲裁), 편집권 독립」)

한국 경제는 1962년 1차 경제개발5개년계획 이후 1980년대 중반에 이르기까지 자본주의의 역사에서 전례가 없는 압축 성장을 이룩했다. 압축 성장은 자유시장 경제에 의하여 이루어진 산물이 아니다. 이것은 정부가 경제성장의 효율만을 강조하여 일부 대기업 집단에 자원을 인위적으로 집중 배분함으로써 가능했다. 이 과정에서 재벌그룹이라는 거대 경제 세력이 탄생하게 되었다. 경제 발전 초기에는 경제 세력이 정치 세력에 압도적으로 열세이다. 하지만 경제 세력은 지속적인 경제성장과 함께 점차적으로 확대되어 경제뿐 아니라, 경제력을 바탕으로 정치·사회에 실질적인 영향을 행세하게 됐고 이로써 정치 세력을 압도하게 된다.

이런 상황에서 정치 세력이 사회 조화를 위하여 경제 세력을 견제하기 위한 방법으로 제도적 장치를 마련하게 되면 경제 세력은 자본주의의 자유시장 경제라는 명분을 내세워 저항한다. 이 경우 한국과 같은 현실에서 경제 세력은 언론, 법률가 등을 총동원하여 헌법소원이라는 방식으로 정치 세력의 의도를 무산시키려 최대의 노력을 할 것이다. 결과는 정치 세력은 좌절할 수밖에 없고 사회 조화는 이룩될 수 없다. 이에 대한 역사적 사례는 프랭클린 루스벨트 미국 대통령이 뉴딜 정책을 법제화하였을 때 미국의 각종 이익 집단들이 위헌을 제기하고 이를 대심원(대법원)이 수용한 데서 찾을 수 있다. 헌법 제119조 2항은 이러한 사태가 발생할 것에 대한 안전판을 마련한 것이다.

김종인 박사와 비슷한 논리를 조순 전 경제부총리에게 들을 수 있다. 《경향신문》(6월 14일 자)을 보면, 조순 박사는 'MB 정부의 대외 경제정책' 세미나 기조 강연에서 '정부가 추진하는 자유무역협정(FTA) 협상이 모두 타결되면 (우리나라는) 엄청난 부자유에 묶이게 될 것'이라고 말했다. 그는 또 미국식 신자유주의를 수용하는 식의 경제 모델은 바람직한 대안이 아니라고 강조했다.

미국에서도 신자유주의는 이미 정책으로서의 타당성을 잃었다고 평가한 조 교수는 '한국이 새삼 신자유주의, 금융자본주의 모델을 그대로 들여올 경우 한국 경제는 그 하중에 눌려 견디지 못할 것이고 사회는 끊임없는 내부 파열에 시달릴 것'이라고 경고했다.

양측의 주장은 학문적으로도 케인스파니, 하이에크니 하고 오래 전부터 대립해 온 것이고, 또한 앵글로아메리카 모델이냐, 북유럽 모델이냐 하고 모델 논쟁을 해 오던 터다. 다만 문제는 한국의 '여기-지금'에 어느 이론, 어느 모델이 적합하냐 하는 것이다. 마침 숭실대학교 서병훈 교수의 지적에 공감이 간다.

서 교수는 '신자유주의를 맹종하며 경제에 도움이 되면 무엇이든 좋다고 하는 천박한 속물근성은 프래그머티즘과 다르다'며 '실용만을 지나치게 강조하다 원칙을 무시하게 되고, 궁극적으로는 우리 삶을 속물주의의 제단에 몰아가게 되지 않을까 걱정된다'고 말했다.(《동아일보》 2008년 6월 16일 자)

헌법은 여야나 국민 모두가 합의해야 하는, 말하자면 경기 규칙 같은 것이기에 개헌은 여야 합의(타협)에 의해 하는 것이 순리다. 국민의 공감이 있어야 함은 물론이다. 완전 합의까지는 아니더라도 국민이 납득할 수 있는 대충의 합의는 있어야 한다. 그런데 개헌 저지선이 무너진 지금 개헌선을 넉넉히 확보한 보수 진영이 여론의 개헌 논의에 편승하여 혹시라도, 혹시라도 신자유주의적 개헌이란 어리석음을 감행할까 우려되는 것이다. 기우일까.

만약에 신자유주의적인 개헌을 강행하려 한다면 이번 촛불 시위와 유사한 호헌(護憲) 투쟁이 일어날 것으로 예상된다. 마치 일본에서 헌법 제9조 전쟁 관련 조항 개정을 둘러싸고 개헌과 호헌의 실랑이가 줄기차게 계속되어 오는 것과 어떤 면 유사하게 말이다.

12

임기 문제와 정치 사회의 다원성

헨더슨의 '회오리 한국 정치론'을 다시 음미하다

MB 정권으로 한 시대가 바뀜에 따라 전 정권 때 임명되어 잔여 임기를 남긴 사람들의 거취 문제로 진통을 겪어 왔고 아직도 여진이 남아 있다.

감사원장, 검찰총장 등 이른바 권력 기관장의 임기 문제부터 국영기업체, 문화단체, 연구 기관 등 엄청나게 많은 인사들의 잔여 임기 문제가 있는데 국외자의 눈으로 보면 승자 독식(winner takes all)의 원칙이 적용되는 싹쓸이판 같기만 하다. 으레 그러려니 여기다가 다시 생각해 보면 왕조시대도 아닌 민주사회에서 왜 그렇게 하여야만 하는가 의문이 생기기도 한다.

처음 화제가 된 것은 문화부 장관이 산하에 사표를 내라고 공개로 강압했다가 민예총 측으로부터 모진 표현의 반박 성명을 받은 때

---

* 《월간 헌정》 2008년 9월호.

다. 그리고 가장 진통을 겪었고 나라 전체가 온통 시끄러웠던 것은 KBS 사장의 잔여 임기 전의 사퇴 문제를 놓고서이다. '공영' 방송의 문제이기에 이 문제는 매우 중차대한 것인데 이제서야 거론하는 것은 "행차 후 나팔" 격이라는 빈축을 받기가 십상이다. 그렇다고 하더라도 앞으로의 한국 정치사회를 위해 늦었어도 짚어 볼 일이다.

여기에서 그 많은 사례 하나하나에 대해 의견을 말하기는 어렵다. 다만 연구 기관의 장들까지 굳이 일괄 사표를 받았어야 했느냐는 점은 짚고 넘어가고 싶다. 또한 정연주 사장의 경우에 관해서는, 예를 들어 언론사 간에도 흑과 백으로 의견이 확연히 갈라져 논쟁하고 있어 간단히 끼어들기가 어려우나 "정연주 KBS 전 사장 체포"라는 제목이 신문 1면에 큼직하게 나는 그런 사태가 과연 정상이냐 하는 것이다. 마치 동네에 잘못 들어온 노루를 여기저기서 몽둥이를 들고 사냥하는 것과 같은 그런 풍경이다. 안 그런가. 일반이 편향은 인정하지만 '범죄'라는 느낌은 없는데 말이다. 우리 정치사회를 정신분석학적으로 진단해 볼 일이다. 다음 정권에서도 MB 정권에서 임명되어 갓 해임된 고위 인사가 즉각 '체포' 운운하고 기사화되는 사태가 벌어져도 괜찮겠느냐는 것이다. 악순환을 내다보는 듯하다.

결론적인 말을 먼저 한다면 우리 사회가 민주사회를 지향한다면 다원 사회가 되어야 하고 대통령도 그런 다원 사회의 여러 지도자들 가운데서의 여러 손가락 가운데 첫째 손가락으로 꼽는 지도자 정도에 그쳐야 하는 것이다. 따져 보자면 그 '대권'(大權) 운운하는 무심코 쓰는 표현부터가 왕조시대의 제왕을 암시하는 듯하여 잘못된 것이었다. '대권 의식'이 정말 암적인 의식이다.

이런 일을 당하니 새삼 그레고리 헨더슨의 책 『소용돌이의 한국 정치』가 생각난다. 헨더슨은 주한 미국 대사관의 문정관을 지낸 한국통이며 관직을 떠난 후 한국 연구를 계속한 학자다. 책의 내용을 간단히 요약해 말하면, 한국 정치사회는 원자화된 개인과 중앙의 권력 중심(청와대) 사이에 중간 매개 집단(intermediary groups)이 매우 약하여, 밑으로부터 정상으로까지 회오리바람이 불고 있는 형상의, 취약하고 불안정한 구조라는 것이다. 그러니 지방자치의 강화, 각종 직능 조직의 활성화 등을 통해 중간 매개 집단들을 강화하여 회오리바람을 잠재우자는 이야기다.

공교롭게 필자가 그 책을 하버드 대학교 출판부에서 나오기 전에 하버드 대학교의 한국학 교수인 에드워드 와그너 박사에게 서평용으로 온 것을 입수하여《조선일보》에 신속히 소개한 일이 있다. 첫 소개일 뿐만 아니라 그 책이 30여 년 후 우리말로 번역 출판되었기에 오래도록 유일한 소개가 되었다.

그리고 오랫동안 관계하던 크리스찬아카데미의 강원용 목사(지난 8월 16일이 2주기)에게 설명하여 강 박사가 그 유명했던 '중간 집단 교육'을 실시하는 데 한 역할을 하기도 했다. 여성, 농촌, 노동 등 분야로 나뉘어 대규모로 진행된 중간 집단 교육은 매우 활발했고 성과가 있는 것이어서 드디어는 중앙정보부에 의해 일망타진되는 이른바 크리스찬아카데미 사건이라는 큰 시국 사건이 되었다. 정연주 씨의 『서울·워싱턴·평양』이라는 자서전적인 실감 나는 책에도 그 사건에 걸렸던 이우재, 장상환, 김세균, 황한식, 한명숙, 신인령 씨 등 제제다사의 이름이 일부 나온다.

헨더슨의 책은 한국 정치를 분석한 책으로는 몇 권 안에 손꼽을 만한 훌륭한 책인데도 그것이 한국에서는 오래도록 번역이 안 된 채 지내 왔다. 권위주의적 권력의 눈치를 보아서 그랬을 것이라는 설명이 있다. 일본에서는 1973년 『조선의 정치사회』라고 나왔고, 한국에서는 책이 나온 지 30년이 지나서야 2000년에 『소용돌이의 한국 정치』라는 번역본이 한울에서 나왔다. 그때는 DJ 정권 때라 박준영 청와대 대변인이 나와 축하해 주었다. vortex를 필자도 처음에는 '소용돌이'로 번역했으나 헨더슨의 뜻은 '회오리'에 있었다는 후문이다.

물론 헨더슨 책에 대한 비평에 들을 만한 것도 많다. 한국 사회는 가족이나 친족 중심의 사회인데 그것을 원자화된 개인의 사회라고 본 것은 잘못이 아니냐는 반론이 있다. (헨더슨은 해방 후 북쪽에서 피난 온 사람들의 예를 들어 서북청년단 등으로 활성화되어 권력 중심을 향해 회오리를 일으킨 것을 관찰한 데서 영향을 받은 것 같다는 설명도 있다.) 또한 중간 집단을 강조하면서 왜 그 중요한 노동조합의 역할에는 소홀히 했느냐는, 그것은 그가 국무성 관료 출신이라는 경직성 때문도 있지 않겠느냐는 지적도 있다.

헨더슨과 관련해 마침 요즘 들어선 막강한 자리가 된 듯한 방송위원장을 지낸 김정기 교수가 『국회 프락치 사건의 재발견』이라는 의미 있는 책을 두 권으로 곧 출간할 예정이다. 이 책도 헨더슨 책처럼 출판 전에 보게 되었다. 김 교수는 헨더슨이 1988년 66세로 타계하기 전 몇 년 동안 그와 친밀하게 지냈고 그가 남긴 여러 문서들을 볼 수 있어 헨더슨의 지적인 전기를 겸하여 책을 썼다.

국회 프락치 사건으로 국회의원 13명을 포함해 모두 15명이 국가보안법 위반죄로 기소되어 1심에서 최고 10년 최하 3년 징역형을 선고받았고 피고들이 이에 불복하여 항소 중인 가운데 6·25전쟁이 터졌다.

이들은 북측에 의해 서대문형무소에서 풀려났으며 서용길 의원 한 사람을 제외하고 전원이 북한으로 끌려 간(?) 뒤 역사의 망각 속으로 버려지고 말았다.

이승만 박사 측에 의한 "의회주의에 대한 쿠데타"라는 것이 헨더슨의 지적이라는 것이다. 필자 개인의 느낌으로는 서대숙 교수의 다른 비유를 빌려 두더지 둔덕(mound)을 산(mountain)처럼 침소봉대한 것이 아니냐는 것이지만……. 책의 부록으로 당시 미 대사관의 국회 담당이었던 헨더슨의 국회 프락치 사건 공판 기록과 에른스트 프랭켈 변호사의 법률 보고서가 첨가되어 있다.

헨더슨은 진보당 사건을 프락치 사건과 유사한 사건이라면서 "이 재판이, 이승만 정권에 정치적으로 반대하는 세력에 대한 경고로 여겨진다는 사실은 어느 누구도 의심하지 않았다."(1972)라고 쓰고 있다. 우리의 과거사정리위원회가 사법 살인을 인정한 것은 2007년이니 35년이 지난 뒤이다.

김 교수의 책은 그 자체도 많은 새로운 자료를 갖고 있을 뿐 아니라 헨더슨의 책과 함께 읽어 보면 한국 정치에 관한 새로운 시각을 얻는 데 도움이 될 것 같다.

헨더슨의 책이 나온 지도 40여 년이 되었고 강원용 목사의 중간집단 교육도 30년쯤 전의 이야기가 되었다. 그럼에도 민주사회는 다양성, 다원성이 존중되는 사회라고 볼 때 그러한 사회를 만들기 위해서는 아직도 중간 집단이 강화될 필요성을 느낀다. 그것이 소용돌이가 되었건 회오리가 되었건 여하간 그러한 불안정성을 잠재워야 한다는 인식도 아직 있는 것이다.

그런데 '대권'이라는 도깨비방망이를 휘두르면 법령에, 정관에 규정된 임기들이 모두 바람과 함께 사라지니……. 감사원장의 임기가 문제가 되었을 때 무심했다. 국립현대미술관장 등의 임기가 문제가 되었을 때 민예총이 발끈했다. 연구원장들의 임기가 문제가 되었을 때 '너무했다'고 탄식했다. KBS 사장의 임기가 문제가 되었을 때 모두 긴장하여 주목했다. 아직도 신문에 나오는 대로 신문 재단 등 임기 문제는 많이 남아 있는 것 같고 말썽은 얼마간 더 계속될 것 같다.

바람이 센 바닷가 등에서는 방풍림을 조성한다. 사막지대에선 모래바람을 막는 방사림도 설치하려 애를 쓴다. 우리 정치사회의 소용돌이, 회오리를 잠재우는 방풍림, 방사림 가운데 제도상 보장된 임기제의 존중 문제는 결코 작은 일이 아닐 것이다. 고도의 정치성이 있는 자리에는 앞으로 아예 입법 기술로 해결해 둘 수도 있을 것으로 안다.

13

"금일불가무 최지천화전론"(今日不可無 崔遲川和戰論)

이재호 논설실장의 '햇볕 정책' 연구

사회가 계속 복잡다기하게 발전하고 있기에 저널리즘이 그 전문성을 따라가기가 매우 힘들다. 그래서 해당 분야를 전공하는 아카데미즘의 도움을 꼭 받아야만 한다. 그 관계를 저널리즘과 아카데미즘의 넥서스(nexus, 연결망)라고 부르는 사람도 있다. 언론인이 학문적 연구에 정진하여도 좋다. 외국에 많이 있는 경우로 우리는 그들의 훌륭한 저술을 자주 접하고 있다.

우리나라에서도 언론인들이 학구적으로 노력하여, 예를 들어 박사 학위를 딴 사람들이 상당수 있다.《중앙일보》의 문창극 주필이 우선 떠오르는데, 이번에는《동아일보》의 이재호 논설실장이 '햇볕 정책' 연구로 학위를 받고 그 테마로 하여 관심을 끌었다.

언론사와 그 언론사에 속한 언론인을 어느 정도 구별하고 싶다.

---

*《월간 헌정》2008년 11월호.

언론사에는 이른바 사시(社是)라는 게 있는데 따지고 보면 그것은 그럴듯한 말들만 나열한 것이고 실제 제작과는 별로 관계가 없는 애매모호한 것이다. 대개의 경우 차라리 경영진 측의 소신이나 이해관계를 따르는 것이라는 설명이 보다 현실에 부합한 이야기일 것이다. 따라서 언론인의 개인적인 견해나 소신이 언론사의 기사나 논평에 나타나는 것과 꼭 일치하지는 않는다는 것이 우리 사회의 상식일 줄 안다.

작금 미국이 참으로 오랜만에 북한을 테러 지원 국가 명단에서 해제하고, 북한이 웬 까닭인지 갑자기 대남 강경 태도를 더 노골화하고 있어 냉온 기류가 교류하는 것 같다. 그런 가운데 MB 정부는 마치 부동명왕(不動明王)처럼 꿈적도 않고 있는데 그것이 강경 쪽으로의 경도인지 아니면 어려운 용어로 '이모빌리즘'(immobilisme, 프랑스어로 정치에서 흔히 쓰이는 용어. 사전에는 '퇴영주의, 보수주의, 구태 묵수(墨守)' 등으로 나와 있다. 이제까지 것을 지켜 이러지도 저러지도 못하고 요지부동하는 상태.)인지 판단이 잘 안 간다. 이재호 씨는 논문에서 다음과 같이 분석하고 있다.

> 국제적 협력과 합의의 수준은 높은데 신뢰가 낮은 경우에는 남북간 갈등이 고조되면, 고립된 북한이 모험주의나 벼랑 끝 전술로 나올 가능성이 높다. 2008년 2월 25일 출범한 이명박 정권의 대북 정책이 이런 딜레마에 빠질 개연성이 없지 않다. 남한 내부적으로는 대북 압박을 어느 선까지 할 것인가, 상호주의를 포기할 것인가. 아니면 유연한 상호주의로 가야 할 것인가를 놓고 격렬한 논쟁이 벌어질 수 있다.

우선 북한은 '실패한 체제'라는 점을 먼저 분명하게 전제해 놓고 이야기를 해야겠다. 그리고 그럴 때 앞으로 전개될 수도 있는 불행한 사태의 연속(흔히 시나리오라고 한다.)을 상상하며 불안한 마음이 되기도 한다. 안쓰러운 마음도 있다. DJ와 그 후 노 정권에서 연속 통일원 장관을 지낸 정세현 씨는 전에 어느 신문에서 보니 최악의 경우의 상정이라 하여 평양·원산에서의 미국과 중국에 의한 분할 점령을 우려하기도 했다. 어떻든 평화롭게, 순조롭게, 민족 공영의 이익이 되게 이행되어야 할 터인데 하는 조바심이다.

역시 국제 권력 정치의 틀이 중요한 것이기에 누구나 6자 회담의 프레임을 말한다. 지금 생각할 수 있는 것은 그 길뿐이 아닌가 한다. 그리고 그 아래 꼭 있어야 할 남북한 간의 프레임이다. DJ나 노 정권은 여하간 그 남북한 프레임을 짰다. 그리고 지금 남쪽의 민간 운동으로, 예를 들어, 백낙청 교수 등이 북한을 감싸 안을 남북 연합 등의 큰 보자기를 주장하고 있는 것 같다. 몰린 쪽에도 길을 터 주어야 하는 법이다. 패자에게 상처를 감추고 그나마의 명예를 지킬 커튼을 쳐 주는 아량을 보여야 한다. 특히 북한 군부의 문제는 세심한 주의가 필요하다.

북한의 행태를 보면 이해 못 할 데가 많다. 외교라고 해도 난폭 외교라고 보일 때가 빈번하다. 그러나 본래 약한 자가 소리는 더 독하게 지르는 법이다. 강한 자의 목소리는 아무래도 쇳소리가 덜 날 수밖에 없다. 따라서 우리는 큰 아량을 갖고 북의 강파른 레토릭에 유연하게 대응하면서 통 크게 지원을 계속 아끼지 말아야 할 것이다. 인도적 지원은 얼마든지 더 해야 한다고 말하고 싶다.

클린턴 행정부 때는 그런대로 가닥을 잡아 가던 북미 관계가 부시 행정부가 되면서 좌초했다. 다 알고 있는 바와 같이 ABC다. Anything But Clinton, 클린턴이 한 것 아닌 것은 무엇이든지. 그래서 유명한 '악의 축' 발언도 나왔지만, DJ와의 회담에서 'this man'이라고 경멸조로 말해 화제가 되기도 했다. 이재호 씨 논문에서 새삼 인용, 소개되고 있지만 DJ와의 통화 중에 수화기를 가리고 옆 사람에게 "이 사람 누구야? 이렇게 뭘 모르다니 믿을 수 없군!"(Who is this guy? I can't believe how naive he is!)이라고 말하기까지 한 정도가 아닌가. 그 부시가 임기 말에 와서야 방향을 바꾸어 거의 클린턴 정책 비슷이 되어 가고 있어 이번에 테러 지원 국가 명단 해제까지 이른 것으로 보인다.

이재호 씨는 남북 관계에 있어서의 세 변수를 3C라고 분석하고 있다. 국내적 합의(consensus), 남북 간 신뢰(confidence), 국제적 협력(compatibility). 여기에서 국제적 협력이 중요할 수밖에 없고 그것은 미국의 태도를 의미한다.

그 부시 정부를 상대하느라고 그동안 얼마나 노심초사하고 인내해 왔는지 눈에 선하게 그려진다. 곧 미국의 대통령 선거가 치러진다. 민주당의 버락 오바마 후보가 승리할 것이라는 것이 일반적인 판단이다. 그리고 어느 누가 승리할 것이냐에 관계없이 미국 정치의 큰 흐름은 이미 방향을 바꾼 것 같다. 막무가내로 이라크를 침략한 것과 같은 오만한 초강대국 일방주의는 이제 변할 게 아닌가.

오바마가 한반도 문제에 여러 가지 이야기를 했고, 또한 전문가들도 나름대로 분석하여 그가 취할 방향을 예측하고 있겠지만, 비전문가에게도 가슴에 와닿는 한 구절이 있다. 가슴에 와닿을 뿐 아니라 계속 머릿속에 메아리친다.

"아시아에 있어서는, 우리는 북한과의 관계를 개선하려는 남한의 여러 노력을 경시(과소평가)했습니다."(In Asia, we belittled South Korean efforts to improve relation with the North.)*

쉽게 말해 한국인들에게 미안하게 되었다는 이야기처럼 들린다. 그러니 우리의 심금을 건드릴 수밖에.

북한 측이 방향 전환을 하여 상황을 개선할 시일은 얼마 남지 않은 것 같다. 세계의 흐름은 더딘 듯하지만 피해 갈 수가 없다. 옆 나라인 중국, 러시아, 그리고 작은 나라인 몽골을 살펴보면 알 것이다. 미국 측과는 물론 남한과도 진지하고 대담하게 협상·협의해야 한다. 북 지도층은 한번 대담히 점프를 해 볼 일이다. 김구 선생의 『백범일지』에 이런 구절이 나온다.

"벼랑에서 가지를 잡고 아등바등 오르는 것은 누구나 할 수 있는 것이되, 벼랑에서 잡은 가지마저 놓을 수 있는 사람이 가히 장부로다."

MB 정부가 혹시라도 한국판 ABC를 고집해서는 곤란하다. 그러다 보면 이 금쪽같은 시간을 허송세월하는 것이다. 영어로 crucial moment(고비)라고 하는 그런 시기가 아닌가.

요즘 《서울신문》에 연재되는 한명기 교수의 「병자호란 다시 읽기」를 열심히 읽고 있다. 참으로 기막혔던 그 꼴을 다시 당하지 않기 위해 교훈을 얻으려 함이다. 지금 마지막 단계를 서술하고 있는데 당

---

* "Barack Obama, "Renewing American Leadership", *Foreign Affairs*, July/August 2007.

초 걸었던 기대를 거의 충족시켰다고 여겨진다.

남북한 간의 어려운 문제에 부딪혔을 때 자주 떠올리는 한문 구절이 있다.

> 今日不可無 崔遲川和戰論
>
> 百歲不可無 三學士主戰論
>
> (오늘에 있어서 최명길(지천은 아호)의 화전론이 없을 수 없고
>
> 긴 세월을 두고 볼 때 삼학사의 주전론이 없을 수 없다.)

믿을 만한 사람의 전언에 따르면 백범이 남북 협상을 떠나기에 앞서 심산 김창숙 옹을 방문했을 때 위에 인용한 한문 구절에 비유하여 그의 심정을 토로했다는 것이다. 요즘 일부에서는 우남 이승만 박사를 새삼 더 떠받들려 하는 나머지 백범을 부당하게 폄훼하고도 있는데 한번 음미해 볼 일이다.

가까운 사람들 가운데도 의견이 갈리고 있다. YS 정권 시초에 YS의 대북 정책이 너무 유화적이라고 안기부장(지금의 국정원장) 제의를 거절한 것으로 알려진 이상우 전 한림대 총장이 있다. 그는 비유컨대 삼학사다. 지금 남북 화해를 위한 민간 운동에 앞장서서 노력하고 있는 백낙청 서울대 명예교수가 있다. 그는 비유컨대 최지천이다.

이 삼학사나 최지천이 좋다 나쁘다, 옳다 그르다는 척도보다는 그 시국에 비추어 어느 쪽이 보아 지혜로우냐는 차원에서 판단되어야 하리라고 본다.

14

'우애민주주의'를 바라며

정치 용어는 정치 현실의 발전에 영향을 미친다

사회민주주의와 민주사회주의라는 용어가 혼용되고 경우에 따라서는 잘못 사용되는 일에 관한 의견이다. 두 개념은 모두가 서유럽에서 유래한 것으로 그 어원은 영어로 'social democracy'이다. 신체의 자유, 언론의 자유 그리고 의회민주주의를 핵심으로 하는 민주주의(democracy)가 본체고 사회(social)는 수식어다. '사회적'이란 사회 공동체를 조화롭게 발전시키기 위해 민주주의의 본체에 여러 가지 사회적 정책을 가미하여 시행하는 것일 게다. 민주사회주의(democratic socialism)라는 용어는 서유럽에서는 거의 사용하지 않는다. 간혹 마르크시스트들이 공산주의의 전 단계를 말할 때 사회주의를 제시하고 거기에

* 《창작과비평》 2020년 가을호.

다 민주적이라는 수식어를 붙여 '민주적 사회주의'라고 지칭한 경우는 종종 보았다. 이 사회민주주의와 민주사회주의의 무분별한 혼용은 일본에서도 일어나고 있다. 그리고 4·19혁명 이후 제2공화국 때 두 용어의 혼용을 놓고 '카레라이스'와 '라이스카레'의 혼용과 유사하다고 익살 떠는 사람들도 있었다. 이견이 있을지 모르지만 나는 '사회민주주의'가 정확한 번역이라고 본다.

어느 계간지에 정치에 관한 글을 쓰면서 정치 용어에 관해 위와 같이 의견을 덧붙였더니 그것을 읽은 진보 정당의 간행물 편집을 주관했던 지인이 자기가 속한 정당에서도 민주사회주의라는 용어를 고집하는 사람이 있다고 말해 준다. 정치 개념의 사용 문제는 매우 까다로운 일 같다.

나는 독일을 몇 번 여행했으나 오래 체류하거나 연구한 적은 없다. 하지만 독일 사람들은 영어로 말하면 social이라는 단어를 애용하는 것 같다.(아마도 바이마르공화국 시대의 영향도 있을 것이다.) 시장경제를 말할 때 이 단어를 붙여 'social market economy'라고 주로 쓴다. 법제에 관해 말할 때도 social을 붙여 '사회적 법제'라고 쓰는 것을 더러 읽었다. 그러기에 독일에서 사회민주주의(social democracy)라는 개념이 쓰이게 된 것 같다. 독일의 이웃 나라 프랑스에서는 이보다는 사회주의(socialism)라는 용어를 쓰고 있다.

우리나라는 해방 후 좌우익 사이에 치열한 사상 투쟁을 겪었고 전쟁이라는 혹독한 경험도 했다. 그러하기에 공산주의는 물론 사회민주주의라는 용어에 대해서도 무언가 이질감을 갖고 있고 그러한 용어 사용을 기피하고 싶은 심리가 있는 것 같다.

그래서 좀 엉뚱한 상상을 해 보게 되는 것이다. 프랑스혁명의 모토는 자유(liberty), 평등(equality), 우애(fraternity)이다. 우애를 '박애'라고 번역하기도 했지만 요즘은 우애라는 번역이 늘고 있는데 이편이 더 적절하다고 생각된다. 프랑스혁명 모토의 '3'이라는 숫자는 무슨 힘을 갖고 있는 것 같다. 중국에서 청 왕조를 부정하고 민주정의 기치를 올린 쑨원은 민족(民族), 민권(民權), 민생(民生)이라는 삼민주의를 제창했다. 뒤를 이은 장제스의 국민당이나 마오쩌둥의 공산당도 민생에 대한 해석 방향은 서로 달랐지만 이 삼민주의를 계승한다고 했다. 우리 망명 임시정부의 대표적인 이론가인 조소앙은 개인과 개인, 민족과 민족, 국가와 국가 간의 완전한 정치적·경제적·교육적 균등의 삼균주의를 주창했다. 교육의 균등이 중요하다고 강조한 점은 오늘날 생각해 볼 때 매우 선견지명이 있었던 것 같다. 나는 요즘 프랑스혁명의 세 가지 모토 가운데 약간 소홀히 여겨져 온 것 같은 우애에 주목하여 우애민주주의(fraternal democracy)라는 개념을 생각해 보는 것이다. 깊은 함축을 품고 있고 여러 대립 정파에도 저항감을 주지 않을 것 같다는 생각이 든다.

우리 헌법 제4조에 자유민주적 기본 질서라는 구절이 있다.("대한민국은 통일을 지향하며, 자유민주적 기본질서에 입각한 평화적 통일정책을 수립하고 이를 추진한다.") 그것을 두고 일부에서는 자유민주주의가 우리의 국시라고 주장하기도 했었다. 그것은 민주사회라고 하면 민주사회주의를 의미하는 것으로 해석할 수 있다는 농담도 할 수 있는 불합리한 논리일 것이다. 이에 관해서는 오래전에 박명림 교수의 논문이 있었다. 그의 해석이 아니더라도 자유민주적 기본질서는 자유와 민주의 기본질서라고 의당 해석되어야 할 것인데 박 교수는 거기에 더하여 헌법의 공식 영문 번역본에 자유와 민주의 개념이 붙어 있지 않고 각각 독립된 단어로 되어 있다는 사실도 지적했다. 헌법 조항을 두고 자유민주주의가 우리의 국시 운운하는 것은 아마 더 이상 없을 것이다. 자유와 민주의 기본 질서라는 표현으로 충분하지 않은가.

미국에서는 '리버럴'(liberal)이라는 표현을 쓴다. 아주 오래전에 서울대학교의 저명한 정치학자인 이용희 교수와 그 용어의 번역을 두고 이야기한 적이 있었다. 이 교수는 오랫동안 생각하고서도 그 개념을 우리말로 번역할 수가 없다고 말하며 '커피의 참맛을 아는 사람' 정도라고나 할까 하며 비유적으로 말하기도 했다.

15년쯤 전《이코노미스트》에 실린 3분의 2면 분량의 '리버럴'에 관한 해설을 읽은 기억이 있다. 요약하면 프랭클린 루스벨트 대통령의 뉴딜 정책의 사상을 지지하는 사람들을 리버럴이라고 지칭한다는 것이다. 서유럽의 사회민주주의와 약간의 유사점이 있는데 미국인들은 그들이 거부하다시피 하고 떠나온 구대륙의 정치 용어 사용을 기피하기에 사회민주주의 운운은 거의 쓰지를 않는다. 그 대신 그 비슷한 경향을 리버럴이라고 한다는 것이다. 2차 세계대전 후 일본에 진주한 맥아더 사령부를 따라온 뉴딜러들은 재벌 해체, 노동운동의 자유화, 농지개혁 등을 적극 추진했다. 한국에 온 바이마르공화국의 영향을 받은 뉴딜러들은 헌법과 노동관계법의 제정에 영향을 주었다는 기록은 있으나 구체적인 내용은 밝혀진 게 없다.

한국의 정치를 생각할 때 김대중, 노무현, 문재인 정권을 통틀어 한 가닥의 흐름이 있는 것 같다. 특히 노무현, 문재인 정권에서 그러한 경향이 느껴진다. 그러한 정치 경향을 무어라고 명명할 것인가. 나는 여기에서 잠정적으로 우애민주주의라고 명명해 보고 싶은 것이다. 구식 표현으로 하면 아주 약한 사회민주주의적인 경향이라고도 할 수 있겠는데 정쟁의 상처가 있는 그러한 표현은 접어 두자. 정치에 관심 있는 사람들의 논의가 있기를 기대해 본다. 문재인 정권은 지금 우애민주주의의 초입에 들어선 것 같다. 아주 시발점인 초입 말이다. 이렇게 말하면 문재인 정권에 찬사를 보내는 것으로 해석하는 측도 있겠는데 그런 면도 없지 않겠지만, 나는 정치 용어가 정치 현실의 산물인 동시에 그 정치 용어가 정치 현실의 발전에 기여하는 면도 있다는 것을 생각하는 것이기에 새로운 정치 용어의 창출에 더 비중을 두고 있는 것이다. 인간이 말을 만들지만 역으로 말들이 인간 사회에 영향을 미치기도 하는 것이다. 『말의 힘』(1998)이라는 책을 낸, 이규호라는 우리나라 철학자도 있었다.

15

뉴딜 정책과 노동 문제

미국에서 1929년의 뉴욕 증시 대폭락 후 세계 역사상 유례없는 대공황으로 수많은 기업들이 파산하고 대량 실직이 발생하자 미국 민주당의 프랭클린 루스벨트 대통령은 경제 위기를 극복하고 대공황의 재발을 막기 위해 '뉴딜(New Deal) 정책'이라 불리는 일련의 과감한 개혁 정책들을 추진했는데 그 핵심은 다음과 같다.

첫째, 공황으로 인한 실업자와 빈곤층을 구제하기 위해 공공 근로 프로그램들을 만드는 한편 농민의 구제에 노력했다. 둘째, 테네시 계곡개발청(Tennessee Valley Authority, TVA) 등 대규모 공공 건설 프로젝트를 발주하고, 공공사업청(Public Works Administration, PWA)을 설립, 댐, 도로, 다리, 학교, 병원, 공항 등 각종 인프라 건설에 많은 인력을 투입해서 경기 부양을 꾀했다. 셋째, 대공황과 같은 경제 위기의 재발을

* 《월간 헌정》 2021년 1월호.

방지하기 위해 재정, 통화정책을 대폭 개혁하고 노년 연금, 실업보험 등 사회보장제도를 확립하며, 노동조합운동을 활성화하기 위해 노동자의 단결권, 단체교섭권과 근로기준을 강화하는 각종 법령을 제정했다. 이러한 뉴딜 정책의 일환으로 1935년 통과된 전국노동관계법(National Labor Relations Act, 와그너법)이 한 예다.(이 법의 친노동 조항들은 1947년 태프트·하틀리법에 의해 크게 제한받게 된다.)

여기에서 루스벨트 대통령의 노동 정책에 관한 일화를 소개하면 다음과 같다. 루스벨트 대통령은 그가 뉴욕 주지사 시절부터 노동 문제를 담당케 했던 프랜시스 퍼킨스 여사를 대통령 당선 후 노동 장관에 임명했는데, 퍼킨스 장관은 루스벨트가 대통령을 네 번 연임하는 동안 계속 노동 장관으로 일했다. 루스벨트가 노동 문제를 중시했다는 것으로 해석할 수도 있겠다. 재미있는 이야기로 퍼킨스 장관이 노동 장관에 취임해 책상 서랍을 열어 보니 생쥐가 나왔다는 것이다. 공화당의 전임 노동 장관은 근로감독관을 자파 사람으로 임명하는 것 이외에는 노동 문제에 별로 관심이 없었다는 것이다.

뉴딜 정책은 루스벨트 대통령의 사망으로 대통령직을 승계한 해리 트루먼 대통령에 의해 '페어딜(Fair Deal) 정책'으로 계승되었으며 오랜 후에 린든 존슨 대통령에 의해 '위대한 사회(Great Society) 계획'으로 이어진다. '위대한 사회' 정책은 월남전의 확대로 전쟁 비용이 격증하자 예산이 바닥나다시피 하여 결국 실패했다.

요즈음 우리나라에서도 한국판 뉴딜 운운하는 이야기를 하여 왔다. 그러나 재정상의 한계가 있고 더군다나 코로나19 위기까지 겹쳐 그 실행에는 지지부진 상태를 면치 못하고 있는 것 같다.

지금 정부에서 한국판 뉴딜 정책이라 하며 추진하는 정책은 겨우 서민층 구제에 얼마간의 예산을 투입하는 정도이다. 그러나 노동 정책만을 떼어 놓고 볼 때 얼마간의 진전이 있었던 것으로 생각한다. 우선 취임 직후 비정규직 노동을 해소하기 위해 의욕을 보였다는 점이다. 비정규직 해소는 그리 간단한 문제가 아니고 의욕만 가지고 해결될 일이 아니어서 답보 상태에 그치고 말았지만 말이다.

예를 들어 노사정 위원장에 민주노총 위원장 출신을 임명하는 등 자세 전환을 한 것은 상징적으로나마 큰 진전이라고 본다. 바로 직전의 박근혜 정권 때만 해도 민주노총이 파업하자 그 간부를 체포하는 경찰은 일계급 특진시키겠다고 해 토끼몰이하는 사냥꾼처럼 작전을 벌인 것을 상기해 보면 참으로 격세지감을 느끼지 않을 수 없다.

나는 그때 계간지 《황해문화》(2014년 3월, 82호)에 기고한 「실망하여 되돌아보는 박 정권 1년」이라는 제목의 글에서 신학자 김경재 교수의 글을 다음과 같이 인용했다.

> 지난달 철도노조 파업 중 우리가 가장 슬퍼해야 할 사실은 노조 간부 체포자에게는 일계급 특진 포상을 한다는 공권력의 반인륜적 모독 행위였다. 노조 간부는 사람이지 사냥감이 아니지 않은가? 노동운동과 시민사회의 집단적 의사 표현 행위는 헌법이 보장하는 결사·집회의 자유라는 법 타령을 제쳐 놓고 말하더라도, 솔직히 말해서 누구도 예외일 수 없는 이기적 사회집단 간의 조직적 힘의 균형과 상호 견제라는 정치 행동이지 왕조시대 임금 사냥터에서 사냥감을 몰아세우는 야만적 행위와 달라야 한다는 말이다.

그리고 나는 박 대통령이 주창한 '비정상의 정상화'라는 키워드가 어떤 시각의, 누구를 위한 정상화인지 물으며 "노동을 억누르고 대기업을 위하는" 소위 '정상화'를 아래와 같이 비판했다.

> 《경향신문》 사옥에 있는 민주노총에 철도노조 지휘부가 피신해 있다고 서울 도심에서 5천여 경찰 병력을 동원하여 계엄령이나 선포된 것처럼, 전쟁이나 난 것처럼 위협적 분위기, 공포 분위기를 만드는 게 정상인가?

우리나라 정권들의 노동정책을 되돌아볼 때 군인 정권 시대에는 기업 위주로 경제발전을 시키려는 목적 때문도 있었겠지만 노동운동을 억제 또는 탄압하는 데 주력했던 것 같다. 특히 대기업에서의 파업에는 사기업이나 공기업의 구별이 없이 경찰 병력을 투입해 탄압하는 것으로 일관해 왔다. "근로자는 근로조건의 향상을 위해 자주적인 단결권, 단체교섭권 및 단체행동권을 가진다."라는 헌법 33조 1항이 무색해지는 일이었다. 그러던 것이 문민정부가 들어서면서부터 사기업에 대한 공권력의 개입은 사라지게 된 것이다.

코로나19에 의한 위기가 해소되기에는 시일이 더 걸리겠지만 미국의 뉴딜 정책을 본받겠다는 우리 정부의 자세는 앞으로도 계승되고 발전되어 우리 사회도 균형 있는 복지사회가 되기를 간절히 바란다.

시대와 인물로 보는
한국 정치

3

1

삼김 일노의 회상

각고면려의 입지, 김대중

4·19혁명 후 이른바 '천관우 사단'이 《세계일보》를 접수하여 《민국일보》라고 제호를 바꾸고 참신하게 재출발했다. 이 '천관우 사단'에는 주로 《조선일보》, 《한국일보》에서 조세형, 김경환, 김중배 씨 등 쟁쟁한 기자 20여 명이 당시 《한국일보》의 논설위원이던 천관우 씨를 중심으로 뭉쳤다. 《한국일보》에서 편집부에 있던 나는 정치부로 옮겨 준다는 조건부로 합류했다. 《민국일보》의 정치부 기자 4명은 국회를 담당했는데 그러면서 또한 민주당, 신민당, 그리고 여러 혁신 정당들을 분담했다. 정치부 기자로 새로 옮긴 나는 국회 출입과 함께 이른바 혁신 정당들을 담당했다.

*《황해문화》 2019년 가을호.

4·19혁명 후의 당시는 통일 논의가 최고조에 달했다. 그래서 통일 논의를 보다 구체화하기 위해 대대적인 특집을 하기로 했다. 우선 집권당인 민주당에서는 김대중 씨가, 제1야당인 신민당에서는 박준규 의원이 인터뷰 대상이 되었다. 김대중 씨는 두 번쯤 국회의원에 도전했으나 낙선했는데, 원외 인사로서 집권 민주당의 대변인이 되었다는 것은 대단한 출세가 아닐 수 없었다. 김대중 대변인과 통일의 전반적 문제점에 대해 두세 시간에 걸친 철저한 인터뷰를 마치고 불고깃집에서 저녁을 하게 되었는데, 그는 흰 봉투를 나에게 내민다. 이른바 '촌지'라는 것이다. 나는 장시간 시간을 빼앗은 것도 미안하고 촌지 관습에도 익숙하지 않아 그 촌지를 사양했다. 그랬더니 그의 얼굴빛이 금방 하얘진다. 아마 원외 인사라 깔보고 촌지를 안 받는 것으로 생각했는지도 모를 일이다. 그래서 잠깐 시간이 지난 후 그 촌지를 받은 것이다.

내가 국회의원이 되었을 때다. 《조선일보》에 함께 있던 채영석 기자도 국회의원이 되었는데, 그가 친상을 당했기에 서울대학병원으로 문상을 갔다. 그때의 영안실은 아주 작았다. 마침 조객도 별로 없던 때라 문상 온 김대중 야당 대표와 내가 얼마 동안 한담을 했다. 그랬더니 "남 의원, 그때 내 촌지를 안 받았지?" 하고 김대중 대표가 말한다. 25년에 가까운 시일이 지난 이야기다. 그리고 당시 국회 및 정당 출입 기자는 100명이 넘었다. 나는 김대중 씨의 기억력에 새삼 놀랐다.

김대중 씨가 평의원일 때다. 나는 《조선일보》 정치부 차장으로서 몇몇 잡지에 가끔 정치 평론을 기고했다. 그때 잠깐 발행되던 월간지 《아시아》에 「광화문에 오른 해태」라는 정치 칼럼을 얼마 동안 담당했다. 광화문 밑에 있는 해태가 광화문 문루에 올라 세상을 바라보며 평가를 한다는 칼럼의 명칭은 재미있지 않은가. 여하튼 김대중 의원이 내 칼럼에 관심을 가져 지금의 프레스센터 뒤편에 있던 한정식집에서 나를 만나자고 했다. 둘이 점심을 들며 장시간 정치에 관해 의견을 교환한 끝에 나는 마지막으로 "김 의원은 한국의 빌리 브란트가 되십시오." 하고 당부했다. 빌리 브란트는 당시 서베를린 시장으로 그의 동방 정책은 그때 이미 세계적 관심을 끌고 찬사를 받고 있었던 것이다. 지나 놓고 생각하니 훗날 대통령이 되어 그의 햇볕 정책으로 노벨평화상까지 받았으니 나의 그때 당부는 놀랍게도 적중했다 할 것이다.

나는 《조선일보》에서 비교적 승진이 빨라 곧 문화부장이 되고 정치부장이 되고 논설위원이 되었으며 《서울신문》 편집국장으로 옮겼다. 이후에도 그를 계속 관찰은 했으나 접촉할 기회는 없었다. 세월이 흘러 내가 김영삼 정부에서 노동부 장관을 끝으로 정치에서 발을 빼고 광주에 있는 호남대학교에 객원교수로 나갈 때였다. 후에 국회의장이 되는 김원기 의원이 롯데호텔 식당에서 만나자고 했다. 그리고 그가 맡고 있는 노사정위원장을 맡아 달란다. 김대중 대통령의 뜻임이 분명하다. 나는 고마운 일로 생각하면서도 사양했다. 박정희 대통령 말기에 국회의원이 되고, 전두환, 노태우 시기에 국회의원을 했으며 김영삼 대통령 밑에서 노동부 장관을 한 내가 김대중 대통령 밑에서 또다시 노사정위원장을 하면 5대째 연속 다른 대통령을 모시는 꼴이 되지 않겠는가. 남 보기에 좀 이상한 일일 것이다. 그래서 마음

먹고 그 운명의 사슬과 같은 것을 단절한 것이다.

지나 놓고 보니 김대중 대통령은 내가 처음으로 기대도 갖고 정도 붙인 정치인이다. 그는 목포상고가 최종 학력이라고 할 정도로 학력이 짧은데 그 부족함을 끊임없이 공부하고 경험을 쌓으며 메워 왔다. 각고면려의 입지적 인물이다. "서생적 문제의식과 상인적 현실감각"이라는 그의 좌우명은 현실을 보는 안목과 정치에 임하는 자세로서 어느 정치인의 말보다 뛰어난 것이다. 참으로 잘 압축된 금언이다. 나는 정치에서 그 이상의 훌륭한 격언을 아직 듣지 못했다.

군더더기 같은 일화 두 가지를 추가하겠다. 김정례 씨는 젊어서 민족청년단 훈련원에 입소했다. 이범석 씨가 국무총리 겸 국방 장관이었기에 족청계는 군대로 전출할 수 있었고 김정례 씨는 여군 장교가 되었다. 6·25전쟁이 나고 서울 피난을 할 때이다. 김정례 씨가 지프차를 타고 서울역 앞을 지나다 보니 일단의 사람들이 모여 웅성거리고 있었다. 호기심에 무슨 까닭이냐고 물으니, 전부가 호남 사람인 그들은 열차가 끊겨 어쩔 바를 모른다고 답변했다. 그래서 역시 전남 화순 출신인 김정례 씨는 그들을 트럭에 태워 인천으로 가서 호남행 배를 계약했다. 계약이 끝나자 점퍼 차림의 한 청년이 나타나 자기가 선주라고 말하여 대화를 하게 되었는데 그가 바로 김대중 씨였다. 김정례 씨는 앞으로 부산으로 피난을 갈 것인데 혹시 부산에 올 기회가 있으면 김활란 씨나 모윤숙 씨를 통하여 자기를 찾아오라고 말했다. 그 후 김대중 청년이 부산으로 찾아온 것이다. 김정례 씨는 족청 훈련원 선배인 이희호 여사와 함께 김대중 씨와의 약속 장소에 갔다. 그것이 결혼으로 연결되지는 않았지만 김대중 전 대통령과 이희호 여사의 첫 만남이었다.

두 번째 이야기는 김상현 씨와 관련해서다. 전남 장성에서 무일푼으로 상경한 김상현 씨는 야간고등학교를 다니는 등 무척 고생을 했다. 그러던 중 웅변 학원이 있어 웅변이나 배워 볼까 하고 들어갔는데 그때 부원장이 김대중 씨였다고 한다. 웅변 학원 출신들은 선거 때 주로 야당 인사의 찬조 연설에 참여하는 등 방법으로 정치에 입문했는데, 국회의원이 된 사람으로는 김상현, 신순범, 강원채 세 의원이 모두 같은 학원 출신이다. 야당을 하는 데는 역시 웅변술이 중요한 수단인 것 같다.

김상현 씨는 정치 입문 처음부터 김대중 씨를 따라다녔다. 마치 「춘향전」의 이 도령을 따라다니던 방자처럼 말이다. 그래서 김대중 씨가 미국에 망명하고 있을 때에는 김영삼 씨 측과 함께 구성한 민주화추진협의회의 공동 대표 대행을 맡기까지 했다. 그런데 김대중 씨가 귀국해서 돈 문제로 말썽이 생겼다. 김대중 씨가 부재 중, 김상현 씨가 모든 정치자금을 받아 관리했는데, 김대중 씨는 귀국 후 그 정치자금 내역을 철저히 따지고 들었다. 김상현 씨 나름대로 설명했으나 돈 문제로 불신이 싹트고 결국 둘이 갈라서는 계기가 된 것 같다. 김상현 씨는 나중에 "나도 중간 보스인데 어느 정도 계파 관리를 해야 하며 그러려면 돈이 좀 있어야 할 것이 아닌가." 하고 항변 비슷한 이야기를 하기도 했다.

김영삼 씨가 미인이 있는 살롱 등을 자주 출입하며 가끔 염문도 뿌린 것과 정반대로 김대중 씨는 그런 면에서는 금욕적이라고 할 수 있으며 염문을 뿌린 일이 전혀 없다. 그렇다고 김대중 씨가 여성이 있는 한정식집 등을 출입하지 않았다는 이야기는 아니다. 예를 들어, 강북삼성병원 뒤편에 있던 '수정'이라는 집은 그의 단골이었다. 목포 출신 신수정 씨는 상술이 대단했고, 다리가 불편한 김대중 씨를 위해 특별 의자도 마련해 두었다. 한번은 김상현, 이종찬 씨와 내가 그곳에 갔더니 김대중 씨가 2층에 와 있었다. 그러고는 조금 있다가 이종찬 씨만을 불러 장시간 이야기를 나누었다. 이미 그때 이종찬 씨를 앞날의 국정원장으로 지목한 것 같다.

조세형 씨에게 들은 이야기다. 김대중 씨가 너무도 금욕적 생활을 하는 것 같기에 당대표 권한대행이었던 조 의원은 몇몇과 짜고 김대중 씨를 기생이 있는 요정으로 기습적으로 데려갔단다. 그런데 조 의원이 민망할 정도로 김대중 씨가 거북해했다는 것이다.

조세형 씨에 관해 좀 더 설명하면, 그는 오랜 기간 언론인 생활을 했는데 내가 정치부 기자일 때 정치부 차장, 부장이기도 했다. 그는 나와 동시에 서울에서 10대 국회의원으로 입문했는데, 전북이 고향인 그는 같은 전북 출신인 이철승 씨의 추천으로 야당 공천을 받을 수 있었다. 그는 오래지 않아 이철승계에서 김대중계로 계파를 바꾸었기에 내가 그 연유를 물은즉 "이철승 씨를 따라다니다 보니 그는 정치 소신을 밝히기보다 김대중 씨를 비난하는 데만 급급하기에 실망했다."라고 설명했다. 노태우 씨가 민정당의 대통령 후보로 지명된 후 그는 조세형 씨와의 만남을 주선해 달라고 나에게 의뢰해 왔다. 말하자면 야당의 조 씨를 포섭하겠다는 것인데 나의 조심스러운 타진에 조세형 씨는 "정치인끼리의 만남인데 못 만날 이유가 없다."라며 흔쾌히 응했다. 둘은 63빌딩의 한 식당에서 만난 것으로 알려졌는데,

짐작건대 노 씨는 좋은 자리를 제안했을 것 같은데도 그는 대화만 나누었을 뿐 응하지 않았다. 그는 김대중 씨와의 의리를 끝까지 지켰다.

조세형 씨는 아주 오랫동안 새정치국민회의의 당대표 권한대행을 했다. 나도 민정당 대표위원 권한대행을 한 적이 있다. 3당 합당에 앞서 박준규 대표위원이 그것을 민정당이 당기를 내릴 것이라고 말했다고 잘못 전해져 당직자들의 항의 소동이 벌어진 끝에 그가 사표를 내는 해프닝이 있었다. 후임이 될 박태준 최고위원은 마침 외유 중이어서 중앙위의장인 내가 대표위원 권한대행을 맡게 된 것이다. 그런데 그때가 공교롭게도 연말연시여서 내가 당을 대표해서 신년사를 하게 되었다. 그 신년사가 모든 언론에 보도되었으며 일부 신문에는 인물사진까지 넣어서 보도되기도 했다. 정당 순위에 따라 내가 1순위고 김대중 씨가 2순위이며 김영삼 씨가 3순위, 김종필 씨가 4순위였다. 코믹한 해프닝이었다고 할 것이다.

마지막 한계에 부딪힌 로맨티시스트, 김종필

5·16군사정변 세력에 핍박받던 나는 그들에게 좋은 감정일 수가 없었다. 그러나 쿠데타의 2인자인 김종필 씨에게는 끌리는 데가 있었다. 그림도 수준급으로 잘 그리고 드럼 등 악기도 잘 다루며 진보적인 정치 발언을 가끔 토해 내는 그가 로맨틱하게 보이기도 했다. 사실 수많은 언론인들이 김종필 씨에게 끌리기도 하고 애착을 갖기도 했다. 한 저명한 급진적인 언론인은 김종필 씨의 진보적 발언에 현

혹되어 공화당의 사전 조직에 가담, 열심히 활동하다가 다시 언론계로 복귀했는데, 그는 끝내 그 사실을 고백하지 않고 사라졌다.

박정희·김종필 콤비가 쿠데타를 일으켰을 때, 많은 사람이 이집트의 왕정을 뒤엎은 나기브 장군과 나세르 대령 콤비의 쿠데타를 연상했다. 나기브는 오래지 않아 나세르에 의해 쫓겨났는데 한국에서도 혹시나 그런 일이 일어나지 않을까 많이들 관심을 갖고 지켜보았다. 지나 놓고 보면 박정희 씨와 김종필 씨의 관계도 어느 정도 그러한 긴장 관계의 연속이 아니었던가 한다. 김종필 씨는 계속 1인자의 꿈을 버리지 않았고 박정희 씨는 꾸준히 김종필 견제에 신경을 썼다. 중앙정보부에 김재춘 씨를 배치한 일, 국회에 국회부의장으로 장경순 씨를 오래 유지한 일, 김종필의 맞수 이후락 씨를 계속 청와대 비서실장, 중앙정보부장에 배치한 일 등등이 그러하다.

그 당시 나는 《조선일보》 야당 출입 정치부 기자였기 때문에 김종필 씨를 자주 만날 수는 없었다. 그러나 신문기자 시절 몇몇이 김종필 씨와 장시간 술 마실 기회가 있었고 그의 화려한 언사에 현혹되기도 했다.

내가 《서울신문》 주필에서 서울에 신설된 강서구의 공화당 공천 국회의원 후보로 출마하게 된 것은, 당시 공화당 정책위의장이었던 박준규 씨의 알선을 통해서이다. 박준규 씨와 나는 별 접촉이 없었다. 다만 한 번 장시간 인터뷰를 한 일이 있는데 그것이 그에게 강한 인상을 남긴 모양이다. 그리고 나는 《조선일보》 정치 담당 논설위원일 때 《동아일보》의 송건호 씨, 《한국일보》의 임방현 씨, 《경향신문》의 이명영 씨 등과 함께 청와대에서 박정희 대통령과 술을 마신 적이

두 번쯤 있었다. 여하간 그렇게 해서 출마하게 된 것인데, 그러자 유정회의 윤주영 의원이 나를 살롱으로 나오라더니 김종필 씨와 만나게 하여 술자리를 베푼다. 지나 놓고 보니 그 술자리가 윤주영 씨 방식의 김종필 씨 계보 입문식이었던 것 같다.

여기에서 박 대통령과 김종필 씨의 관계를 놓고 윤주영 씨, 신범식 씨 두 사람의 대응 태세를 비교해 보는 것도 매우 흥미 있는 일이다. 둘은 경력이 아주 놀라울 정도로 비슷하다. 둘 다 고려대 출신이고 둘 다 언론계 경력을 가졌는데 윤주영 씨는《조선일보》편집국장, 신범식 씨는《서울신문》사장을 거쳤으며 공화당 대변인, 청와대 대변인, 문공부 장관, 유정회 국회의원 등으로 판박이처럼 비슷하다. 다만 차이가 하나 있다면 윤주영 씨는 박 대통령에게 충성하면서도 김종필 씨가 차기 대통령이 될 것을 믿고 김종필 씨에게도 역시 충성을 한 것이고, 신범식 씨는 박 대통령이 계속 집권할 것으로 확신하고 김종필 씨의 집권 가능성이 없다고 판단했다는 것이다. 신 씨는 예를 들어 『중단하는 자는 승리하지 못한다』라는 소책자를 내는 등 선견지명(?)을 보이기도 했으며 그러기에 김종필 씨나 윤주영 씨와 관계가 껄끄러웠다. 여하튼 두 인물의 비교 연구를 해 보면 재미있을 것 같다.

박 대통령의 장례가 치러진 직후 국회 중앙홀에서 김종필 씨를 마주치니 그가 점심을 같이 하자며 나의 어깨를 껴안고 귀빈 식당으로 데리고 갔다. 거기에 박준규 공화당 의장이 기다리고 있어 점심을 함께했는데 둘도 그동안 관계가 서먹했던 것 같다. 역시 박 대통령의 인사관리 방침에 따라 박 의장이 김종필 씨 견제 역할을 했을 것이다. 김종필 씨는 이렇게 말했다. "박 의장, 다 이해합니다. 박 의장이 청와대에 보고하러 들어가면 차지철 경호실장이 인사고 정책이고 간에 박 의장의 보고 사항을 미리 알고 있어 '나는 각하께 그 문제에 관해 이렇게 말씀드렸으니 알아서 하십시오.' 하니 박 의장인들 어떻게 하였겠소."

그 후 박범진 의원이 전하는 바에 따르면 유혁인 정무수석이 박 대통령에게 보고하러 가려고 하면 차 실장이 미리 그 보고 내용을 체크했다는 것이다. 차 경호실장이야말로 사실상의 준(準) 대통령이었다 할 것이다.

공화당 안에도 차 실장의 직계 계보 의원들이 있었다. 나중에 알려진 바로는 차 실장은 공화당의 젊은 의원들부터 회식도 하고 촌지도 주는 등 포섭하기 시작했다는 것이다. 그리고 당에 이미 있는 정책연구실 말고 비슷한 기구를 또 하나 신설했는데, 그것은 '서부연구실'이라고 불린 차지철의 직속 기구로 알려졌다. 유정회 회장인 백두진 씨는 차 실장계로 알려졌다. 박 대통령에 대한 김재규 중앙정보부장의 총격이 알려지자 백 회장은 "내 차는 어떻게 되었어?"라고 물었는데 측근이 "차는 밖에 대기했습니다."라고 하자 "이놈아, 그 차가 아니고!"라고 했다는 웃지 못할 에피소드가 널리 유포되기도 했다.

박 대통령 사후 공화당의 긴급의원총회가 열려, 전당대회를 열 수 없는 비상사태이니만큼 의원총회에서 당 총재를 선출하기로 하고 김종필 씨를 추대했다. 그리고 뒤이어 통일주체국민회의에서 선출하는 대통령 후보를 지명하는 순서가 되었는데, 서상린 의원이 나에게 와 후보 지명 연설을 해 달란다. 내가 사양하니 같은 서울 출신인 중진 민관식 의원이 와서 지명 연설을 해 달라고 강권한다. 통일주체국민회의에서 선출되는 대통령 후보의 지명 연설은 어색하다. 결국 대통령 선거는 국민직선제로 될 것이 아닌가. 그러나 우선 통일주체국민회의에서 선거는 치러질 것이고 거기서 대통령에 당선된다면 직선제로 바뀌는 과정에서 대통령 재임자가 쓸 수 있는 카드가 많을 수밖에 없고, 그것을 활용하는 것이 김종필 씨에게도 크게 도움이 될 것 같아 어색한 일이지만 지명 연설을 수락한 것이다.

평상시 같으면 대통령 후보 지명 연설은 대단히 중요하고도 영광스러운 것이다. 그러나 그때는 긴급 상황에서 급조된 연설이다. 나는 지명 연설에 앞서 자리를 함께한 이효상 전 국회의장, 정일권 전 국무총리에게 경의를 표했다. 그리고 김종필 씨가 대통령 후보가 되어야 할 이유로 1) 박정희 대통령 노선의 계승과 수정 발전의 적임자 2) 당면하여 한국에 필요한 것은 민족주의의 고양인데 김종필 씨는 민족주의의 기수임이 분명하다.(미국의 한 언론인의 저술을 인용했다.) 3) 그동안 우리 정치는 영남과 호남의 대립으로 시달려 왔는데 김종필 씨는 충청도 출신이기에 그 동서 화합의 적임자인 점 등을 들었다. 그리고 마지막으로 "김종필 씨를 지명하는 것은 의원총회의 총의이나 지명 수락 여부는 김종필 씨의 현명에 맡기자."라고 했다.

그 후 당무회의가 열렸는데 김종필 씨는 "각하께서 망망대해의 일엽편주에 나를 남겨 두고 떠나셨다."라고 말하며 불출마를 선언했다. 나중에 알려진 바로는 당시 계엄사령관이던 정승화 육군참모총장을 비롯한 실세들이 김종필 씨의 통일주체국민회의 출마를 반대했다는 것이다. 통일주체국민회의 선거에 출마할 경우 국민반대운동이 일어나도 진압할 명분이 없다는 이야기도 나돌았다.

김종필 씨는 쿠데타의 두 주역 중 한 사람으로서 항상 대권을 노렸을 것이다. 그러나 박 대통령은 이집트의 나기브처럼 되지 않기 위해 계속 신경을 쓰고 인적 포섭을 했을 것이다. 다만 김종필 씨가 박 대통령의 친조카사위이기 때문에 그를 2인자로 그냥 놔둔 채 제거하지는 않은 것이다. 김종필 씨는 이 극복할 수 없는 한계를 항상 느끼면서 불타는 정권욕을 억제해 왔기에, 때로는 그림으로, 때로는 음악으로, 때로는 '자의 반, 타의 반 외유'로 로맨티시스트가 되었을 것이다.

내가 김영삼 정권의 노동부 장관으로 있을 때다. 김종필 씨는 3당 합당으로 이루어진 민자당의 대표최고위원으로 있었다. 그가 노동정책을 브리핑하라고 하여 그의 방으로 갔더니 그의 뜻은 민주노총(그때의 이름은 달랐다.)을 합법화하지 말라는 속내였다. 당시 나는 큰 기업체를 모두 장악한 그들을 합법화해 교섭 상대로 하는 것이 올바른 방법이라고 생각해 김영삼 대통령과 합법화의 적절한 시기를 놓고 대외비로 이야기하고 있었다. 김종필 씨는 한국노총과 손을 잡고 있는 듯했다. 아마 그때 이미 분당을 각오하고 있었을 것이다. 나는 다음과 같이 비유적으로 설명했다. "미국의 한 대통령이 말썽 부리는 한 인사를 입각시키려 하자 측근들이 반대했다. 그러자 그 대통령은 이런 재치 있는 말로 그들을 설득했다. '그 말썽꾸러기를 입각시켜 텐트 안에 들여놓으면 오줌을 누어도 밖으로 향할 게 아닌가. 만약 그를 밖에 놓아두면 계속 텐트 안을 향해 오줌을 갈길 것이고'." 미국에서 들은 재미있는 유머인데 나는 그것을 인용하여 민주노총 합법화를 설명했다. 수행했던 노동부 간부는 두고두고 그 설명이 일품이었다고 화제로 삼았다. 얼마 후 김종필 씨는 용산전신전화국 옆에 있는 '용호정'이라는 유명한 요정에 한국노총 산하 산별노조위원장 10여 명을 초대하여 푸짐하게 술대접을 하는 등 그들의 포섭에 힘을 썼다.

김종필 씨가 3당 합당에서 이탈할 무렵의 일이다. 롯데호텔의 칵테일파티에서 만나니 둘이 술을 하러 가자고 했다. 그래서 내가 정하는 곳으로 간다는 조건을 내걸었다. 나는 김종필 씨를 광화문 교보빌딩 뒤편에 있던 재개발 전의 골목빈대떡집으로 안내했는데 김정례 의원 등 두 명쯤의 의원이 동행했다. 김종필 씨는 소주에 빈대떡, 족발 등을 엄청 많이 들었다. 그리고 "오늘 2차 살롱은 못 가겠는데."라고 말했다. 일어나 나오는데 가게 주인이 "저도 종암입니다." 하기에 살짝 물어보니 공주의 종암면을 말하는 것이고 김종필 씨의 부친이 종암 면장을 지냈다는 것이다.

부여로 관광 여행을 갔을 때 나이가 지긋한 안내인은 "부소산의 산머리가 밖으로 약간 굽어져 있는데 만약에 그것이 안으로 굽어졌더라면 김종필 씨가 대통령이 될 풍수였을 것"이라고 했다. 나는 그러한 풍수보다 경상도, 전라도, 충청도의 인구 수를 더 중요시하여 "한국의 정치는 지리학이다."라고 말했었다. 부소산의 산머리가 아니라 충청도의 인구 수가 문제인 것이다.

1968년 한국의 대통령 선거에서 박정희 대통령이 당선되었을 때 미국 하버드 대학교의 국제관계연구소(Center for international Affairs, CFIA)에서 한국 선거에 관한 세미나가 있었는데, 프린스턴 라이먼 교수가 많은 통계 자료를 인용하며 선거 결과를 분석, 설명했다. 그런데 그는 가장 중요한 요소인 영남의 인구가 다른 어느 지방보다도 압도적으로 많다는 사실을 간과했다. 미국 학자들은 한국에서의 뿌리 깊은 지역 간 대립 또는 경합을 이해하지 못하고 있었던 것이다.

정당 활동에는 정치자금이 필요하게 마련이다. 그런데 김종필 씨가 자민련을 결성한 후 그것이 전국 정당이 아니고 지역 정당이 되었기 때문인지 몰라도, 정치자금 모금에 관한 소문이 더 두드러지게 흘러나왔다. 더구나 김대중, 김종필 연합인 이른바 DJP 연합이 집권하면서 장관 및 국영 기업체 쿼터가 운운되기도 했으며 불미스러운 이야기가 나돌기도 했다. 로맨틱했던 김종필 씨의 이미지는 사라지고 매우 타산적인 속류 정치인의 이미지만 부각되었다. 요즈음도 가끔 항간에 화제가 되는 것은 DJP 연합의 총리 몫을 김종필, 박태준 씨가 차지한 데 이어 김용환 씨가 될 것으로 추측했는데 왜 그것이 생각지 않은 이한동 씨에게 돌아갔느냐 하는 것이다. 김종필 씨는 늘 김용환 씨를 '복심'이라고 불렀다. 우리나라에서는 '심복'이라고 하고 일본에서는 '복심'이라고 하는데 김종필 씨는 일본의 관용어를 애용한 것 같다. 총리 자리가 기대 밖으로 복심인 김용환 씨가 아닌 이한동 씨로 돌아가자 김용환 씨는 김종필 씨의 복심이 아닌 원수로 바뀌었다. 그리고 많은 소문이 분분하게 나돌았다.

《중앙일보》가 김종필 씨의 구술을 받아 자서전을 연재하고 그것을 책으로 내는 판권을 민음사에 제의했었다. 몇억대의 판권료다. 고등학교 동기인 박맹호 사장이 나에게 상의하기에 아직 생전의 김종필 씨 자서전은 믿을 게 못된다고 출판을 만류했다. 죽고 나면 생전에 안 밝혀진 여러 가지 일들이 터져 나오기 마련이 아닌가.

그 후 《한겨레》에 보니 5·16군사정변 후 최고회의의 이석제 법사위원장이 박 대통령의 공산당 권력에 대한 미국의 의구심을 불식시키기 위해 혁신계를 일망타진하자고 건의한 데 이어 김종필 씨가 6·25전쟁 때 정리하지 못한 보도연맹 가입자들도 차제에 손을 보자고 제의했다고 한다. 김종필 씨의 제의는 최고회의 위원이었던 유원식 씨의 회고록에 담겨 있다. 유원식 씨는 임정 요인 유림 씨의 아들인데 유림 씨는 아들이 일본군에 가담했다 해서 환국 후에도 평생 만나지 않았다. 근래에 나온 도올 김용옥의 책 『우린 너무 몰랐다』를 보면 보도연맹원을 학살한 실상이 생생하게 드러나 있다. 마치 나치 독일이 유대인들을 학살한 참상을 방불케 한다.

대단한 투지의 돌파력, 김영삼

4·19혁명으로 등장한 장면 정권은 뒤이어 곧 일어난 5·16군사정변으로 인해 막간극으로 끝나고 말았다. 정치부 기자로서 나의 활동도 휴면기로 들어갔다가, 1963년 정치 활동 재개 허용과 함께 다시 시작되었다. 나는 야당 담당으로 민정당(民政黨, 전두환 정권의 民正黨과는 다르다.)의 대표최고위원인 김병로 씨의 인현동 자택과 윤보선 전 대통령의 안국동 자택이 취재처가 되었으며, 김도연, 유진산, 소선규 씨 등의 중진들이 정치의 중심인물이었다. 소장 그룹으로는 김대중, 김영삼, 이철승 씨가 있었으나, 김영삼 씨는 미안한 이야기지만 김대중 씨에 비해 약간 처진 듯했다. 그리고 나는 정치부 기자를 짧게 한 후 정치부 차장, 문화부장, 정치부장으로 고속 승진을 하여 이들 정치인들

을 관찰은 했을지언정 직접 취재는 하지 못했다. 내가 《조선일보》 논설위원으로 있을 때 하버드 대학교의 니먼 펠로로 같이 연수했던 일본《도쿄신문》 지바 아쓰코 기자가 서울을 방문하여, 그를 여러 곳으로 안내하던 끝에 당시 서울에서 유명했던 김봉숙 마담이 경영하는 양주 살롱으로 갔다. 그랬더니 신문기자들을 거느리고 온 김영삼 야당 원내총무가 우리들의 술값까지 계산하는 것이 아닌가. 김영삼 씨는 유명한 마담이 있는 집은 자주 나타나 염문을 뿌리기도 했다. 말하자면 플레이보이 취급도 받았는데 부잣집 아들인 그의 행각을 문제 삼는 사람은 별로 없었다. 그때까지 김영삼 씨는 김대중 씨에 비해 나에게 저평가된 셈이다.

전옥숙이라는 유명한 여류 명사가 있었다. 홍상수 영화감독의 모친으로, 영화 제작도 하고 TV광고물을 제작하는 '씨네텔'이라는 회사의 대표로도 있고 한때는 계간《한일문예》도 발행하는 등 활발한 활동을 한 인물이다. 더 구체적으로 말하면, 전 여사는 좌익 인사로 6·25전쟁 때 철수하는 인민군을 따라 북행하다가 미아리고개를 넘어 의정부 쪽으로 가는 도중 우리 헌병에게 붙잡혔는데, 헌병대장이 전 여사의 미모에 반해 결혼하여 모든 전력이 감싸졌다는 것이다. 소설가 이병주 씨는 그의 『실록 남로당』에서 전옥숙 씨를 김옥숙이라고 성을 바꾸어 등장시켰다. 이병주 씨의 익살이 재미있다. "전옥숙 씨는 여걸이 아닌가. 그래서 불알을 두 개 달아 주었지."라고 말한다. 전(全)이 김(金)으로 바뀌어 그의 실록 소설에 김옥숙으로 등장하는 사유다. 아무튼 전옥숙 씨는 당대가 알아주는 사교계의 여류 명사였다. 특히 TV 방송계에는 깊이 관여하고 있었다. 캄보디아에서 훈

센이 쿠데타를 일으켰을 때 한국 사람으로는 처음으로 그와 TV 인터뷰를 한 것도 전옥숙 씨다. 마치 '마타하리'를 연상시키는 듯한 '시베리아 유키코'라는 별명도 갖고 있는 전 여사에 관한 설명은 책으로 한 권 엮을 만하기도 하다.

그 전 여사가 이태원의 한 아담한 술집에 자리를 잡고 국회의원인 나를 오란다. 《동아일보》 사장인 권오기 씨와 일본 《아사히신문》의 고바야시 특파원이 와 있었다. 고바야시 특파원은 김영삼 씨와 매우 가까워 그의 동정을 《아사히신문》에 잘 보도했다. 특히 김영삼 씨의 군사 독재에 항거하는 23일 간에 이르는 기록적 단식 투쟁을 상세히 계속 보도하여 김영삼 씨와는 아주 잘 통하는 사이가 되었다.

여기에서 잠깐 김영삼 씨의 단식에 대해서 생각해 보자. 김영삼 씨의 그 기록적인, 초인적이고도 처절한 단식이 국민의 관심을 모았으며 국민에게 큰 충격과 감동을 주었는데, 김영삼 정권이 성립하는 데는 그 국민적 감동이 중요한 바탕이 되었다고 여겨진다. 한 지도자가 대권에 이르는 데는 그러한 국민적 감동이 있어야 하는 것이지 단순한 정치적 기교로서 달성할 수가 없는 것이다. 요즈음의 선거 정치를 생각할 때도 그러한 이치는 적용된다고 본다.

다시 이태원 술집 이야기로 돌아가 보자. 한참 진행되던 도중 전 여사는 "우리 김영삼 씨나 부를까?" 하고는 전화를 걸어 술집으로 초청한다. 얼마 지나지 않아 제2야당의 당대표였던 김영삼 씨가 도착한다. 참으로 전 여사의 위력은 대단하다. 그래서 내가 김대중 씨와도 그렇게 통하느냐고 물었다. 그랬더니 김대중 씨가 납치되기 전 일본에 있을 때 가끔 만나 점심 식사를 하기도 했다고 말한다. 전 여사의 사교 역량에 비추어 볼 때 나는 그 말을 믿는다.

김영삼 씨와의 술자리가 계속되던 끝에 전 여사는 "우리 이렇게 모였으니 김영삼 씨를 대통령으로 밀기로 결의하자."라고 제의하고 자기가 먼저 박수를 쳐 버렸다. 민정당 소속 의원인 나나 《동아일보》 사장인 권오기 씨도 순간에 말려들고 만 것이다. 그날 저녁 술자리와는 관계없는 일이지만 김영삼 씨가 집권했을 때 권오기 씨는 통일원 장관이 되고 나는 노동부 장관이 되는 공교로운 일치가 있었다.

여기에서 김영삼 씨의 제1야당과 김대중 씨의 제2야당의 서열이 뒤바뀐 데 대해 내 나름대로의 까닭을 설명해 볼까 한다.

노태우 대통령 때까지 국회의원은 1선거구 2인 선거제였는데 야당 측은 집요하게 그 개혁을 요구했다. 그래서 3당 대표회의가 열렸다. 민정당에서는 심명보 사무총장과 정책위의장인 내가 참석했다. 3당 협상에서는 한 선거구에서 1인, 2인, 3인을 선출하는 제도로 하되 대부분을 2인 선거구제로 한다는 데 합의하고 서명도 했다. 이른바 1, 2, 3선거구제다.

그런데 협상 기간 동안 등산 중이던 김영삼 씨가 하산한 후 그 합의를 깨고 1선거구 1인 선출제를 완강히 주장했다. 소문으로는 김영삼 씨와 가까운 한 교수의 조언이 그렇게 방향을 틀었다는 것이다. 김영삼 씨가 방향을 틀자 노태우 대통령은 한 안가에서 참모회의를 소집했다. 지방행정에 밝은 고건 의원의 의견을 주로 경청했다. 그러나 1선거구 1인제를 받아들인 결정은 안기부의 판단에 따른 것으로 알려졌다. 여하간 그렇게 해서 다시 열린 3당 협상에서 1선거구 1인의 국회의원 선거법 개정이 합의된 것이다.

나는 그 1선거구 1인제가 김영삼 씨의 제1야당이었던 통일민주당이 제2야당으로 전락한 결정적 계기가 되었다고 생각한다. 김대중 씨는 1선거구 1인제로 호남을 거의 싹쓸이했다. 그리고 나머지에서는 민정당, 김영삼의 통일민주당, 김대중의 평화민주당, 김종필의 신민주공화당의 순으로 나눠 가졌는데 통일민주당은 신민주공화당에는 앞섰으나 평화민주당에는 뒤처져 제2야당으로 전락한 것으로 본다. 통일민주당은 싹쓸이할 지역이 없었던 것이다. 그리고 김대중 씨에 뒤처져 제2야당의 당수가 된 김영삼 씨는 그 열세를 참기 어려워 3당 합당으로 진입한 것으로 본다.

민정당, 통일민주당, 신민주공화당의 3당 합당이 있은 후 차기 대권 후보를 놓고 민정계와 민주계의 각축이 치열했다. 민정계에서는 박태준, 이종찬 씨 등이 가장 큰 정파에서 후보를 내야 한다고 경합을 벌였고 민주계에서도 김영삼 씨를 내세워야 한다고 주장했다. 나는 민정계에 속했고 이종찬 씨와 친밀했으나 이제 정권은 민간인에게 넘어가야 한다는 대의명분상 김영삼 씨를 후보로 내세우는 것이 옳다고 처음부터 주장하고 그렇게 되도록 총력전을 폈다. 내가 선두에 선 김영삼 씨 지지가 민정계의 향방에 영향을 주었다고 말할 수 있겠다. 구체적으로 서울에는 44개 지구당이 있었는데 그중 33개 지구당이 김영삼 씨를 지지하는 대회를 갖기도 했다. 내가 그 33개 지구당 모임에서 앞장섰음은 물론이다.

대통령 선거전에서는 김영삼, 김대중, 정주영 씨의 3파전이었는데, 정주영 씨의 성공 신화가 대단한 위력을 발휘하고 있었다. 그리고 정주영 씨에게 가는 표는 김영삼 씨의 표를 잠식하는 것이고 김대중 씨의 표는 거의 건드리지 못했다. 김영삼 씨로서는 참 어려운 선거전이었다. 대통령으로 당선된 후 김영삼 씨가 당사에서 나를 만나잔다. 나는 다른 일은 제쳐 두고 혹시라도 김영삼 씨에게 불리한 말을 여러 번 했던 김종인 의원에게 보복할까 봐 친한 친구였던 김종인 의원을 변명하기만 했다. 그러나 얼마 있어 김종인 의원은 뇌물을 받은 건으로 구속되었다. 두 번째로 김영삼 당선자는 퍼시픽호텔로 나를 초청해 장시간 단둘이 저녁 식사를 했다. 기독교 장로인 그는 마주앙을 아주 많이 마셨다. 포도주는 우리나라의 기독교도에게도 허용된 것이기 때문이다. 특별한 구상을 하지 않았던 나는 세 가지 단순한 의견을 말했다. 첫째로, 영남에서 대통령이 나왔으니만큼 호남에서 총리를 낼 것, 그중에서도 조선대학교 민선 총장이 되기도 했던 이돈명 변호사가 좋지 않겠느냐고 추천했다. 둘째로, 여러 장관을 겪어 보니 통일원 장관을 했던 이홍구 씨가 매우 훌륭한 것 같으니 그를 중용했으면 했다. 셋째로, 안기부장에는 대검공안부장을 지낸 박준양 씨를 추천한다고 말했다. 박 씨는 전 정권에서 도시산업선교회의 조사를 했을 때 도시산업선교회가 전혀 위험한 단체가 아니라고 결론을 내려 보고한 사람이다. 그전까지 공안 당국에서는 도시산업선교회를 위험 조직으로 말하고 있었다.

"연작이 어찌 대붕의 뜻을 알랴."라는 말이 있다. 김영삼 대통령 당선자는 아마 그때 전두환 쿠데타를 처벌하고 군대 사조직인 하나회를 척결하는 등 혁명적 작업을 구상하고 있었을 것이다. 그에 비해 나는 소소한 인사나 진언하는 소인배가 된 꼴이다.

여담으로, 아주 오랜 시간이 지나고 한 결혼식장에서 이돈명 변호사를 만났다. 그래서 그에게 총리로 추천한 일을 말했더니, 그는 자기의 총리설이 이틀쯤 신문에 크게 나 웬일인가 의아해했는데 그제야 연유를 알게 되었다며 나와 《한겨레》의 간부 곽병찬 기자를 초청해 한턱을 냈다.

박근혜 대통령이 각료로부터 대면 보고를 받지 않았다고 화제가 되기도 했다. 김영삼 씨는 좀 달랐다. 예를 들어, 내가 노동부 장관 때 서울공항에서 그를 마주치니 그의 승용차에 타란다. 그리고 거기서부터 청와대까지 가면서 이야기를 나누어 후반에는 내가 화제가 궁하게 되기도 했다. 또한, 철도 기관사들이 파업했을 때다. 나를 정재석 경제부총리와 함께 청와대로 오라고 했다. 정 부총리는 교통부 장관에서 부총리로 옮겨 앉은 후였다. 내가 기관사 파업에 공권력을 발동하는 것은 옳으나 노동부 조사로는 기관사 처우가 얼마간 미흡하다는 것인 만큼 처우 향상도 병행하자고 하자 정 부총리도 동의해 그렇게 되었다. 민주노총(그때는 전노협이라고 하여 이름이 달랐다.) 합법화 문제도 김영삼 대통령 앞에서 논의되었다. 김 대통령은 경제부총리, 상공부 장관, 그리고 노동부 장관 셋이 결론을 내라고 했다. 나는 박재윤 청와대 경제수석이 학자 출신이라 이해가 있을 것 같아 그를 추가하자고 말하여 결국 4인 모임으로 되었다. 그 모임에서 나만이 민주노총 합법화를 주장할 뿐, 나머지 3인은 부정적인 태도여서 내 임기 내에는 결론을 내리지 못했다.

민주노총을 법 테두리 안의 노조로 인정하는 이른바 '합법화'의 움직임이 보이자 한국노총의 반발은 거세어져 갔다. 특히 체신노조 출신인 한국노총 사무총장은 사상 공세를 펴겠다고 공언하며 민주노총이 빨갱이인데 그것을 인정하는 측도 빨갱이라는 식의 색깔 공세를 노골적으로 펼쳤다. 한국노총 측은 그들이 노동운동의 '내셔널 센터'임을 강조했다. 전 국가적 중심체라는 뜻인데 마땅한 번역어가 없어서인지 꼭 영어를 사용했다. 한국노총이 '내셔널 센터'를 강조하는 것은 그들이 모든 국가적 협의 기구에 유일한 대표로 참여할 수 있기 때문이며, 또 부수적으로는 정부의 적지 않은 보조금을 독점할 수 있기 때문이기도 한 것이다.

그 사무총장의 사상 공세가 확산되어 이회창 국무총리의 귀까지 들어갔다. 이 총리는 나에게 그 말을 하며 일소에 부치고 말았다. 미 대사관의 찰스 카트먼 정치 담당 참사관은 나와 자주 만난 처지인데 그는 나에게 "당신을 '레드'라 하는 사람이 있더라."라고 했다. 나는 문제의 그 사무총장의 사상 공세임을 알고 "워런 비티 주연의 영화 「레드」를 나는 참 좋아한다." 하고 농담조로 대응했다. 미국의 기자 겸 작가인 존 리드가 소련 혁명 초기를 묘사한 「세계를 뒤흔든 열흘」을 영화화한 것이 그 「레드」다. 카트먼 참사관은 그 후 김영삼 정부 초기에 총무처 장관을 지냈던 최창윤 씨의 사위가 되었다.

그 당시 대기업 노조는 모두가 민주노총 산하에 있었다. 민주노총은 정부에 의해 합법화되지 않아 '불법 노조'라고 불렸으며 드물게 '법외 노조'라고 호칭되기도 했다. 그리고 이미 제도화되어 있던 한국노총 측은 이 민주노총을 적대시하고 혹시라도 정부가 그들을 합법화하지 않을까 신경을 곤두세우고 있었다.

나는 우선 민주노총을 '법외 노조'라고 호칭하도록 노동부 사람들에게 지시했다. 법의 테두리 안에 들어와 있지 않을 뿐 불법은 아니다. 그러나 한국노총이 감시하는 가운데 민주노총 측과 접촉하는 것은 매우 조심스러운 일이었다. 전임 장관은 제네바에서 열린 국제노동기구(ILO) 총회에 정부·사용자·노조 3자가 참석했을 때도 민주노총 측 사람들과의 접촉을 일체 피할 정도로 조심했다 한다. 그런데 우연히도 민주노총 전국위원장인 권영길 씨가 내가 《서울신문》 편집국장으로 있을 때 사회부 기자로 있던 동료이다. 그는 술을 몹시 즐겨 술자리가 마련되면 꼭 2차를 사라고 나를 졸라 댔다. 그런 사이이기에 권영길 씨가 노동부 장관실로 들어오는 것을 막을 수가 없었다. 그는 친분을 명분으로 자주 드나들었다.

그때 대기업은 모두 민주노총이 장악하고 있었다. 노동부가 조정해야 할 큰 규모의 노사분규는 대기업에서 일어나는 것이고 한국노총은 노동부 측이 민주노총과 접촉할까 봐 비상한 경계심을 갖고 있는 진퇴양난의 상황이었다. 그래서 나는 모든 대기업의 사장과 노조위원장을 각각 노동부로 초청하여 회식을 함께하면서 의견을 교환하기로 했다. 대기업의 노조위원장을 초청하는 것이지 민주노총 위원장을 초청하는 것은 아니다. 예를 들어, 현대중공업에서는 김정국 사장과 이갑용 노조위원장이 참석해 회식을 하면서 노사 화합에 관해 의견을 나누는 식이다. 만나 보니 김 사장은 서울대 법대 나의 후배다.

대우조선의 사장과 노조위원장을 만나고 얼마 안 있어 대우그룹의 총수 김우중 씨가 만나잔다. 그가 과천에 있는 노동부까지 오는 것이 번거로울 것 같아 정부종합청사에서 국무회의가 열릴 때 오가는 길에 그를 방문하겠다고 하여 힐튼호텔에 있는 그의 사무실로 갔다.

역시 재벌 총수답게 그는 몇 마디의 대화로 모든 것을 이해하고 5분쯤도 안 되어 대화를 마쳤다. 그 후 아무튼 대우조선은 조용했다.

얼마 후 거대 기업인 현대중공업에서 파업이 일어나고 장기화되었다. 나는 전 정권에서는 민간 대기업의 장기 파업에 공권력을 투입하기도 했으나 문민정부에서는 공기업의 파업에는 공권력을 투입할 수 있으나 민간 기업의 파업에는 그래서는 안 된다는 생각을 갖고 있었다. 박정희 정권 때는 노동운동을 탄압했으며 전두환, 노태우 정권에서는 노동운동을 탄압 또는 억압했다는 것이 실상이다. 그러나 문민정부에서 노동부는 노사간 분규의 공정한 중재자가 되어야겠다고 생각했다.

현대중공업의 파업이 일어나자 사용자 측에서는 나를 포함한 정부 측을 찾아다니며 '파업 주동자 중에 빨갱이가 있다'는 논리로 공권력을 투입해 그들을 잡아 달라고 부탁했다. 나에게는 정주영 씨의 동생인 정세영 씨가 찾아왔다. 나는 우선 김정국 사장과 만났다. 그리고 이갑용 노조위원장과는 서울에서 만나자고 해 여의도의 화식집 '이어'에서 회식을 하며 이야기했다. 역시 노조위원장이기에 분위기가 약간 투쟁적(?)이기도 하여 마침 여의도에 살던 유명한 여류 명사 전옥숙 여사에게 참석을 부탁하여 분위기를 누그러뜨리기도 했다. 여담이지만 전옥숙 씨의 화술은 대단한 것이어서 이갑용 위원장은 그 후 전 여사를 계속 존경하고 추종하다시피 했다.

그렇게 노력하고 있는 사이에 이상한 일이 벌어졌다. 재무부에서 노동부 차관으로 옮겨 온 강봉균 차관이 불쑥 내 방으로 찾아와 "박재윤 청와대 경제수석이 현대중공업 사태에 긴급조정권을 발동하자고 하기에 내가 동의해 주었다."라고 한다. 긴급조정권은 경찰 병력을 투입한다는 이야기이고 현대중공업의 경우는 1만 명에 가까운 병력을 투입해야 하는 거대한 작전인데 그것을 장관이 엄연히 있는데도 불구하고 차관이 멋대로 동의해 주고 사후 보고를 하는 형식을 취하다니 이 무슨 언어도단인가. 월권이나 그 오만 방자함이 이루 말할 수 없다. 직업 관료로 닳고 닳은 간계 같기에 나는 화내지 않고 침묵했다. 박재윤 청와대 경제수석이나 강봉균 차관이 모두 서울대 상대 출신이라 동문끼리 공모했는지도 모를 일이다.

다음 날 국무회의가 열렸다. 청와대 서부별관에서 국무위원, 검찰총장 등 모든 외청장, 그리고 모든 지방 장관이 참석하는 보기 드문 확대 국무회의다. 특별한 중대 안건이 있었던 것도 아닌 것으로 기억한다. 회의가 진행되고 얼마 안 지나 김영삼 대통령은 "현대중공업 사태에 특단의 조치를 취하겠다."라고 선언한다. 경찰력을 투입해 진압하겠다는 것인데 그 전날 나에게 말한 박재윤 특보와 강봉균 차관의 공모가 현실화된 것이다. 나는 아차 했다. 그러나 분초를 놓칠 수 없는 순간이다.

나는 손을 번쩍 들고 "각하, 안 됩니다. 저에게 시간을 주십시오. 평화롭게 수습하겠습니다." 하고 큰 소리로 말했다. 어디에서 그런 용기가 났는지 모르겠다. 아마 관료가 아니고 정치판에서 훈련된 기질일 것이다. 서부별관을 꽉 채운 모든 사람이 긴장했다. 처음 당한 사태에 초긴장을 했을 것이다. 그리고 그 어마어마한 예를 찾기 어려운 확대간부회의는 그 후 싱겁게(?) 끝나고 말았다. 김영삼 대통령도 나에게 일언반구도 하지 않았다.

김영삼 대통령이 설명을 요구했다면 나도 말할 자료가 충분히 있었다. 한국노총의 산하인 금속노련의 박인상 위원장은 대단히 올곧은 노동 지도자이다. 그는 그 후 한국노총 위원장이 되고 나중에는 김대중 씨를 대통령으로 지지해 비례대표 국회의원이 되기도 했는데, 오늘날에도 한국노총, 민주노총을 통틀어 가장 훌륭한 노동 지도자로 존경받고 있다.

그 박인상 위원장이 나에게 간곡하게 조언한다. 첫째로, 현대중공업은 조선산업인데 조선산업은 용접 업무가 주종이다. 용접 산업이라고 말할 수 있다. 따라서 무더운 한여름에는 일정 기간 쉬기도 한다. 지금 이 여름에 현대중공업의 파업은 여름 동안의 휴업으로도 생각할 수 있다는 것이다. 박인상 씨는 부산 영도에 있는 조선 회사의 노동운동 출신이다. 따라서 그의 의견은 정확한 것으로 생각되었다.

박인상 씨는 또 한 가지를 말한다. 현대중공업의 파업을 수습하려면 1만 명 가까운 경찰력을 육지로, 공중으로, 바다로부터 투입해야 할 것인데 그러자면 불가피하게 근처에 있는 현대자동차 공장의 옆을 통과할 수밖에 없다. 그렇다면 조용히 일하고 있는 현대자동차 공장의 노동자들을 자극하게 된다. 동료 노동자들이 조선소에서 당하고 있는데 그들이 가만히 있을 리가 없다. 마치 잠자는 사자를 건드리는 격이다. 더구나 현대자동차는 공정이 어셈블리 라인이라 한번 중단하면 손실이 막심한 게 아닌가. 그의 판단은 정확하다고 생각되었다. 그래서 나는 더욱 용기를 갖고 발언한 것이며 김영삼 대통령이 반문하면 그런 요지의 답변을 하기로 한 것이다.

나는 대학 때부터 노동 문제에 관심이 있어 서울대 법대의 사회법학회 초기 멤버였다. 유명한 변호사 조영래, 평생을 외롭게 진보 정당을 해 온 장기표, 노동 장관을 지낸 이인제, 서울시립대 총장과 노동부중앙노동위원회 위원장을 지낸 신홍, 노동법 대학교수 이광택 등 여러 명, 현경대, 이신범 등 국회의원, 4·19혁명 때의 선봉인 황건, 《동아일보》 언론 자유 투쟁의 투사 심재택 씨 등이 모두 그 멤버였다. 또한 국회에서 10대 때 노동청과 보건사회부를 관할하는 보건사회위원회(보사위), 13대 때 노동위원회에서 일했기에 노동 문제에 관한 나름대로의 견해를 갖고 있었다.

청와대에서 과천에 있는 노동부 청사까지는 자동차로 한 시간쯤 걸린다. 내가 노동부로 돌아오니 장관이 곧 파면될 것이라는 소문이 나돌고 있었다. 그런 일을 겁냈으면 나는 그런 발언을 안 했을 것이다. 태연히 하루를 지냈다. 그런데 이게 웬일일까. 그다음 날 현대중공업의 파업이 평화적으로 타결된 것이다. 아마 사용자 측이 청와대 회의의 이야기를 전해 듣고 경찰 투입이 가망 없다는 것을 알고 타협을 서두른 것일 것이다. 그리고 노조 측에서도 신축성을 보였을 것이다.

나는 강봉균 차관에게 아무 말도 하지 않았다. 박재윤 수석에게서도 아무 연락이 없었다. 그런데 며칠 후 각의가 끝난 후 장관들이 모여 이야기를 나눌 때 홍재형 부총리 겸 경제기획원 장관이 갑자기 "남 장관, 경제 각료는 재벌의 앞잡이라고 했다던데 그럴 수 있소?" 하고 시비를 걸어온다. 나는 "그런 말을 한 일이 없는데 누가 그럽디까?" 했다. 그래서 일종의 논쟁이 될 뻔했다. 마침 그때 옆에 있던 박관용 청와대 비서실장이 "내가 남 장관을 잘 아는데 그런 말을 할 사람이 아닙니다."라고 개입했다. 박 실장은 둘이 국회에 있을 때 통일특

별위원회에서 함께 일하기도 하는 등 접촉이 많았다.

밝히기 거북하지만 홍 부총리와의 관계를 말하면 그는 청주고등학교 4년 후배다. 청주고등학교 출신으로는 아주 드물게 입각한 장관들이다. 그런데도 그런 어처구니없는 말을 하는 것은 강봉균 차관이나 박재윤 특보가 악담한 것이 분명하다. 모두 서울대 상대 동문인 것이다. 그 후 나는 홍 장관의 악담에 일체 함구했다. 강 차관이나 박 특보에게도 문제 삼지 않았다. 다만 관료 사회의 음험한 모략전을 실감했을 뿐이다. 강봉균 차관이 자신의 대단한 월권 행위가 문제될까 봐 경제 각료들의 심기를 건드릴 '자본가의 앞잡이' 운운의 거짓말을 꾸며 내 문제를 딴 곳으로 돌리려는 꾀를 낸 것 같다는 심증이다. '선제공격'과 유사한 '선제 모략'이다. 그 후 오래지나 김대중, 노무현 정부에서 일한 경제학자들이 김태동 교수의 주관 아래 『비정상 경제 회담』이라는 책을 내고 《한겨레》가 그들 교수들의 좌담을 특집으로 다루었다. 그 특집의 첫머리에 보니 강봉균 씨가 경제기획원 장관 때 어느 재벌에 엄청난 규모의 특혜를 주었다는 이야기가 나온다. 경제 각료가 부정하려 들면 국회의원 등 정치인들의 부정과는 차원이 다른 것 같다. 근래에 이정환 씨가 저술한 『투기 자본의 천국 — 국가 부도와 론스타 게이트』를 참고해 볼 만하다.

현대중공업에서는 파업이 해결된 후 10년이 넘는 산업 평화가 지속되었다. 그리고 그 후에 생긴 분규도 사소한 것이어서 곧 해결되었다. 이갑용 노조위원장은 좀 때이른 자서전을 냈다. 읽어 보니 투쟁, 투쟁, 투쟁이라는 용어가 남발되어 있으며 협상이나 타협이라는 용어는 찾아보기가 힘들다. 아니, 거의 없는 것 같다. 그 시대의 민주노총의 기본 태도에는 얼마간의 급진적인 문제점이 없지 않아 있었던 것 같다.

그 무렵 폴란드 그단스크 조선소의 노동 지도자 바웬사가 전 세계적으로 유명했다. 그는 폴란드가 민주화되자 대통령에 당선되기도 했다. 우리나라에서도 노동운동계에서는 '한국의 바웬사'를 자칭, 타칭으로 말하기도 했다.

노동부 시절 특히 기억에 남는 일은 프랑스의 유명한 작가 에밀 졸라가 쓴 「제르미날」을 각색한 영화 「제르미날」을 정진우 감독의 제공을 받아 노동부에서 상영한 일이다. 또한 KBS TV에서 방영한 미국의 노동 영화 「강철의 혼」도 빌려다 상영했다.

김영삼 정부 말기에 박세일 청와대 사회수석 비서관이 강력히 밀어 민주노총을 합법화하는 법안이 마련되어 여당으로 넘어갔다. 그런데 여당의 실무소위에 속했던 한국노총 출신 의원과 완고한 의원들이 합세하여 그 합법화를 몇 년 유예한다고 장난을 쳤다. 당 지도부는 그것을 모른 듯 그냥 국회에 제출 통과시켰다. 그래서 폭발한 것이 이른바 노동 대란이다. 김영삼 정부는 임기 말에 대단한 망신을 당했다.

김영삼 정부 시대를 말할 때 김영삼 대통령과 이회창 총리와의 충돌 사건을 말하지 않을 수 없다. 북한이 영변의 핵 개발 시설 가동을 가속화하고 미국의 클린턴 대통령이 핵 시설 폭격을 검토한다고 보도되는 등 이른바 북핵 위기론이 감돌 때다. 이회창 총리는 각의에서 심의 안건을 전례 없이 신속하게 처리했다. 그리고 "자, 안건 심의가 끝났으니 우리 현 시국에 대하여 이야기해 봅시다." 한다. 전례가 없는 일이다. 이 총리 재임 기간을 통틀어 처음 있는 시국 간담의 시간이다. 이 총리는 간담의 서두에서 "지금 북핵 문제가 심각한데 그 문제에 조예가 깊은 남 노동부 장관께서 먼저 이야기해 주십시오." 한다. 국방부 장관도 있고 외무부 장관도 있는데 전혀 관련이 없는 노동부 장관에게 첫 질문을 하다니 놀라운 일이다. 나는 다음과 같이 말했다. "총리께서 하문하시니 말인데 지금 북핵 문제에 관한 정책 논의 과정이 혼란스럽습니다. 한승주 외무부 장관은 미국 문제에 정통한 분인데 외무부 장관과 협의할 수도 있고, 통일부총리가 주관하여 외무, 국방 두 장관과 협의할 수도 있는 일이 아닙니까. 그러려고 통일부총리를 둔 게 아닙니까. 그런데 청와대 비서실장이 주관하여 각료들을 불러다 놓고 논의를 한다니 좀 이상합니다." 했다. 내 말이 끝나자 이 총리는 "이것으로써 국무회의를 마치겠습니다." 하고 의사봉을 쳤다. 미묘한 분위기였다.

국무회의가 끝나니 이 총리가 따로 만나잔다. 그래서 총리실 옆방에서 둘이 점심을 함께하며 이야기를 나누게 되었다. 이 총리는 내가 말한 청와대 비서실장이 소집한 그 회의가 바로 문제라고 말한다. 그래서 총리실 측에서 항의를 했더니 청와대 비서실 측에서는 국무총리 비서실장을 의결권 없는 옵서버로 참여시켜 주겠다는 회답이 왔다고 분통을 터뜨린다.

헌법에는 대통령이 비상시 국가안보회의를 소집, 주재할 수 있도록 되어 있다. 그러나 청와대 비서실장이 국가안보회의를 소집할 수는 없는 일이다. 청와대 비서실장은 헌법상의 기구가 아니고 법률상의 기구일 뿐이다. 한마디로 간단히 말하면, 법률상의 기구가 헌법상의 기구를 능가하고 압도한 꼴이 되었다. 대법관과 감사원장을 지낸 율사인 이 총리가 분통을 터뜨리는 것은 당연하다.

나는 이 총리에게 절대로 김영삼 대통령과 충돌하지 말고 조용히 문제를 수습하라고 건의했다. 그러나 곧 있은 청와대 담판에서 일은 터지고 만 것이다. 김영삼 대통령이 이 총리를 해임한 것인지, 이 총리가 먼저 사의를 표명한 것인지는 불분명하다. 그때 언론 보도도 애매했다는 기억이다. 여하튼 김영삼 대통령과 대쪽 별명을 가진 이회창 씨의 대립은 시작되었고 그 대립은 이어지는 대통령선거전에서도 증폭되기만 하여 많은 사람들이 알다시피 결국 이회창 대통령 후보의 낙선으로까지 이어졌다고 할 수 있겠다. 김영삼 씨나 대쪽 모두의 강한 성품 탓 같기도 하다.

민자당 안에서 대통령 후보 경선이 있을 때 김영삼 후보를 지지하지 않았던 일부 의원들은 김영삼 씨는 머리가 비었다고 공공연히 비난했다. 또한 김영삼 씨도 "머리는 빌릴 수 있으나 건강은 빌릴 수 없다."라는 어록을 남기는 등 체력 관리에 힘을 썼기에 그런 빌미를 준 일면도 있다. 그러나 거듭 말하지만 그는 대붕이었고 나는 연작에 지나지 않았다는 생각을 떨쳐 버릴 수가 없었다. 국회의원으로서 생각하는 것과 대통령으로서 생각하는 것은 차원이나 스케일이 엄청나게 다르다는 것을 실감하기도 했다.

진정성으로 일관한 드문 지도자, 노무현

노무현 의원을 처음 만난 것은 13대 국회 노동위원회에서였다.

앞서 말했듯이, 나는 학생 때부터 노동 문제에 관심을 가졌고 서울대 법대의 전통이 있는 유명한 사회법학회의 초기 멤버이기도 했다. 그래서 10대 국회 때 첫 당선이 되어서는 노동청이 소관인 국회 보사위를 지원했고 11대 문공위, 12대 국방위를 거쳐 13대 때 다시 노동위로 돌아왔다.

노동위에는 노무현, 이해찬, 이상수, 이인제 등 야당의 우수한 노동 전문가들이 포진하고 있었다. 이인제 의원은 김영삼계이고 나머지는 모두 김대중계로 분류되었다. 노무현 의원은 당초 김영삼 씨가 발탁했으나 당선되어서는 김대중 씨를 지지하게 된 것으로 알려졌다. 이들 네 의원의 정부에 대한 공세는 맹렬했다. 특히 노동 문제 변호사였던 노무현 의원과 사회과학 지식을 많이 가진 이해찬 의원은 아주 눈부신 활동을 보였다. 그러한 활동의 배경에는, 노동자들이 그들의 문제점을 모두 야당 쪽에만 갖고 가고 여당 쪽은 철저히 외면하는 상황이 있기도 했다. 박정희 정권은 산업화를 촉진한다는 목표를 내세워 노동을 억압 또는 탄압했다고 할 수 있다. 그리고 전두환, 노태우 정부에서도 그 연속선에서 노동을 억압해 왔다. 따라서 노동부는 노동을 돕는 부서가 아니라 노동을 억압하는 부서가 되어 버렸다 할 수 있다.

당시 여당인 민정당에는 노동자들이 일절 고충 처리 하소연을 하지 않았다. 당이 노동계와 완전 단절된 것이다. 그래서 한번은 민정당 측에서 적극적으로 나서서 노동 문제를 해결해 보려고, 한국노총 위원장 출신의 의원이 아파트 근무 노동자들의 노동조합 결성에 관한 분규를 담당하고 내가 한 미국 투자 기업의 노사분규를 담당해 해결하려고 시도했다. 나는 짧지만 미국 유학 경력이 있어 미 대사관 행사에 단골손님으로 초청되는 많지 않은 국회의원 중 한 사람이었다. 그래서 미국인 투자 기업의 노사 쌍방을 접촉하는 한편, 미 대사관의 노동 담당관에도 연락해 그 분규를 어렵지 않게 해결할 수 있었다. 노조 사무실의 개소식 때 초청장이 왔으나 나는 화환만 보내고 가지는 않았다.

노동위에서 노무현 의원의 대정부 공세는 치열했다. 그러나 암벽에 부딪치는 파도처럼 그 결실은 별로 없었다. 그래서 허탈감을 느낀 노 의원은 짜증을 내기 시작하더니 책상 위에 놓인 정부 측이 제출한 많은 자료들을 바닥에 싹 쓸어 팽개치고 휑하니 밖으로 나가 버리기도 했다. 그러다가 갑자기 행방을 감추었다. 정치에 실망해 혼자 주유천하한다는 소문이 나돌았다. 한 달 넘게 지났을까 《한국일보》 기자가 그를 속리산 법주사에서 포착했다. 그러고는 200자 원고지 15매쯤 분량의 긴 단독 인터뷰 기사를 《한국일보》에 게재했다. 국회의원이 되어 정치를 해 보니 몽땅 실망스러운 일뿐이라는 노 의원의 정치 비판과 개탄조 일색이다. 그런데 이게 웬일일까. 그 안에 "남재희 의원 같은 괜찮은 의원도 있더라."라는 말이 섞여 있지 않은가. 나는 노동위원회에서 노동부의 잘못된 처사를 억지로 감싸 주지 않았다. 그리고 대기업들의 노동에 대한 횡포를 규탄하지는 않았지만 그들을 옹호하지도 않았다. 삼성 재벌 산하의 어느 기업에서 유령 노조를 만들어 놓고 노조 결성을 방해하는 사태가 벌어져 노동위원회에서 열띤 공방이 벌어졌을 때 나는 "한 사업장에 한 노동조합이라는 법제를 기업주 당신들이 웃음거리로 만들고 있다."라고 점잖고 타이르는 질책을 하는 정도에 그쳤다.

부산에서 서울로 선거구를 옮겨 종로구에서 당선되었던 노무현 의원이, 김대중계 정당으로는 낙선이 뻔한 부산으로 다시 선거구를 옮기는 '바보 노무현'의 행진을 계속할 때다. 종로구의 한 학교에서 국회의원 선거 유세가 있어 나도 가서 청중과 떨어져 맨 뒤 구석에서 듣고 있는데, 출마한 동료의 선거운동에 관심을 못 털어 버린 듯 노무현 씨가 어슬렁어슬렁 걸어온다. 수행원도 없이 혼자만의 외로운 행보다. 그것이 노무현 스타일 같다. 우리 둘은 간단한 인사만 나누고 헤어졌는데 나는 그 기회를 놓친 것을 오래도록 후회하고 있다. 그때 둘이서 다방에 가거나 대폿집에 가서 얼마 동안이라도 이야기를 나누었더라면, 한국 정치에 대한 둘 사이의 이해가 통하지 않았을까 하는 후회가 있다.

노무현 씨가 대통령에 당선되었을 때다. 나는 기대하지 않았던 통일고문에 위촉되었다. 전날의 민정계 소속 의원으로서는 유일한 예외로 위촉된 것이다. 통일고문은 통일원 장관의 고문이 아니라 대통령의 고문이다. 그러나 대통령이 직접 주재한 것은 청와대에서의 오찬 간담회 한 번뿐이다. 그 간담회에서 노 대통령은 통일 문제는 거론하지 않고 엉뚱하게 지난날 국회노동위원회에서의 나의 활동을 칭찬하기 시작한다. 그리고 노동부 장관 때 노동계를 위해 최선의 노력을 했음을 높이 평가했다. 내가 노동부 장관으로 있을 때 현대중공업의 장기화된 파업에 경찰을 투입하자는 경제 관료 등 일부 주장을 물리치고 문민정부에서 공기업이 아닌 사기업의 파업에 더 이상 경찰력을 투입해서는 안 된다고 반대한 큰 변혁이 있었는데, 노동 변호사 출신의 노 대통령은 그 정책의 전환을 모를 리가 없었다. 여하간 그는 오찬 간담의 많은 시간을 나를 칭찬하기만 했다.

나는 약간 민망하여 나도 한마디 해야겠다고 생각하고 "한국 역사 연구가들은 명나라에서 청나라로의 전환기에 광해군의 외교가 아주 현명했다고 평가하고 있습니다. 앞으로 그 광해군의 외교를 많이 연구, 참작하시기 바랍니다."라고 조언했다. 광해군의 외교에 관해서는 한명기 교수의 훌륭한 저작이 있는데 그 책에 관해서까지 말하지는 않았다.

얼마 후 노 대통령의 '동북아균형자론'이 나왔다. 시대적으로 아주 때 이른 성급하기 이루 말할 수 없는 주장일 뿐 아니라, 그러한 이야기는 내밀하게 진행할지언정 말로 표현해서도 안 되는 것이다.

여기에서 직접 관련 없는 그러면서도 중요한 외교 이론 한 토막을 소개하겠다. 이승만 대통령 때 외무부 장관을 지낸 변영태 씨는 아주 정확한 영어를 구사하는 것으로 이름이 나 있었다. 그는 휴전이 성립된 후 제네바에서 열린 한반도 평화를 위한 정치 회담에 참가하기도 했다. 은퇴 후 청빈한 그는 미국의 주간지 《타임》을 강습하여 소일도 할 겸 생활비도 보탰었다. 《조선일보》 기자였던 내가 그를 취재차 만났더니 그는 우리 외교에 대한 일장 연설을 한다. "요즈음 젊은 사람들이 중국에 대한 우리 조상들의 사대 외교(事大外交)를 비난만 하고 있는데 그것은 크게 잘못된 것이다. 나는 우리 조상들의 중국에 대한 사대 외교가 매우 현명하고 유익했다고 생각한다. 구체적인 한 예로, 중국 주변 국가들에는 엄청 큰 규모의 중국인 집단 거주지가 있는데 한국에는 별로 없지 않은가. 필리핀의 차이나타운을 보

라. 베트남 사이공의 차이나타운을 보라. 그리고 말레이시아나 인도네시아에는 얼마나 많은 중국계들이 살고 있는가. 그런데 한국에 있는 화교는 미미할 뿐이다. 나는 그러한 일을 사대 외교의 한 성과로 생각하는 것이다." 여기에서 사대 외교와 사대주의의 차이를 노파심에서 말해 두고 싶다. 약한 나라가 강한 이웃 나라에 사대 외교를 하지 않는 것은 돈키호테적이라고 국제정치학자들은 말하고 있다.

노무현, 이회창 후보가 대통령 선거전에 맞붙었을 때다. 강원용 목사의 크리스찬아카데미는 평창동의 올림푸스호텔(지금은 없어짐)에서 두 후보를 각각 초청해 토론회를 가졌다. 강 목사는 이회창 후보에 대한 주 질문자를 이삼열 교수로 정하고 나에게는 노무현 후보에 대한 주 질문자가 되어 달라고 했다. 나는 노 후보에게 질문의 서두에 "반미면 어떻고"라는 말을 더 이상 하지 말라고 부탁했다. 손오공이 뛰어 봤자 부처님 손바닥에 있다는 말이 있듯이, 우리나라가 행동해 봤자 미국의 한계 안이라는 우리나라 정치학자의 말도 인용해 말했다. 노 후보는 노동 문제에 관한 나의 태도는 괜찮게 보았는데 미국에 대해서는 형편없는 친미주의자라고 경멸했을지도 모른다. 그는 깊이 생각해 보지 않고 말을 떠오르는 대로 해 보는 습관이 있는 것 같다. 그래서 그때 당시 젊은 세대의 민족주의 감정 팽배에 휩쓸려 "반미면 어떻고"라고 말해 버린 것으로 생각한다. 그 후 미국의 전직 국방 장관이 회고록에서 그를 "크레이지"라고 표현할 정도가 되지 않았는가. 아마 "황당한 사람" 정도로 번역될 표현일 것이다. 그의 진정성은 좋은데 그의 지나치게 나이브한 인식은 역시 문제였다. "가방끈이 짧기"는 김대중 씨와 노무현 씨가 마찬가지인데, 김대중 씨는 오랜 정치 생활을 통해 계속 쉬지 않고 학습하고 연구하여 그 부족을 극복했으나 노무현 씨는 정치를 한 기간이 짧아 그 단점을 극복할 시간과 여유가 없었던 것이다.

'바보 노무현'의 정치 행보는 부엉이 바위의 비극으로 끝났다. 나는 그때 한 주간지에 칼럼을 집필하면서 우리 정치에서 찾기 어려운 진실의 한 조각을 그의 정치에서 비로소 엿볼 수 있었다고 썼다. 그 노무현과 대포 한잔 못 나누고 헤어진 것이 못내 아쉽기만 하다.

2

무인 정권 시대의 스케치

박정희·전두환·노태우 시대의 정치와 언론 이야기

2019년《황해문화》가을호에 「삼김 일노의 회상」이라는 글을 쓰고 보니, 박정희·전두환·노태우 정권, 이른바 무인 정권(武人政權) 시대에 경험한 정치와 언론의 이모저모를 보완 설명하고 싶어졌다. 그래서 어설프게나마 이 글을 쓰게 된 것이다. 대통령들의 전모가 아닌 한 개인으로서의 주관과 경험을 담은 편린을 모은 것이기에 충분한 묘사는 못 되고 어설픈 이야기가 되었다.

똑똑함에 압도되어 현명함을 잃은 박정희

5·16군사정변이 일어났을 때 당시 발행되던《민국일보》의 정치

* 《황해문화》2019년 겨울호.

부 기자였던 나는 국회 출입과 함께 혁신 정당들을 담당하고 있었는데, 5월 18일 쿠데타 세력의 혁신계 일망타진에 걸려 구속될 뻔했으나 신문사 측의 신속한 귀띔으로 용케 피할 수 있었다. 그래서 5·16군사정변은 나에게 우선 공포의 대상이었다. 그러나 그 이야기는 접어 두기로 한다.

내가 박정희 대통령을 직접 만나 대화하게 된 것은 1966년《조선일보》정치부장 때다. 쌍용시멘트로 작은 규모의 재벌이 되고 집권 공화당의 재정위원장도 맡은 김성곤 의원은《서울일일신문》,《동양통신》등 언론 기관을 경영하기도 했는데, 그 후 '성곡언론재단'을 설립해 적극적으로 언론인 지원 사업을 펼쳤다. 그 일환으로, 전국 주요 언론사 정치부장 10여 명을 보름 넘는 기간 동안 규슈에서 홋카이도까지 일본 전역을 시찰하는 긴 여행을 지원했다. 일본 시찰이 끝난 후 정치부장들 일행은 박정희 대통령과 만나 일본 시찰에 관한 간담회를 가졌다. 정치부장들 모두가 각각 일본을 시찰한 소감을 말했는데, 나는 두 가지 이야기를 특히 힘주어 설명했다. 일본을 돌아보니 고속도로가 매우 발전했는데 우리나라도 땅값이 비교적 쌀 때 부지를 확보하여 고속도로를 건설해 나갔으면 좋겠다, 그리고 여러 마을 안의 좁은 터에 함께 쓰는 공동묘지를 볼 수 있었는데 우리도 그런 방향으로 묘지 제도를 바꾸어 나갔으면 좋겠다. 그러한 두 가지 의견을 말했는데 지금 생각해도 선견지명(?)이 있는 의견이었던 것 같다.

김성곤 씨는 당시 건설 붐이어서 쌍용시멘트로 엄청난 돈을 벌었는데, 그는 "내사 석회석을 태워 뿌와 파는 일이 아닌가." 하고 말했다. 그리고 시멘트를 팔아서 번, 당시로서는 엄청난 돈을 언론계와 정계에 뿌렸다. 집권 공화당 안에도 그의 파벌을 형성했다. 그러다가 야당 측이 한 장관에 대한 불신임안을 제기했을 때 그의 파벌을 동원해 야측에 동조했다. 대단한 이변이었다. 그는 자신의 파벌 과시를 정권이 눈감아 줄 줄 알았는데, 그게 아니었다. 박 정권은 형식상 국회를 존중하는 듯했으나, 본질에 있어서는 변함없는 군사독재 체제였다. 중앙정보부는 김성곤 의원을 막무가내로 잡아다가 고문했다. 심지어는 그의 모양새 좋은 코밑의 수염을 뽑아 버리는 고문까지 했다. 얼마나 잔인한 일인가. 그 후 석방된 김성곤 의원은 거의 폐인이 되다시피 했다. 그러고는 오래 살지 못하고 타계했다.

파벌 형성을 잘못한 경우는 김성곤 의원의 경우 말고도 그 후 신군부 시대에도 일어났다. 김윤환 의원은 노태우 전 대통령과 경북중학교 동기이고 전두환 전 대통령과도 군인 시절부터 친했기에, 민정당 안에서 큰 세를 이룰 수가 있었다. 그리고 그가《조선일보》시절 주일 특파원을 오래 했기에 일본 정치에서 보아 온 대로 파벌 정치를 하려 했다. 김영삼 대통령 시대까지는 그 암묵의 파벌을 유지할 수가 있었다. 그러나 대쪽으로 불렸던 이회창 전 총리가 대통령 후보가 되고 당권을 장악한 다음부터 사정이 달라졌다. 소문으로는 그가 이회창에게 국회의원 공천에서 자기 파벌의 지분을 인정할 것을 요구했다는 것이다. 그러나 이회창은 대쪽이라는 별명 그대로 대쪽같이 응수했다. 김 의원은 자기 파벌을 이끌고 신당을 결성했으나 모두 낙선하고 김 의원 스스로도 얼마 뒤 병사했다. 김윤환 의원은 일본의 내각책임제 정치를 오랫동안 보아 왔고 익혀 왔지만 한국의 대통령제가 완연히 다르다는 것을 인식하지 못했던 것이다.

무인 정권하의 언론과 언론인

민주주의와 언론 자유는 밀접히 연관되어 있다. 따라서 '무인 정권' 시대를 말하는 데 언론, 언론인의 부침을 생각하는 것도 중요한 일일 것이다. 나는 1958년부터 1978년까지 20년 동안 신문기자 생활을 했는데 그 무렵에는 국제신문기구인 IPI(International Press Institute, 국제언론인협회)가 매우 권위 있는 국제기구로 평가되었고 언론에도 자주 등장했다. 과거 권위주의 정권 시절에는 언론의 자유가 심각하게 위협받고 있었기에 그나마 IPI에라도 의존하려는 마음이 있었지만, 요즘엔 상황이 많이 개선되어 IPI를 망각하고 있는 것 같다. 하기는 지난날에도 IPI의 행사에는 주로 언론사 사장들이 참석했고 개최지도 유명한 관광지일 때가 많아서 어떤 기자들은 IPI를 가리켜 'International Playboy's Institute'라고 조롱하기도 했다. 그런 IPI가 위세를 떨치던 시절에 한국의 대표적인 언론인을 추천해 달라는 요청이 왔었고 《조선일보》 주필이었던 최석채가 추천되어 '세계언론자유영웅 50인' 중 한 명으로 선정되었다. 그의 고향인 경북 김천을 여행하면서 돌아보니 직지사 근처에 그의 선정을 기념하는 작은 건조물이 세워져 있었다. 당시 내가 들은 바로는 IPI의 요청이 있을 때 신문발행인협회에서는 천관우, 편집인협회에서는 최석채, 기자협회에서는 송건호를 각각 추천했다 한다. 세 분 모두 그 당시 명성을 떨치던 언론인들이었다. 나는 그 세 사람의 언론인과 함께 일했던 행운을 가졌다. 그래서 그 세 분에 대해 어지간히 잘 알고 있다고 자부하기도 한다.

극빈에 좌절된 학자풍 거인 천관우

천관우(千寬宇, 1925~1991)는 마침 나의 모교인 청주중학의 9년 선배이기도 하다. 내가 대학 1학년 때 충북 제천군 청풍면의 친척 집에 방문해 보니 그 촌마을에서 미국 유학생이 나왔다고 대단한 화제였다. 천관우는 그때 대학을 나온 후 잠깐 대한통신사에 근무하다가 미국 국무성 계획으로 유학 기회를 얻은 것 같다. 그리고 소문으로 들은 바에 따르면 그가 귀국했을 때 청풍의 국민학교 악대까지 동원되는 환영 행사가 있었다고 한다. 천 씨의 「그랜드 캐년」이라는 기행문은 대단한 명문장이어서 학교 교과서에 실리기까지 했다.

천관우의 집안은 청풍의 소지주였던 모양이다. 그런데 일본 유학을 한 그의 형이 다른 많은 유학생들이 그랬던 것처럼 좌익 사상에 물들어 가산을 크게 축냈다는 것이다. 천관우가 훗날 대학 시절 우익 진영에 선 것은 그러한 사연 때문도 있다는 해석이다. 해방 후 고려대에서는 이철승이 전국학생연맹을 주축으로 우익의 선봉이었으며, 서울대 문리대에서는 천관우가, 연희대에서는 나중에 외무 장관이 되기도 한 이동원이 우익의 중심이었다는 것이다. 천관우는 일제강점기 말에 경성제국대학 예과에 입학했다. 경성제대는 일본인들을 많이 뽑고 한국인들은 아주 적게 뽑은 것 같다. 천 씨는 경성제대 예과 시험에 두 번 낙방하고 세 번째에 합격했다고 한다. 천 씨는 고향에서 신동 소리를 들었는데 그때의 신동이란 한문 공부를 두고 하는 이야기였다. 따라서 영어, 수학 등이 포함되는 대학 입시와는 직접 연관되지 않았다. 여하간 천 씨는 경성제대 예과를 다녔다는 데 대해 대단한 자부심을 느끼고 있는 것 같았다. 그래서 다른 언론인에 대해 그가 우월감을 갖고 있던 까닭이기도 했을 것이다. 해방 후 천 씨는 문리대 사학과로 진학했는데 조선조 때 실학 연구의 선구자 유형원을 연구하여 「반계 유형원 연구」라는 아주 훌륭한 논문을 내기도 했다. 우리 사학계의 원로 이병도 교수가 그를 가리켜 '군계일학', 즉 많은 닭들 가운데 한 마리의 학 같다고 평한 것은 유명한 이야기이다.

천 씨는 학계 진출의 기회를 놓치고 언론계로 투신하게 된다. 아마 대한통신에서 잠깐 일했던 인연이 있어 그렇게 되었을지도 모른다. 나는《한국일보》에서 그를 만났다.《조선일보》편집국장에서 옮겨 온 그는 대논객으로 대접을 받았었다. 그리고 그때 연재를 시작한 칼럼 「메아리」의 첫 회 필자가 천 씨였는데 미국 영화 앨런 래드 주연의 「셰인」에서 이야기를 따서 쓴 그의 칼럼은 대단한 화제가 되었었다. 그 후 천 씨는 4·19혁명 후《세계일보》에서《민국일보》로 제호를 바꾸어 재출발한 신문의 편집국장으로 옮겼는데 나도 함께 따라가 정치부 기자로 일했다.《민국일보》에서《서울일일신문》의 주필로 옮긴 천 씨는 얼마 안 있어《동아일보》로 옮겨 편집국장과 주필을 지내는 등 그의 전성시대를 맞이한다. 그러다가 다른 기자들의 필화 사건에 책임을 지고 고문으로 2선 후퇴했다가 퇴사했으며 1975년《동아일보》기자들의 언론 자유를 위한 대대적인 투쟁의 선봉에 서다시피 하는 등 재야 민주화 투쟁의 거인으로 변신한다.

천 씨는 민주화 투쟁에 투신하자 눈부신 활약을 했다. 성명서를 많이 집필하고 강연도 수없이 가졌다. 그래서 종교계에서는 김재준 목사, 법조계에서는 이병린 변호사, 언론계에서는 천관우의 세 명이 재야 민주화운동의 세 거두로 손꼽히게 되었다. 천관우의 집은 불광동 버스 정류장에서 10여 분 걸어 들어가야 하는 곳에 있는 흔히 말하는 ICA 주택인데 그의 집에는 민주화를 갈망하는 인사들이 줄을 이었다. 물론 주로 언론계 인사들이다. 많은 사람들은 소주를 사 들고 갔다. 천 씨는 대단한 애주가여서 손님이 오면 반드시 술판을 벌인다. 내가 몇 번 그와 소주를 마신 적이 있는데 점심에 반주는 소주 한 병, 저녁의 술은 네댓 병이다. 거구의 그는 술을 마시는 게 아니라 소주잔을 들어 입에 털어 넣는다는 편이 맞을 것이다. 천 선생 댁의 술판은 매일매일 계속됐는데 문제는 사모님이 안주를 대는 일이었다. 방문객들 대부분은 술병을 갖고 가지만 안줏거리를 사 가는 경우는 극히 드물다. 그러니 안주를 해 대던 사모님은 나중에는 손쉬운 달걀 프라이만 계속 내놓는다.

10대 국회 때 내가 국회의원이 되어서이다. TV 탤런트인 홍성우가 무소속으로 서울 도봉구에서 당선되어 국회에 들어왔다. 그에게는 사람을 끄는 독특한 힘이 있는 것 같았다. 나중에 미국 학자의 글을 보니 그런 힘을 '애니멀 마그네티즘'(animal magnetism)이라고 했다. 여하튼 나는 그와 가까워졌고 정치를 오래하려면 정치적 신념과 철학이 있어야 하며 그러려면 한 분의 사부(師父)를 정하여 수양을 쌓는 것이 좋을 것이라고 하여 천관우를 추천했다. 그는 천 씨를 만나자 두 손을 방바닥에 짚고 넙죽 큰절을 했다. 그 후 홍 의원은 나와 함께 몇 번 천 선생 댁을 방문했는데 역시 그때도 청주를 들고 갔지만 안줏거리는 잊고 말았다. 술이 계속되는 동안 사모님은 안주를 마련하여 내놓느라고 바빴는데 홍 의원이 안주는 신경 쓰지 말고 앉아 계시라고 손목을 잡고 앉히려 했다. 그러자 천 선생의 우레와 같은 목소리가 터져 나왔다. "이놈, 어데 감히 남의 집 부인의 손을 마구 잡느냐!" 천 선생의 폭발에 홍 의원은 쫓겨났고 나도 뒤따라 나왔다. 그 뒤 나는 천 선생을 만나지 못했다.

박정희 대통령이 시해되고 전두환 대통령이 등장하자 천 선생은 전 대통령의 제의를 받아들여 민주통일국민협의회 의장 등의 자리를 수락했다. 그러자 민주화 추진 세력들은 일제히 변절자라고 낙인을 찍고 입을 모아 공격해 댔다. 천 선생의 불광동 집에도 방문객이 완전히 끊겼다. 가슴 아픈 일이다. 천 선생의 표변을 놓고 여러 가지 해석이 있었다. 나중에 천 선생을 추모하는 책도 나왔는데 거기에는 여러 가지 해석이 실려 있다. 그중에서도 나는 민주화운동을 했으며 김영삼 정권 때 청와대 교문수석을 지낸 김정남 씨의 해석을 따르고 싶다. 그는 천 선생의 회절이 극도의 빈곤 때문이라고 썼다. 김 씨는 천 선생과 가까운 거리에 살았기에 그의 사정을 누구보다도 잘 알았을 것이다.

민주화운동에 투신한 후 천 선생에게는 수입이 없다시피 되었을 것이다. 우선 할 수 있는 게 대학 강사인데 그것도 권력 측이 막았고 원고를 쓰는 일밖에 남지 않았다. 그런데 천 선생은 강직한 성격이어서 책이나 학술 논문 말고는 원고료를 위한 잡문은 절대 쓰지 않았다. 그러니 남에게는 나타내지 않았지만 심한 가난에 시달렸을 것이다. 참으로 죄스러운 일이다. 나는 그의 변신에 또 다른 해석도 하고 있다. 윤보선 전 대통령은 박 대통령 생존 시에는 마치 마지막 살아남은 미국 인디언의 아파치 추장처럼 치열하게 투쟁했다. 그러다 박 대통령이 죽고 전두환 대통령이 등장하자 그는 흐물흐물 유화적이 됐었다. 치열하게 대항하여 싸우던 상대가 사라지자 긴장이 확 풀리는 일종의 역학적 현상 같기도 하다. 천 선생에게도 그런 역학이 작용했을 듯도 하다. 그가 빈곤 속에 살며 오랜 병고에 시달리다 작고했을 적에 나는 장례식이 치러지는 서울대학병원 영안실로 달려갔다. 그러나 약간 늦게 도착하여 영구차는 막 떠나고 있었다. 영구차에는 집안 사람들 말고는 조문객이 거의 없는 것 같았고 영결식장에도 인적이 없었다. 우리나라 민주화 투쟁의 거목이었던 천관우 선생의 쓸쓸한 마지막 장면이다. 민심은 민주화 투사의 변심에 가혹하리만큼 냉혹했다.

소심해 보였지만 강인한 의지의 투사 송건호

송건호(宋建鎬, 1927~2001)는 서울대 법대를 나왔지만 법학 공부는 거의 안 하고 사회과학 서적 독서만 한 듯하다. 그것도 주로 해방 전에 발행된 일본의 약간 진보적인 사상 서적을 읽은 듯하다. 대학 때부터 아르바이트로 신문사 외신부 일을 한 것 같은데 우선 한 가지 재미있는 일화를 소개하는 것이 그를 이해하는 데 도움이 될 것 같다. 그가 《한국일보》의 외신부 차장으로 있을 때이다. 《조선일보》 때 친했던 약간 연하인 이정석 기자(나중에 KBS 보도본부장)가 장난기가 발동하여 그에게 전화를 걸었다. "여기 통신사인데 중대 기사가 있으니 받아쓸 준비를 하시오." 하고는 가짜 뉴스를 불러 댔다. "○○통신 AP 지급전=○○일 0시 아이젠하워 미국 대통령이 괴한의 총격을 받아 급서하였다." 이정석 기자가 기사를 부르자 송건호는 친구의 장난 전화인 줄 모르고 부지런히 기사를 받아썼다. 그리고 편집국 사람들에게 "아이젠하워가 죽었다!"라고 외쳐 댔다. 편집국장이 오고 아래층의 사장까지도 올라와 송 씨가 기사를 받아쓰는 것을 지켜보았다. 얼마 후 이정석이 웃음을 터뜨리니 송건호는 그제서야 "너, 너, 정석이구나." 하고 깨달았다. 맹랑한 일이 벌어지고 만 것이다. 송건호는 이정석에게 "너, 장기영 사장이 혼낸다더라." 하고 말했다. 그러자 이정석은 "《한국일보》에도 외신 텔레타이프가 있는데 그것은 안 보고 무슨 헛소리냐."라고 되받았다. 송건호의 순진한 일면을 보여 주는 일화이다.

1960년대 말부터 1970년대 초에 걸쳐 송건호와 나는 《조선일보》 논설위원실에서 함께 근무했다. 논설위원들은 송건호를 '송 진사'라고 불렀었다. 그의 말이 느리고 매우 예의가 바르며 항상 학구적인 태도로 책을 읽는 데 골몰했기 때문에 그런 별명이 자연스레 붙여진 것 같다. 한번은 그가 "아이고, 갈비나 한번 실컷 먹고 싶소." 하고 말한다. 논설위원 월급이 많지는 않아도 가끔 갈비를 먹을 정도는 되었다. 그런데 그는 집에 생활비를 주고 난 후의 용돈을 거의 몽땅 책 사는 데 썼기 때문에 갈비를 먹을 여유가 없었던 것이다. 그는 술은 거의 안 한다. 못한다고 하는 게 더 적절할지 모르겠다. 한번은 그가 퇴근 무렵에 같이 나가자고 한다. 그러더니 종로1가에 있는 일본 서적 수입 전문 서점으로 간다. 거기에서 사회과학 서적을 한 권 고른 뒤 다시 그의 집에 같이 가서 저녁이나 먹잔다. 흑석동 방일영 《조선일보》 사주의 저택 아래 있는 저지대에 그의 작은 집이 있었다. 그는 대문 앞에서 책을 와이셔츠 안으로 감춘다. 돈도 없는데 밤낮 책이냐는 부인의 핀잔을 피하기 위한 것이었을 것이다. 그리고 그의 방에 들어가 숨겼던 책을 꺼내 놓는다. 한쪽 벽면을 꽉 채운 서가에는 주로 일본어 사회과학 서적들이 꽂혀 있었다.

《조선일보》 편집국 정치부에 있을 때 나는 문화부에 있던 손세일 군과 매우 친하게 지냈다. 손세일 군이 《동아일보》로 옮겨 월간 《신동아》의 편집장이 되었는데 그는 사장인 고재욱의 사위이기도 하여 《동아일보》의 막후실세로 운위되기도 했다. 한번은 손세일 군이 나를 만나자더니 동아일보의 정치 담당 논설위원이 공석이 되었는데 그 자리에 올 수 없겠느냐고 제의한다. 그 당시는 《동아일보》가 우리나라에서 발행 부수가 제일 많고 월급도 가장 많은 신문이었고 《조선일보》는 얼마간 뒤처져 있었다. 그래서 그런 제의가 있으면 대개 수락하게 마련이다. 그러나 나는 2, 3년 전 미국 하버드 대학교의 니먼 언론 펠로로 1년 동안 연수를 갔을 때 조선일보사의 월급을 그대로 받는 혜택을 입은 바도 있기에 사양했다. 그 손 군의 제의가 나 다음에 송건호로 향하고 《동아일보》로의 이동이 성사된 것이다. 좀 과장하여 말하면 나나 송건호에게 인생의 어떤 갈림길이었다 할 것이다.

《동아일보》 논설위원으로 옮긴 송건호는 박정희 대통령과의 만남에서 유명한 일화를 남긴다. 3선 개헌 후 박 대통령의 세 번째 임기 동안에 일어났던 일이다. 박 대통령은 그 무렵 주요 신문의 정치 담당 논설위원들을 초청하여 청와대에서 술을 마셔 가며 의견 듣는 일을 자주 했다. 《동아일보》에서는 송건호, 《조선일보》에서는 최석채 주필이 한두 번 참석한 후 나로 교체되었고, 《한국일보》에서는 임방현(임홍빈이 한 번쯤 참석), 《중앙일보》 양흥모, 《경향신문》 이명영 등이 멤버였다. MBC TV의 신영철 앵커도 몇 차례인가 참석했다. 한번은 박 대통령이 푸짐하게 술 대접을 했다. 음식도 많이 나오고 박 대통령이 직접 술을 따라 주며 권하기도 했다. 도중에 담배도 권하고 라이터를 켜서 불을 당겨 주는 등 극진한 대접이었다. 그렇게 일동의 흥을 돋운 뒤 박 대통령은 "자 여러분들, 지금부터 나에게 하고 싶었던 말을 솔직하게 털어놓아 주십시오." 하고 판을 벌였다. 그런데 일이 잘못되어 첫 발언자가 일탈하고 말았다.

그는 박 대통령과 어느 신인 여배우의 염문이 떠돈다는 이야기를 꺼낸 것이다. 박 대통령이 판을 벌인 취지와는 영 안 맞는 이야기이다. 그 후 이명영이 지금 김일성이 여러 명 있다는, 그리고 북한의 김일성도 그중 전설적인 김일성의 이름을 차명한 것이라는 등등의 말을 했다. 박 대통령도 대단한 관심을 보여, 일본 육군사관학교를 나와 독립운동 진영으로 넘어간 두 사람의 한국인 이름을 거명하며 구체적으로 설명했다.(이명영은 그 연구를 위해 박 대통령으로부터 두둑한 연구 자금을 받았고, 한 신문에 김일성이 여러 명 있다는 연재물을 쓰기도 했으며, 책도 출간했다.)

내 차례가 되었다. 나는 "아무 말이나 해도 좋습니까?" 하고 물었다. 그러자 박 대통령이 "그러라고 이런 자리를 마련한 것 아니요." 했다. 나는 "각하, 지금 국회에 각하의 집안이 다섯 사람이나 있지 않습니까. 북한에서 근친을 많이 등용한다고 우리가 비난하는데 우리를 근친등용주의라고 비난해도 할 말이 없지 않습니까?"(그때 국회에는 김종필, 그 형인 김종익, 박 대통령 처남 육인수, 박 대통령 처조카 사위 장덕진, 박 대통령 전처 소생 딸의 남편 한병기 등 5명이 있었다.) 했다. 그러자 박 대통령은 버럭 화를 내며 "내 사위 말이지. 속초에서 그 애 말고는 사람이 별로 없다던데." 했다. 나는 "대통령 사위니까 그렇지요." 하고 말하려다가 참았다.(박 대통령은 나의 말을 유념했던지 그 후 3명을 줄여 국회에는 김종필 의원과 육인수 의원만이 남게 되었다.)

그날 만찬에서 재미있는 일화 하나가 나왔다. 박 대통령과 송건호가 동시에 소변을 보게 되었단다. 박 대통령은 옆에 있던 송건호에게 "송 선생, 내가 송 선생을 도와주고 싶은데 부탁할 것이 있으면 말씀해 주시오." 했다. 그런데 '송 진사'의 별명으로 통하는 선비형 언론인 송건호는 "지방에 공장이 많이 세워졌다는데 나는 아직까지가 보지 못했습니다." 했고, 결국 산업 시찰을 가는 것으로 낙착되었다. 말만 달리했으면 이명영처럼 엄청난 연구 자금을 얻을 수도 있었을 텐데 말이다. 이 이야기는 부산에서 신문기자를 하다가 『영시의 횃불』이라는 5·16군사정변을 찬양하는 책을 쓰고 청와대 공보비서관이 된 김종신에게 들은 이야기로, 나중에 《한겨레》의 초대 사장이 된 송건호에 관한 에피소드 중 대표적인 것으로 자주 인용되고 있다.

송건호는 오래지 않아 편집국장이 된다. 그리고 1975년 유명한 《동아일보》의 언론자유투쟁이 벌어지고 《동아일보》, 동아방송을 합쳐 130여 명의 기자, 직원 해고 사태가 일어난다. 그리고 겉으로 온순해 보이기만 했던 송건호는 기자들의 대량 해고에 항의하여 분연히 편집국장직 사표를 내던지고 《동아일보》를 떠났다. 언론 자유와 민주화를 위해 온몸을 바친 투쟁에의 시작이다. 그러나 기다리고 있던 것은 처참한 가난이다.

그는 그 시기에 관해 예외적으로 「고행 12년, 이런 일 저런 일」이라는 긴 기록을 남겼다. 신문사 간부가 신문사를 떠나고 난 후 찾는 직장이 대학 강사직일 경우가 많다. 그가 여러 대학에 강사 자리를 구했으나 모두 거절당했다. 권력의 개입이 있었음이 분명하다. 남은 길은 원고를 써서 적은 원고료나마 거기에 생활을 의존하는 길이다. 송 씨는 참으로 많은 양의 원고를 썼다. 단행본도 쓰고 공저자로 기고도 하고 잡지 등에 닥치는 대로 원고를 썼다. 때로는 그의 전문 분야가 아닌 글들도 부탁이 있으면 무조건 써 주었다. 그는 그 무렵 여섯 명의 아이들을 부양하느라 참으로 힘든 생활을 했다. 몸은 허약해지고 자주 식은땀이 났다고 했다. 참으로 참담한 수난의 해직 기간이었다.

신군부가 등장했을 때 그는 김대중 사건에 연루되었다고 정보기관에 끌려가 심한 고문을 당하기도 했고 그 가혹한 고문 이야기를 기록에도 남겼다. 심한 고문에 그는 정보기관이 하라는 대로 허위 자백을 했단다. 그리고 그러한 심한 고문을 받고 허위 자백을 안 하고 버틸 사람이 없을 것이라고 단정적으로 말하기도 한다. 그 심한 고문이 그에게 평생의 지병을 남겼다. 그러다가 얼마간 자유화가 이루어지고 해직 기자들을 중심으로 국민신문운동이 일어났을 때 동아일보 해직 기자가 주축이 되고《조선일보》해직 기자들이 뒤를 잇는 등 많은 해직 기자들의 운동에 그는 대표 인물로 추대되고 마침내는《한겨레》의 창간 사장이 되어 우리 언론사에 뚜렷한 인물로 부상한다. 그러나 오랜 가난과 정보기관 고문의 여독으로 그는 수를 누리지 못했다. IPI가 만약에 그 무렵 한국의 대표적인 언론인을 선정했더라면 누가 되었을 것인가 하는 것은 자명한 일이다.

최석채(崔錫采, 1917~1991)는 일제강점기 때 일본 유학을 하여 중앙대 법과를 나왔다. 그리고 해방 후 경찰에 투신했는데 문경경찰서장 때는 대민 봉사를 아주 잘하여 문경 군민 사이에 그에 대한 높은 평가가 오래도록 남았다. 최석채의 친동생 최석봉 역시 경찰이어서 1970년 대 초반에 보니 경주경찰서장이었다. 경찰에 몸을 담았던 최씨는 일대 변신을 하여《대구매일신문》의 논설위원이 되고 주필이 된다. 그리고 자유당 정권이 각종 행사에 학생들을 계속 동원하자「학생을 정치의 도구로 이용하지 말라」라는 사설을 써서 수난을 당하고 일약 유명해진다. 4·19혁명이 일어나고 사회 변혁의 움직임이 일어났을 때 그는 진보적 정당인 '사회대중당'의 후보로 대구에서 민의원에 출마하기도 했다. 5대 국회 때는 민의원과 참의원의 양원제였다.

그 후 상경하여 서울의 언론계에 발을 붙인 그는《조선일보》로 옮겨 편집국장을 거쳐 주필이 되어 전성기를 맞는다. 그러나《조선일보》의 고참들은 그를 따돌리는 듯했다. 유건호(사회부장, 편집국장, 전무, 부사장), 선우휘(논설위원, 편집국장, 주필) 등은 그가 안 듣는 데서 그를 '전사무사'라고 놀려 댔다. 일본어로 '田舍武士'는 '이나카사무라이'라고 읽는데 촌사람을 뜻한다. 최석채도《조선일보》에서 외로움을 느낀 듯했다. 그래서 그는 대구 출신의 김수한(국회의장), 김은호 변호사 등 대구 출신들과 똘똘 뭉쳐 지냈다. 그들은 연말에 가족탕을 빌려 중국음식을 시켜 놓고 망년회를 가졌는데 그래서 그들의 모임을 '나나회'(裸裸會)라고 했다.

최석채는 단문에 아주 능하다. 법학 공부를 했고 경찰서장을 지냈기 때문인 이유도 있을 것이다. 그러나 긴 글은 잘 안 썼다. 통단 사설이 200자 원고지 15매 정도인데 그가 그 이상 긴 글을 쓴 것을 못 보았다. 더구나 부드러운 수필 같은 것은 아예 손을 안 댄 듯하다. 그의 저서로 『서민의 항장(抗章)』이라는 책이 있는데 그 책을 읽어 본 사람에 따르면 그 책도 그의 짤막짤막한 논설들을 모은 것이라고 한다. 그가 쓴 논설은 아주 논리정연하고 문장이 간결하며 탓 잡을 데가 없다. 완벽하다고 할 정도다. 마땅한 설명일지는 모르지만 일본 유학에서 익힌 법학 논리와 경찰 조서 작성 습관의 영향을 받은 것도 같다. 그는 정일권 국무총리와 박태선장로교회의 박태선과 생년월일이 같다고 친교를 유지했었다. 생일에는 서로 선물을 교환하며 축하했었다. 그는 그 친교를 매우 자랑스럽게 여겼다.

최석채 주필의 사설이 논리정연하고 훌륭했다고 해서 모든 논설이 그랬다는 것은 아니다. 한 예를 들어 박정희 정권이 3선 개헌을 추진했을 때의 그의 통단 사설은 많은 사람의 관심을 모았는데 3선 개헌의 찬성도 아니고 반대도 아니고 애매모호한 논리 전개였다. 그 무렵 '안개 지수'라는 말이 나돌았었다. 안개가 낀 날처럼 흐릿하여 이쪽이냐 저쪽이냐를 분간하기가 어려운 애매모호한 글들을 안개지수가 높은 글이라고 했다. 그 표현을 빌리면 3선 개헌에 관한 최석채 주필의 사설도 안개지수가 높았다고 할 것이다.

나는 그런 사설을 탓하지 않았다. 아무리 주필이라도 논지를 마음대로 정할 수 있는 것은 아니다. 3선 개헌과 같은 중대한 문제를 놓고서는 사주의 입장도 생각해야 하고 협의도 해야 하는 것이 아니겠는가. 사주가 3선 개헌에 반대하는 입장을 취할 수 없다고 할 때 주필도 정권과 독자들 양쪽을 고려하여 한껏 안개지수가 높은 사설을 쓸 수밖에 없지 않은가. 최석채 주필은 그렇게 어쩔 수 없는 한계에 서나마 매우 간결하고도 논리 정연한 사설을 쓰다가 주필을 그만두고 MBC의 회장이 되어 오랫동안 지내다가 언론 생활을 마쳤다. 나는 그를 언론 자유를 위한 투사나 영웅이라고는 생각하지 않는다. 그러나 신문사 생활을 포기하지 않는 한계 안에서 올바른 길을 가려고 무던히 노력한 언론인으로 존경하는 것이다.

한번은 MBC TV에서 임방현과 내가 격론을 벌인 적이 있다. 간단히 말하면, 임방현은 경제발전만 되면 민주화는 자연히 된다는 이야기이고 나는 경제발전이 된다고 민주화가 자연히 되는 것이 아니고 민주화를 위한 각별한 노력이 있어야 한다는 요지의 이야기였다. 박 대통령이 그 토론을 본 모양이다. 그다음 청와대 모임에 가니 박 대통령은 임방현과 나를 가리키며 "오늘 보니 둘이 매우 친한 것 같은데 TV에서는 왜 그렇게 다투었소." 했다. 내 느낌에 임방현에게는 친밀감을 보였으나 나에게는 거리를 두고 말하는 것 같았다.(임방현은 그 후 청와대의 특별보좌관을 거쳐 대변인이 되었다.)

《조선일보》 논설위원으로 있을 때 청주중학교 선배인 신범식이 문공부 장관에서 서울신문사 사장이 되었다. 그는 나를 만나자더니 편집국장을 맡아 달라고 강권했다. 나는 정부 기관지인 《서울신문》에는 가지 않겠다고 거절했다. 그랬더니 그가 《조선일보》의 방일영 회장과 방우영 사장에게 도움을 청한 모양이다. 두 분이 나를 회장실로 부르더니 신범식이 갑자기 신문사 사장이 되어 다급해서 그러는 모양이라고 가서 도와주라고 설득했다. 그러면서 일단《서울신문》에 빌려 주는 것이니 언제고 돌아오고 싶으면《조선일보》로 돌아오라고까지 말했다. 그래서《서울신문》 편집국장이 되었고, 자연히 정부에서 강력하게 추진하는 새마을운동에 관한 보도에 열을 쏟게 되었다. 몇 년이 지난 후 나는 청와대에서 새마을운동 근면장이라는 훈장을 받게 되었다. 훈장 중에서는 격이 낮은 것이지만 청와대에서 대통령 친수였다. 박 대통령은 여러 수훈자 중 낯익은 나에게 새마을운동에 대한 의견을 말해 달라고 했다. 그래서 나는 "남성보다는 여성 새마을 지도자들이 끈질기게 노력하는 것 같으니 여성 지도자들에게 보다 관심을 가졌으면 좋겠다."라고 즉석 답변을 했다. 박 대통령도 수긍했다.

박정희 시대의 정치 이모저모

《서울신문》 편집국장 만 5년, 주필 1년 8개월을 할 때이다. 공화당의 박준규 정책위의장이, 신설되는 서울 강서구에서 국회의원 출마를 않겠느냐고 말해 왔다. 어쩌다《서울신문》으로 옮겨 와 햇수로 7년이 된 셈이다. 이제《조선일보》로의 복귀도 어색하게 되었다. 남은 길은《서울신문》의 경영진이 되는 일뿐이었다. 그래서 차라리 국회의원 출마를 택한 것이다. 공화당에서는 강서구에 박 대통령이 친아들처럼 아끼던 이건개 검사를 추천했으나 박 대통령이 아직 이르다고 하여 그 자리에 있던 박준규가 나를 천거했다는 것이다. 그때는 한

선거구에서 2인 당선제였는데 서울에서 1등으로 당선한 사람은 강서구의 나와 용산·마포의 박경원 전 내무 장관뿐일 정도로 여권이 열세였다. 개표 중계 TV를 박 대통령이 지켜볼 때 김경원 특별보좌관이 옆에 같이 있었는데, 나의 1등 당선에 박 대통령이 흐뭇해하기에 김경원 박사는 나와 자기가 서울대 법대 동기라고 이야기했다는 것이다. 나는 국회의원이 되면 대통령을 가끔 만날 수 있고 진언도 할 수 있으리라고 생각하고 여러 가지 구상을 하기도 했는데, 대통령 만나기는 하늘의 별 따기만큼이나 어려웠다. 나의 구상을 말할 기회가 전혀 없었다.

선별 수리냐, 일괄 반환이냐

드디어 박 대통령을 직접 만날 수 있었던 것은 유신 7주년 기념 행사장에서였다. 청와대 영빈관 1층에 공화당, 유정회 소속 모든 의원이 모였고 일부 각료도 나왔다. 큰 홀에 긴 술안주 테이블이 4개쯤 놓였고 방구석에는 칵테일 코너가 설치되어 있었다. 유정회 의원들은 입구에 가까운 첫째 테이블을 거의 몽땅 점거하고 있었는데 박정희 대통령이 입장하자 그 근처가 요란해졌다. 그 당시 김영삼 야당 대표의 국회의원직 제명에 항의하여 모든 야당 의원들이 일괄 사표를 내고 있었는데 유정회 의원들은 입을 모아 '일괄 반려'가 아닌 '선별 수리'를 외쳐 대고 있었다. 얼마 후 박 대통령은 제2테이블 쪽으로 왔다. 거기에는 주로 공화당 의원들이 있었다. 나는 김재명 교통부 장관이 칵테일 코너로 이끌어 술이나 마시자고 하기에 거기서 술을 마시고 있었다. 김재명 장관은 육사 2기로 박 대통령과 동기인데 새마을 연수원에 입소했을 때 한 방에서 숙박했을 때부터 신문사에 있던 나를 동생이라고 부르며 친밀하게 대했다. 그는 세련되지 않은 투박한 말솜씨였으나 비교적 올바른 소리를 하는 사람이었다. 그날도 "동생, 저런 시시한 사람들과 어울리지 말고 우리끼리 술이나 마시세." 하고 나에게 계속 술을 강권하고 있었던 것이다.

제2테이블로 온 박 대통령은 약간 멀리 떨어져 있는 나를 부르더니 "남 의원은 어떻게 생각하시오?" 하고 물었다. 선별 수리냐 전원 반환이냐, 그중 어느 쪽이냐는 질문인 것이다.

야당 대표를 국회에서 제명하고, 거기에 항의하여 일괄 사표를 낸 야당 의원들의 사표를 선별 수리한다? 참으로 기가 막힌 이야기다. 그런데 첫째 테이블에서는 유정회 의원들이 선별 수리를 합창하다시피 외쳐 대지 않았는가. 나는 상황이 이상하게 돌아가고 있어 어처구니가 없기도 하고 당혹스럽기도 하여 박 대통령의 질문에 답변하지 않았다. 답변을 않고 있으려니 그것도 어색하고 실례되는 것 같아 칵테일을 안 든 손으로 뒷머리를 긁적이며 약간 비굴하게 보일지도 모를 미소를 지었다. 영어에 'moment of truth'라는 구절이 있다. '진실의 순간'이라고 번역될 수 있겠지만 그 번역도 적당치 않은 것 같고, 어떤 '중요하고도 결정적인 순간' 같은 뜻일 텐데, 나에게는 바로 그때가 'moment of truth'였다. 옆에 서 있던 몇몇 공화당 의원들이 나에게 답변을 재촉하고 박 대통령은 나를 응시하고 있고……. 박 대통령은 아주 절도 있는 움직임으로 뒤로 홱 돌아 2층 만찬장으로 향했다.

2층 만찬장에서 여러 의원들이 쏟아 내는 박 대통령에 대한 찬사와 온갖 수준 높지 않은 노래들의 연속은 삼류 신파극 같아 여기에 옮기기가 부끄러울 정도다. 다만 한 가지 특별한 것은 "각하를 위해 목숨을 바치겠습니다!"라고 외친 유정회 의원이 있었다는 것이다. (그 후 궁정동의 총소리가 울린 후 어느 익살을 잘 떠는 언론계 출신 유정회 의원은 "요즈음 신문 부음란을 유심히 보는데 목숨을 바쳐 죽었다는 의원의 부음이 안 나와." 하고 좀 질이 떨어지는 농담인지 악담인지를 하는 것을 들었다.)

영빈관 행사 다음 날 청와대에서, 야당 의원 일괄 사표의 선별 수리/일괄 반환에 대한 공화당 전체 의원의 의견을 조사해 보고하라는 지시가 떨어졌다. 그리고 그 무렵 갑자기 실세로 떠올라 행세를 하던 구범모 의원이 그 조사와 보고 책임을 졌다. 나는 그 당시 정책위원회 정책연구실 차장으로 있어 중앙당에서 근무했기에 '희래등'이라는 중국집에 모여 조사하는 광경을 목격했는데 중앙당에 있던 의원들의 압도적 다수는 일괄 반환이었다. 박 대통령의 처남인 중앙위의장 육인수 의원도 선별 수리가 부당하다고 말하며 일괄 반환을 주장했다. 그 조사 보고가 대통령에게 보고된 시점과 '궁정동의 총소리'가 울린 시점 중 어느 것이 앞선 것인지는 알 수가 없었다.

내가 《서울신문》의 편집국장직을 맡은 지 얼마 안 되어 유신이 선포되었다. 참으로 착잡한 심정이었다. 유신 2주년이 되었을 때 나는 「유신 2년 유감」(1974년 10월 10일 자)이라는 긴 글을 써서 《서울신문》 간지 전면에 실었다. '유신 2년을 생각한다'라는 뜻의 제목이다. 그 글에서 나는 "유신 체제의 근본적인 재점검은 2, 3년 후로 미루는 것이 현명할 것 같다. 그때에 가서는 신민당의 김영삼 총재가 제의한 것 같은 헌법개정심의위원회를 설치하여 우리나라에 알맞은 정치체제가 과연 어떤 것이냐를 진지하게 검토해 볼 수도 있을 것 같다."라고 썼다.

그 글이 나간 후 나와 가까웠던 소설가 이병주는 "개헌을 주장하면 모두 잡혀 가는데 남 국장은 어째 안 잡혀 갔느냐."라고 말했다. 그래서 나는 "같은 이야기를 해도 팔이 안으로 굽느냐, 밖으로 뻗느냐가 다르지 않느냐." 하고 간접화법으로 답변했다. 그 당시 정론지로 《정경연구》라는 월간지가 활발했는데 나는 거기에 「정치 발전을 생각한다」(1977년 9월호)라는 긴 정치 논문을 써서 실었다. 요지는 이원집정부제 비슷한 방식으로 난국을 헤쳐 나가자는 것이었다.

유신 체제의 난국을 어떻게 헤쳐 나갈 것인가를 고민하던 때에 조봉암의 1급 참모였던 이영근을 만나게 되었다. 내가 《조선일보》 논설위원 때 같이 있던 문인 겸 언론인인 송지영 선생은 이영근과 절친한 사이로, 내가 일본을 방문했을 때 나를 그에게 소개해 주었다. 송지영은 중국에서 대학에도 다녔는데, 독립운동가들 사이의 연락을 해 주다 일본 관헌에게 체포되어 일본 나가사키 형무소에 수감되었다가 해방 때 석방된 인물이다.(나가사키 형무소는 나가사키 시에서 20킬로미터쯤 떨어져 있어 원폭 피해를 면할 수 있었다.) 이영근은 여운형이 이끌던 건국준비위원회 산하 치안대의 주요 간부였는데, 여운형 피살 후 조봉암의 참모가 되었다. 부산 피난 시절 조 씨를 중심으로 한 정당을 조직하려다 간첩으로 몰려 구속되고, 진보당 사건이 났을 무렵에는 병보석으로 나와 병원에 있었다. 그러나 그의 인간관계는 매우 광범하여(그는 제2고보와 연희전문을 나왔다.) 곧 진보당 인사에 대한 구속 선풍이 불

것이라는 정보를 입수하고 조봉암에게 사람을 보내 도피할 것을 권고했다. 그리고 본인은 병원에서 도망쳐 부산에서 밀선을 타고 일본으로 망명했다.

일본에서 조봉암 구명 운동을 한 뒤 반정부 투쟁을 오래 벌이던 그는 점차 태도를 바꾸어 친정부 쪽으로 기울었으며, 일간《통일일보》를 발행할 때는 완전히 친정부 쪽이 되었다. 그때 김재규 중앙정보부장의 동서인 고려대 최세현 교수가 중앙정보부 주일 공사로 부임했다. 그는 유신 체제의 막힌 길을 벗어나기 위해 이원집정부제와 유사한 개헌을 구상했으며 그 생각으로 최 주일 공사를 설득, 김재규 중앙정보부장에까지 영향을 주려 했다. 김재규 부장과의 면담 약속이 되었다 하여 서울에 오기도 했으나 성사가 안 되었다. 그런 이영근을 일본에서 몇 번 만나다 보니 나도 이원집정부제 유사한 개헌안에 동조하게 되어《정경연구》에 논문을 쓰게 된 것이다. 참고로 덧붙인다면, 5·16군사정변이 일어났을 때 이영근이 뒤를 봐준《민족일보》의 조용수 사장은 사형이 되었으며, 절친한 동지 송지영은 사형이 언도되었다가 국제펜클럽의 항의 등으로 감형되어 결국 8년쯤의 감옥살이를 했다.

박정희 제거를 주장한 미국 관료

김영삼 야당 당수의 제명에 관한 국회 표결이 있던 날이다. 나와 친분이 있던 미 대사관의 리처드슨 일등서기관이 국회로 와서 국회 일반 식당에서 나를 만나자더니 김영삼 제명 결정을 하면 "serious repercussion"(심각한 파문)이 있을 것이라고 경고하며 부결을 역설한다. (그 후 그의 부인이 한국에 왔을 때 함께 만나 보니 그의 부인은 미공군사관학교의 교수였다. 나는 그렇게 기억한다.) 리처드슨은 비록 일등서기관이지만 그의 메시지는 미국 정부의 김영삼 문제에 관한 태도라고 해석해도 좋을 듯한 것으로 본다.

나는 헌책방에서 미군 부대에서 흘러나온 신문이나 잡지를 마치 낚시질하듯 사 모으고 보는 습관이 있었다. 한번은 《뉴욕타임스》 일요판에 끼어 나오는 《선데이 매거진》의 때 지난 호를 보니 리처드 홀브룩 미 국무부 동아시아·태평양 담당 차관보가 관직을 맡기 전에 쓴 한국에 관한 논문이 실려 있다. 그 글에서 그는 한국 정국이 막힌 골목에 접어들었음을 설명하며 해결책으로 냉전 전문학자 개디스 스미스 교수가 《선데이 매거진》에 먼저 실었던 글에서 말한 것처럼 "박 대통령을 제거"하는 방법 말고는 달리 도리가 없다고 썼다. 홀브룩은 외교관과 언론인의 경력을 가졌으며 미 민주당의 카터 대통령 후보 선거운동을 도왔는데 카터가 당선된 후 국무성의 동아시아 담당 차관보가 될 줄 모르고 그런 글을 쓴 것 같다. 그래서 동아시아 담당 차관보가 박 대통령의 생존 시에는 한국을 공식으로는 방문하지 않은 것으로 안다. 박 대통령 피살 후 그가 공식 방문했을 때 정동의 미 대사관저에서는 매우 성대한 환영 칵테일파티가 있었다. 나는 거기에서 그와 마주쳤을 때 《선데이 매거진》의 기고 문제를 놓고 시비를 걸었다. 좋다 나쁘다의 이야기는 아니었다. 다만 남의 나라 국가수반에 관한 생명의 문제를 이야기한 데 대한 시비였을 뿐이다. 《선데이 매거진》에 대한 이야기는 박 대통령 저격 사건 후의 일로 사후 약방문이라는 말처럼 부질없는 이야기일 수도 있다.

아쉽고 안타까운 일이다. 만약 두 번 임기에 끝났더라면, 아니 세 번 임기에 끝났더라면……. 쿠데타 자체에는 문제가 남았더라도 국가 사회의 정체 상태를 돌파하고 큰 발전을 이룬 업적은 높은 평가를 받아 국가 중흥의 위인으로 추대되었을 것이다. 영어에 "too clever to be wise"라는 말이 있다. 재승박덕(才勝薄德)이라는 말과 유사한 뜻일 것이다. 너무나도 똑똑했던 박 대통령이 말기에는 현명함을 잃은 것 같다.

광주의 비극과 전두환의 원죄

전두환, 노태우의 민정당 정권 시대에는 사람들에게 이야기하지 않았지만, 시골 청주의 내 중학 동기 동창 가운데 두 명이 육사 11기생이었다. 나에게도 육사에 가라는 선생님이 있었는데 만약에 그 말에 따랐더라면 나도 육사 11기가 되었을 것이다. 육사로 간 동창 가운데 한 명인 윤종화 군은 군 생활이 성공적이어서 육군 소장으로 사단장을 지내고 육군대학 총장을 마지막으로 퇴역했다. 그가 아주 드물게 동기생 전두환과의 일화를 이야기하기도 했다. 전두환은 수도권의 부대나 기관에 근무해서 여러 면에서 유리한 입장에 있었지만 윤종화 군은 주로 전선 부대에 배치되어 중앙 권력과는 거리가 멀었던 셈이다. 그가 전두환에 관해 이야기한 것 가운데 한 가지를 소개해 본다. 그가 서울에 와서 전두환을 만나게 되면 전 씨는 자주 주머니에서 얼마간의 돈을 꺼내어 아이들에게 과자나 사 주라고 건네주었다 한다. 전 씨는 서울이나 주변에 주로 근무하고 윤 군은 일선에 근무했기에 어쨌든 전 씨가 주머니 사정이 나아서 그랬을 것이다. 그러나 동기생에게 그렇게 용돈을 계속 주어 왔다는 것은 전 씨가 동기생을 이끄는 리더십을 지니고 있었다는 이야기도 될 것이다.

박정희 대통령이 이끄는 군부는 일제하 만주군에 있던 한국인들이 다수이고 또 핵심이었다. 언론인 김효순이 저술한 『간도특설대』를 보면, 박정희 시대의 인맥이 얼마나 압도적으로 만주군 출신 한국 군인이 다수였는지 알 수 있다. 그러니까 그들은 일본 제국주의 군대의 정신 무장을 했던 사람들이라 할 수 있다.

그 후 또다시 군부 쿠데타로 집권한 전두환 군부는 대한민국 수립 후 설립된 4년제 정규 사관학교 출신들이 주축이다. 그래서 광복된 한국에서 민주주의 교육을 받은 세력으로 일단은 추정되고 그들의 정국 주도에 얼마간의 기대도 갖게 되었던 것이다. 나는 민정당에 참여하면서 그러한 일말의 희망을 가졌던 것이 사실이다.

김지하 시인 석방과 만인보

전두환을 처음 만난 것은 민정당 창당 과정에서 각 시도당 조직책들의 첫 만남과 회식이 궁정동 안가에서 열렸을 때다. 마침 내가 서울시당 조직책이었기에 나는 전두환과 마주 앉게 되었다. 그는 다변이었다. 끊임없이 무언가를 계속해서 이야기한다. 그러니 마주 앉아 있던 나도 말려들어 어느 정도 말을 많이 하지 않을 수가 없게 된다. 그 많은 시도당위원장 가운데 대화 상대는 거의 나 하나뿐이어서 미안할 정도였다.

모임이 끝날 무렵 나는 무언가 한 가지 좋은 성과를 이끌어 내기로 작정했다. "각하, 한 가지 부탁이 있습니다. 시인 김지하를 석방해 주시기 바랍니다. 며칠 전 소설가 박경리 여사가 《동아일보》에 기고한 글을 읽으니 그 박 여사의 비통한 심정에 동정이 갑디다. 유명한 소설 『토지』의 작가 박경리 여사는 무남독녀 외딸 하나를 두고 평생을 홀로 살아왔는데 그 사위가 김지하 시인입니다. 그런데 그 사위가 지금 옥중에 있으니 얼마나 마음이 아프시겠습니까. 김지하 시인의 석방을 부탁드립니다."

그러자 전두환 대통령은 "『토지』의 작가야? 우리 집 애들도 토지를 읽고 있던데, 그러한 사정이라면 김 시인을 석방해." 그렇게 옆에 배석했던 참모에게 지시했다. 그 참모는 아마 보안사 대령인 권정달이었던 게 아닌가 뒤늦게 추측한다. 그 참모는 "각하, 안 됩니다. 우리도 검토해 보았는데 아직 석방은 불가합니다." 하고 말했다. 그러자 전두환은 "석방하라면 석방해. 그리고 그 전에 나도 한번 박경리 여사를 만나고 싶군." 하고 말했다.

그 후 김지하 시인이 석방되었는데 내 진언이 주효했던 것인지, 또 얼마나 구속 기간이 단축된 것인지는 알아보지 못했다. 아주 오랜 후 어느 문학인의 출판기념회에서 박경리 여사를 만났다. 그랬더니 박 여사는 "아이고 남 선생님, 진즉 고맙다는 말씀을 못 드려 미안하게 되었습니다." 하고 인사말을 한다. 어느 신문인가에 나의 김 시인에 대한 진언이 소개되어 박 여사도 뒤늦게 안 것 같다. 박 여사는 1960년대 중반 내가 《조선일보》 문화부장으로 있을 때 《조선일보》에 소설을 연재했으며, 선우휘 편집국장과 나를 정릉에 있는 그의 집으로 점심 초대를 하는 등 어느 정도 알고 지내던 터였다.

전 대통령의 임기 초에 청와대에서 민정당의 시도당위원장들을 초청한 만찬 모임이 있었다. 만찬 모임이 끝나 갈 무렵 누군가의 제의로 각 시도를 대표하는 노래자랑을 하자는 이야기가 나왔다. 예상했던 것처럼 부산시당위원장은 조용필의 「돌아와요 부산항에」를 불렀다. 전남도당위원장 차례가 되었을 때 모두들 으레 이난영의 「목포의 눈물」이 나올 것으로 예상했다. 그런데 최영철 위원장은 예상을 깼다. 최 위원장은 나와 《한국일보》 입사 동기이기도 한데 그는 「목포의 눈물」은 너무 나약한 인상을 주는 노래라고 절대 부르지 않겠다고 말해왔었다. 그가 부른 노래는 「영산강아 잘 있거라」였다.

그렇게 진행되다가 드디어 마지막에 서울시당위원장인 내 차례가 되었다. 아마 많은 사람들은 패티 킴의 「서울 찬가」가 나올 것으로 예상했을 것이다. 나는 「서울 찬가」를 배제하고 무엇을 부를까 생각하다가 거의 모든 사람들이 들어 보지 못했을 샹송풍의 「세월이 가면」을 불렀다. "지금 그 사람 이름은 잊었지만/ 그 눈동자 입술은 내 가슴에 있네/ 바람이 불고 비가 올 때도/ 나는 저 유리창 밖 가로등 그늘의 밤을/ 잊지 못하지."

내 노래가 계속될 동안 모두 매우 조용하게 경청하는 듯했다. 노래가 끝나고 나는 약간 긴 해설을 했다. 명동공원 한쪽에 탤런트 최

불암의 모친이 경영하던 대폿집 '은성'이 있었다. 주로 문인, 예술가, 언론인들이 드나들었다. 시인 박인환이 음악 평론가 이진섭과 약주를 하다 시상이 떠올라 담뱃갑을 펼쳐 그 뒤에 써 내려갔다. "지금 그 사람 이름은 잊었지만……." 이진섭이 그것을 가져가 며칠 만에 곡을 붙였다. 그리고 영화 「백치 아다다」의 주연 여배우 나애심이 취입해 음반으로 나오게 되었다.

내가 《조선일보》 논설위원으로 있을 때 같은 방에 있던 송지영이 술을 하러 가자면 따라나섰는데, 그는 가끔 충무로 입구에 있는 조그마한 양주 살롱 '뚜리바'(프랑스어로 상아탑이라는 뜻)로 갔다. 나애심 자매가 경영하는 살롱이다. 거기서 조용히 술을 마시고 거의 문을 닫을 무렵이 되면 송지영이 나애심에게 은근히 한 곡을 부탁한다. 아무 때나 부르는 게 아니다. 분위기가 맞아야만 응해 주는 것이다. 그리고 나애심의 독특한 음색의 노래가 나온다. "사랑은 가도 옛날은 남는 것/ 여름날의 호숫가 가을의 공원/ 그 벤치 위에 나뭇잎은 떨어지고/ 나뭇잎은 흙이 되고/ 나뭇잎에 덮여서/ 우리들 사랑이 사라진다 해도/ 내 서늘한 가슴에 있네." 마치 프랑스의 카페에서 술을 마시는 듯한 분위기다.

내 노래와 긴 해설이 끝나자 일동은 아낌없는 박수를 보내 주었다. 그리고 동석했던 노태우 씨는 그 살롱이 어디 있느냐, 지금도 문을 열고 있느냐 등등 매우 흥미를 갖고 질문을 했다.

"마음은 진보에 있고 몸은 보수에 있다./ 그런 사람에게 술을 주었다./ 술에 취해 집에 돌아가면 서울 법대를 나온 부인과/ 3만 권의 책, 그리고 데모하는 딸들이 있다." 고은 시인은 그의 『만인보』에 「남재희 편」을 이렇게 썼다. 그는 불문에서 환속하고 얼마 후인 1960년대 중반에 청진동에 있던 나의 고교 동창 박맹호 사장의 민음사에 매일 나타났다. 그리고 가까운 《조선일보》에 있던 나도 어울려 셋이서 1년쯤 소주와 맥줏집을 돌아다니며 술을 마셔 댔다. 셋은 1933년생 닭띠 동갑들이다. 그런 고은이기에 『만인보』에 나에 관해 읊을 수 있었다.

광주의 비극과 데모하는 딸들

신군부에 의한 쿠데타와 광주에서의 일대 항거가 일어나고 비참한 살육이 있었을 때 나는 공화당 소속 초선 의원이었다. 광주에서 비극이 벌어지고 있고 항의하는 민중과 군 사이의 대치로 더 큰 비극이 있을 것이라는 이야기는 나돌았으나, 철저한 보도관제로 그 진상을 알 수가 없었고 다만 불안하고 크게 걱정되기만 했었다. 그래서 공화당의 서울시당위원장인 정래혁의 집을 몇 번 찾아가 걱정을 했다. 정 씨는 5·16군사정변 때 육군 중장으로 상공부 장관을 맡았으며 그 후 국방부 장관을 지내기도 한 군사통으로 뭔가 역할을 할 수 있을 것으로 기대가 되었다. 나의 걱정과 그에 대한 중재 요청에, 그는 말없이 입맛만 다셨다. 몇 년이 지난 후 그는 나에게 그 당시 신군부와는 전혀 통할 길이 없었고 오직 말할 수 있는 사람은 당시 외무장관이었던 박동진뿐이었는데 그와 함께 이야기했으나 박 장관도 속수무책이었다고 말했다 한다.

광주의 비극이 있은 지 1년 후 서울대학교 국사학과에 재학 중이던 내 첫째 딸을 포함 여학생들 몇 명이 힘을 모아 광주의 학살을 비난하는 격문을 프린트하여 대학 안에 살포했다가 전원이 연행되었다.

박정희 대통령 때는 자녀가 반정부 데모에 관련된 여당 의원들은 엄하게 응징했으며 그다음 공천에서 반드시 배제하는 등 철저했다. 그런 상황을 알던 나는 딸이 반정부 유인물 살포로 체포되자 즉각 전두환 대통령에게 편지를 써 사과하고 의원직과 당직 모두를 사퇴하겠다고 했다. 다만 탈당은 하지 않고 당적은 보유한 채로. 그러한 편지를 중앙당에 제출했는데 그다음 날 중앙당에서 오라고 해서 갔더니 전 대통령의 회답을 구두로 말해 준다. "그동안 선거에 바빠 자녀들 관리할 틈이 있었겠나. 모든 문제를 불문에 부치겠으니 앞으로 더욱 열심히 일해 달라." 박정희 대통령과는 사뭇 다른 대응이다. 딸은 얼마 후 풀려났다. 그 후 동국대학교에서 경제학을 가르치던 주종환 교수를 만나니 그의 딸도 그때 걸렸는데 나 때문에 모두가 가볍게 다루어진 게 아니냐고 말했다.

1년여가 지난 후, 이번에는 고려대학교 경제학과에 재학 중이던 둘째 딸이 또 반정부 데모에 관련되어 구속되었다. 이번에는 상황이 좀 달랐다. 강민창 경찰정보국장이 직접 만나자더니 딸이 데모에 관련되어 구속되었으니 우선 고려대학교를 방문하여 총장에게 사과하고 이런저런 수순을 취하라고 훈수한다.

낌새가 이상하다. 대충 알아보았더니 딸이 데모를 한 것은 아니고 배후 조종을 했다는 혐의다. 그때 고려대에는 현대철학연구회라는 학생 서클이 있었는데 내 딸이 그 회장을 맡을 순서였던 모양이다. 그런데 그 멤버들이 반정부 데모에 많이 관여된 것이다.

구체적이고 자세한 이야기는 생략하고, 한마디로 말해 데모 참가자는 아니고 그 배후라면 구속까지는 하지 말고 따귀나 한 방 때려 훈방할 일이라고 생각되었다. 그리고 나는 경찰과의 싸움을 각오하고 법원과 경찰에 항의하는 국회의원으로서 서한을 발송했다. 공교롭게도 그때 대법원장인 김덕주는 나와 고등학교 동기 동창이고 검찰총장인 김석휘는 나의 국민학교 2년 후배였다. 물론 그런 덕을 보려는 것은 아니었고 다만 공정한 법 집행을 기대했던 것이다.

그때 서울 출신 국회의원으로 원내총무를 맡고 있고 당의 준(準)실세인 이종찬 의원이 서울 지역구 의원 여러 명을 불러 술자리를 마련했었다. 나는 그 자리에서 이 의원에게 내 딸의 구속을 거세게 항의했다. 심지어는 "내가 미우면 당을 떠나라고 하면 될 거 아니냐. 그러면 당을 떠나 주겠다. 애매한 일로 내 딸을 왜 구속했느냐."라고 격렬하게 항의하는 말도 했다. 이종찬 의원으로서는 억울했을 것이다. 내 항의가 계속되자 이종찬 의원은 "그러면 왜 고려대 총장에게 가서 사과했느냐." 하고 말했다. 아차, 강민창 정보국장의 잔꾀에 넘어갈 뻔했구나 했다. 그러나 나는 강 국장의 간사한 훈수를 전혀 따르지 않았다. 그래서 이종찬에게 "고려대 총장에게 사과는 무슨 사과냐." 하고 반격했다. 이 총무는 강민창 국장이 권력 중심에게 한 보고가 허위임을 순간 깨달았을 것이다. 나의 감정이 얼마나 격하게 나타났던지 김정례 의원은 우리 집까지 멀리 따라와서 나를 진정시키느라고 애를 썼다.

이종찬 원내총무가 마침 내무 차관으로 있던 이춘구 의원에게 그날 밤의 사태를 전하며 개입을 요청한 모양이다. 철두철미한 원칙주의자인 이춘구 의원이 경찰의 조사 내용을 철저히 알아본 것 같다. 그리고 석방 지시를 내린 것이다.

나에게 최연희 공안검사실로 가서 딸을 인수해 가라는 연락이 왔다. 최연희 검사는 나중에 국회의원이 되어 추문을 뿌린 인물인데, 딸을 인계하러 간 서울대 대선배인 나에게 일장 훈시를 하며 창피를 주기도 했다.

딸의 문제가 그것으로 끝난 게 아니다. 얼마 후 둘째 딸이 당시 재야 민주화운동의 거물이던 예춘호 전 의원의 아들인 고려대 학생과 결혼하겠다고 말한다. 엎친 데 덮친 꼴이다. 정권에서 오해하기에 꼭 알맞다. 그래서 나는 친한 친구인 김종인 의원을 통해 청와대의 정순덕 정무수석에게 그 사정을 설명하고 전 대통령의 오해가 없도록 말해 달라고 부탁했다. 그랬더니 다음 날 즉각 전 대통령의 반응이 전해졌다. 최창윤 정무비서관이 전화를 걸어와 "각하께서 정치와 혼사가 무슨 연관이 있느냐고 말씀하시며 약혼을 축하한다고 결혼 날짜를 꼭 알려 달라고 말씀하셨습니다."라고 말했다. 한 달쯤 후 다시 최창윤 비서관이 전화를 걸어와 "각하께서 왜 결혼 날짜를 말해 주지 않느냐고 하신다. 결혼 날짜를 알려 주십시오."라고 한다. 할 수 없이 날짜를 알려 주었더니 최 비서관이 적지 않은 축의금을 직접 전달해 왔다. 최 비서관은 나중에 김영삼 정권에서 총무처 장관을 지낸 사람으로 육사를 나와 미국 유학도 한 지성파다.

군주 시대의 양위와 흡사했던 권력 이양

청와대 경내에는 청와대 본관 밖 정원에 '상춘재'라는 산뜻한 단층 건물이 있다. 엄숙한 청와대 본관에서보다는 가벼운 마음으로 한담도 하고 식사와 술도 할 수 있는 곳이 상춘재다. 그 상춘재에서 전두환은 당직자들을 초청해 몇 차례 술자리를 마련했었다. 한번은 회고담 비슷한 말을 하다가 "그때 김종필, 김영삼 등 정치 세력이 최규하 대통령을 굳건히 뒷받침해 주었더라면 누가 언감생심 권력에 욕심을 냈겠느냐."라는 요지의 말을 했다. 나는 이 말을 대단히 중요한 의미가 있는 정치적 발언으로 생각하여 거듭하여 음미하는 것이다.

권력이란 마키아벨리가 『군주론』에서 말했듯이 사자의 용맹과 여우의 간교함을 갖고 지키고 유지해야 하는 것이다. 그러한 권력이 박정희 대통령 사후 최규하 대통령 시대에는 아무도 뒷받침해 주는 사람이 없이 무주물처럼 광화문 거리통을 굴러다니다시피 했던 것이다. 그러니 권력욕에 사로잡힌 잠주(潛主)는 누구라도 먼저 집어먹는 사람이 임자였던 것이다. 이때 최규하 대통령을 외롭게 청와대에 방치해 둘 게 아니라 대권을 생각하는 김종필, 김영삼, 김대중 등의 세력이 합심하여 최규하 대통령을 뒷받침해 주고 많은 국민들이 지지하는 대통령으로 만들었어야 했을 것이다. 그랬어야 우선 우리 국가의 50만 대군의 충성심도 모았을 것이고 일부 야망가의 야욕도 견제할 수 있었을 것이다. 그러한 것이 권력과 권력 유지의 정치 원리가 아닌가. 그러한 점에서 앞에 인용한 전두환의 말은 권력 역학의 핵심을 찌른 것이라 하겠다.

"별들의 싸움"인가 하는 말이 한때 신문에 났었다. 전남 화순·구례·곡성의 선거구를 놓고 벌인 두 장성 출신 정치인들의 치열한 정치 싸움을 두고 하는 말이다. 그곳 출신의 정래혁 의원은 당시 국회의장이기도 했다. 그런데 4성 장군 출신인 또 하나의 정치인 문형태가, 정 의원이 엄청난 부정 축재를 했다고 폭로전을 펼쳤다. 그것이 민정당 안의 큰 화제가 되고 쟁점이 되었으며 마침내 일각에서는 정래혁의 의장직 사퇴 주장까지 들고 나왔다. 그 문제를 놓고 민정당의 의원총회까지 열렸는데, 정 의원을 옹호하려 발언에 나선 사람은 나 하나뿐이었다. 나는 정 의장의 부정 축재 문제는 아직 일부에서 제기한 설일 뿐 진상이 규명되지 않았지 않느냐, 진상이 완전히 규명되고 밝혀진 후 의장직 사퇴 여부를 논의하는 것이 순서가 아니겠느냐, 먼지가 잔뜩 낀 상황에서 판단하지 말고 먼지가 가라앉은 다음에 판단하자고 역설했다. 뒤늦게 생각하게 된 것이지만 그 "별들의 전쟁"은 여당 내의 대통령 후보 물망자의 사전 정지 작업이 아니었던가 하고 생각된다. 정 의원은 전남 출신의 거물 정치인으로 전남으로 선거구를 옮기기 전 서울에서도 두 번 국회의원에 당선되었다. 그러니 유력한 대통령 후보감이 아니겠는가. 나는 신군부 사람들이 그러한 유력한 경합자의 힘을 사전에 빼려고 생각해 낸 것이 "별들의 전쟁"이 아닌가 밑도 끝도 없이 상상해 본다.

다시 상춘재 이야기로 돌아가서, 먼저 이야기한 상춘재 모임인지 또 다른 상춘재 모임 때의 이야기인지 몰라도 전두환은 정래혁 의장의 부정 축재 여부에 대해 분명한 말을 했다. "철저히 조사해 보았는데 부정 축재는 없었던 것 같다. 그동안에 있었던 여러 자리에서 받은 전별금 등을 잘 굴려 돈을 모아 돈은 많은 것 같다. 돈이 그렇게 많으면 당비나 많이 낼 것이지."

다 아는 얘기지만 정 의장은 당 중앙에서 파견한 이른바 '과천 특사'의 설득(?)을 받고 의장직을 사퇴하고 말았다. '과천 특사'는 그의 주택이 과천시에 있기 때문에 언론이 붙인 이름이다. 공교롭게 그 과천 특사는 노태우와 아주 가까운 인사여서 무언가 느낌을 강하게 준다. 덧붙여 한마디 추가한다면, 신상식 의원이 정 의장에게 나의 노력을 말한 모양이다. 관운장을 연상케 하는 거구이고 과묵한 정 의장은 나에게 고맙다는 뜻을 전해 왔다. 이로써 여당 내 대통령 후보 경합자 한 사람은 제거된 듯하다.

전두환 대통령에서 노태우 대통령에로의 권력 이양은 그야말로 군주 시대의 양위와 비슷했다. 전 대통령의 결심이 거의 전부이고 국민이나 당원들의 지지 여부와는 무관했다. 그러나 그러한 매우 단순한 듯한 권력 이양의 과정에도 많은 삽화들이 뿌려져 있다.

전 대통령의 권력 말기에 쿠데타 동지인 노태우 장군, 외무부 장관·안기부장·국무총리를 지낸 민간인 노신영, 그리고 전 대통령의 충실한 부하인 경호실장 장세동 등 셋이 물망에 오른 것으로 언론에 화제가 되었다.

한번은 장세동 경호실장이 나에게 전화를 걸어 전 대통령이 만나자고 하니 청와대로 오란다. 참 드물게 청와대로 갔더니 집무실 앞에 있던 장경호 실장이 만년필을 갖고 있느냐고 묻더니 그것을 달란다. 당시 국회의원들은 주례를 많이 섰기에 만년필을 항상 지니고 다녔다. 아마 만년필 형태의 살상 무기가 있는 모양이다. 집무실에서 나를 만난 전 대통령은 대뜸 오랫동안 민정당의 원내총무를 지낸 이종찬 의원에 대한 비난을 쏟아 낸다. 이 의원은 잘된 것은 모두 자기 공으로 돌리고 잘못된 것은 모두 윗사람의 탓으로 돌린다는 것이 비난의 요지다. 따라서 그는 지도자가 될 수 없고 또한 그를 지도자로 밀어서도 안 된다는 이야기다. 그의 말을 듣고 난 후 나는 이 의원을 지도자로 추대한 적이 없다고 말하고, 정부와 여당에 대학생들을 설득할 만한 인물이 없으니 그를 문교부 장관에 임명하여 그 자격으로 대학가를 돌며 학생들을 설득하게 하는 것이 어떻겠느냐고 말했다.

서울에는 지구당이 대단히 많은 셈이다. 한 지구당에서 지구당대회가 열릴 때마다 그 많은 지구당위원장들이 모여들어 해당 위원장을 추켜세우는 찬조 연설을 한다. 그러는 것이 선거운동에 도움이 되기 때문이다. 가령 이종찬 의원의 지구당에서 당대회가 있을 때에는 여러 위원장들이 대거 모여들어 그를 훌륭한 정치인으로 한껏 추켜올리는 지원 연설을 한다. 그런데 한번은 대구의 한 의원이 그 광경을 목격하고는, 서울시의 지구당위원장들이 일치단결하여 이종찬 의원을 지도자로 추대하고 있는 것 같다고 권력의 중추에 보고한 모양이다. 그래서 어쩌다가 서울시당위원장을 여러 번 했던 나를 지목해 청와대로 부른 것 같다.

장세동 씨가 경호실장에서 안기부장이 된 후의 이야기다. 그가 다시 나를 남산의 안기부장실에서 만나잔다. 또다시 이종찬 의원을 지도자로 밀지 말라는 이야기다. 그는 이 의원과 자기는 국민학교 동기 동창이라는 사실까지 밝히며 "전 대통령은 빛을 발하는 발광체이나 이 의원은 그 빛을 반사하는 반사체에 불과하다."라고까지 말하며 이 의원을 평가절하했다.

여담으로 한 가지 이야기를 추가하면 이런 이야기도 있다.《경향신문》 주필을 지낸 이광훈 씨가 『박철언 회고록』의 상권을 꼭 읽어보라고 하기에 봤더니 정보 계통이 파악한 민정당의 대통령 후보 경합 예상자 5~6명쯤에 내 이름도 끼어 있다. 나는 능력도 없을 뿐 아니라 출신 도 역시 전국에서 작은 충청북도 출신이어서 애당초부터 그런 야망이 없었다. 그 당시 나는 "한국의 정치는 지리학이다."라고 자주 말했다. 특히 대권 문제에 있어서는 출신 도의 문제가 결정적이다.

국회의원 때리는 장성

나는 국회에 들어가면서 노동 문제를 다루기 위해 10대 때는 노동청을 소관하는 보건사회위원회, 13대 때는 노동부를 관장하는 노동위원회를 택했다. 그리고 약간의 다양성을 위해 11대 때는 문교부를 다루는 문화공보위원회, 12대 때는 범위를 넓혀 국방위원회를 택했다.

국방위에 있을 때 이른바 국방위 회식 사건이 발생하여 크게 정치 문제화 되었는데, 그에 관해서는 이미 잘 알려졌으니 간단히 요지만을 말해 두겠다. 육군참모총장 이하 7, 8명의 육군본부 참모들(거의 모두가 하나회 소속)이 회현동에 있던 요정 '회림'으로 국회 국방위원들을 초청해 대접할 때다. 나도 얼마간 늦게 도착했지만 이세기 원내총무는 1시간 반쯤이나 늦게 나타났다. 일찍 나온 야당의 원내총무 김동영 의원은 이세기, 권익현 의원 등이 안 나온 것을 보고 "똥별들만 잔뜩 나오고 여당의 센 놈들은 안 나왔다."라는 식의 거친 말을 퍼부어댔다고 한다. 그래서 장성들은 자연히 양주잔을 집중적으로 김동영 의원에게 권하게 되고 김 의원은 만취하여 방 옆에 있던 소파에 가서 드러눕게 되었다. 그즈음 이세기 의원이 나타나 늦게 온 것을 사과하려는 듯 오자마자 노래를 부르려 마이크를 잡았다. 그때 참모차장 정동호 중장이 다가가 마이크를 쥔 이세기 의원을 끌고 김동영 야당 총무 쪽으로 가서 이 총무도 왔다고 말하려 했다. 그런데 아마 이 총무의 멱살을 쥐고 끈 모양이다. 이 총무는 "아야, 아야!" 하는 등 가벼운 비명을 질렀는데 마이크를 쥐었기 때문에 그 "아야, 아야!"가 크게 방안에 울렸다. 또한 '이세기'는 '이새끼'와 음이 비슷하다. 정 참모차장이 "이새끼 이리 와!"라고 말했던 것으로 기억한다. 그렇게 되자 회식장소는 분위기가 살벌해졌다. 나는 천영성 국방위원장과 박희도 육군참모총장 옆으로 가서 분위기를 바꾸는 노력을 해 달라고 부탁했다. 그러나 둘 모두 묵묵부답. 화가 난 나는 내 앞에 있던 물컵을 들어 전면에 있는 벽을 향해 던지며 "이게 무슨 짓들이냐!" 하고 크게 소리치며 항의했다. 그러자 나와 마주 앉아 있던 이대희 소장이 벌떡 일어나 나에게 발길질을 하여 내 입술에서 피가 흘렀다. 나는 물수건으로 피를 닦았는데 물수건의 한쪽이 벌겋게 되었다. 나는 "국회의원들을 불러다 놓고 이렇게 때려 주라고 위에서 지시했느냐. 지금 당장 청와대로 가서 대통령에게 따져 보자!"라고 소리치며 청와대로 향해 갈 태세를 취했다. 그러자 군 측은 태도가 급변해 사과에 나섰다. 그리고 옆 방에 상을 다시 차려 놓고 사과 술을 마시며 거듭 미안하다고 했다. 그래서 나도 그 이상 문제 삼지 않겠다고 사과를 받아들이고 일을 끝내기로 했다.

그런데 그 이튿날 아침 이상한 뉴스가 흘러나왔다. 김동영 원내총무가 얼마간 부상을 입었는데 그 부상이 요정 회림에서 군인들에게 얻어맞았기 때문이라는 설과 그가 집에 가서 화장실에서 넘어져서 다쳤다는 설 등이 나왔다. 그래서 문제가 더 커졌다. 그 이튿날 아침 오래전에 알았던 이기백 국방 장관으로부터 위로와 사과의 전화가 왔다. 나는 입언저리가 얼마간 부풀어 올랐기에 집에서 쉬려다가, 마침 그날 내가 친하게 느꼈던 대법관의 대법원장 인준 투표가 있기에 국회 본회의에 출석했다. 그리고 오후에 국방위원회에서 국방위 회식 사건에 대한 열띤 논쟁이 있을 때도 참석했다. 다만, 일절 발언은 하지 않고 침묵으로 일관했다.

청와대에서는 이 사건에 대한 결단을 속도감 있게 내렸다. 정동호 참모차장은 즉각 예편 조치되었다. 그리고 이대희 소장은 동해사령부 부사령관으로 좌천되었다. 인사참모부장은 요직으로 앞날이 약속되는 자리라고 한다. 그런데 동해사령부 부사령관으로 밀려났으니 대단한 타격이었을 것이다. 나는 이 인사 조치가 전 대통령의 현명한 판단에 따른 것이라고 여겼다. 나는 당시 그 사건에 관해 기자들의 질문에 일절 함구했다. 일단 화해한 이상 그러는 것이 예의인 것 같았고, 또한 청와대의 올바른 조치가 있고 난 다음 당사자로서 마땅한 자세라고 생각했기 때문이다.

그런데 한 언론인이 내가 던진 유리잔의 파편이 이대희 소장의 얼굴로 날아와 상처를 주었기 때문에 나에게 발길질을 한 것이라는 엉뚱한 보도를 했다. 나는 내 앞에 앉아 있던 이 소장의 머리 너머로 얼마간 떨어져 있던 벽을 향해 물컵을 던진 것인데 비록 그 파편이 날았다 하더라도 그것이 무인 비행체 드론인가, 어떻게 벽면에서 다시 식탁 쪽으로 날아와 머리 위를 넘어 방향을 선회하여 얼굴에 떨어져 상처를 낼 수가 있겠는가. 허구의 추리소설로서도 완전 불합격을 맞을 엉터리 이야기다. 지나 놓고 생각하니, 참모총장인 대장을 앞에 놓고 육군 중장과 소장이 국회의원들의 기를 꺾을 수 있다는 것을 과시하기 위해 취한 행동에서 그들의 지나친 일탈이 생겨난 게 아닌가 여겨진다. 예편된 정동호 중장은 그 후 민정당 지역구 공천을 얻어 국회의원이 되었으며, 이 소장은 예편 후 병무청장이 되었다. 모두가 전 대통령의 인사 원칙에 따른 것으로 여겨진다.

내 선거구인 서울 강서구에는 새마을운동중앙본부가 있었다. 거기의 본부장이 전두환의 친동생인 전경환이었다. 12대 총선을 몇 달 앞둔 때에 신문들이 전경환의 강서구 출마설을 보도했다. 특히 《동아일보》는 몇몇 출마 예상자를 1면 톱기사로 보도하면서 전경환의 출마설을 크게 부각시켰다. 강서구의 정치에 관심 있는 사람들 사이에 화제가 됐고 나에게도 질문이 쏟아졌다. 나는 마음속으로는 전 씨가 출마하면 여하튼 한번 전면 대결을 해 보겠다고 결심하면서도 겉으로는 태연하게 "9땡이 나왔으니 1땡도 못 잡은 나는 화투장을 내려놓아야지." 하고 농담만 했다. 그러자 몇몇 주민들은 그게 무슨 말이냐고 되물었다. "대통령인 형님이 장땡이 아닌가. 그러니 친동생도 9땡쯤 되는 게 아니겠어. 나는 1땡도 안 되고." 하고 풀이해 주었다.

한 달쯤 일종의 후보 경합 상태가 계속되었다. 그러다가 전경환 씨로부터 전화가 왔다. "남 의원, 신문에 보도가 그렇게 나서 얼마나 걱정을 하였소. 나 강서구에서 출마하지 않을 겁니다. 남 의원의 그동안의 피해에 대해서 내가 충분히 보상을 하겠소." "피해는 무슨 피해요, 그리고 보상은 무슨 보상이요. 나는 아무렇지도 않았소." 하고 응답했다.

전경환은 강서구 출마설이 나돈 지 얼마 안 있어 그의 고향인 경남 합천에서도 출마설이 잇달아 신문에 나왔다. 그런데 합천의 여당 출신 의원은 현명하지 못하게 대응한 것 같다. 그는 전 씨가 나오면 맞붙겠다고 하며 가끔은 그를 폄하하는 말도 했다. 그 때문인지 몰라도 그는 당의 공천에서 탈락했다. 나는 공천되고.

전두환이 내설악에 있는 백담사로 일종의 국내 유배 형식을 취하고 있을 때다. 민정당에서 중앙위의장인 나에게 그의 생신 축하 대표로 다녀오란다. 나는 혼자서는 전두환 씨와 이순자 여사의 말 상대로는 부족할 것 같아, 채문식 당 고문이 함께 가도록 해 달라고 말했다. 그래서 채 고문과 나는 떡과 한과 보따리를 들고 백담사로 갔는데, 처음 가 본 백담사는 설악의 경치를 낀 매우 감탄스러운 지형과 경치 속에 있었다. 명산이고 명찰이다. 전 씨 부부는 두 칸쯤의 방을 쓰고 있는 것 같았는데, 1시간 반쯤의 방문에서 엄청나게 많은 말이 오갔다. 이순자 여사도 가끔 대화에 참여했다. 그런데 나는 이상한 생각이 들었다. 20년 동안 신문기자 생활을 해 온 내 감각으로 전직 대통령과의 1시간 반 동안의 대화에서 기삿거리를 하나도 찾지 못한 것이다. 거물 정치인과는 잠깐만 대화해도 기삿거리가 하나 나와 쓸 수 있었는데 참 놀라운 일이었다. 역시 은퇴하여 자진 유배 형식으로나마 산사에 머물고 있기 때문에 그런 것일까. 권력이란 참 특이한 속성을 가졌다. 그 방문에서 지금까지도 기억에 남는 한 가지 이야기가 있다. 이순자 여사와의 대화에서 고향과 처가의 문제가 나왔을 때 나는 엉겁결에 처가의 고향이 합천이라고 대답했다. 그랬더니 이 여사는 "아이고 진즉 알았더라면……" 하고 얼마간 안타까워했다. 아마 일찍 알았더라면 인사에 도움을 줄 수도 있었을 것이라는 뜻의 이야기인 것으로도 짐작하는데, 지나친 확대 해석일까.

철저한 참모 의존형으로 무난했던 노태우

노태우·노신영·장세동 세 사람 중 한 사람에게 대권 후보의 낙점이 찍히리라는 소문이 오래 돌던 끝에 드디어 전 대통령이 노태우 민정당 대표위원에게 낙점을 통고한 모양이다. 노는 기쁜 나머지 청진동에 있던 한정식집 '장원'에 민정당 시도당위원장들을 소집했다. 그때 대기하고 있던 곽정출 부산시당위원장이 계속 불평이다. "잡것들, 왜 군인끼리 해먹나. 민간에게 넘겨야지. 설혹 군인끼리라도 후배 기에 넘겨야지." 어렴풋이 많이들 느끼고 있는 불만을 그는 서슴없이 토해 낸다. 지난날에 삼성 이병철 회장의 비서를 지낸 그는 간덩이가 커진 모양이다. 술도 엄청 강해서 '야간 총무', '야총'이란 별명을 갖고 있었다.

노태우 대표가 오고 술자리가 진행되었을 때 노 대표와 엇비슷하게 앞에 앉은 곽 의원이 계속 불만스러운 표정이고 자세였던 모양이다. 노 대표의 손에서 작은 술잔이 날아왔다. 테니스는 잘하는 것으로 알려졌지만 야구는 못하는 듯 술잔이 옆에 앉은 고건 전북도당 위원장의 어깨를 스쳤다. 그 후에 고건이 서울시장에 임명되자 '야총'은 "그것도 내 덕이지." 하고 익살을 떨었다. 그러나 다음 1인 1구제가 된 13대 국회의원 공천에서 그는 분구가 된 그의 선거구에서 유리할 듯한 한쪽에 신청했으나 당에서는 다른 쪽에 공천해 낙선되었다.

항상 주기가 있는 듯 불그레한 얼굴을 하고 당돌하리만큼 바른 이야기를 서슴지 않던 그를 나는 가끔 떠올린다. (그 후 대통령 간선제는 학생 봉기 등 국민 저항에 부딪쳐 직선제로 바뀌었음은 모두 아는 대로다.)

노태우 씨는 대통령에 당선된 후 인수위 대신에 민주화합추진위원회(민화위)를 구성했다. 전 대통령으로부터 정권을 인수한다는 것이 어색해 호칭을 그렇게 바꾼 것 같다.

민화위는 원로 언론인 이관구를 위원장으로 하고 3개 분과로 구성되었는데 각 분과에 민정당의 현역 국회의원 한 명씩을 배치했다. 광복군 출신인 조일문 의원, 김학준 의원, 그리고 나 등 3명이다. 나는 가장 까다로운 광주분과위에 배치되었는데 분과위원장은 민족청년단계로 국방 장관을 지낸 박병권 씨고 간사는 육영수 여사 언니의 사위로 재무부 이재국장, 서울 지역구 국회의원, 농림부 장관을 지낸 장덕진 씨였다.

광주분과위에는 독립투사인 이강훈 씨와 김옥균 천주교 주교도 있는 등 그 구성원이 비중이 있었다. 기록영화도 보고 증언도 청취하는 작업을 하기도 했으나 결국 문제는 광주 사태를 어떻게 규정짓느냐 하는 정치적 이름 짓기의 문제였다. 이강훈 씨는 '광주 의거'라고 기염을 토했다. 그러나 전 정권에서 '폭동'이라던 것을 갑자기 '의거'라고 할 수는 없는 일이다.

그래서 나는 노태우 당선자의 핵심 참모 중 한 명인 현홍주 의원에게 조언을 구했다. 서울대 법대 후배인 현 의원은 아주 예의 바른 인물로 "남 선배가 알아서 하셔야지 제가 뭐라 하겠습니까?"라고 말했다.

여기에서 현 의원에 대한 이야기를 한 가지 삽입해야겠다. '학원안정법'이 민정당 중앙집행위원회에 상정되었을 때다. 속칭 전두환 친위대들이 연달아 발언을 신청하여 '학원안정법'을 찬양 지지했다. 발언자로는 나 혼자 그 법안에 반대했다. 나는 심사위원회에 법관이 포함되었다고 하나 그것은 어디까지나 행정위원회이고 법원이 아니기 때문에 거기에서 인신을 강제 구금하는 결정을 한다는 것은 법치주의에 어긋난다는 논리를 폈다. 그랬더니 친위대들이 또 연달아 나를 맹공격하는 발언을 했다. 어떤 의원은 "저런 소신 없는 의원과 자리를 같이하는 것이 부끄럽다."라며 극언까지 했다.

고립무원이 되다시피 한 나는 현홍주 의원을 방패로 삼기로 했다. 그래서 "율사인 현홍주 의원에게 묻겠다. 중진국 이상의 국가에서 인권에 관한 이런 법률을 가진 나라가 있느냐?" 그러자 현 의원은 "없습니다."라고 결정적 한마디를 했다.

학원안정법이 통과되면 대통령 후보로 출마할 노태우 씨로서는 선거전에서 엄청난 역풍을 맞게 될 것이다. 그렇다고 전두환의 뜻을 거슬러 학원안정법에 반대할 수도 없고, 그런 생각에서인지 노태우 대표위원은 현 의원의 발언이 끝나자마자 "이것으로 산회하겠습니다."라고 사회봉을 쳤다. 이렇게 해서 학원안정법은 미결로 남겨지고 뒤이어 김수환 추기경이 반대 성명을 내는 등 여론이 들끓자 결국 흐지부지되고 만 것이다. 현 의원은 그 중앙집행위 발언 후 정책실장에서 곧 해임되었다. 그러나 노태우 정권에서 법제처장, 유엔 대사 등에 임명되었을 때 신문 프로필난에 으레 학원안정법에 반대했다는 찬사가 붙었다. 이야기가 샛길로 새 길어졌다. 다시 본론으로 돌아가자.

광주 사태를 어떻게 정치적으로 명명할 것인가를 두고 고심하던 끝에 나는 '광주민주화운동'이라고 작명하기로 했다. 보통 정치적 변혁을 지칭하여 이름을 지을 때 혁명, 의거 등 두 문자 또는 길어야 세 문자로 하게 마련이다. 그런데 '민주화운동'은 파격적으로 다섯 자이다. 그러나 아무리 생각해도 달리 줄여서 말할 수가 없었다. 나는 최종 결심을 하고 친한 사이인 장덕진 간사와 그 호칭을 두고 술을 마시며 의견을 교환했다. 그가 동의해 주어 그다음 분과위원회나 전체회의에서의 결정은 일사천리였다.

민화위는 최종 결론을 보고서에 담아 대통령 당선자에게 제출하는 엄숙한 의식을 거행하기로 했다. 그러나 거기에 담긴 건의들은 평범한 것들이고 민화위가 남긴 큰 업적은 '광주폭동'을 '광주민주화운동'으로 새롭게 정의하는 정치적 결단이었다. 노 대통령의 동료들이 광주 진압에 관여하여 '광주폭동'이라고 하던 시대에서 그 동료들이 지켜보는 가운데 '광주민주화운동'이라고 이름을 바꾸어 부르는 것은 일대 결단이고 변혁일 수밖에 없었다. 그로부터 아주 오랜 세월이 지난 오늘날까지도 '광주민주화운동'이라는 명명은 그대로 살아 있고 굳건한 생명력을 유지하고 있고 감동을 주고 있는 것이다.

여러 참모의 의견을 수렴한 노태우

당시 노태우를 부정적으로 보는 사람들은 그를 '물태우'라고 비아냥댔다. 그는 전두환과 비교해 볼 때 뚜렷한 결단력을 보이지 않고 매사에 신중하고 소극적이었으며 수동적이기만 했다. 그러나 그런 그가 그럭저럭 무탈하게 임기를 마칠 수 있었던 것은 철저하게 참모들에 의존해 그 소규모의 집합적 합의에 따라 정치를 했기 때문이 아닌가 하고 생각한다.

그는 민정당 말고 그와는 별도로 자기의 소규모 참모 집단을 운영했다. 영어로 말하는 '이너 서클'이다. 한 예로 남북한의 UN 동시 가입도 국제 정세의 변화에 적응한 알맞은 정책 결정이라고 생각한다. 그러한 합리적인 대외 정책 변화에 여러 사람이 기여했겠지만, 나는 미국 컬럼비아 대학교에서 법학 석사를 받기도 하고 나중에 UN 대사가 되기도 한 현홍주 의원의 세련된 정치 및 국제 감각이 크게 기여한 것으로 생각한다. 현 의원은 노 대통령의 참모 가운데 뛰어난 존재였다.

연설문을 전담했던 김학준 전 서울대 교수의 기여도 컸다고 본다. 한 예를 들어, 대통령 선거에서 결정적인 효과를 거두었던 "위대한 보통 사람의 시대를 열겠다."라는 구호도 그의 창안이었다. 더 구체적으로 설명하면 이렇다. 노 대통령의 참모들은 민정당과는 전혀 별개로 존재하고 당과의 협의도 전혀 안 했다. 그런데 언론계에서 나와 함께 일했던 적이 있던 김학준 교수는 나에게 가끔 자문을 구해왔다. 하루는 그가 대통령 선거전에서 매우 중요한 연설문이라고 하며 원고를 들고 민정당 정책위의장이었던 나의 방으로 찾아왔다. 연설문 초안을 읽어 보니 밋밋하기만 하고 우리가 흔히 일본어 표현으로 말하는 '야마'(山, 강조점)가 없다. 내가 그 점을 지적하니 그는 자기도 그 점이 고민이라고 했다. 그래서 얼마간 생각한 끝에 "위대한 평민의 시대를 열겠다."라는 구절을 넣을 것을 말했다. 그랬더니 김 박사는 '평민'을 '보통 사람'으로 바꾸면 어떻겠느냐고 말한다. 나는 더욱 좋다고 찬동하여 그렇게 해서 "위대한 보통 사람의 시대를 열겠다."라는 정치 슬로건이 연설문에 들어간 것이다. 노태우 씨의 대통령 선거에서 그 정치 구호가 얼마나 큰 효과를 거두었는지는 새삼 설명하지 않아도 될 줄 안다.

노태우는 철저히 참모에 의존했으며 모든 발언이 거기에서 작성된 원고에 따르는 것이었다. 아주 중요했던 6·29선언부터 그렇다. 그가 얼마나 철저히 참모에 의존했고 참모가 작성해 준 원고에 의존했던가를 말해 주는 웃지 못할 에피소드 한 가지를 소개하겠다. 연설문을 담당한 김학준 박사가 퇴임하게 되었을 때 대통령이 참석하는 아주 간단한 의식이 있었던 모양이다. 그런데 대통령이 퇴임 의식에서 말할 말씀자료를 써 올리라고 해서 퇴임하는 김 박사가 그 말씀자료까지 써야 했단다. 퇴임 행사에서 김 박사는 자기가 쓴 노 대통령의 '퇴임하는 사람에게 하는 말씀'을 그 앞에 서서 들어야만 했다. 소품 코미디라 할 것이다.

그러나 그러한 철저한 참모 의존형 정치 방식은 국회의원 선거에서는 실패를 맛보았다. 그는 국회의원 선거 문제를 거의 모두 심복인 심명보 의원에게 맡기다시피 했다. 심 의원은 나와 서울대 법대 동기이고 나보다는 약간 늦게 《한국일보》에 입사한 언론인 출신인데 '의리의 돌쇠형'이었다. 그는 대변인이 되자 밤낮을 안 가리고 열심히 뛰었다. 노 대표를 잘 보아달라고 출입 기자들과 폭탄주도 무던히 마셔댔다. 그런 끝에 그는 국회의원 선거 때 당의 사무총장이 된 것이다. 폭탄주는 폭발적으로 늘었다. 그리고 그는 유명한 점쟁이들을 찾아다니며 노태우의 점을 보는 데도 열중했다. 광신도라는 표현도 쓸 수 있을 정도다.

그런 심명보 사무총장이 국회의원 선거법 여야 협상에서도 독주하다시피 하여 처음에는 노태우, 김영삼, 김대중 3당 사이에 1·2·3인 선거구제를 합의했으나, 김영삼 측이 나중에 뒤집어 결국 1선거구 1인제로 합의하고 말았다. 그것이 민정당의 국회 의석 과반 확보 실패의 결정적 요인이다. 돌이켜 생각해 볼 때 1선거구 1인제에서 민정당이 과반 의석을 확보할 수 있다는 계산은 나오기가 어렵다. 1·2·3인 선거구제를 합의했을 때 그것을 끝까지 고집하고 설득했더라면, 김대중 씨가 이끌던 평화민주당 쪽에서도 따라왔을 가능성이 전혀 없었다고는 생각하지 않는다.

그리고 국회의원 공천 작업에서도 심 총장은 전권을 갖다시피 하고 독주했다. 그는 노태우가 그에게 준 지침을 다른 사람에게 일체 밝히지 않았으니 대통령의 뜻인지 그의 뜻인지 모를 일이다. 자연히 그가 아는 사람, 그에게 부탁한 사람들이 많이 공천받게 되었다. 그는 육사를 응시한 적이 있기에 이춘구 의원과 안무혁 안기부장과도 오래전부터 잘 아는 사이라 그의 위력은 더욱 대단했다.

선거에서 과반을 확보하지 못하자 노태우 대통령은 심명보 의원을 외면했다. 심 의원은 입각을 열망했으나 허사였다. 그 후《조선일보》의 간부 주돈식 씨가 큰 수술을 받아 서울대학병원으로 위문을 갔다가 서울대 의예과 동기인 서울대학병원의 일반외과 과장 김진복 박사를 우연히 만났더니, 김 박사는 그날 심 의원의 위에 메스를 댔는데 암 말기라 도로 봉합하고 말았다고 말했다. 의리의 돌쇠형으로 노 대통령에게 신명을 바쳤던 심 의원의 일생은 그렇게 가슴 아프게 끝나고 말았다. 그리고 노태우 대통령도 국회 소수당이 되어 아주 어렵고 어려운 정치를 하다가 3당 합당의 결정을 내리게 된다.

민정당의 원내총무를 오래 맡았던 김윤환 의원은 노태우와 경북중학교 동기 동창이다. 김 의원은 경북 선산군의 부잣집 집안으로 부친이 국회의원을 지내기도 했다. 따라서 아마 청년 시절에는 김윤환 씨가 주로 술을 샀을 것으로 여겨진다. 그런 친구 간인 노태우가 대통령이 되고 난 후에도 김윤환 의원은 청와대에 수시로 드나들었다 한다.

한번은 청와대에 들어가니 노태우 대통령이 전화를 기다리는 중이라고 하기에 상대가 누구냐고 물으니, 노 대통령은 최경록 전 주일대사를 총리로 교섭하기 위해 전화를 연결하라고 지시하고 있는 중이라고 말했다 한다. 그래서 김 의원은 즉각 "이왕 군 출신을 총리로 지명할 바에는 최경록보다 강영훈이 더 적합하지 않겠느냐."라고 했다고 한다. 그래서 갑작스레 최 씨에서 강 씨로 총리가 바뀌어 버린 것이다. 대단히 재미있는 에피소드다.

내가 민정당의 중앙위의장으로 있을 때 박준규 당대표가 잠깐 동안 외유했던 노 대통령에게 당무 보고를 하러 가자고 해서 따라갔었다. 정부 측에서는 강영훈 총리와 참모 하나가 같이 왔다. 대통령의 외유 기간도 짧았을 뿐 아니라 그동안의 보고거리도 별로 없었다. 그런데 강 총리는 아주 작은 규모의 반정부 데모가 있었음을 보고하며 보고 끝에 갑작스레 흑흑 울기 시작하더니 오랫동안 흐느껴 울었다. 갑작스러운 강 총리의 흐느낌에 놀란 박준규 당대표는 그의 큰 눈을 더욱 둥그렇게 크게 뜨고 지켜보더니 얼마 있다가 자신도 흑흑 울기 시작했다. 그리고 손수건을 꺼내 눈물을 닦기까지 했다. 나는 이 이상한 돌발적인 해프닝에 놀라고 당혹스럽기만 했다. 그런 이상한 장면을 연출하고 박 대표와 내가 청와대에서 함께 나올 때 박 대표는 한마디 말을 했다. "그 사람 와 우노, 그 사람이 우니까 나도 가만히 있을 수 없고……." 여하간 정권 상층부에서 벌어진 한 장면의 코미디라고나 할까. 영어로는 그것을 코미디라 표현하지 않고 소극(笑劇, farce)이라고 한다.

강 총리는 5·16군사정변이 일어났을 때 박정희 장군의 쿠데타에 찬동하지 않은 육군사관학교 교장(중장 계급)으로 유명했다. 그는 미국으로 망명하다시피 하여 오래 머물렀다. 그 후 박 정권 후반에 화해하여 외교안보연구원 원장이 되기도 했다. 노태우가 대통령에 당선되었을 때 정권인수위라고 이름 붙이기가 어색하여 민주화합추진위원회를 구성했는데 강 씨에 대한 위원 교섭을 나에게 하라고 해서 그를 만난 일이 있다. 강 씨는 매우 겸손하고 신중한 인물로 보였다. 가끔 그의 고향이 '벽창우'라는 소의 명산지라고 말하곤 했다. 평북의 벽동군과 창성군에서 크고 힘이 센 소가 나오는 모양이다. 그래서 두 군의 머리글자를 따서 '벽창우'라고 한단다. 그가 대통령 앞에서

훌쩍인 것은 총리로 임명한 데 대해 대단히 감격하고 정성을 다하려고 하고 있는데 부재중 작은 데모나마 일어난 데 대해 죄책감을 느낀 벽창우적 성격의 탓이 아닐까 생각한다.

3

요지경 정치에 대응하는 아홉 가지 정치인 유형

마키아벨리는 "군주는 사자와 여우의 기질(사자의 용맹과 여우의 간교함)을 가져야 한다."라고 했다. 그렇다면 그 아래 정치인은 소나 말과 같은 충성심과 인내, 그리고 여우와 같은 교지를 가져야 할 것인가. 중국은 청나라 제국이 무너진 후 지역마다 군벌이 창궐하다가 장제스에 의해 통합되는 듯했으나 마오쩌둥이 조직한 공산당에 의해 전복되었다. 중국은 그 후 "검은 고양이든 흰 고양이든 쥐만 잘 잡으면 된다."라는 덩샤오핑의 논리에 따라, 경제에서는 자본주의 방식을 채택하게 된다. 일본에서는 한때 다이쇼(大正) 데모크라시라고 하여 민주주의가 만개하는 듯했으나, 군부의 득세로 군국주의 국가가 되어 결국은 태평양전쟁으로 미국과 싸우다가 패망하고 미 점령군에 의한 민주화가 이루어졌다. 한국도 해방 후 민주주의가 실현되는 듯했으

* 《황해문화》 2021년 겨울호.

나, 6·25전쟁으로 팽창한 군벌에 의해 결국 쿠데타가 감행되었고 군부에 의한 통치가 오랫동안 계속되었다. 그러다가 각성한 국민에 의해 민주화가 이루어지고 오늘에 이른 것이다.

해방 전후 한동안 요지경(瑤池鏡)이라는 것을 끌고 이곳저곳을 돌아다니며 돈벌이를 하는 직업이 있었다. 요지경을 들여다보면 거기에 그림이나 사진이 등장하여 재미가 있었다. 그때는 물론 텔레비전은 없었고 영화 관람 기회도 아주 드물어서 요지경 같은 것이 사람들 사이에 인기가 있었다. 그 요지경을 들여다보듯 지난날 한국의 군벌정치 시대를 돌이켜 본다.

17년간 이어진 박정희 대통령의 제왕적인 집권 기간에 대한민국 정치인들의 그에 대처하는 여러 가지 유형이 드러났다. 대충 아홉 가지로 분류할 수 있겠는데, 그러한 분류는 앞으로도 우리나라 정치인에 관한 연구를 할 때 많은 참고가 될 것으로 생각된다.

제1유형: 신범식

공화당 대변인, 청와대 대변인, 문공부 장관, 《서울신문》 사장, 유신정우회(유정회) 의원, 대학 강사와 신문사 논설위원을 지냈으며 대학생을 중심으로 연구소를 운영했고 자유당의 후원을 얻어 청년문제연구소도 조직했다. 그는 박 대통령의 평생 집권만을 생각하고 그에게 충성을 다했을 뿐 다른 길은 생각하지 않았다. 그는 『중단하는 자는 승리하지 못한다』라는 소책자를 발간하기도 했는데, 그 책 제목이 그의 정치 노선을 잘 대변해 준다. 오로지 박 대통령의 평생 집권만을 강조하고 충성을 바친 것이다. 드러내 놓고 주장하지는 않았지만 대부분의 여권 정치인들이 이 부류에 속한다고 할 것이다. 그들은 박 대통령의 계속 집권을 적극적으로 주장하지 않았더라도 영구 집권을 묵인하거나 체념하는 상태였다고 할 것이다.

제2유형: 윤주영

공화당 사전 조직 멤버, 공화당 대변인, 무임소 장관, 칠레 대사, 청와대 대변인, 문공부 장관, 유정회 의원, 그리고 대학에서 강의를 하다 한때 신문사 편집국장을 지냈다. 그는 박 대통령에게 충성을 다하면서도 항상 그 후계자로 김종필 씨를 생각하고 그를 옹호하고 추종했다. 결과적으로 그는 박 대통령의 영구 집권 야심을 알아차리지 못한 셈이다. 김종필 씨의 후계 집권을 바라는 공화당 사람들은 주로 김종필 씨가 주역을 맡았던 공화당 사전 조직 멤버들이었다. 그러나 그 세력은 박 대통령의 장기 집권에 따라 점차 쇠퇴 일로에 있었다.

예를 들어, 박 대통령은 김용태 원내총무와 같은 공화당 내 김종필 충성파들을 제거하고 별도의 정치 세력화를 기도하던 김성곤 의원 등의 세력을 거세하는 등 숙청 작업을 계속해 왔다. "감나무 밑에서 홍시 떨어질 때를 기다린다."라는 속담이 있다. 속담 속 홍시가 떨어지지 않는 것처럼 박 대통령도 물러나지 않았다. 박 대통령이 죽고 난 후 김종필 씨는 "망망대해 일엽편주 위에 나를 남겨 두고 가셨다."

라고 당직자회의에서 술회했다. 군 등 중요 권력 기관에 그의 팔다리가 전혀 없었던 것이다.

제3유형: 이영근

해방 후 그는 여운형계에 이어 조봉암계에 속했으나 일본으로 망명한 후 한때는 중립계로 활동하다가 일본어판 일간《통일일보》를 발행한 후 점차 친서울 정부 쪽으로 기울었다. 그는 박 대통령의 장기 집권을 이원집정부제 방식으로 해결하려고 모색하여, 김재규 중앙정보부장의 동서인 최세현 중앙정보부 주일 공사를 통해 김 부장에게 이원집정부안을 설득했으며, 한때는 김 부장이 박 대통령과의 면담을 주선하겠다 하여 서울에 오기도 했다. 그가 서울 타워호텔에 머물 때 나는 그를 만나 의견을 나누었다. 그러나 이러한 그의 노력은 실패하고 말았다.

이 제3유형에 속하는 정치인들을 찾아내기는 어렵다. 내심 그런 생각을 가졌던 사람은 얼마간 있었던 것 같으나 드러내 놓고 그런 주장을 하는 사람은 거의 찾기가 어려웠다. 이철승 씨의 중도통합론과 일맥상통하는 점도 있다할 것이나, 이철승 씨는 그의 주장을 구체적으로 설명한 바가 없고 계속 애매모호하게 중도 통합이란 말만 되풀이해 그의 주장의 실체를 알 수가 없었다. 만약 이영근 씨가 박 대통령을 만나 그의 안을 설명했더라도 박 대통령은 수락하지 않았을 것이다. 유신 체제는 그의 '마지노 라인'이었다. 그리고 만약에 그 안의 구체화에 착수했다 하더라도 너무나 복잡하고 까다로워 실현이 불가능했을 것이다.

제4유형: 예춘호

대학 강사를 하다가 공화당의 사전 조직에 참여해 사무총장을 맡기도 했으나 박 대통령이 3선 개헌을 하자 이에 반대해 공화당을 탈당, 나중에는 재야 세력에 합류, 김영삼, 김대중 씨가 공동 의장인 민주화추진위원회 부의장을 맡기도 했다. 3선 개헌을 끝까지 반대한 공화당 의원들을 조선조 때 단종을 끝까지 옹호한 생육신에 비유하는 이들도 있었다. 공화당 창당 때 초대 총재를 맡았던 정구영 씨도 여기에 속한다고 하겠으나 그는 3선 개헌을 반대한 후 정계를 은퇴하고 별다른 활동을 하지 않았다. 그리고 얼마간의 사전 조직 멤버들이 3선 개헌에 반대했으나 그 수는 점차 줄어들었다.

제5유형: 유진산

일본 유학도 하고 청년운동도 하는 등 오랜 정치 활동을 통해 야권의 강력한 지도자가 된 그는 대여 투쟁은 거의 하지 않은 채 대여 협상에만 주력하여 계속 '사쿠라'라는 비난을 받았다. 5·16군사정변 후 정치 활동이 재개되었을 때 그는 기자들에게 "군인들이 시퍼런 칼날을 들고 정치에 나섰는데 우리가 할 일은 광목을 몇 필이고 계속 풀어 그 시퍼런 칼날을 둘둘 말아 무디게 하는 일이다."라고 그의 입장을 말했다.

그후 그는 군부 쪽과 협상만을 계속 주장해 왔고 단 한 번도 뚜렷한 대여 정치 투쟁을 전개한 일이 없다. 그래서 야당의 거물이면서도 계속 사쿠라 논쟁에 시달려 온 것이다. 주변의 거의 모든 사람들은 그의 정체를 파악할 수가 없었다. 그는 스핑크스처럼 속을 알기가 어려운 정치인이었다. 김영삼, 김대중 씨 등이 40대 기수론을 주장하고 나왔을 때 그가 "구상유취"(口尙乳臭, 아직 젖비린내 나는 것들)라고 야유한 일은 유명하다. 그의 사후에 부정 축재를 한 것이 별로 없음이 밝혀져 불명예는 면한 듯하다. 그는 군인들의 칼날만 두려워했지 국민의 투표권의 힘을 등한시했던 것 같다.

제6유형: 이철승

그는 해방 후 반탁운동의 선봉에 섰던 전국학생연맹의 위원장이었다. 제1야당의 당수를 맡기도 했으나 중도통합론이라는 아리송한 주장을 계속해 왔다. 그 중도통합론의 구체적인 내용이 무엇인지는 설명한 적이 없는데, 다만 여당과의 극한 투쟁을 피하고 온건한 타협의 노선을 택하자는 것으로 해석되기도 했다. 또한 일부에서는 제3유형에 속하는 이영근 씨의 이원집정부제론을 암시하는 것이 아니냐는 해석도 있었다. 여하간 그의 중도통합론은 야권의 대세가 되지 못하고 그의 세력은 결국 위축되고 만다.

이철승 씨의 노선이 이와 같이 애매모호한 데 대해서는 몇 가지 해석이 있을 수 있다. 첫째로, 5·16군사정변이 있었을 때 그는 미국을 여행 중이었는데 바로 귀국하여 정치 활동을 하지 않고 아주 장기간 미국에 체류하면서 시일을 허송한 것이다. 그 사이에 김영삼, 김대중 씨 등 두 젊은 야당 지도자들이 세력 기반을 확보하고 만 것이다. 둘째로, 그의 중도통합론은 애매모호하기만 한 것이어서 정치적인 호소력이나 결집력이 약했다. 그는 끝내 그런 미온적인 태도를 벗어나지 못했다. 지나 놓고 추측해 보면, 그가 중도통합론을 주창하고 있으면 여권에서 어떤 구체적인 협상 제의가 올 것으로 기대했을지도 모를 것이다. 그런 협상 제의가 오면 거기에서 구체적인 안을 논의할 심산이었을지도 모른다. 그러나 아무리 기다려도 여측에서는 그에게 구체적인 협상을 제안해 오지 않은 것 같다. 그는 결국 반응 없는 제안을 되풀이한 셈이다. 셋째로, 김대중 씨가 전남을 기반으로 출발한 데 비해 그는 전북을 바탕으로 했는데 아무래도 전남세보다는 전북세가 약했고 더구나 그의 주장이 불분명하여 그의 세력은 신장되지 못했다.

제7유형: 김영삼

집권 세력과 명백한 대결 노선을 택하고 선명한 대여 투쟁을 전개해 왔다. 김영삼 씨는 그의 선명한 대여 투쟁 노선으로 인해 김대중 씨와 더불어 야권의 두 지도자로 뚜렷하게 부상했다.

제8유형: 김대중

김영삼 씨와 함께 야권의 뚜렷한 두 지도자로 부상했다. 그러나 박정희 세력은 계속 그에게 사상 공세를 펴서 그의 사상이 위험하다고 몰아붙이기도 했다. 김대중 씨의 정치 노선이 김영삼 씨의 보수적인 노선보다 얼마간 개혁적이기는 했다.

제9유형: 김재규

"야수의 심정으로 유신의 심장을 쏘다."

김재규 중앙정보부장의 박정희 대통령 암살에 관해서는 책도 나오고 여러 가지 논의가 많았다. 그리고 그의 행동에 관한 평가도 다양하여 한마디로 단언하기가 어렵다. 그의 묘비명에는 의사(義士)라고 되어 있다 한다. 논란이 극심하게 대립되고 있어 그의 행동에 대한 역사적 판단은 아직도 얼마간의 시일이 더 걸릴 것 같다.

박정희 대통령 통치에 관한 평가는 아직도 끝나지 않고 여러 가지로 계속되는 것 같다. 그의 딸이 대통령에 당선될 수 있었던 것은 무엇을 말하는가. 지금의 제1야당인 국민의힘에서도 계속 박정희 대통령 찬양 발언이 나오고 있으니, 아직 국민적 평가에서 결론이 나지 않았다고 할 것이다. 그러나 한 가지 분명한 것은 유신 정치 같은 통치 방식이 되풀이되어서는 안 된다는 것이다. 그런 점에서 박정희 대통령 치하의 여러 가지 정치인들의 행태를 음미해 보고 앞으로의 정치에서 귀중한 교훈으로 삼는 것이 중요하다고 할 것이다. 김재규 중앙정보부장은 현실의 법적 판단에서는 사형수로 단죄되어 생을 마감했다. 그러면 역사의 심판은 어떨 것인가.

여기에서 박정희 대통령 문제와 함께 차지철 경호실장 문제를 보다 깊이 생각해 볼 필요가 있을 것 같다. 차지철은 단순한 경호실장에 그치는 것이 아니라 그 이상의 비중, 거의 박 대통령에 버금하는 권한을 갖기 시작했기 때문이다. 박 대통령의 암살이 있고 며칠 후에 김종필 씨와 박준규 공화당 의장의 만남에 나는 동석할 수 있었다. 그때 김종필 씨는 다음과 같이 말했다.

> 박 의장, 그동안의 어려움을 다 들었습니다. 박 의장이 청와대에 보고하러 들어가면 차지철 경호실장이 먼저 자기 방에 들르라고 말하고, 그는 박 의장이 보고하려고 준비한 내용을 정책이고 인사고 모두 알고 있으면서 자기는 박 대통령에게 이미 이렇게 저렇게 말했으니 박 의장이 알아서 보고하십시오, 했다더군요. 그러니 박 의장인들 어떻게 할 수 있었겠습니까.

차 실장은 공화당 안에도 그의 충성파들을 심어 놓고 있었다. 예를 들어 10대 국회 들어서 공화당 안에 당무조정실장이라는 자리가 신설됐는데 그 기구는 차 실장의 직계가 차지하여 공화당을 감시, 조정, 장악하는 자리 같았다. 실장 자리는 교수 출신의 재선 의원이 맡았는데 그는 호가호위(狐假虎威)하듯 회의에서 이견을 말하는 의원에게 욕설에 가까운 막말을 퍼붓기도 했다.

유정회의 경우는 공화당보다 앞서 이미 차 실장이 거의 장악하고 있었다. 유정회 의원들은 대부분 차 실장의 눈치를 보고 행동하는 것 같았다. 이런 일화가 있다. 박 대통령이 암살되었다는 소식을 전해 들은 백두진 유정회 의장은 "내 차는 어떻게 되었어?" 하고 물었다는 것이다. 그러자 측근이 "차는 밖에 대기했습니다." 하고 대답하니 백두진 씨는 "이놈아, 그 차가 아니고!" 하고 호통을 쳤다는 것이다.

청와대의 유혁인 정무수석이 박 대통령에게 하는 정무 보고도 차 실장이 먼저 받아 보았다는 증언이 있다. 차 실장은 여당 의원들을 젊은 쪽에서부터 포섭하기 시작했다. 우선 40대 초반의 의원들 여럿을 청와대로 초청해 식사를 같이하는 등 포섭에 들어갔다. 그때 나는 40대 후반이었기 때문에 그 순서에 들어가지는 않은 것 같다. 또 차 실장은 국기 하강식이라는 행사를 거창하게 거행하여 거기에 군 장성들을 번갈아 가며 참석시키는 등 군 장성들의 포섭에도 착수했다.

KBS 보도국장을 지낸 최서영 씨의 당시에 관한 증언도 중요하다. 암살이 있던 당일 삽교천 방조제 완공식이 있어 박 대통령과 김 중앙정보부장이 참석하고 이어 KBS 당진송신소 준공식으로 이동하려고 했는데 김 중앙정보부장이 박 대통령이 탄 헬리콥터에 타려 하자 차 실장이 그를 막아서 타지 못했다는 것이다. 김 부장은 그때 차 실장에게 크게 수모를 당한 것이다. 그래서 그날 밤으로 거사일이 앞당겨진 것도 같다.

이런 일화도 있다. 육군 대령으로 5·16군사정변에서 중요한 역할을 했던 유원식 씨의 회고록에 따르면, 쿠데타 당일 박정희 장군과 차지철 공수특전단 대위가 장도영 육군참모총장을 만나 계엄령을 선포할 것을 요구했다 한다. 계엄령은 대통령이 선포하는 것이니까 대통령에게 건의하라는 요구였을 것이다. 그때 장 총장이 망설이자 차 대위가 권총을 뽑아 들고 "혁명이오!" 하고 위협했다는 것이다. 박 대통령과 차 실장 사이에 쿠데타 당초부터 강한 유대가 있었음을 말해주는 일화다.

이와 같은 여러 가지 이야기에서 알 수 있는 것은, 차 실장은 이미 단순한 경호실장이 아니라 박 대통령 다음가는 이 나라의 실세, 제2인자였다는 것이다. 중세 로마제국에서 경호를 맡은 용병대장이 황제를 물리치고 얼마 동안 집권한 적이 있었다. 차 실장은 그런 용병대장을 충분히 흉내 낼 수 있는 막강한 실세였다. 차 실장에 관해 이와 같이 여러 가지 이야기를 한 것은 박 대통령 암살에만 이목이 집중되고 차 실장에 관해서는 거의 망각 상태에 있기 때문이다. 그러나 박 대통령 후반의 통치에서 차 실장의 비중은 박 대통령에 버금가는 중요성을 가졌다고 보는 것이다.

한국의 국내 정치는 국제 관계 특히 미국과의 관계에 크게 영향을 받는다. 박 대통령 말기에 미국에서는 인권 외교를 내세우는 카터 대통령의 행정부가 들어서 한국 정치에 크게 영향을 끼쳤다. 카터 대통령은 주한미군 철수론을 내세워 충격을 주기도 했다. 한국과 미국 사이의 정치적 마찰은 점점 심각해지기 시작했다. 예를 들어 이런 일도 있었다. 미 국무성에서 동북아 등을 담당하는 차관보가 된 리처드 홀브룩은 차관보가 되기 전에 자신이 동북아 담당이 될 줄 몰라서였는지 1975년 9월 7일《뉴욕타임스》의《선데이 매거진》에 기고한 칼럼「도미노 함정 벗어나기」에서 한국 정국이 막힌 골목에 접어들었음을 설명하며, 개디스 스미스 교수가 일전에 같은 지면에서 말한 것처럼 "박 대통령을 교체"하는 방법 말고는 달리 도리가 없다고 썼다. 그는 박 대통령 생전에 공식적으로는 한국을 방문하지 않았다. 박 대통령이 죽고 난 다음 그는 한국을 방문해 미 대사관저에서 성대한 리셉션을 가졌는데, 거기서 그와 마주친 나는 그의 그 기고문에 관해 시비를 걸었다.

그 후 한미 수교 100주년을 맞아 기념 사절단의 일원으로 미국을 방문했을 때 뉴욕에서 개최된 아주 성대한 만찬에서 나는 홀브룩과 옆자리에 앉게 되었다. 그러나 박 대통령 통치에 관한 국민의 생각이나 나의 의견도 바뀌고 하여 나는 엉뚱하게 월남전에 관해 그와 의견을 나누었을 뿐 한국 국내 문제에 관해서는 이야기하지 않았다. 주한 미국 대사를 지낸 크리스토퍼 힐의 회고록에는 홀브룩이 아주 뛰어난 외교관으로 묘사되어 있다. 홀브룩은 직업 외교관 출신으로, 한때 국무성을 떠나 권위 있는 국제 문제 전문지로 정평이 있는《포린 어페어스》와 경쟁 관계에 있는 아주 논쟁적인《포린 폴리시》의 편집인이 되기도 했다. 그는 유고슬라비아가 해체되어 혼란 상태에 빠졌을 때 그 수습에 외교 역량을 발휘하기도 했으며 유엔 대사를 맡기도 했다.

김영삼 야당 총재의 국회의원직 박탈이 여당 측에 의해 추진되자 미국 측은 대단한 정치 공세를 펴기도 했다. 주한 미 대사관의 중요 간부들이 국회를 방문해 안면 있는 의원들에게, 만약 야당 당수를 국회에서 제명하면 "심각한 파문"(serious repercussion)이 있을 것이라고 강경하게 경고하기도 했다. 김 중앙정보부장의 거사는 그러한 미국 측의 강경한 태도와 무관했다고 할 수는 없을 것 같다.

유신 말기의 국내 정치 상황을 다시 생각해 보자. 김영삼 야당 당수가 외신 기자회견에서 유신 체제가 강화되는 한국에 미국의 원조를 중단할 것을 요구하자, 권력 측은 김영삼 총재의 국회의원직 제명에 나섰다. 초선의 공화당 의원인 나도 제명 투표에 참여했는데, 그때 의사당 안의 조명이 얼마간 어두웠다는 기억이 희미하게 난다. 조명이 어두워지면 불안 심리가 생기고 다시 그것이 두려움으로 바뀌는 것이 아닌가. 기표소에 들어가서도 무언가가 감시하고 있지는 않나 하는 의구심이 있었다. 여하간 나는 제명에 찬성하는 투표를 했다. 전체 여당 의원 중 제명에 반대 투표를 한 사람은 단 한 명으로 보도되었는데 나와 가까운 소설가 이병주 씨는 그 한 사람이 나이기를 바란다고 어디다 썼다. 오랜 후에 김종필 씨는 자기가 반대표를 찍었다고 말했다. 만약에 그렇지 않았다면 그는 지도자 자격을 내세울 수가 없었을 것이다.

김영삼 당수가 제명되자 야당 의원들은 의원직 일괄 사표를 제출했다. 그에 대하여 주로 유정회 의원인 강경파들은 선별 수리를 주장했고 주로 공화당 소속 의원인 온건파들은 일괄 반환을 말했다. 그러나 차지철의 생각인지 박 대통령의 생각인지 불분명하지만 유정회 측이 선별 수리를 강력하게 내세우기 시작했다. 청와대 영빈관에서 유신 7주년 기념 파티가 열렸을 때다. 1층의 칵테일파티에서 입구에 있는 첫째 테이블을 차지한 유정회 의원들은 박 대통령이 입장하자 일제히 소리 높여 선별 수리를 주장했다. 박 대통령은 공화당 의원들이 둘러서 있던 제2 테이블로 오자, 멀리 칵테일 코너에 있던 나를 부르더니 나의 의견을 물었다. 나는 일괄 반환이 옳다고 생각했지만 선별 수리를 합창하는 유정회 의원들 옆에서 그 얘기를 하기가 거북해 약간의 미소를 띠며 칵테일 잔을 안 든 손으로 뒷머리를 긁적거렸다. 1, 2분이었겠지만 긴 시간 같았다. 그러자 내 답변을 기다리던 박 대통령은 절도 있게 획 뒤로 돌아서더니 2층 만찬장으로 올라갔다. 박 대통령이 멀리 떨어져 있던 나를 불러 질문한 것은 내가 서울에서 한 선거구 2명 당선에서 1등 당선을 한 두 명의 공화당 의원 중 한 사람이어서 두각을 나타냈기 때문이었을 것이다. 2층 만찬장에서 보여 준 의원들의 행태는 코미디에 가까운 추태였다. 언론 출신의 어느 유정회 의원은 각하를 위해 목숨을 바치겠다고 맹세하기도 했다.(그 후 같은 언론 출신의 유정회 의원인 한 독설가는 박 대통령이 암살당한 후 "요즈음 신문을 주의 깊게 보는데 목숨을 바치겠다는 그 의원의 부음이 안 보인다."라는 한마디를 남겼다.)

공화당에서는 선별 수리냐 일괄 반환이냐를 놓고 모든 의원들의 의견을 청취했는데 일괄 반환이 압도적이었다. 그 결과를 청와대에 보고한다고 했는데 그 보고가 궁정동의 총소리가 울림으로써 의미 없게 되었다. 그런 일로 공화당 의원 전원의 의견을 조사하라고 한 것도 이상한 일이었다.

유신 시대에 그에 반대하여 사회 각계각층에서 반대 투쟁이 일어난 것도 대충 알고 있는 대로다. 그 투쟁에는 유명 인사도 있었지만 무명의 시민들도 참여해 고초도 당했고 희생도 치렀다. 그러한 반유신 저항운동 가운데 한 가지 특별히 의미가 있어 소개할 것이 있다.

크리스찬아카데미의 강원용 목사 중심으로 중간 집단 교육이 대대적으로 진행되었다는 사실이다. 농촌, 노동계, 여성계, 종교계 등 분야에서 활동 요원을 육성해 민주화의 터전을 다지자는 것이었는데, 그 운동의 간사에는 뒤에 국무총리가 되는 한명숙, 이화여대 총장이 되는 신인령, 민중당 대표였다가 국회의원이 되는 이우재 등이 있었다. 주한 미 대사관의 문정관을 지낸 그레고리 헨더슨의 연구 저서 『소용돌이의 한국 정치』에서 한국 사회는 저변의 민중과 상부의 권력층만 있고 중간에 그것들을 매개하는 중간 집단이 없는 취약한 구조라고 분석했는데, 그의 분석을 참고로 하기도 했다. 그러나 권력층이 방관할 리가 없었다. 간사들은 모조리 구속되어 심한 고초를 겪었다.

인물에 대한 회상

4

1

이병주 탄생 100주년 그를 회고한다

소설, 평론, 정치, 사업, 연애 등 여러 분야에 탁월한 실력 발휘

1964년 후반과 1965년에 걸쳐《조선일보》문화부장으로 있을 때다. 내가 친하게 지내던 신동문 시인이 이병주 씨의「소설 알렉산드리아」가 실린 월간《세대》를 들고 나를 찾아왔다. 그리고 이병주 씨는 부산에서 활약하고 있었기 때문에 서울에서는 잘 알려져 있지 않지만 이 소설은 매우 훌륭한 것이니 잘 소개해 달라고 부탁을 한다. 읽어 보니 과연 그 중편소설은 무대가 국제적이고 스페인 내전 때 프

---

*《국제신문》2021년 9월 1일 자. 소설가 이병주 씨의 탄생 100주기(1921~1992)를 맞아 경상남도 하동에 있는 이병주 문학관에서 200자 원고지 22매 분량의 원고 청탁이 와서 이 원고를 썼다. 원고료는 50만 원이라고 하기에 그 돈은 문학관에 기념식수를 하는 데 써 달라고 했다. 문학관에서는 그 원고를 이병주 씨가 근무했던 부산의《국제신문》에 게재하도록 했는데《국제신문》은 원고를 여러 곳 난도질해서 게재했다. 대단히 유감스러운 일이다.

랑코 군벌에 맞서 싸운 공화정파의 국제적인 연대 투쟁의 감각도 갖고 있어 마음에 들었다. 헤밍웨이의 「누구를 위하여 종은 울리나」도 그 시대를 배경으로 하고 있다. 그래서 공주사대의 문화평론가 유종호 교수(후에 예술원 원장)에게 평을 써 달라고 부탁했다. 유 교수의 소설평은 문화면의 지면 3분의 2쯤을 차지했다. 그렇게 해서 이병주 씨는 중앙 문단에 화려하게 등장했다.

「소설 알렉산드리아」 이후 《세대》에 연재된 「지리산」 또한 대단한 인기를 끌었다. 「관부연락선」과 「쥘부채」, 「행복어사전」 등도 성공적이었다. 그 후 나림(那林, 이병주의 아호)의 소설 양산은 계속된다. 「실록 남로당」, 「에로스 문화사」 등 이색적인 작품도 출간했는데 그가 너무 다작을 했기에 혹시라도 대필 공방이 있는 것이 아니냐는 오해를 받기도 했다.

이병주 씨의 사회 활동은 오후 늦게 시작한다. 우선 광화문께에 있는 화식집에 나타나 요리사가 있는, 일본어로 말하는 '다이'에서 초밥을 든다. 그리고 마음에 맞는 친지들과 함께 그가 타고 다니는, 기사를 둔 외제차 볼보로 살롱 등 고급 술집 행차를 한다. 그의 술자리는 소설을 쓰기 위한 취재의 현장일 때가 많다. 예를 들어 김규식 박사를 따라 남북 협상에 다녀온 송남헌 씨나 6·25전쟁 중 북한의 거물 이승엽을 만나기 위해 미군의 도움을 받아 전선을 넘어 북한을 다녀온 박진목 씨와의 술자리는 여러 번 장시간 계속된다. 그리고 집에 돌아가 그 내용을 앞으로의 작품을 위해 메모해 둔다는 것이다. 그는 몽블랑이라는 아주 굵은 외제 만년필을 사용한다. 새벽녘까지 글을 쓴 그는 늦잠을 잔 후 오후 늦게 친구를 만나기 위해 광화문께로 나타나는 것이다.

뛰어난 시인이었던 김수영 씨와의 친분도 빼놓을 수 없다. 김수영 시인은 마포 버스 종점 근처에서 양계장을 경영하여 생계를 유지하고 있었는데 한번은 이병주 씨가 그의 볼보 차로 집까지 바래다주겠다고 했다. 그러나 이 씨의 화려한 생활에 내심 반발을 느꼈던지 김 시인은 버스를 타고 가려다가 그만 참변을 당한 것이다.

《동아일보》의 전진우 논설위원이 그의 칼럼에서 이병주 씨가 빨치산을 했다고 의외의 사실을 밝혔다. 내가 나림에게 그 문제에 관해 물어보니 6·25전쟁 때 인민군이 그가 있던 진주까지 전격적으로 점령했는데 그 가운데 그가 아는 사람이 간부로 있어 자신을 문화공작대로 발탁했다는 것이다. 하동은 지리산에 가까이 있어 왜정 때부터 병역 기피 등 산사람이 많이 생겼다는 것이다. 나림은 그때 문화공작대원으로서 「살로메」를 공연했다고 자랑하기도 했다.

하동 출신의 한 국회의원은 나에게 이병주 씨가 고향에서 국회의원에 출마하기도 했다고 말해 준다. 아마 혁신계와 같은 정책을 내걸고 출마를 한 모양인데 경쟁자가 이병주는 빨갱이라는 전단을 만들어 꽹과리를 치며 살포하기도 했다는 것이다.

내가 1968년 하버드 대학교에서 1년 동안의 연수를 마치고 돌아올 때 욕심껏 300권 가까운 책을 사 가지고 왔는데 나림이 책 구경을 하자고 하기에 보여 주고 한 권을 선물로 주겠다고 하니 사뮈엘 베케트의 『고도를 기다리며』 영문 원본을 고른다. 그런데 그 희곡은 몇 달 후 노벨문학상 수상작으로 발표가 되었으니 놀라운 일이었다.

이병주 씨의 관계 고위층이나 정계 인사와의 교제 범위도 대단하다. 특히 같은 진주권 출신인 김현옥 서울시장과의 친분은 각별했다. 그는 김 시장에게서 많은 사업 이권을 따낸 것으로 알려졌다. 그래서 대단한 부를 이루어 용산의 그의 아파트에 초청되어 가 보니 100평이나 됨직한 아파트에 책들이 가득 꽂혀 있고 가재도구도 고가품이었다. 그가 자주 쓰는 말이 있다. "외국에 나가 물건을 사려거든 여러 개를 많이 사지 말고 한 개가 되더라도 꼭 가보가 될 만한 것을 사라."는 것이다.

그는 이후락 중앙정보부장과도 아주 각별했다. 당대 실세인 이 부장과 어떻게 사귀었는지는 밝히지 않는다.《한겨레》의 창간 부사장이 되는 임재경 씨가 파리 유학 때 나림을 만나니 그는 이후락 씨가 쓰라고 준 달러 뭉치를 내보이며 자랑하더라 했다. 내가 국회의원일 때 유네스코 파리 총회에 참석하기 위해 열흘쯤 파리에 머물 때 팡테옹 뒤편의 프랑스 음식점에 점심을 먹으러 자주 갔었다. 그러다가 한번은 근처의 중국집에 들렀더니 나림이 애인과 함께 그곳에서 식사하고 있는 게 아닌가. 그는 몹시 당황했던 모양이다. 내가 먼저 자리를 떠 나오려 하니 그가 쫓아 나오며 "서울에 가서는 절대 나를 여기서 만났다는 말을 하지 말라."고 당부를 한다.

그는 전두환 대통령과도 가까웠다. 전 대통령이 퇴임한 후에는 그의 여러 가지 성명을 대필해 주기도 하고 자서전 집필도 크게 도와준 것으로 알려졌다. 그러니 몇억 대의 사례금을 받았을 것이라는 풍문이 나돌 만했다.

내가 그와 함께 도쿄의 제국호텔에 머문 일을 빼놓을 수 없다. 미국 여행에서 귀국길에 도쿄의 친지에게 값싼 호텔을 예약해 달라고 부탁하려 하니 그가 나림이 제국호텔에 묵고 있는데 내가 온다고 하니 방을 함께 쓰자고 말하더라고 한다. 그래서 가 봤더니 호텔 방이 댄스파티를 열 수 있을 정도로 넓다. 아침에 호텔 식당에서 식사하고 신문 판매대에 들르니 그는 《아사히신문》, 《인터내셔널 헤럴드 트리뷴》을 고르고 난 후 프랑스의 《르몽드》까지 집어 든다. 하동의 부잣집 아들인 그는 일제강점기 때 일본에 유학해 두 개의 대학에서 프랑스 문학을 전공하다가 학병에 끌려가 중국의 전선에 파견되었던 것으로 알려졌다. 그러니 프랑스어에도 능통하여 나의 기를 꺾은 것이다. 그와 함께 책방에 갔더니 당시 인기 있던 프랑스 철학자 미셸 푸코의 번역본과 그와 관련된 책들을 사서 또다시 나를 놀라게 했다.

귀국을 준비할 때 보니 한 일본 여인이 와서 무릎을 꿇고 모든 짐을 다 싸 준다. 나림은 침대에 비스듬히 기대어 신문을 뒤적일 뿐 전혀 도와주지를 않는다.

나림은 말년에 전두환 씨에게서 받은 듯한 많은 돈을 갖고 애인과 함께 미국으로 가서 몇 년 동안 소문 없이 살다가 폐암 환자가 되어 돌아온다. 미국 담배 '윈스턴'에 맛을 들여 폐암이 됐다는데 서울에 돌아온 후 며칠 못 살고 타계한다. 서울대학병원의 영안실에서 있은 영결식에 갔더니 추도사를 할 문인들이 한 사람도 없었다. 그는 문단 교류를 거의 하지 않았던 것이다. 그래서 내가 즉석에서 원고 없이 추도사를 한 것이다.

그는 생전에 등산을 몹시 좋아했다. 매번 동행하는 여인은 달랐다. 그가 죽고 난 후 북한산의 등산로 입구에 있는 큰 바윗덩어리에 그의 북한산 예찬 글을 새기도록 허락을 받았다. 그 제막식에 갔더니 학병 동지인 방송극작가 한운사, 송남헌, 박진목 씨와 한때 영화배우를 했던 하동 출신의 최지희 씨가 있었다.

나림은 젊었을 때 프랑스의 작가 발자크를 존경하고 그를 뒤따르려 했다 한다. 소설의 양과 질에 있어서 그는 얼마간 발자크를 뒤따를 수 있었다고 할 수 있겠다. 애인이 엄청 많았던 발자크의 뒤도 따르고.

나림이 5·16군사정변 후 2년 반쯤의 옥고를 치른 것은 아는 일이다. 그러나 나는 그 가슴 아픈 일을 구태여 그에게 물어보지 않았다. 4·19혁명 후에 그는 부산 국제신보의 편집국장과 주필로서 중립화통일론에 동조하고 교원노조의 결성을 적극 옹호한 모양이다. 그것이 군사 쿠데타 정권의 처벌 이유가 되었다는 것이다. 당시 《부산일보》의 주필은 황용주 씨였으며 그가 박정희 장군과 대구사범 동기여서 박 장군이 군수기지사령관으로 있을 때 이병주 씨와 함께 셋이서 어지간히 자주 술을 마신 모양이다. 그래서 황용주 씨는 군사정권에 의해 문화방송 서울 본사 사장에 임명되었는데 이병주 씨는 형무소에 수감된 것이다. 박 대통령이 암살되고 난 후 나림은 「그를 버린 여인」이란 소설을 써서 박 대통령을 얼마간 폄하하기도 했었다.

이병주 씨는 당대 최고급 지성인이었다고 생각한다. 그가 대학에서 프랑스어과를 택한 것이 중요했다고 본다. 그 당시 프랑스는 영미를 앞서는 수준의 지성들이 많았던 것 같다. 물론 프랑스에서 출발하여 영미의 사상도 흡수했지만 그러한 경위로 나림은 한국 사회 최고급의 지성인이 된 것이다. 여러 언론에 기고한 그의 글이 무수히 많은데 그 수준은 매우 높았다고 나는 생각한다. 사실 그는 소설보다 에

세이에서 뛰어났다고도 할 수 있겠다. 그러나 감성의 세계에서는 그는 완전히 자유분방했다. 아니 완전 무절제했다고 할 수도 있겠다. 그래서 최후까지 많은 여인과의 애정 행각이다. 이것을 어떻게 해석해야 할 것인가. 단순히 사회적 고정관념에 따라 비난만 할 수 있겠는가. 비난만 하기에는 얼마간 망설여지기도 한다. 나림은 기존의 도덕관을 떠난 완전한 자유인으로 살다 간 것이다.

2

민기식 장군의 생애와 한국 정치의 단면들

만주 건국대학을 다녀

민기식은 일본 괴뢰정권 만주국의 최고 명문 국립대학인 '건국대학'을 다녔다. 국무총리가 되는 강영훈도 같은 대학 동기생이었다. 건국대학은 6년제로 등록금이 전혀 없고, 학생들은 졸업 후에 고등문관(사무관)으로 채용되었다. 우리의 3·1독립선언문을 기초한 육당 최남선은 당시 그 대학의 교수였다. 일제는 조선의 지식인 가운데 춘

* 《창작과비평》 2021년 봄호. 이 글은 육군참모총장을 지낸 민기식(1921~1998) 장군의 회고록 『격동의 역사와 나의 시련』(제일문화사, 1996)을 주요 참고로 한 것이다. 민 장군은 이 책이 많은 논란을 일으킬 뿐 아니라 명예훼손 소송도 여러 건 제기될 것 같아 발행을 취소했다. 그러나 가까운 몇몇 사람들에게는 그 책이 흘러나왔다. 또 나는 그의 중학교 10년 후배로 그가 군에서 퇴역한 후에 자주 그와 술자리를 하며 많은 이야기를 들었다. 그리고 오능균이라는 후배는 나보다도 더 자주 만나고 흉허물 없는 이야기를 들은 듯하다. 이러한 세 가지 출처를 종합해 이 글을 엮었다. (회고록의 발간을 중지한 지 25년쯤이 지났으니 이제 그 내용을 인용해도 무방할 것으로 생각한다.)

원 이광수와 육당 최남선을 친일화하는 데 노력을 집중하여 마침내는 그 목표를 달성한 듯했다. 민기식의 기록에 따르면 최남선은 민기식을 사적으로 만났을 때 아주 은밀히 우리 민족정신을 고취했었다 한다.

2차 세계대전 후반에 민기식은 학병으로 징집되어 일본에서 장교로서의 훈련을 받다가 전쟁이 끝나자 귀국했다.

"할 일 없어 군에 입대했다"

민기식은 장군 시절 육군사관학교 측으로부터 '장군과의 시간'에 참석해 달라는 부탁을 받았다. 사관생들에게 강연하고, 이어 그들의 질문에 답변하는 프로그램이다. 그는 대화에 참여해 "어떻게 하여 군인이 되었습니까?" 하는 질문에 다음과 같은 요지로 답변했다. "우리 집안은 생활이 넉넉하여 나는 마음 놓고 공부할 수 있었다. 그래서 만주에서 제일 좋은 건국대학에 다니기도 했다. 그러다가 일제강점기 말에 학병으로 끌려가 일본에서 장교 훈련을 받다가 해방이 되어 귀국했다. 귀국해 보니 뚜렷하게 무언가 택할 직업이 마땅치 않았다. 그래서 놀고 있던 때에 마침 국방경비대가 창설되어 거기에 참여하게 된 것이다." 그런 식으로 연설을 하고 있자 단하에 있던 육사의 간부가 종이쪽을 올려 보냈다. 펴 보니 "사관생도들에게 그렇게 말씀하시면 어떻게 합니까?"라는 내용이었다. 이 쪽지를 받아 본 민기식은 다음과 같은 요지의 연설을 계속했다. "나는 그렇다 치고 여러분사관생도들은 국가에서 모든 것을 부담하여 먹여 주고 입혀 주고 가르쳐 주지 않느냐. 여러분은 국가와 국민에게 엄청난 신세를 지고 있는 것이다. 그러니 앞으로 국가와 민족을 위해 사를 버리고 충성을 다하여 봉사해야 할 것이 아니겠는가."

사형수 서민호 의원 구명

6·25전쟁 중 피난수도 부산에서 당시 국회가 야당의 우세인 탓에 대통령을 국회에서 선출하도록 하는 헌법으로는 이승만의 재임이 어렵다고 본 지지 정파가 국민직선제로 개헌하려고 하여 이른바 부산정치파동이 일어났을 때다. 서민호 국회의원이 공무로 전남 순천에 가서 한 식당에 들렀을 때 일행 중 한 명이 거기에 있던 군의관 서 모 대위와 시비가 벌어져 서 대위가 권총을 한 발 발사하기에 이르렀다. 이에 서 의원은 자기의 권총을 뽑아 그에게 일격을 가한 것인데 서 대위는 즉사하고 말았다. 그때는 전시여서 국회의원에게도 권총 휴대가 허용됐었다.

서 의원은 군법회의 1심에서 사형을 언도받았다. 2심 재판장으로는 민기식 장군이 임명되었다. 당시는 대통령 국민직선제를 주장하는 여당파와 그에 반대하는 야당파가 치열하게 대립하고 있을 때였으며, 서 의원은 야당 측의 투사였다. 따라서 서 의원을 1심대로 사형에 처하라는 압력이 각계로부터 민기식에게 가해졌다. 특히 계엄 당국의 압력은 거셌다. 민기식은 양심상 도저히 사형을 내릴 수 없다고 생각해 고심 끝에 2심 언도 뒤 지리산 속으로 도망쳐 있으려고 식량과 기름을 잔뜩 실은 지프차를 대기시켜 놓았다. 그리고 용감하게 서 의원에게 8년형을 언도했다. 언도 전에는 압력이 거셌으나 언도 후에는 누그러졌다.

8년형을 산 서민호 의원은 4·19혁명 후 국회의원에 다시 선출되고 부의장이 되었다. 그리고 민기식 장군이 자기 생명의 은인이라고 계속 칭송했다.

곽영주 경무관이 살려 줘

자유당 정권의 3·15부정선거가 있을 때 민기식은 부산에 있는 제2관구 사령관이었는데, 자유당 측의 선거 부정 요구에 응하지 않았다. 그러자 자유당의 경남도당은 그를 해임하라고 중앙당에 압력을 넣었고, 마침내는 그의 해임 상신서가 경무대로 올라가고 있다는 정보가 육군본부에 있는 심복으로부터 전해졌다.(자유당 정권이 무너진 후 경무대는 청와대로 이름이 바뀌었다.) 당황한 민기식은 무작정 서울로 지프차를 몰며 어떻게 대처할 것인지를 생각했다. 도달한 결론은 조선일보 방일영 사장에게 부탁하는 길밖에 없다는 것이었다. 그래서 서울에 도착하자마자《조선일보》사장실을 찾았다.

방 사장은 관계, 정계, 사업계 등 여러 방면의 거물급들과 사통팔달의 교제 범위를 갖고 있었다. 그는 우선 자기 돈으로 그들에게 무조건 요정에서 융숭한 대접을 하는 것으로 친분을 쌓는다. 그래서 나중에는 '밤의 대통령'으로 불리기도 했다.

민기식의 구명 요청을 받은 방 사장은 곧 경무대의 곽영주 경무관에게 전화를 걸어 저녁 약속을 잡았다. 당시 경무대에는 경무대경찰서가 따로 있고 경찰서장이 있었다. 그러나 경호의 총책임자는 곽영주 경무관이었다. 민기식이 방 사장과 함께 곽 경무관이 지정한 낙원동에 있는 요정 '오진암'으로 가니 거기에는 곽 경무관과 함께 연예계 조직을 총책임지며 자유당 정권의 산하 조직처럼 만든 임화수도 있었다. 그들은 그날 밤 신나게 즐겼고 그 돈은 민기식이 부담했다.

육군본부에서 올라온 민기식 해임 상신서를 곽영주가 자기 서랍 속에 넣어 보류시켰다는 설이 있는데 여하간 곧이어 4·19혁명이 나는 바람에 민기식은 해임을 모면하게 되었다.

민기식의 회고록에는 "자유당 말기 이기붕 씨만 죽이면 이승만 대통령은 산다는 논법"을 언급하며 "그렇다면 이 씨 일가족도 자결한 것이 아니라 이 대통령의 측근에 있던 곽영주, 임화수 등에 의해 죽임을 당한 것이 아닌가 하는 생각이 퍼뜩 들었다."라고 말하는 대목도 나온다.

군단장으로 5·16군사정변 지지

1961년 박정희 장군에 의해 일어난 쿠데타와 이에 대한 민기식의 대응에 관해 이야기해 볼까 한다.

쿠데타가 있기 며칠 전 이한림 제1군 사령관은 제1군 산하부대

간의 축구 시합을 개최했다. 그러나 부정 선수가 섞였다는 이의가 제기되어 그 시합은 유종의 미를 거두지 못하고 시빗거리만 남긴 채 끝나고 말았다. 제1군 산하의 제2군단장이던 민기식은 애초부터 이한림과 그리 좋은 사이가 아니었다. 육군사관학교가 설립된 다음에는 기수별로 서열이 분명하지만, 창군 당시의 군인들은 만주군 출신, 일본군 출신, 광복군 출신, 기타 신규 입대자 등 복잡한 계파로 이루어져 위계질서가 잡힐 수 없었다. 그래서 계급의 질서가 확립되지 못한 채 얼마간의 혼란이 있었던 것이다.

민기식은 본래 이한림과 서먹한 사이였던 데다가 축구 시합도 부정 선수 시비로 감정 대립이 생긴 터라 기분이 나쁜 상태에서 군단 본부로 복귀했다. 그런데 하룬가 이틀 후에 부관이 "서울에서 박정희 소장이 쿠데타를 일으켰다."라고 보고한다. 민기식의 첫 질문은 쿠데타에 대한 이한림의 태도가 어떠냐는 것이었다. 부관이 "사령관께서는 쿠데타에 반대이십니다."라고 말하자 민기식은 "그러면 나는 찬성이지."라고 말했다는 것이 거의 정설처럼 되어 있다. 그 당시 군 장성들 사이에서 장면 민주당 정권의 통치가 그래서 되겠느냐는 불신과 불만이 널리 퍼져 있었다는 배경도 있다. 박정희 소장으로서는 제1군 사령관이 반대한 것이 마음에 걸리지만 그 산하의 민기식 군단장이 즉각 지지를 표명한 것이 큰 뒷받침이 되었다. 그후로 박정희 소장과 민기식 중장의 유대는 굳건해지고 민기식은 육군참모총장으로 승진하는 길이 열리게 된다. 그것도 대통령의 절대적 신임을 받는 강력한 육군참모총장으로서이다.

국방부 장관과의 알력

민기식이 육군참모총장에 임명될 때의 이야기다. 육군본부에 있는 심복에게서 연락이 왔는데, 상신서에 참모총장으로 임명한다는 내용은 있으나 육군 중장에서 대장으로 승진한다는 내용은 없다는 것이었다. 그래서 그는 같은 신당동에 살고 있던 김성은 국방부 장관 집을 새벽에 방문해 그 사실에 대해 항의했다. 그 결과 대장 진급도 함께 이루어졌다. 김 장관은 해병대 출신이다. 해병대의 병력 규모는 육군에 비해 아주 적어, 육군에서는 해병대 출신을 경시하기도 했다. 여하튼 그런 사정도 있고 하여 민기식 육군참모총장은 당시 장관실에 들어갈 때 절대로 손을 쓰지 않고 발로만 문을 여닫았다고 한다.

장군들의 부인에게 욕설

《조선일보》의 방일영 사장이 각계 거물들을 요정에서 대접한 것은 돈 낭비나 하는 것이 아니라 나중에 필요할 때 무언가 부탁하기 위한 일이었다. 그리고 그는 그러한 교제로 덕을 보았다는 평이다.

민기식이 참모총장이 되었을 때 사장에서 회장이 된 방일영이 민 장군에게 부탁할 일이 있어 말했더니 아침 식사나 같이하자고 해서 그 집으로 갔다. 식사 중에 민기식의 부인이 '장군 부인들이 와 있으니 나와서 아는 체나 하고 가라'라고 말한다. 민기식이 불응하자 부인은 장군 부인들을 식사하는 방 문 앞에 서 있게 할 터이니 아는 체나 하라고 말한다. 조금 있다 아침 식사하는 방 앞에 장군 부인들이 오고 문이 열리자 민기식은 그 부인들을 향해 차마 입에 담을 수 없을 정도의 상스러운 말을 퍼붓는다. 방 회장은 그 후에도 그때의 이야기를 전할 때는 입을 다물지 못할 정도였다.

나중에 내가 국회의원이 되었을 때 공군 장군 출신인 유정회(유신정우회) 국회의원과 잡담하던 중 그때의 이야기를 했더니 그 의원은 나보고 세상 물정을 모른다고 했다. 그의 설명은 진급 운동을 하는 장성의 부인들이 돈을 갖고 상납하러 온 것인데 마침 신문사 회장에게 그 광경을 목격당하자 상스러운 욕을 해 댐으로써 신문사 사주에게는 욕한 기억만 남고 뇌물을 바치는 일에 대해서는 깜박 잊게 하려는 술책이 아니었겠는가 하고 해석한다.

『삼국지』 같은 난세가 되다

이 절은 회고록의 원문 그대로를 옮긴다.

박정희 의장의 2·27선언 후 이틀쯤 뒤에 박병권 국방부 장관은 "박 의장은 정치에서 손을 뗐다. 그가 이끈 혁명은 잘못이다. 군은 절대 정치에 개입하면 안 된다. 국민은 눈을 똑바로 뜨고 군을 보고 있다."라고 기자들에게 발표했다. 후에 들려오는 말에는 박 장관은 이범석 장군을, 김종오 총장은 김도연 씨를 밀려고 했다는 것이다. 그러고 보면 몇 가지 생각나는 것이 있다. 건국 초기 이범석 장군을 가장 존경하는 면면은 박병권, 강영훈, 김웅수, 최영희, 유해준, 김익열 등으로 알려져 있었는데 박 장관이 이범석 장군을 추대하려는 것은 어쩌면 당연한 일로 생각한다. 또한 앞당겨 얘기하게 되나 6·3사태 때 김종오 총장이 박 의장에게 '김종필 사살'을 건의하게 된 연유도 이때부터 그를 제거하려는 의도가 있었던 것으로 추측된다.

막강한 계엄사령관

1963년 한일 협정이 타결되었으나 그 협정이 굴욕적이라고 학생 사회에서나 야당 일각에서 강력한 반대 운동이 일어나 정권 입장에서는 계엄령을 선포하지 않고는 사태를 수습할 수 없게 되었다. 계엄사령관은 물론 당연직으로 민기식 육군참모총장이었다. 데모 사태가 어지간히 진정된 때에 계엄사령관은 대통령을 방문해 계엄령 해제 시기를 상의했다. 박 대통령은 이제 바로 계엄령을 해제하는 것이 좋지 않겠느냐는 의견이었다. 그러나 민기식은 얼마간 계엄령을 더 유지하자는 의견을 말했다 한다. 그 이야기를 할 때가 매우 긴장된 순간이었던 것으로 전해진다.

부정선거에 별 하나 더

이 절은 회고록의 원문 그대로를 옮긴다.

나는 박정희 대통령 후보가 당선되기를 기대하며 내 나름으로 최선을 다했다. 즉 군인의 신분으로 박 후보 당선을 위해 앞장섰던 것이다. 나는 여러 번 일과 후 육군본부 강당에 전 장병을 집합시켜 놓고 "윤 후보가 당선되면 나라가 위태로울 것이니 박 후보를 찍어야 한다."라고 소신을 갖고 역설했다. 육본에 근무하는 병사들은 비교적 학력이 높았기 때문에 부작용이 나타날 것으로 짐작했으나 그들은 세태를 읽고 있어 투표 결과는 좋았다.

그러면서도 예하 제1 및 제2군은 각 사령관의 영역을 침범할 우려에서 개입하지 않았으나 김상복 제2훈련소장에게는 "중장으로 승진시킬 테니 박 후보를 찍도록 교육하라."라고 지시했다. 당시 대통령선거에서 군인의 신분으로 선거운동을 한 자는 나밖에 없었던 것으로 안다.

개표하는 다음 날 새벽 3시, 나는 책상 정리를 마치고 형무소에 들어가 입을 옷을 준비시켰다. 나는 박 후보가 쉽게 이길 줄 알았는데 예상을 뒤엎고 서울, 경기, 강원, 충남북에서 참패했을 뿐만 아니라 군에서마저 패했던 것이다. 사태가 이렇게 전개되자 나로서는 불과 2년 전에 피 흘려 마감한 3·15부정선거가 머리에 떠오르지 않을 수 없었다.

이런 와중에 경남북 및 전남북에서 이기고 있었다. 특히 전남의 바닷가에서 많은 표가 나와 박 후보 당선의 결정적인 계기가 되었다. 여담이나 그 후 박 대통령은 전남 출신 장성들에 대해 항상 고맙게 생각하고 있었다.

군에서도 육군본부와 논산 제2훈련소에서 5천 표, 5만 표의 몰표가 나왔다. 군에서는 내가 나서 선거운동을 한 부대를 제외하곤 모든 부대가 소신껏 투표했던 것이다.

선거 결과는 박정희 후보가 윤보선 후보보다 15만 표를 더 얻어 제5대 대통령으로 당선되었다.

선거 후에 이런 일도 있었다. 선거가 끝난 어느 날 김상복 훈련소장이 아예 중장 계급을 달고 나의 사무실에 나타났기에 "어찌된 일이냐. 그 계급장은." 했더니 그는 "총장께서 중장 승진을 약속하지 않았습니까?"라고 대들듯이 말해 난처했다. 그래서 박 대통령을 찾아가 "실은 제가 약속했었습니다."라고 상황을 설명했더니 "그런 일도 있었습니까?"라고 하여 그대로 진급되었다.

국방부 장관이 못 되다

육군참모총장을 마친 민기식은 국방부 장관이 되지 못했다. 나는 그 이유로 그가 말은 올바르게 하나 그 표현 방식에 있어 얼마간 세련된 구석이 없었다는 데 원인이 있었던 게 아닌가 생각한다. 국방부 장관은 군 전체를 상대로 말해야 함은 물론 국민 전체에 대해서도 설득력 있는 발언을 해야 하며 야당 의원이 있는 국회에서도 아주 정확한 이야기를 해야 하는 것이다.

그런데 민기식의 말은 내용은 올바른 것이나 그 표현 방법이 세련되지 않아 특히 국회에서는 흠 잡힐 우려가 많았다. 그래서 육군참모총장에서 퇴임한 후 그의 거취가 충주비료 사장 임명으로 낙착된 것으로 생각한다. 그 후 그는 고향인 충북 청원군에서 공화당 공천으로 국회의원에 출마했다.

공격조원을 만진 이유

박정희 정권 시절 어느 국회의원들의 회식 자리에서 최영희 의원에게 들은 이야기이다. 6·25전쟁이 휴전협정으로 끝나고 얼마 후의 일이다. 그때만 해도 북한군이 몇십 명씩 남으로 침투하여 우리 군인들을 살상하고 다시 북으로 도망칠 때다. 우리 군은 그 침범 행위를 정전위원회에 제소하여 해결하는 것을 귀찮게 여겨 똑같은 방법으로 북한군을 응징하는 방법을 택했다. 최영희 사단의 바로 옆에 있던 민기식 사단에 북한군이 침범하자 그 사단에서도 보복조를 결성했다. 출발에 앞서 사단장의 격려 순서가 있었다. 격려차 나온 민기식 사단장은 보복조 10여 명에게 모두 허리띠를 풀고 바지를 내리라고 명령했다. 그리고 직접 한 사람 한 사람씩의 사타구니를 만지고 다녔다. 모두 마치고 난 다음에는 "됐어. 가서 잘 싸우고 와." 했다. 모두 밑부분의 것이 축 늘어져 있어 그는 겁먹은 사람이 하나도 없다는 것을 알고 안심했다는 이야기이다.

최영희, 민기식 두 전 참모총장 사이에 얽힌 일화도 있다. 공화당의 사무총장이 국회 국방위원장에 최영희 의원이 내정됐다고 출입기자들에게 귀띔한 것을 당시 신문사에 있던 내가 듣고 저녁나절 민의원에게 전해 주었다. 그러자 그는 "그렇게는 안 될걸." 하더니 청와대를 방문해 국방위원장은 지역구 출신인 자기가 맡아야지 어떻게 비례대표 출신인 최 의원에게 맡기느냐고 이의를 제기했다는 것이다. 그렇게 해서 그다음 날 국회 국방위원장에 민기식이 발표되었다. 얼마 후 최영희는 국방부 장관에 임명되었으니 재미있는 일이라 하겠다.

장준하와의 인연

민기식이 국회 국방위원장으로 있을 때 장준하도 같은 위원회 의원이어서 둘은 아주 절친하게 되었다. 둘이 너무나도 친하게 지내니까 장준하 부인이 둘이 의형제를 맺으라고 했을 정도란다.

둘은 모두 일제강점기 말 학병 출신이다. 민기식은 학병으로 끌려가 일본에서 장교 훈련을 받다가 해방이 되었다. 장준하는 학병으로 중국 대륙에 끌려갔다가 탈출, 우리 임시정부 쪽으로 가서 광복군이 되었다가 해방 후 귀국했다. 그리고 월간지 《사상계》를 발행하면서 반 이승만, 민주화 투쟁의 선봉에 섰던 사람이다.

그 장준하가 휴일에 등산을 갔다가 산에서 추락사했다. 일부에서는 권력 측에서 그를 떠밀어 추락사한 것이 아니냐는 추측도 하고 여러 가지 유언비어가 나돌았다. 그러나 민기식은 장준하가 책만 읽고 글만 쓰는 문약한 체질로 보았다. 운동신경이 전혀 발달하지 않은 둔한 인물로 본 것이다. 그의 이런 판단은 자연추락사설에 가깝다 하겠다.

민기식과 하우스만 대위

민기식은 술을 좋아했다. 애주가이지 알코올중독은 아니었다. 주로 자기 집에서 마셨는데 나도 스무 번 넘게 초대를 받은 것 같다.

물론 밖에서도 마셨다. 지난날 그의 부하였던 보안부대장과 식사하는 자리에 나도 불러 합석한 적이 있으며, 한국 육군 창설의 산파역을 맡았었다는 제임스 하우스만 대위가 은퇴 후 한국을 방문했을 때 그를 호텔에 초청하여 환대하는 자리에 나를 동석시켜주기도 했다. 하우스만 대위는 중령까지 진급하고 퇴역한 것으로 아는데 한국에서는 그를 모두 하우스만 대위로 기억한다.

민기식은 회고록에서 스티븐 브래드너도 언급하며 그의 역할이 하우스만과 비슷한 것으로 썼는데 그것은 착각인 것 같다. 브래드너는 민간인으로, 미8군사령관에게 한국 정세에 대해 조언하는 정보고문이었다. 그는 박신자 선수와 결혼하여 유명해지기도 했다. 브래드너는 아주 오랫동안 근무했기에 민간인으로서 미 육군 장성급으로 승진하기도 했으며 용산미군기지 안에 있는 그의 관사에서 축하연을 베풀기도 했다.

브래드너는 합동통신 문화부장 박석기와 절친이었는데 나는 박석기의 소개로 그를 알게 되어 함께 여러 번 대폿집을 돌아다녔었다.

군에 있을 때 민기식이 미 고문관을 골탕 먹인 이야기가 재미있다. 그는 고문관의 여러 가지 건의들이 귀찮았다. 그래서 한번은 안동소주 비슷하게 독한 소주를 준비하고 마늘, 풋고추, 파, 고추장으로 안주를 마련하여 그에게 술대접을 했다. 예의상 술을 약간은 안 마실

수 없고 마시자니 얼마나 고통스러웠겠는가. 그후로는 고문관의 충고나 건의가 확 줄어들었다는 이야기다.

박정희의 평생 집권은 안 돼

민기식 의원이 국방위원회에서 경제과학위원회로 옮기고 난 후의 일이다. 그는 자신의 집에서 큰 파티를 열고 일본 언론의 특파원도 몇몇 초청했다. 신문사에 있던 나도 초청을 받아 갔더니 경제계 고위 관료들과 국회의원 다수가 참석하고 있었다. 일본 특파원을 초청한 것은 일본《도쿄신문》의 주필이 만주 건국대의 동문이었기 때문이다.《도쿄신문》은 비교적 작은 신문이어서 몇몇 작은 신문들이 연합하여 서울에 한 사람의 특파원을 파견하고 있었다.

민기식의 집은 단층집이지만 지하실을 넓은 연회장으로 꾸며 놓아 30여 명의 손님들을 맞이할 수 있게 되어 있었다. 양동이에 진토닉을 가득 만들어 놓고 국자로 잔에 퍼주는 식이었다.

파티가 끝나고 1층 응접실에서 일본 특파원들과 담소하고 있을 때다. 그때 민기식이 돌출 발언을 하여 나를 놀라게 하고 걱정하게 만들었다. "박정희 대통령, 왜 혼자 평생 대통령을 하려고 해. 안 될 일이지. 야당의 김영삼이 말하는 것처럼 개헌을 해야지." 나도 놀랐지만 일본 특파원들도 돌연한 그런 발언에 놀랐을 것이다. 나는 민기식에게 자세히 묻기 전에 우선 일을 진화하고 싶었다. 그래서 일본 특파원들에게 말했다. "여러분들, 민 의원은 타누키 가운데서도 늙은 타누키입니다. 그래서 여러분들의 반응을 보려고 짐짓 그런 엉뚱한 발언을 해 본 것입니다. 그것을 진짜 발언으로 생각하면 착각하는 것입니다." '타누키'는 너구리를 뜻하는 일본말인데 일본에서는 이 타누키를 아주 꾀가 많고 교활한 동물로 취급하고 있으며 늙은 타누끼라고 하면 최고로 교활한 사람을 지칭하기도 하는 것이다. 여하간 민기식의 그러한 발언은 일본 언론에 보도되지 않고 끝났다.

그런데 그의 그러한 발언은 되풀이되었다. 서영희라는 유정회 국회의원이 같은 유정회 국회의원과 결혼하여 자주 그들의 집에 의원들이나 다른 고위 인사들을 초청하여 파티를 열었는데, 거기에 참석한 민기식이 전번과 같은 개헌 발언을 다시 한 것이다. 그런데 이번에는 군인 출신의 다른 의원이 중앙정보부에 밀고한 듯하다.

민기식은 골프를 치다가 중앙정보부에 연행되었다. 그런데 그를 연행하고 아주 당혹스럽게 된 것은 오히려 중앙정보부 쪽이었다. 전직 육군참모총장이며 현역 국회의원인 그를 어떻게 처리할까가 문제였다. 잘못 다루었다가는 국제적으로도 큰 뉴스가 되고 오히려 정권의 입장이 곤혹스럽게 될 것이었기 때문이다.

그래서 민기식에게 "그때 술에 만취하여 무슨 말을 한지 모르지요?" 하고 몰아붙였다. 그러나 민기식은 "나 그때 술 얼마 안 마셨어." 하고 대답했다. 중앙정보부 측에서 계속 과음한 상태에서의 발언으로 몰아가자 그들의 속셈을 뒤늦게 눈치챈 민기식은 과음했음을 인정하고 그들이 시키는 대로 박 대통령에게 사과문을 썼다. "소생 기식은 술에 만취하여 각하에게 불손한 말을 한 것 같습니다. 대단히 송구스럽게 생각합니다. 앞으로는 절대 그런 일이 없도록 하겠습니다.

아예 술을 끊겠습니다. 소생 기식 올림." 대충 이런 내용의 편지였다. 그것으로 사건은 일단락되었다.

그런데 얼마 안 있어 박 대통령의 지방 순시가 시작되고 충청북도 도정보고회 날짜가 정해졌다. 그 보고회에는 충북 출신 국회의원들이 모두 참석하게 되어 있어 민기식도 참석했다. 도정 보고가 끝난 후 박 대통령은 국회의원 전원을 속리산에 있는 관광호텔로 불러 연회를 베풀었다. 연회가 끝난 후 박 대통령과 민기식은 단둘이 술자리를 가졌다. 일제 때 청년기를 지낸 둘은 모두 일본식 주법에 익숙했다. 일본인들은 이른바 '하시고노미'를 한다. 우리말로 번역하면 '사다리음주'가 되겠는데 그것은 저녁에 술을 마시게 되면 적어도 서너 집쯤 옮겨 가며 술을 마시는 습관을 말한다. 그런데 속리산 관광호텔에서는 옮겨 다닐 술집이 없으니까 방을 옮겨 다니며 '하시고노미'를 했다는 것이다. 그때 방마다 술상을 다시 차리고.

"카터, 선 오브 어 비치"

미국에서 카터 대통령이 당선되고 그가 주한미군의 대폭 감축을 발표했을 때다. 한국에서는 미군 감축 반대론이 들끓었으며 주한미군 장성들 사이에서도 감축 반대론이 나왔다. 특히 미8군의 존 싱글러브 참모장은 공개적으로 카터 대통령에게 반기를 들었다. 민기식은 주한미군 장성들과도 자기 집에서 자주 술자리를 가졌다. 싱글러브와도 술친구였을 것이다. 한번은 내가 민기식의 초청을 받고 그의 집에 가니 미군 장성과 술을 마시고 있었다. 나도 참석하라고 해서 같이 마셨는데 미군 장성의 술 마시는 태도에 위압을 느꼈다.

정동에 있는 미 대사관저에서 아마 미군에 관한 어떤 축하 파티가 있었던 모양이다. 민기식도 참석했는데, 주한미군 철수 찬반으로 화제가 되자 그는 "카터, 선 오브 어 비치."(Son of a bitch.)라고 하여 주변을 놀라게 했다. 그 심한 발언은 국내 신문 일부에도 보도되었다. 나는 민기식의 욕설이 돌출 발언이 아니라 여러 가지 계산 끝에 나온 발언이라고 생각한다.

정보장교는 문제가 있어

박정희 대통령이 김재규 중앙정보부장에 의해 암살되고 얼마 후 신군부에 의한 쿠데타로 보안사 출신의 군인들이 집권 세력으로 등장했을 때다. 민기식은 마침 국회의원이었던 나를 불러 "정보 계통 출신의 군인들은 일반병과 출신의 군인들과 달라 문제가 좀 있어. 그들과 어울려 정치를 함께하지 말기를 바라네." 하고 충고해 주었다. 그리고 얼마간의 기간이 지나고 다시 만나니 "다시 생각해 보니 그들 말고는 달리 정권을 맡을 사람이 없는 것 같아." 하고 태도를 바꾸었다. 그동안에 신군부 측에서 민기식을 회유했다는 소문이 들려왔었다.

6·29선언 후 김영삼 지지

민기식은 노태우 대통령이 이른바 6·29선언으로 민주화를 하고 전날처럼 대통령 선거도 완전 자유 경선으로 치른다고 하자 처음에는 김영삼 후보 지지파에 속했다. 그러나 얼마 안 있어 정치 활동을 포기하고 정치 일선에서 물러나고 말았다.

장군과 의원, 누가 높은가

12대 국회 때 이른바 국방위 회식 사건이라는 일이 벌어졌다. 육군 안에서 어떤 잘못된 사건이 있었던 모양이다. 육군은 곧 열릴 국방위에서 문제가 될 것을 무마하기 위해 국방위원 전원을 한 요정으로 초청했다. 육군참모총장 이하 모든 참모가 나왔는데 대부분 하나회 소속이었다. 제시간에 참석한 야당 원내총무는 여당의 원내총무와 권익현 의원 등이 불참한 것을 보고 "똥별들만 잔뜩 나오고 여당의 실세들은 나오지 않았다."라며 폭언했다. 그래서 야당 총무는 군측의 집중적인 술 공세를 받았고, 얼마 안 있어 만취하여 방 안에 있는 소파에 가서 드러눕고 말았다.

여당의 이세기 원내총무가 아주 뒤늦게 도착하여 미안했던지 바로 마이크를 잡고 노래를 부르려 했다. 그러자 참모차장이 마이크를 쥔 그의 목을 잡고 "이 새끼, 이리 와!" 하고 야당 총무가 누워 있는 쪽으로 끌고 가려고 했다. 멱살을 잡힌 이 총무는 "아야, 이거 놓아!"

하고 말하고, 그 말은 그가 마이크를 잡았기에 크게 울렸다. 이세기라는 이름과 '이 새끼'라는 욕설의 발음이 비슷한 것도 문제였다.

이런 사건이 일어났는데도 국방위원장은 침묵만 지키고 있었다. 그가 공군 장성 출신이어서 육군 장성들의 위세에 눌린 것 같았다. 나는 10대 국회의원으로 당선되었을 때 육군공수특전여단이 선거구인 강서구 주변에 있어서 당시 사령관이던 박희도 준장과 안면이 있는 사이다. 당시 육군참모총장으로 있던 그에게 분위기를 잡아 달라고 부탁했으나 그는 무반응이었다. 그래서 나는 내 앞에 있는 유리잔을 들어 앞의 벽면을 향해 던지며 항의했다. 그러자 내 건너편에 앉아 있던 인사참모부장 이대희 소장이 일어나 나에게 발길질을 하여 내 입술에서 피가 흘렀다. 앞에 있던 물수건을 입에 대니 피가 벌겋게 묻어난다. 나는 그 피 묻은 물수건을 갖고 "이렇게 국회의원을 때려도 좋다고 청와대 측에서 말했느냐, 지금 청와대에 가서 따져 보자!" 하며 곧 밖으로 나가 차를 탈 기세였다.

그러자 군 측이 태도를 돌변하여 나에게 사과하고 옆방에 술상을 다시 차려 사과 술을 내며 거듭 사과했다. 그래서 나도 돌출 행동을 용서하기로 했다.

그런데 그 사건에 관한 소문이 널리 퍼지고 여러 수사 기관에서 조사를 하게 되었다. 그리고 참모차장을 즉각 해임, 예편시키고 이대희 소장은 그때 있던 동해사령부 부사령관으로 좌천시켰다. 이것이 국방위 회식 사건의 개요인데 나도 그 사후 처리에 불만은 없었다.

그런 일이 있고 난 얼마 후 육군은 전직 참모총장들을 대접하기 위해 우선 일선 시찰을 시켰다. 민기식이 전방에 갔을 때 이대희로 추측되는 소장이 그에게 뜬금없이 "각하, 육군 소장하고 국회의원하고 누가 더 높습니까?" 하고 묻더란다. 그러자 민기식은 다음과 같이 말했다. "이봐, 그것은 사과하고 배 중에 어느 것이 격이 높으냐고 묻는 것과 같아. 사과는 사과의 맛이 있고 배는 배의 맛이 있어 각각의 격이 있는 게 아니냐. 육군 소장은 육군 소장의 격이 있고 국회의원은 국회의원의 격이 있는데 무슨 그런 질문을 하느냐." 헌법상, 법률상의 문제를 떠나 그 답변은 즉각적인 응답으로서는 그럴듯한 것으로 생각이 된다. 그런 말을 즉석에서 한 것을 보면 민기식은 재치가 있는 사람이라고 하겠다.

김웅수 장군과 강영훈 장군

5·16군사정변에 반대하고 미국으로 망명해 살던 김웅수 장군이 일시 귀국했을 때 민기식은 아침 식사를 하자며 그를 자기 집으로 초대했다. 그리고 까닭은 잘 모르겠으나 관계가 전혀 없는 나도 불러 조찬에 동석시켰다. 김웅수의 오누이 중 한 사람이 강영훈 장군과 결혼했기에 그들은 처남남매 간인데 둘 다 5·16군사정변에 반대하고 미국으로 가서 오랫동안 산 셈이다. 김웅수의 친동생인 김항수가 나와 서울대 법대 엇비슷한 기수의 학생이었는데 그는 법대의 영어회화 공부 모임에 참석했을 때 '자기 집안은 군인 가족'이라고 몇 번인가 얘기했었다. 김항수는 졸업 후 주한 미 대사관에 취직하여 거기서 정년까지 근무했다.

삼성가와의 혼사

오랜 후에 민기식 장군 딸의 혼사가 있다고 하여 예식장에 갔더니 신랑은 삼성 이병철의 장남 이맹희의 아들이었다.

미국에서는 군산복합체(軍産複合體, military-industrial complex)라는 개념을 사용한다. 특히 군인 출신인 아이젠하워 대통령이 퇴임 연설에서 군산복합체의 영향력 증대를 경고하면서 그 문제가 더욱 활발히 논의되기 시작했다. 나는 육군참모총장을 지낸 민기식 가문과 우리나라 일급 재벌인 삼성 가문의 혼사를 군산복합체의 일부라고는 생각하지 않는다. 그러나 일부 급진적인 이론가들은 그 혼사를 군산복합체의 일단이라고 주장할지도 모를 일이다.

* * *

나는 아주 여러 번 민기식의 집에서 진토닉을 대접받았다. 한번은 그가 "우리 집에서 여러 번 술을 마셨으니 이번에는 자네 집에 가서 술을 마시세." 하고 내 차에 먼저 올라탄다. 선거구에 있는 우리 집까지는 한 시간이 넘는 거리다. 그래서 가까이에 있는 살롱으로 가서 카운터에서 칵테일을 몇 잔 대접했다. 그의 대단한 애주와 소탈함은 그가 권력의 자리에 있었을 때도 계속되었다.

그가 중학의 동창회장에 추대되었을 때의 취임 연설이 기억할 만했다. "내가 일본과 만주 등을 돌아다녀 보았는데 한국은 아주 작은 나라입니다. 그런 나라에서 동창회끼리 서로 뭉치면 이 나라는 잘

못되어 갑니다. 동창회란, 명단이나 만들어 동창들이 어디 있겠거니 하고 알게 할 정도면 되는 것입니다." 나는 TK니 PK니 하고 지역별로 뭉치기 시작하던 시대에 매우 뛰어난 명연설이라고 생각했다. 그래서 어느 신문의 칼럼에 그 연설을 소개하는 글을 쓰기도 했다.

3

우인 송지영 이야기

대학 졸업을 앞두고 진로를 고민하다가 신문기자가 되기로 마음먹고 청주중학교 9년 선배인 천관우《조선일보》논설위원을 찾아갔다. 태평로에 있는 현재의 코리아나호텔 자리에 있던《조선일보》사옥 2층에 있는 논설위원실은 좁은 편이었다. 내가 들어가니 천 선배와 또 한 사람 체구가 작은 논설위원, 두 사람이 있었다. 나는 이기붕 국회의장의 아들이며 이승만 대통령의 양자인 이강석 군이 육군사관학교를 다니다가 서울대 법대로 부정 편입학했을 때 학생총회 의장으로 동맹휴학을 주도했기에 졸업 후 신문사 말고는 다른 직업을 선택할 처지가 못 되었다. 천 선배는 별다른 조언을 해 주지 않았던 것으로 기억한다. 그런데 함께 있던 작은 체구의 논설위원이 방안을 왔다 갔다 하며 내가 들으라고 독백처럼 다음과 같은 말을 한

* 《황해문화》 2021년 가을호.

것으로 기억한다.

> 요즈음 학교에서 프랑스대혁명을 두서너 시간에 가르쳐 주고 마는데 그것이 문제야. 프랑스 대혁명은 몇십 년을 두고 태동하고 일어난 역사적 대사건인데 그것을 두서너 시간에 가르치고 마니 학생들은 세상일이 그렇게 간단하게 되는 것으로 생각하게 된단 말이야.

나중에 안 일이지만 그 작은 체구의 논설위원이 우인 송지영(雨人 宋志泳) 선생이었다. 송지영 씨는 대학 졸업반인 나에게 아주 귀중한 교훈을 말해 준 것으로 생각한다. 이 프랑스대혁명에 관한 이야기가 깊은 뜻이 있는 것 같아 나는 오랜 세월이 지난 지금까지도 그의 말을 뚜렷이 기억하고 있다.

천관우 씨와 송지영 씨는 연달아 《조선일보》 편집국장을 맡았다. 4·19혁명 때 편집국장을 맡은 송지영 씨는 1면 톱기사 제목으로 "학해(學海)에 해일(海溢)"이라는 제목을 뽑은 것으로 알려졌다. 그의 한문 실력을 발휘한 것으로 그럴듯하다. 4·19혁명을 학원가의 바다에 마치 쓰나미처럼 해일이 일어난 것으로 묘사한 것이다. 그때 내가 다니던 《한국일보》의 편집국장은 홍승면 씨였다. 그는 4·19혁명 광경을 지켜보고 "아, 슬프다. 4월 19일"이란 시를 쓰고 그 시를 사회면에 게재하는 동시에 사회면의 헤드라인을 "아, 슬프다. 4월 19일"이라고 뽑았다. 그러나 계엄 당국에 의해 그 시는 삭제되고 말았다.

송지영 씨 집안은 평안도 사람인 것으로 알려졌다. 평안도의 부유한 정감록파들이 난세의 피난처를 논의한 끝에 경상북도 풍기가 제일 안전한 곳이라고 합의한 모양이다. 그래서 그 부자들이 풍기로 집단 이주를 했다. 그 가운데는 송지영 씨 집안 말고도 유명한 음악 평론가로 5·16군사정변 후 김종필 씨가 예그린 악단을 만들었을 때 그 단장을 맡은 박용구 씨와 그의 동생 국회의원 박용만 씨의 집안도 있었으며, 육군대장으로 예편하여 청와대 비서실장이 되어 박정희 대통령이 김재규 중앙정보부장의 총에 맞아 죽는 만찬 자리에 동석했던 김계원 씨 집안도 포함되어 있었다 한다.

풍기는 인삼 재배와 견직물 직조로 알려진 고을이다. 그것은 그 지역이 비교적 풍요로웠던 것을 말해 준다. 송 씨의 부친은 한약방을 경영한 것으로 알려져 있다. 그러니 대개의 한약방 집안 사람들처럼 그도 한학과 붓글씨에 능했다. 그리고 송지영 씨는 그 고장에서 신동 소리를 들었단다. 신동 소리를 들었다는 것이 그리 대단한 일은 아니다. 충북 제천군 청풍면에서 자란 천관우 씨도 한학의 신동 소리를 들었다고 하는데, 그 당시 한학은 주로 서당에서 공부하는 것이었기에 그런 소문이 퍼질 만했다. 신식 학문을 가르치는 학교 교육에서는 신동 운운의 말이 사라지고 만 것이다.

서울에 올라온 송 씨는 동아일보사에 얼마 동안 근무한 것으로 알려졌다. 그리고 중국의 남경으로 가서 대학 공부를 했다고 한다. 그는 중국 체류 기간에 우리 독립운동가들의 연락을 담당했다 하여 일본 관헌에 체포되어 나가사키 형무소에 수용되었다. 중국에서 일어난 일본인의 범죄에 관한 재판 관할권은 그들이 치외법권을 가졌기에 나가사키 재판소에 있었다 한다. 일제 치하 조선인도 일본인으로 간주되었기에 그는 나가사키 재판소에서 재판을 받은 것이다. 2차 세계대

전 때 히로시마에 이어 나가사키에도 원자폭탄이 투하되었으나 형무소는 나가사키시에서 20킬로쯤 떨어져 있어 무사했다.

항일독립군으로 팔로군과 협력하여 태항산에서 일본군과 싸우다가 부상을 입고 붙잡힌 소설가 김학철 씨도 그와 함께 형무소에서 석방되어 같이 귀국했다. 김학철 씨의 자서전 『최후의 분대장』은 중국에서의 독립 투쟁에 관한 중요한 자료다. 김학철 씨는 귀국 후 남한에서 얼마간 머물렀는데 마음에 안 들어 북한으로 넘어갔다. 북한에서도 독립운동의 동지들을 만나 얼마간 지냈으나 그곳도 마음에 들지 않아 다시 중국의 간도로 갔다. 그러나 마오쩌둥 치하 간도에서의 생활에서도 역시 환멸을 느꼈다는 이야기다.

일본에서 귀국한 송지영 씨는 여러 신문사에서 간부로 일했으며, 당시는 독립운동 세력들이 정치의 무대에서 중요한 역할을 할 때라 그도 그 연관해서 활발한 사회 활동을 하였다 한다. 그러다가 이영근 씨와 만나 《태양신문》이라는 작은 신문을 발행하게 되었는데, 이 씨는 업무를, 송 씨는 편집을 분담했다. 그 《태양신문》을 장기영 씨가 판권을 인수하여 《한국일보》로 새롭게 창간하여 발족시킨 것이다.

5·16군사정변이 일어난 후 송지영 씨는 《민족일보》의 사장 조용수 씨와 함께 구속되어 사형 언도를 받았다. 당시 송지영 씨는 일본 회사 '덴쓰'(電通)와 제휴해 광고 업무를 하려 했다는 것인데, 《민족일보》를 뒤에서 밀어 준 이영근 씨와의 친분으로 도매금으로 몰려 사형이 언도되었던 것이다. 그러나 소설가이기도 했던 송 씨는 '펜클럽'의 회원이어서 국제펜클럽의 항의 등 문단의 노력으로 사형은 면하고 점차 감형되어 8년여 간 형무소 생활을 했다. 사형이 집행된 조용수

《민족일보》 사장도 그 후 대법원의 재심에서 무죄가 선고되었는데, 이미 사형이 집행된 사람을 어떻게 하겠는가.

나는 1964년 후반과 1965년, 1년 반 동안 《조선일보》 문화부장으로 있었는데 그때 편집국장이던 선우휘 씨가 안양교도소로 송지영 씨 면회를 함께 가자고 한다. 그의 목적은 송 씨에게 옥중에서 소설을 집필케 하여 그것을 《조선일보》에 연재하겠다는 좀 엉뚱한 것이었는데, 실패하고 말았다.

송지영 씨는 8년여 동안의 옥중 생활을 기록해 『우수의 일월』이라는 두툼한 책으로 발간했다. 거기에 진보당의 청년 학생 조직인 여명회의 회장 권대복 씨 등 혁신계 인사들의 교도소 생활이 생생하게 묘사되어 있다.

군사정변이 일어나고 몇 년 지난 후의 일이겠는데, 송지영 씨의 형무소 생활도 얼마간 편해졌다. 형무소 공무원들이 가끔 송지영 씨를 그들의 사무실로 초청해 거기서 편히 쉬도록 해 주었다. 그리고 박식한 그의 이야기를 듣는 것을 아주 좋아했다. 가끔은 지필묵을 준비해 놓고 붓글씨를 부탁하기도 했다. 그렇게 송 씨는 교도소 생활을 비교적 마음 편하게 할 수 있었던 것이다. 특히 혁신계 인사들의 공동 취사를 허용해 주어, 그중에서 젊었던 권대복 군이 밥 짓기와 반찬 마련을 맡기도 했다. 권 군은 형무소 안의 작은 텃밭에 채소를 가꾸기도 하는 등 매우 부지런하게 선배들을 도왔다고 한다. 권대복 군과 나는 대학생 시절 한 연구 모임에서 만나 사귈 기회가 있었던 오랜 친구였는데, 그는 출옥 후 독실한 가톨릭 신자가 되어 시흥성당의 사목회장을 맡기도 했다.

내가 국회의원일 때 내 선거구 안에서 대규모 연립주택 상량식이 있었다. 마침 그 사업주가 권 형의 친구여서 그도 참석했는데, 돼지머리에 떡을 해 놓고 고사를 지낼 때 모두 그 고사에 참여하여 절을 하고 약간의 돈을 상위에 놓았으나 권대복 군은 성당의 사목회장이 그런 미신에 참여할 수 있겠느냐며 끝내 고사를 외면했다. 그래서 내가 한마디 했다.

진보당의 간부를 했던 권 형이 이 고사를 미신으로만 생각하느냐. 돼지머리와 떡과 술은 공사에 참여하는 일꾼들을 대접하기 위한 것이 아닌가. 거기에 놓는 돈은 일꾼들을 위한 보너스이고…….

근로자들과의 노사 화합을 위한 의식이라는 풀이다. 그러자 권대복은 성큼 나서서 돼지머리 상에 큰절을 하고 돈을 얹어 놓았다.

그리고 『우수의 일월』에는 서울대 정치과 학생 시절의 필화 사건으로 5·16군사정변 후 8년 동안의 형을 살고 출옥한 후 《조선일보》 주필을 지내며 얼마간 극우적인 논설을 쓰던 유근일 씨의 옥중 옥외간 펜팔 연애 이야기가 심금을 울리게 묘사되어 있기도 하다. 특히 뛰어난 시인이었던 김수영 씨가 옥중의 송지영 씨에게 보낸 편지의 전문이 수록되어 있는데, 우리는 그 편지를 통해 당시 문단의 교우 관계를 짐작할 수 있으며 김수영 시인의 뛰어난 글솜씨를 엿볼 수 있다.

宋(송) 선생!

그렇게 오랫동안 가 계신대도 한번 찾아가 뵙지도 못하고 있습니다.

노상 소식은 듣고 있고, 가 뵙지는 못해도 간다 간다 하고 벼르기는 벌써 수없이 했을 겁니다. 그러다가 아시겠지만 利錫(이석) 兄도 鎭壽(진수) 兄도 그렇게 됐으니 생각하면 세상일이 아무것도 아닙니다. 利錫兄 하고 宋 선생하고 명동에서 정종을 마시던 것이 엊그제 일 같습니다만, 그의 大喪을 치른 지도 벌써 2년이 지났나 봅니다. 石榮鶴(석영학), 李鳳九(이봉구), 沈練燮(심연섭), 金光洲(김광주), 柳呈(유정)하고는 노상 만나고 있고, 머지않아 꼭 한 번 가 뵈올 작정입니다. 그래도《맨체스터 가디언》紙의 詩作品을 오려 보내 주실 만한 여유가 있으시니 안심했습니다. 그전에 비해서 달라진 것이 현저하게 바빠졌다는 것입니다. 무슨 뾰족한 일이나 제대로 문학이라도 해서 바빠진 게 아니라 지저분하게 바빠졌어요. 明洞에 나가도 아는 얼굴이 거의 없어요. 겨우 李鳳九 정도가 하얀 머리에 얼굴을 빨갛게 해가지고 앉아 있지만 무슨 주고받을 얘기가 있어야지요.

光化洞에는 光洲氏가 나오고, 石兄이 가끔 술을 마시러 나오고, 沈練燮은 몸이 좋지 않아서 술을 끊은 지 오래됩니다.

宋 선생의 편지 받은 얘기 친구들에게 전했더니 모두 깜짝 놀라면서 반가워해요. 그래도 어서 빨리 나오셔야지. 저는 나이 먹은 世代가 쓸쓸하게 되어 가는 요즘도 예나 다름없이 왕성하게 마시고 있습니다.

곧 한번 뵈러 가겠습니다. 몸조심하세요.

1967년 11월 26일 金洙暎*

---

* 송지영, 『우수의 일월』(융성출판, 1986), 1021~1022쪽.

8년여 형을 살고 나온 송지영 씨는 《조선일보》의 논설위원으로 복귀한다. 그런 송 씨를 논설위원으로 다시 받아들인 방일영 《조선일보》 회장의 아량도 대단하다고 생각한다. 그때 마침 나도 《조선일보》 논설위원이어서 송지영 씨와 아주 친밀한 관계를 맺게 되었다. 그는 칼럼을 가끔 썼지만 논설은 별로 쓰지 않았다. 그 대신 「천풍(天風)」이라는 연재소설을 《조선일보》에 썼다. 「천풍」은 마치 중국 소설을 읽는 듯 아주 환상적인 이야기였다. 예를 들어, 종이에 원하는 물건을 쓰고 그것을 돌에 싸서 주문을 외며 던지면 얼마 후 종이에 쓴 물건이 나타난다는 식이다. 그는 주머니 사정도 넉넉하여 나를 데리고 자주 양주 살롱에 갔다. 살롱에 가면 카운터에 앉아 칵테일을 한 잔 또는 많아야 두 잔쯤 마시고는 호스티스에게 두둑하게 팁을 준다. 그러고는 한 군데 살롱을 더 들르자고 해 다음의 살롱으로 옮긴다. 그런 행보이니 살롱의 호스티스들에게 인기가 높을 수밖에 없었다. 호스티스들이 돈을 모아 새로운 살롱을 개업하면 그에게 옥호를 지어 달라고 부탁하는 경우가 많았다. 그가 힘들이지 않고 지어 주는 옥호가 아주 적중하여 인기 있는 옥호가 된 게 많다. '아람', '해바라기', '사슴', '바나실'(바늘과 실의 합성어), '가을', '하향'(약간 높은 지대에 위치한 살롱으로 안개의 고향이라는 뜻) 등등 그가 작명한 것이 대단히 많았다.

그는 한학에도 능했고 중국에도 오래 있어서, 문화재의 감식안도 가지고 있었다. 그래서 그에게 문화재 감식을 의뢰하러 오는 사람도 적지 않았다. 또한, 그가 여러 신문사의 간부를 지냈기 때문에 재력가들도 많이 알고 있어 그에게 판매를 의뢰하는 사람도 적지 않았다. 그러다 보면 사례금도 없을 수 없지 않은가. 송지영 씨와의 양주 살롱 순례에서 가장 기억에 남는 것은 명동 공원에서 충무로로 가는 입구에 있던 '뚜리바'(프랑스어로 상아탑이라는 뜻)에 갔던 일이다. 영화 「백치 아다다」의 여주인공과 주제가를 맡았던 나애심 씨가 영화계를 은퇴한 후 그의 여동생과 함께 운영하던 작은 살롱이다. 송지영 씨는 아주 오래전부터 나애심 씨와 친했던 모양이다. 거기에서는 다른 곳과는 달리 좀 늦게까지 술을 마셨다. 영업이 끝나 갈 무렵 송 씨는 나 여사에게 한 곡 부탁한다고 정중하게 말한다. 그러면 나 여사는 「세월이 가면」(1956)을 조용하게 감정을 듬뿍 담아 부른다.

> 지금 그 사람 이름은 잊었지만/ 그 눈동자 입술은 내 가슴에 있네/ 바람이 불고 비가 올 때도/ 나는 저 유리창 밖 가로등 그늘의 밤을 잊지 못하지/ 사랑은 가고 옛날은 남는 것/ 여름날의 호숫가 가을의 공원/ 그 벤치 위에 나뭇잎은 떨어지고 나뭇잎은 흙이 되어/ 나뭇잎에 덮여서 우리들 사랑이 사라진다 해도/ 지금 그 사람 이름은 잊었지만 그 눈동자 입술은 내 가슴에 있네/ 내 서늘한 가슴에 있네.

이 노래에도 내력이 있다. 명동 공원의 동쪽에 문예인들이 즐겨 찾던 '은성'이라는 목로술집이 있었는데 거기서 박인환 시인과 이진섭 음악평론가가 술을 마시다가 박 시인이 시상이 떠올라 쓴 시가 이 "지금 그 사람 이름은 잊었지만……"이다. 그것을 이진섭 씨가 곡을 붙이고 나애심 씨가 초창하여 레코드에 취입한 것이다. 그런 내력이 있고 보니 '뚜리바'에서의 나애심 씨의 노래는 감상에 젖어들게 할 수 밖에 없는 것이다.

송지영 씨는 '여사'라고 쓸 때 꼭 '女士'라고 쓴다. 보통은 '女史'라고 쓰는데 그것은 잘못이라는 것이다. 남자들을 말할 때 신사(紳士)라고 하는 것처럼 여성을 말할 때도 역사 사(史) 대신 선비 사(士) 자를 써야 옳다는 것이다.

송지영 씨, 아니 송지영 선생은 나를 항상 "남 형"이라고 호칭했다. 처음에는 좀 어색하다고 느꼈지만 지내 놓고 보니 그 형은 영어로 'Mr.'라는 뜻인 것 같았다. 손위 형이란 뜻의 호칭은 대형이나 형님일 것이다.

그는 나에게 일본에서 언론 활동을 하고 있던 이영근 씨를 소개해 주었다. 이 씨는 진보당 조봉암 씨의 일급 참모였는데, 조 씨의 지시를 받고 정당 조직에 착수한 것이 자유당 정권에 의해 공산 조직으로 몰려 오랫동안 재판을 받다가 병보석으로 병원에 주거가 한정되어 있었다. 그러다 1958년 진보당 인사의 일망타진이 있을 것이라는 정보를 입수하고 그것을 인편으로 조봉암 씨에게 연락, 은신할 것을 권유한 후 그 자신도 일본으로 망명했다. 그리고 처음에는 민단도 조총련계도 아닌 중립계로 활약하다가 일간《통일일보》를 일본어로 발행하기 시작한 후로는 점차 친서울 정부 쪽으로 기울었다. 그리고 박정희 대통령이 유신을 선포하자 그는 이원집정부제 비슷한 안을 마련한 후 그 안을 달성하려 각계에 설득 공작을 했다. 그리고 유신 말기에는 김재규 중앙정보부장의 동서이자 당시 중앙정보부 파견 주일 공사로 왔던 고려대 교수 최세현을 통해 김재규 부장에게 그 제안을 설득하기까지 했다.

송지영 씨는 유신 말기에 문예진흥원장에 임명됐다. 같은 박정희 정권하에서 사형수가 되었다가 문예진흥원장으로 대단한 변신을 하게 된 것이다. 내막은 잘 모르지만, 혹시라도 풍기에 피난처를 찾은 집안 중 하나였던 김계원 청와대 비서실장의 노력 때문은 아니었던가 상상해 본다.

신군부가 집권한 후 그는 입법회의 의원이 되고 거기의 문공분과위원장이 됐다. 그리고 11대 국회의원(비례대표)이 되기도 했고, 그 후에 KBS의 회장이 되기까지 했다. 박정희 대통령 때는 그의 친일경력 때문에 항일 투사들을 별로 우대하지 않았으나 신군부 인사들은 그러한 혐이 없기 때문에 독립운동에 헌신했던 인사들을 우대한 것이 아닌가 생각한다.

송 씨가 입법회의 문공위원장이었을 때의 이야기다. 언론관계법이 안건으로 상정되었는데 언론기관의 설립이나 허가 취소가 모두 문공부의 권한으로 되어 있었다. 신문 발행을 위한 등록을 문공부에 하는 것은 당연하다 하겠으나 그 발행 권한의 취소 또한 문공부에서 하는 것은 이상했다. 마치 동사무소에 출생신고를 한다고 해서 동사무소에 사형을 언도할 권한을 줄 수는 없는 것과 같다고도 할 수 있는 것이다. 그래서 언론사의 강제 폐간에는 법원의 판결이 있어야 할 것이라는 의견을 제출했다. 그랬더니 송 위원장은 "집권한 젊은이들이 새로운 일을 하려고 그러는 것 같으니 이해하고 넘어가자."며 무마에 나섰다. 그 당시 신문협회에서는《신문연구》라는 정기간행물을 발행했는데 문공부에 의한 언론사의 일방적 등록 취소가 논란거리로 다루어져 있었다.

부드러운 얘기 한 가지를 빼놓을 수 없다.《조선일보》논설위원일 때 그가 당시 유명했던 '낭만'이라는 맥주홀에 가자기에 따라갔더니 거기에 인기 스타 윤정희 씨가 기다리고 있었다. 그래서 셋이 함께 맥주를 마시며 환담했다. 윤정희 씨가 언론계에서 유명하고 노경에 들어선 송지영 선생을 존경하고 자주 만나는 것은 그 자신을 위해서도 매우 좋은 일이었을 것이다. 혹시라도 무슨 일이 있으면 방패막도 되고 말이다. 그 후 윤정희 씨는 여의도에 있는 그의 친가에 송지영 씨를 초청한 적이 있는데, 송 씨는 나도 함께 가자고 하여 윤정희 씨의 부모들과 함께 저녁 식사를 했다. 윤정희 씨의 본 성은 손 씨였다. 윤정희 씨는 그 후 유명한 피아니스트 백건우 씨와 결혼하게 되었는데, 소문에는 송지영 씨가 중매했다는 것이다. 송지영 씨는《조선일보》에 있을 때도 프랑스 파리 여행을 자주 했다. 거기에 살고 있던 반추상 동양화를 그리는 이응로 화백과 아주 친한 사이였기에 그를 만나러 가는 것이 주된 목적이었다. 그러한 국제적인 왕래에서 윤정희 씨와 백건우 씨를 중매했는지도 모를 일이다.

송지영 씨의 아호는 우인(雨人)이다. 중국 소설『수호지』의 훌륭한 인격자인 두령은 송강(宋江)이다. 그리고 그의 아호는 급시우(及時雨)다. 아마도 송지영 씨는 그 송강의 아호에서 비 우(雨) 자를 빌려 아호를 우인이라고 한지도 모르겠다. 그러고 보면 급시우 송강과 우인 송지영은 그 통 큰 마음씨에 공통점이 있는 것도 같다.

송지영 씨는 한학뿐 아니라 붓글씨도 수준급 이상인데 조선일보 논설위원일 때 나에게 글씨를 한 폭 준다고 붓글씨를 쓰는 걸 보니 그 글씨를 쓰는 솜씨도 대단히 역동적이었다. 논설위원실 바닥에 신문지를 깔고 그 위에 한지를 얹어 놓더니 굵은 붓을 가지고 선채로 아주 힘차게 글씨를 써 내려간다. 슬슬 쓰는 게 아니라 무슨 운동을 하듯 쓴다. '함동서관고금'(含東西貫古今)이라는 휘호다. 동서양과 고금의 학문에 모두 통달하라는 뜻이다. 그의 작품을 나는 소중하게 간직하고 있다.

송지영 씨는 동년배 정치인 윤길중 씨와도 아주 친했다. 윤 씨는 진보당의 간사장을 지내기도 했으며 오랜 후에 신군부가 결성한 민정당에 입당해 국회부의장을 맡기도 했는데 그도 붓글씨에 대단한 솜씨를 가지고 있었다. 그러나 송지영 씨는 윤길중 씨를 만나면 "그게 무슨 붓글씨냐."라고 농담을 자주 했다. 윤길중 씨는 서예전을 두 번 열었는데 야당일 때는 엄청난 수익을 올렸으나 여당이 되고 난 다음에는 그 수입이 반의 반도 못되었다.

여기에서 그가 만든 사자성어 '서두현령'을 소개해 두고 싶다. '묘두현령'은 이왕에 있는 사자성어로, 고양이 목에 방울을 달아 방울 소리가 나면 쥐들이 도망칠 수 있다는 뜻이다. 하지만 그 일은 실행이 불가능했다. 그때 작은 쥐가 자기 목에 방울을 달고 나타나자 큰 쥐들이 고양이 목에 방울을 달랬지 누가 네 목에 방울을 달라고 했느냐고 꾸짖었다. 그러나 방울을 목에 단 작은 쥐는 고양이를 놀리다가 잡아먹혔다. 그 후 고양이 배에서 방울 소리가 나서 쥐들은 피할 수 있게 된 것이다. 묘두현령이 못 이룬 일을 서두현령이 이룬 것이다. 나는 청곡(靑谷) 윤길중 씨가 쓴 이 '서두현령'이라는 붓글씨도 아직까지 간직하고 있다.

우인 송지영 씨와 청곡 윤길중 씨의 붓글씨 솜씨와 재능은 막상막하라 할 것이다. 윤길중 씨가 중국 소설 '삼국지'적 인간형이라면 송지영 씨는 '수호지'적 인간이 아닐까 얼핏 머리에 떠오르기도 한다.

송지영 연보*

1916년　12월 13일, 평북 박천군 동남면 동하동(東下洞) 종달골에서 아버님 국승(國昇), 어머님 길(吉) 씨의 맏아들로 태어남.

1922년　봄, 마을 글방에서 천자문부터 배우기 시작함.

1926년　가을부터 영변군 고성면 남산제(南山齋)에서 류의암(柳毅庵) 선생의 수제자 충제(充齋) 김두운(金斗雲) 선생에게 사서를 배우기 시작함.

1928년　봄에 온 가족이 경북 풍기로 옮겨 정착함.

1930년　봄부터 충북 단양군 상선암(上仙菴)에서 김훈(金熏) 선생에게 삼경을 배우기 시작함.

1931년　여름, 까닭 없이 영주경찰서에 구속되어 10일간 항일 사상을 추궁당함.

1932년　소백산 연화봉(蓮花峯) 밑 계곡 막바지에 초막을 짓고 제자백가서를 읽으면서 신학문을 자습함. 할아버지와 아버지께서 모두 항일 의병에 따라다니셨기 때문에 학교에 가는 것은 절대 허락하지 않으심.

1934년　월간지 《일월시보(日月時報)》에 논문과 시조 등을 발표. 이 무렵 이유립, 이서해 등과 사귐.

1935년　《동아일보》 창간 15주년 기념 작품 모집에 「화전민들과 같이」 생활 기록이 입선되어 14회 연재, 삽화는 청전(青田) 선생이 그림.

1935년　《신동아》, 《신가정》 등 잡지에 수필과 기행문 등을 발표.

---

* 『우수의 일월』에서 전재. 《황해문화》에는 실리지 않았으나 여기에 싣는다.

최승만, 변영로, 이무영, 황신덕 씨 등 여러 분과 알게 됨.

1935년 당시의 《동아일보》 편집국장 설의식 선생으로부터 그대의 문필이 기자 될 소질이 있으니 본사에 와 수습함이 어떠냐는 편지를 받고 서울로 올라와 언론 생활에 첫발을 내디딤.

1937년 《동아일보》 사원으로 광고부 근무를 하면서 사설과 '횡설수설'(橫說竪說) 등을 당시의 편집국장인 고재욱 선생의 명으로 다수 집필함.

1938년 친구의 권유로 만주 특파원 자격을 얻어 장춘(당시는 신경)에 머무르면서 만주 각지를 두루 돌며 보고문학 형식의 글을 많이 발표함. 중국어를 독학.

1939년 《동아일보》 강제 폐간으로 《만선일보(滿鮮日報)》로 옮겨, 수필, 기행문 등을 발표함. 이 무렵 신영철, 안수길, 손소희 씨 등과 사귐.

1940년 이른봄, 중국 상해로 건너가 중국어 신문 《상해시보(上海時報)》에서 기자 생활을 함.

1940년 가을, 남경중앙대학에 입학, 중국 문학을 전공으로 택함. 서울에서 발간되는 월간 《춘추(春秋)》에 익명으로 「남경통신(南京通信)」을 매달 게재함.

1942년 가을 학기를 앞두고 상해에서 일본 경찰에 구속됨. 중경의 임시정부와 연락, 상해·남경 지구 비밀 공작 책임자로 추궁 문초 받음.

1944년 가을, 상해 일본 영사관 법정에서 치안유지법 위반으로 2년 언도를 받고 나가사키 형무소로 이감.

1945년 조국의 해방과 함께 맥아더 사령부의 정치범 석방 명령으로 9월 8일 출감하여 같은 날 풀려난 김중민, 김학철 형과 셋이서 9월 말 귀국함.

1946년 《한성일보》의 창간과 함께, 사장 안재홍, 주필 이선근, 편집국장 양재하 씨 등을 모시고 편집부장으로 일함. 서울대학교 강사.

1948년 《국제신문》을 창간, 주필로 일함. 이 무렵 각 신문 잡지에 많은 잡문을 발표함. 중앙대학교 강사.

1949년 《국제신문》이 당국에 의해 폐간되자 《태양신문》을 창간, 노태준 씨를 사장으로 모시고 주필로 일했고, 국무총리실과 국방부 정훈국 촉탁으로 총리와 장관의 발표문들을 다수 집필함.

1950년 6·25전쟁 발발로 서울에 남아 있던 중 정치보위부에 구속되었다가 9·28수복으로 자유를 되찾음.

1950년 겨울, 부산으로 피난. 《국제신보》에서 최호진 형과 함께 논설의원으로 근무.

1953년 서울에서 《태양신문》을 복간, 주필 겸 편집국장으로 근무.

1955년 《태양신문》이 다른 곳으로 넘어가자, 잠시 희망사 주간으로 월간 주간 등을 창간.

1956년 이 무렵 직장을 갖지 않고 《연합신문》(후에 《서울일일신문》)에 「청등야화(青燈野話)」를 쓰기 시작, 약 4년간 연재함. 부산 《국제신보》에 「부운(浮雲)」, 「야초기(野草記)」 등을 연재함.

1958년 《조선일보》 논설위원으로 근무.

1959년 《조선일보》 편집국장으로 근무.

1961년 5·16군사정변과 함께 이른바 혁신계로 구속되어 9월 혁명재판에서 사형 언도를 받았으나 뒤에 무기로 감형됨.

1967년 안양에서 수감 생활 중 국제 사면 기구인 '엠네스티'의 후원 대상자로 선정되어 세계 각지로부터 수백 장의 위문 카드와 서적, 물품 등을 많이 받았으며 이는 출소할 때까지 계속되었음.

1969년 형기를 앞두고 7월 8일 영어 생활 8년 2개월 만에 출감함.

1969년 《조선일보》 논설위원으로 각 신문 잡지 등에 역사소설 및 수필 등을 발표함.

1970년 《중앙일보》에 역사소설 「대해도(大海濤)」를 연재함.

1972년 《조선일보》에 「천풍(天風)」을 연재함.

1979년 한국문화예술진흥원장 취임.

1979년 『그 산하(山河) 그 인걸(人傑)』 간행. 국토통일고문.

1980년 민정당 창당에 참가, 제10대 전국구 국회의원이 됨.

1984년 한국방송공사 이사장 취임.

1984년 네 개의 훈장을 받음. 1) 대한민국 건국공로 포장 2) 대한민국 은관문화 훈장 3) 프랑스 정부 문화기사 훈장 4) 중화민국 정부 경성대수(景星大綬) 훈장.

1985년 책임 맡은 단체들: 단재신채호선생기념사업회장, 광복회 부회장, 고전국역후원회장, 사단법인한국다인연합회장, 조명하의사기념사업회장.

4

한국 정치사와 언론인 이영근

'주의'보다 '정책'을 중시한 '잊지 못할 사람'

중고등학생 시절 미국의 월간지 《리더스 다이제스트》와 그 한국어 번역판을 가끔 읽었는데 거기에 '잊지 못할 사람'이라는 고정 연재란이 있어 관심을 가졌었다. 이제 나이가 많이 들어 가니 나에게도 가끔 떠오르는 사람이 있다. '잊지 못할 사람'이라 할 것이다.

《조선일보》 논설위원으로 있을 때, 《민족일보》 사건에 관련되어 억울하게 8년여의 형을 살고 나온 송지영 씨가 논설위원실에 합류했다. 그는 중국에서 독립운동가들의 연락을 맡다가 일본 관헌에 체포되어 일본의 나가사키 형무소에서 복역하고 해방 후 귀국하여 여러 언론사에서 활약했다. 특히 4·19혁명 당시는 《조선일보》 편집국장으로 있기도 했다. 그런 그가 한때 이영근 씨와 함께 작은 신문을 경영

* 《관훈통신》 2021년 6월호.

했는데 장기영 씨가 그 판권을 사서 《한국일보》를 신규로 발행하게 되었다. 그런 인연으로 이영근 씨가 뒤를 밀어 준 《민족일보》와 관련이 있는 것으로 몰려 5·16군사혁명 후 《민족일보》 사장과 함께 사형이 언도됐었다. 《민족일보》 사장은 사형이 집행되었으나 송지영 씨는 점차 진상이 밝혀져 8년여의 형을 살고 나온 것이다.(《민족일보》 사장도 사후에 복권되었다.) 그 송지영 씨가 일본에서 《통일일보》를 발행하고 있던 이영근 사장에게 나를 높게 평가하여 소개한 것이다. 일본을 방문했을 때 나는 이 사장으로부터 극진한 대접을 받았다.

이 사장은 제2고보(경복고)와 연희전문을 나왔는데 해방 후 여운형 씨가 이끄는 건국준비위원회 산하 치안대에서 중요한 역할을 한 것으로 알려졌다. 여운형 씨가 암살된 후 그는 조봉암 국회부의장의 비서가 된다. 그리고 조 씨로부터 신당 창당을 위임받아 농민을 중심으로 한 정당 창당에 열중한다. 이승만 대통령으로부터 숙청을 당한 민족청년단계를 일부 흡수하기도 하고, 당시 유명했던 농촌 소설가 이무영 씨를 편집 책임자로 하여 《농민신문》을 발행할 준비도 했다. 그러나 자유당 측에서는 그것을 공산당 조직으로 몰아 그는 구속되어 오랫동안 재판을 받았다. 근래 나온 책 『죽산 조봉암 기록』의 서론에 따르면 이 사건으로 이승만과 조봉암이 아주 사이가 나빠졌다는 것이다. 1958년 그가 병보석으로 서울의 한 병원에 주거 제한이 되어 있을 때 그는 전날의 동지로부터 조봉암 씨를 비롯한 진보당계의 일망타진이 곧 있을 것이라는 정보를 입수하고 그것을 인편을 통해 조 씨에게 전달하고 도피할 것을 권고했단다. 그러나 조 씨는 "죄가 없는데 무슨 도피냐?" 하고 거절, 진보당 간부들과 함께 모두 구속된 것이다.

이 씨는 병원에서 탈출해 부산으로 내려가 지인으로부터 밀항 자금을 조달하고 일본으로 망명한다. 일본에 도착해서는 밀입국자로 수용되었으나 독립투사 원심창 선생 등의 노력으로 정치적 망명이 인정된다. 그 후 그는 재일 동포 청년들을 규합하여 조봉암 구명운동을 전개하는 한편 조총련이나 거류민단 측도 아닌 중립계 사람들을 중심으로 통일운동에 열을 쏟는다. 그런 과정에서 『통일조선연감』을 만들고 주간신문도 발행하는 등 출판 활동을 하다가 마침내는 일본어로 된 일간 《통일일보》를 발행하기에 이른다. 그가 조직한 청년운동체의 중요 인물들은 이승목, 손성조, 황영만 등이 있었다. 그리고 그는 중립적인 태도에서 점차 친서울 정부 쪽으로 태도가 바뀌어 나간다. 아마 신문의 보급에 서울 정부의 지원이 컸기에 친정부 편향이 강해졌는지도 모른다.

박정희 대통령이 유신을 선포하고 독재 체재를 강화해 나가자 그는 어떠한 진로를 택할 것인가로 고민하게 된다. 그러다가 마침내는 이원집정부제 비슷한 안을 마련해 그 안을 각계에 설득하기에 이른다. 간단히 말해 외교와 국방의 최고 결정은 박 대통령에게 맡기고 그 밖의 다른 내치 문제는 모두 여야의 정당 정치에 맡기자는 것이라고 할 수 있겠다.

김재규 중앙정보부장 때 김 부장의 동서인 고려대 교수 최세현이 중앙정보부 파견 주일 공사로 왔다. 그는 최 공사를 설득해 그 의견을 김재규 중앙정보부장에게 전달하도록 했다. 그리고 김 부장이 박 대통령과의 면담을 주선하겠다는 이야기를 최 공사를 통해 전해 듣고 서울에 오기도 했었다. 그러나 사나흘을 기다려도 면담이 주선되지 않아 다시 일본으로 돌아간 것이다. 그리고 얼마간 시일이 지난 후 박 대통령은 차지철 경호실장과 함께 궁정동의 안가에서 김 부장에 의해 암살되었다. 이영근 씨는 그 얼마 후 수를 다하지 못하고 암으로 별세한다. 노태우 대통령 때 한국 정부는 그가 일본에서 했던 활동을 높이 평가해 국민훈장 무궁화장을 추서했다.

나의 얘기로 돌아가, 나는《서울신문》편집국장으로 있을 때 유신 2년을 맞아 「유신 2년 유감(有感)」(1974년 10월 10일 자)이라는 한 페이지에 걸친 글을 썼다.

> 유신 2년을 맞아 유신의 성패를 말하기는 아직 이르다. 유신 체제의 근본적인 재검토는 2, 3년 후로 미루는 것이 현명할 것 같다. 그 때 가서는 신민당의 김영삼 총재가 제의한 것과 같은 헌법개정심의위원회를 설치하여 우리나라에 알맞은 정치 체제가 과연 어떤 것이냐를 진지하게 검토해 볼 수도 있을 것 같다.

「지리산」 등 소설로 유명한 이병주 씨는 나와 아주 가까운 사이였는데 그는《서울신문》에 쓴 나의 글을 읽고 "다른 사람은 유신 체제의 개헌을 말하면 모두 구속되는데 당신은 어떻게 구속되지 않았느냐?" 하고 물었다. 나는 "팔이 밖으로 뻗는 것과 안으로 굽는 것은 다르지 않으냐?"라고 답변했다. 그리고 몇 년 후《서울신문》의 주필이 되었을 때 당시 발행되던 시사 월간지《정경연구》에 쓴 「정치 발전을 생각한다」(1977년 9월호)에 이영근 씨가 생각하는 해결 방안과 비슷한 안을 제시하기도 했다.

박 대통령의 유신 체제에 대해서는 김영삼, 김대중 씨 등의 정치 세력처럼 정면으로 대결하는 세력도 있었지만, 이철승 씨처럼 중간에서 타협하는 해결책을 모색해 보자는 측도 있었다. 이영근 씨의 해결책은 여하튼 그러한 중간에서 타협하는 해결책의 일종일 것이다. 우리의 파란 많았던 정치사를 되돌아보면서 이영근 씨를 다시 떠올리며 그와의 만남과 대화를 매우 소중했던 것으로 기억한다.

이영근 씨는 평소 정치에 있어서 무슨 주의(主義), 무슨 주의라고 '주의'를 내세우는 것을 극력 배격했다. 그는 주의보다는 구체적인 정책을 더 소중하게 생각했다. 일상에서 당면하게 되는 문제들에 대한 해결 방안을 제시하는 정책들의 축적이야말로 허공에 뜬 무슨 주의, 무슨 주의보다 실제적이고 알찬 것이라는 것이다.

요즈음 우리나라의 진보 정치를 지향하는 사람들 가운데 아직도 무슨 주의니 하고 주의를 앞세우는 사람들이 적잖이 있다. 그러나 당면해서는 그에 앞서 현실에 기초한 정책 대안들의 축적이 보다 중요할 것이다.

5

장세동, "전(全)통은 발광체, 이종찬은 반사체"

전두환에서 노태우로 권력 이양기의 일화

전두환 대통령에서 노태우 대통령에로의 권력 이양은 그야말로 군주 시대의 양위와 비슷했다. 전 대통령의 결심이 거의 전부이고 국민이나 당원들의 지지 여부와는 무관했다. 그러나 그러한 매우 단순한 듯한 권력 이양의 과정에도 많은 삽화들이 뿌려져 있다.

전 대통령의 권력 말기에 쿠데타 동지인 노태우 장군, 외무부 장관·안기부장·국무총리를 지낸 민간인 노신영 씨, 그리고 전 대통령의 충실한 부하인 장세동(경호실장, 안기부장) 씨 등 셋이 물망에 오른 것으로 언론에 화제가 되었다.

한번은 장세동 경호실장이 나에게 전화를 걸어 전 대통령이 만나자고 하니 청와대로 오란다. 참 드물게 청와대로 갔더니 집무실 앞에 있던 장경호 실장이 만년필을 갖고 있느냐고 묻더니 그것을 달란

---

* 《월간 헌정》 2019년 2월호.

다. 당시 국회의원들은 주례를 많이 섰기에 만년필을 항상 지니고 다녔다. 아마 만년필 형태의 살상 무기가 있는 모양이다. 집무실에서 나를 만난 전 대통령은 대뜸 오랫동안 민정당의 원내총무를 지낸 이종찬 의원에 대한 비난을 쏟아 낸다. 이 의원은 잘된 것은 모두 자기 공으로 돌리고 잘못된 것은 모두 윗사람의 탓으로 돌린다는 것이 비난의 요지다. 따라서 그는 지도자가 될 수 없고 또한 그를 지도자로 밀어서도 안 된다는 이야기다. 그의 말을 듣고 난 후 나는 이 의원을 지도자로 추대한 적이 없다고 말하고, 정부와 여당에 대학생들을 설득할 만한 인물이 없으니 그를 문교부 장관에 임명하여 그 자격으로 대학가를 돌며 학생들을 설득하게 하는 것이 어떻겠느냐고 말했다.

서울에는 지구당이 대단히 많은 셈이다. 한 지구당에서 지구당 대회가 열릴 때에는 그 많은 지구당 위원장들이 모여들어 해당 위원장을 추켜세우는 찬조 연설을 한다. 그러는 것이 선거운동에 도움이 되기 때문이다. 가령 이종찬 의원의 지구당에서 당대회가 있을 때에는 여러 위원장들이 대거 모여들어 그를 훌륭한 정치인으로 한껏 추켜올리는 지원 연설을 한다. 그런데 한번은 대구의 한 의원이 그 광경을 목격하고는, 서울시의 지구당위원장들이 일치단결하여 이종찬 의원을 지도자로 추대하고 있는 것 같다고 권력의 중추에 보고한 모양이다. 그래서 어쩌다가 서울시당위원장을 여러 번 했던 나를 지목해 청와대로 부른 것 같다.

장세동 씨가 경호실장에서 안기부장이 된 후의 이야기다. 그가 다시 나를 남산의 안기부장실에서 만나잔다. 또다시 이종찬 의원을 지도자로 밀지 말라는 이야기다. 그는 이 의원과 자기는 국민학교 동기 동창이라는 사실까지 밝히며 "전 대통령은 빛을 발하는 발광체이나 이 의원은 그 빛을 반사하는 반사체에 불과하다."라고까지 말하며 이 의원을 평가절하한다.

여담으로 한 가지 이야기를 추가하면 이런 이야기도 있다. 《경향신문》 주필을 지낸 이광훈 씨가 『박철언 회고록』의 상권을 꼭 읽어보라고 하기에 봤더니 정보 계통이 파악한 민정당의 대통령 후보 경합 예상자 5~6명쯤에 내 이름도 끼어 있다. 나는 능력도 없을 뿐 아니라, 출신 도 역시 전국에서 작은 충청북도 출신이어서 애당초 그런 야망이 없었다. 그 당시 나는 "한국의 정치는 지리학이다."라고 자주 말했다. 특히 대권 문제에 있어서는 출신 도의 문제가 결정적이다.

각설하고. 노태우, 노신영, 장세동 세 사람 중 한 사람에게 대권 후보의 낙점이 찍히리라는 소문이 오래 돌던 끝에 드디어 전 대통령이 노태우 민정당 대표위원에게 낙점을 통고한 모양이다. 노 대표는 기쁜 나머지 청진동에 있던 한정식집 '장원'에 민정당 시도당위원장들을 소집했다. 그때 대기하고 있던 곽정출 부산시당위원장이 계속 불평이다. "잡것들, 왜 군인끼리 해먹나. 민간에게 넘겨야지. 설혹 군인끼리라도 후배 기에 넘겨야지." 어렴풋이 많이들 느끼고 있는 불만을 그는 서슴없이 토해 낸다. 지난날에 삼성 이병철 회장의 비서를 지낸 그는 간덩이가 커진 모양이다. 술도 엄청 강해서 '야간 총무', '야총'이란 별명을 갖고 있었다.

노태우 대표가 오고 술자리가 진행되었을 때 노 대표와 엇비슷하게 앞에 앉은 곽 의원이 계속 불만스러운 표정이고 자세였던 모양이다. 노 대표의 손에서 작은 술잔이 날아왔다. 테니스는 잘하는 것으로 알려졌지만 야구는 못하는 듯 술잔이 옆에 앉은 고건 전북도당 위원장의 어깨를 스쳤다. 그 후에 고건이 서울시장에 임명되자 '야총'은 "그것도 내 덕이지." 하고 익살을 떨었다. 그러나 다음 1인 1구제가 된 13대 국회의원 공천에서 그는 분구가 된 그의 선거구의 유리할 듯한 한쪽에 신청했으나 당에서는 다른 쪽에 공천해 낙선되었다.

항상 주기가 있는 듯 불그레한 얼굴을 하고 당돌하리만큼 바른 이야기를 서슴지 않던 그를 나는 가끔 떠올린다.(그 후 대통령 간선제는 학생 봉기 등 국민 저항에 부딪혀 직선제로 바뀌었음은 모두 아는 대로다.)

6

'서두현령'(鼠頭懸鈴)의 화두

고정훈·김철·윤길중 등 혁신 정객의 이야기

4·19혁명으로 자유당 정권이 무너지고 정치적 자유가 보장되자 전통적 보수 정당도 활성화되었으나 혁신 세력의 여러 정당들이 봇물처럼 터져 나왔다. 그때는 진보 정당을 혁신 정당이라고 했다. 혁신의 '혁' 자는 가죽 혁이기 때문에 일부에서는 그들을 가죽신이라고 농담으로 호칭하기도 했다. 대표적인 혁신 정당이 사회대중당이었는데 그때의 기세로 보아 국회 내 교섭단체를 충분히 구성할 것으로 내다보였다. 그러나 총선 결과는 혁신 세력 의석이 7, 8석에 그쳤다. 총선 후 혁신 세력은 다시 통일사회당을 중심으로 재편되었다. 통일사회당의 지도자는 서상일이었으나 그는 이동화 정치위원장과 송남헌 당무위원장을 전면에 내세우고 2선에 머물렀다. 통일사회당의 중견 간부로는 고정훈 선전국장과 김철 국제국장이 두각을 나타냈다.

* 《월간 헌정》 2021년 5월호.

통일사회당 중견 간부

고정훈은 평안도 출신으로 일본의 유명한 아오야마(靑山) 학원에서 영어를 공부하고 한때 제정러시아가 점령했던 만주의 하얼빈에서 러시아어를 배워 영어와 러시아어를 아주 유창하게 구사했다. 해방 후는 고향인 북한으로 돌아와 소련군의 통역을 맡다가 월남, 육군사관학교 특기로 군에 들어가 중령으로 예편하여 《조선일보》 논설위원 등 언론계 생활을 시작했다. K생이라는 필명으로 《조선일보》에 쓰는 그의 논단은 대학생을 중심으로 한 지식인 사회에서 인기가 높았다. 4·19학생혁명이 일어나자 그는 즉각 구국청년당을 결성하여 정치 활동을 시작했으며 통사당에 합류한 것이다.

김철은 광복군의 이범석 장군이 결성한 민족청년단의 중견 간부였다. 그래서 그는 그 후에도 민족청년단 출신의 서영훈, 김정례, 김대중 대통령의 부인 이희호 등과 굳은 결속을 유지했었다. 김철은 부산 정치 파동 후 일본으로 건너가 재일거류민단의 사무국장을 맡기도 했으며 귀국해 혁신 정당에 합류한 것이다.

4·19혁명과 5·16군사정변 이후

4·19혁명 후 많은 혁신 정당과 사회단체들은 민족자주통일연맹(민자통)으로 뭉쳤다. 민자통은 남북 협상을 중요 통일 정책으로 내걸었는데, 통일사회당은 얼마 후 남북협상론에 반대하고 중립화통일론

을 내세워 민자통에서 탈퇴하여 중립화통일연맹을 결성했다. 그 당시 기자로서 취재하던 나는 고정훈의 민자통 탈퇴 연설을 생생히 기억하고 있다. "남북 협상을 주창하는 사람들은 김일성 서울 입경 환영대회를 하자는 것과 마찬가지 이야기를 하는 것이 아니냐."

5·16군사정변이 일어난 후 남북 협상을 주창하는 측의 간부들은 대개 7, 8년의 형을 받았으나 중립화 통일을 주창하던 측은 그 절반도 안 되는 형에 그쳤다.

고정훈은 3년여의 형을 살고 나온 후 저술 활동을 활발히 했으며 사업에도 손을 댔다. 그러나 호탕한 기질인 그는 친구들과 요정에서 술을 마시는 데 돈을 탕진했다. 나도 그 요정 모임에 참석해 보았는데 나중에 하버드 대학교에서 한국학을 담당하는 와그너 교수, 미8군사령관의 정보고문이 되는 브래드너, 《조선일보》 주필이 되는 선우휘 등이 참석했었다. 러시아어를 유창하게 하는 일본 대사관의 외교관과 그가 함께 부른 러시아 노래 「카추샤」는 매우 인상적이었다. 그렇게 사업보다는 요정에서 친구들과 술 마시는 데 주력했던 그는 결국 빈털터리가 되어 시골로 은퇴하고 만다.

반면 김철은 통일사회당을 재건하여 비록 당세는 약했지만 당간판을 유지해 나갔다. 나중에는 사회민주당으로 당명을 바꾸기도 했다. 함경도 출신인 그는 같은 함경도 출신인 김재준, 강원용 목사 등 기독교장로회 측과도 어느 정도의 유대를 갖고 있었다.

김철은 스웨덴의 사회민주당 수상 올로프 팔메를 존경하고 그를 방문하기도 했으며 서독의 프리드리히에베르트재단과 유대를 맺어 그 재단의 지원도 적잖이 받았다.

중앙정보부의 감시

김철의 통일사회당을 사회주의 인터내셔널(SI)에 가입시킨 것은 동화통신 중견 기자인 최상징이 옥스퍼드 대학교 부설 러스킨 대학에 유학하던 시절 영국의 강력한 노조인 TUC(Trades Union Congress)의 간부와 친해져 그의 영향으로 이루어진 것이다. 그러나 막상 SI 대회에는 중앙정보부가 김철에게 여권을 내주지 않아 최상징이 한국 대표로 연설하기도 했다.

SI의 칼슨 사무총장이 한국을 방문했을 때 김철은 명동성당 맞은편의 한 건물 홀에서 성대한 환영 행사를 열었다. 그런데 김철의 고집도 대단하여 그는 그 행사에 참석한 집권공화당의 박준규 당의장에게 인사말을 할 기회를 주지 않았다. 목사를 포함하여 7, 8명의 인사에게 모두 인사말을 할 기회를 주면서 집권당의 당의장에게 인사말을 할 기회를 주지 않자 동행했던 신형식 사무총장이 "김철 씨, 너무하는 것 아냐?" 하며 소리친 일이 지금도 생생하게 기억에 남는다.

신군부하의 사회주의 정당

신군부 쿠데타가 일어나 입법 회의가 구성되었을 때 김철은 그 입법 회의에 참여한다. 그 당시 신군부가 국제적인 선전을 위해 한국에서도 사회민주주의 정당을 하나쯤 허용할 것이라는 풍문이 나돌았었다. 김철은 아마 그 찬스를 놓치지 않기 위해 불명예를 감수하면서 입법 회의에 참여했을 것이다. 그러나 신군부는 엉뚱하게 고정훈에게 사회민주주의 정당의 창당을 맡겼다. 내막은 알 수 없는 일이지만 김철은 고집이 세서 창당 후 어떠한 행동을 취할지 예측하기가 어려워 꺼렸을 것이며 영어 등 외국어가 아주 유창하고 신축성이 있는 고정훈이 대외적 선전 가치가 있어 그를 택했을지도 모를 일이다. 고정훈은 신정사회당을 창당하여 여당의 도움을 받아 서울에서 국회의원에 당선되었으며 그 당에서 또 한 사람을 서울에서 당선되게 했다. 그리고 그후 국내보다는 주로 국제회의에 참석하는 등 활발한 외교 활동을 벌였다.

쥐의 목에 방울 달기

진보당과 통일사회당의 국회 내 대표를 맡았던 윤길중이 신군부가 창당한 민정당에 참여하여 서울에서 국회의원에 출마, 당선되는 등 약간 예상치 못한 일이 일어났다.

윤길중은 가까운 사람과의 만남에서 '서두현령'(鼠頭懸鈴)이라는 새로 그가 만든 사자성어를 말했었다. '묘두현령'(猫頭懸鈴)이라는 사자성어는 있다. 고양이 목에 방울을 달아 고양이가 움직이면 방울 소리가 나서 쥐들이 피할 수 있다는 이야기다. 그러나 '서두현령'은 쥐 목에 방울을 단다는 뜻이어서 이해가 되지 않았다. 윤길중의 설명은 이러하다. '묘두현령'은 있을 수 있는 얘기인데 고양이 목에 방울을 달기가 불가능한 것이 아니냐. 그런데 한 어린 쥐가 자기 목에 방울을 달고 나타나 난제를 해결하겠다고 했다. 결국 그 어린 쥐가 고양이한테 잡아먹혀 방울을 고양이 배 속에 넣어 고양이가 움직일 때마다 방울 소리가 나게 하겠다는 것이었다. '묘두현령'의 불가능한 명제를 '서두현령'으로 해결한 것이다. 윤길중은 말하지 않았지만 자기가 민정당에 입당한 심정을 그와 같은 방법으로 토로한 것 같다. 김철이 신군부의 입법 회의에 들어간 것이나 고정훈이 그들이 원하던 사회민주주의 정당을 결당한 것도 혹시라도 이 '서두현령'의 4자성어로 변명할 수 있었을 것이 아닌가 생각이 들기도 한다.

7

노태우 대통령 후보가 포섭하려 했던 조세형 의원

언론 자유를 마음껏 누렸던 제2공화국 때 조세형 씨는 한 신문사의 정치부장으로 있었으며 나는 그 밑에서 정치부 기자로 국회와 정당을 담당하며 뛰었었다. 조 부장은 키도 크고 용모도 준수하여 기자들은 때로는 "클라크 장군"(한국전쟁 때의 UN군 사령관) 또는 "조코"라고 부르기도 했었다. 그때는 언론인들이 철새처럼 신문사를 옮겨 다닐 때라 그 후 둘은 여러 신문사를 전전했다. 그리고 10대 국회 때 둘은 여와 야로 나뉘어 서울의 지역구에서 각각 국회의원에 출마하여 다 같이 당선되었다. 언론에서는 둘을 좋은 대담 상대로 불러내 신문과 TV에서 자주 토론도 했다.

전북 김제가 고향인 조 씨는 이철승 씨계로 공천을 받아 정계에 입문한 것이었으나 미구에 그는 김대중 씨계로 계보를 바꾸었다. 그

* 《월간 헌정》 2022년 5월호.

사연을 물으니 이철승 씨는 자기의 정견을 말하기보다 김대중 씨를 비난하는 데 더 열중하여 실망했다는 것이다. 조 의원은 김대중계에서 급성장, 오래지 않아 당대표 권한대행이 된다. DJ가 외국에 갈 때 공항에 환송 나온 조 의원은 "권한은 가고 대행만 남았네." 하고 농담조로 말하여 기자들을 웃기기도 했다.

노태우 씨가 민정당의 대통령 후보가 되었을 때다. 내가 조 의원과 친밀한 것을 안 그는 나에게 조 의원과의 만남을 주선해 달라고 요청한다. 나는 약간 주저하며 조 의원에게 그 뜻을 전달했는데 그는 "정치인끼리 여야 간에 못 만날 이유가 없다."라며 선선히 응했다. 둘은 63빌딩의 한 식당에서 만난 것으로 아는데 아마도 노 후보는 조 의원에게 외무 장관이나 주미 대사를 약속하며 도움을 요청한 것으로 추측된다. 조 의원은 기자 시절 미국의 노스웨스턴 대학교와 하버드 대학교의 연수를 다녀왔으며 주미 특파원도 오랫동안 하여 『워싱턴 특파원』이라는 베스트셀러라 할 책을 내기도 했다. 그러니 미국통이라고 할 수 있다. 조 의원이 사양한 것은 물론이다.

조 의원은 DJ당에서 급성장, 당대표 권한대행으로 오랫동안 있었다. 그리고 DJ가 집권했을 때는 주일 대사를 지내기도 했었다. 그 무렵의 에피소드 한 가지를 소개하면, DJ는 호스티스가 있는 술집을 거의 절대라고 할 정도로 가지를 않는 것이다. 그래서 몇몇 당직자와 상의하여 기습적으로 DJ를 호스티스가 있는 요정으로 안내했다. 그랬더니 그 자리에 있는 내내 DJ는 그렇게도 어색해하더라는 것이다. 제2공화국 때 DJ는 집권민주당의 대변인이었는데 나는 통일 문제 특집을 위해 그와 장시간 인터뷰를 했고 그 후로도 드물게 만났었다. 그런 처지에서 나의 생각을 말한다면 DJ는 정치 초입에 선거에 낙선했으며 조강지처도 그때 타계하는 비운을 겪었었다. 그런 타격 때문에 그의 그런 행태가 나온 것으로 생각되는 것이다.

부농이었던 조 의원의 조부는 집을 교회로 개조하고 자기는 장로가 되었으며 머슴을 교육시켜 목사가 되게 했다는 것이다. 조 의원도 정치 후반에 아버지에 이어 장로가 되었는데 그는 3대 장로가 된 것에 대해서 대단한 긍지를 갖고 있었다. 그의 집안은 조 의원 때에 와서 가세가 기울어 조 의원은 서울대 독문과를 중퇴하고 시골에서 중학교 교사를 하다가 신문기자가 된 것이다.

조 의원은 노무현 대통령과 수명을 같이했다고 할 것이다. 노 대통령의 서울에서 있은 장례식에 그 무더위 속에 정장을 하고 참석했으며 이어 김해의 장지까지 갔다 왔으니 더위에 지쳤을 것이다. 그런데 그는 상처를 하여 혼자 잠을 잤다. 아침 늦게 가족이 그를 깨워 보니 그는 이미 뇌에 이상이 생긴 후였다. 뇌에 이상이 생긴 경우 3시간 이내에 병원에 가면 치료할 수도 있다고 한다. 그런데 그때는 이미 때가 늦었다. 노무현 대통령과 조세형 의원은 저승길의 동반자가 된 것처럼 되었다. 우리 정계는 아까운 인물을 일찍 잃은 것이다. 프레스센터에서 있은 그의 추도식에서 나는 아까운 선배를 일찍 잃은 애절한 심정을 추도사로 말했으며 조 의원과 서울의 이웃 선거구였던 추미애 의원도 간절한 심정을 토로했다.

8

“우리 이제 아픔의 껍질을 깹시다”

국회 연설에서 유신을 간접 비판한 정래혁 의장

10대 국회 때다. 내가 서울의 지역구에서 처음으로 국회의원에 당선되었을 때 정래혁 씨는 같은 서울에서 지역구 재선 의원으로서 공화당 서울시당위원장으로 있었다. 정 위원장은 상공부 장관과 국방부 장관의 전력을 갖고 있을 뿐 아니라 육군 중장 출신으로 체격도 크고 인품도 중후한 느낌을 주어 신뢰감을 갖게 했다. 그래서 나는 당내에서는 그에게 의지하는 쪽이었다. 10대 국회의 본회의에서 그가 한 연설은 매우 중요하고도 감동적인 것이어서 지금도 생생히 기억에 남는다. 국회의 속기록을 읽어 보면 더욱 좋겠지만 내 기억을 요약하면 연설은 대충 다음과 같다.

“일제 말 식량 사정이 매우 악화되어 쌀의 거래가 엄격히 규제되고 감시를 받았었다. 그래서 도시 사람들은 농촌으로 가서 약간의 쌀

* 《월간 헌정》 2022년 6월호.

이나마 구해 오려고 애를 썼다. 한 부인이 그때 입던 몸뻬를 누비고 그 사이에 쌀을 넣어 농촌에서 가지고 오고 있었다. 그런데 어디가 터졌던지 쌀이 조금씩 샜다. 그것을 본 단속하던 경찰관은 '아주머니 아기가 오줌을 싸는 것 같아요.' 하고 말해 주고는 지나쳐 갔다. 쌀의 밀반입을 눈감아 준 것이다. 우리의 정치나 행정에 있어서도 그 경찰관과 같은 너그러움이 필요하지 않을까 생각한다."

당시는 박정희 정권의 유신 말기로 긴급조치가 연발되는 등 모든 면에서 국민들을 옥죄고 있을 때이다. 그럴 때 비유적으로나마 그러한 연설을 할 수 있었다는 것은 대단한 용기가 아닐 수 없다. 유신 정치의 쥐어짜기를 얼마간이라도 완화해 보려는 우회적인 노력이 아니었던가 생각한다. 나는 정래혁 의원의 그 국회 본회의 연설을 대단히 의미 있는 것으로 생각하고 높게 평가받아야 마땅할 것으로 여기는 것이다.

그 후 신군부의 쿠데타가 일어나자 광주에서의 참사가 일어나고 철저한 보도 관제가 있었지만 군과 민의 대치 속에 더 큰 참사가 일어나리라는 불안감이 떠돌았었다. 그래서 나는 급한 마음에 하얏트 호텔 뒤쪽에 있던 그의 집을 방문하여 그에게 군의 원로로서 무언가 대책을 마련해 볼 것을 부탁했다. 두 번 거듭 방문한 기억이 난다. 중후한 인품인 그는 생각은 많은 듯했지만 말도 몹시 아꼈다. 몇 년이 지난 후 그는 새삼 그때의 일을 회상하며 이야기를 털어놓았다. 광주의 비극적 대치 상황의 소식을 들으면서 그도 걱정이 되었으나 신군부에 아는 사람이 전혀 없고 정부 측에 아는 사람이라고는 민간인인 외무 장관 박동진 씨밖에 없어 그때 그와 상의했다 한다. 그러나 박 장관도 군인들이 하는 일에 그가 전혀 개입할 수 없는 처지라고 심정을 토로했다 한다. 그래서 정래혁 씨도 안타깝기만 했다는 것이다.

민정당이 창당되었을 때다. 광주의 한 극장에서 개최된 민정당 전남도당 결성 대회에 나는 정책위의장 자격으로 참석했었다. 정래혁 씨는 거기에서 사전에 내정된 대로 전남도당위원장에 선출되었는데 그의 취임 연설이 매우 감동적이라 할까 가슴 아픈 것이라 할까 착잡한 것이었다. 도당위원장에 선출된 그는 연설을 몇 마디 하다가 참고 참던 울음을 억제치 못한 것이다. 그는 드디어 눈물을 터뜨리고 손수건을 꺼내 눈에 대었다. 그러고는 억제된 목소리로 이렇게 말했다. "여러분, 우리 이제 아픔의 껍질을 깹시다. 그리고 앞으로 나갑시다." 눈물겨운 호소였다. 나는 "아픔의 껍질을 깹시다."라고 기억하는데 혹시 표현이 얼마간 달랐을지도 모른다. 그는 광주의 비극적 참사를 "아픔의 껍질"이라고 비유적으로 말한 것이다. 그가 눈물을 보이고 손수건을 꺼내 눈에 갖다 대고 아픔의 껍질을 깹시다 하고 호소하는 그 순간부터 대회장의 분위기는 확연히 달라졌다. 모두들 침통한 분위기 속에서 아주 조용하게 무언가 깊이 생각하는 분위기가 된 것이다. 그 후에 있은 정책위의장으로서의 나의 민정당 정강 정책 해설은 공허한 느낌을 줄 수밖에 없었을 것이다.

정래혁 씨가 국회의장으로 있을 때다. 언론이 '별들의 전쟁'이라고 이름 붙인 희한한 사건이 일어났다. 정 의장의 국회의원 선거구인 전남의 같은 선거구에서 국회의원 출마를 생각하던 문형태 씨가 정래혁 의장이 엄청난 부정 축재를 했다고 언론에 폭로적 주장을 하는 일이 벌어진 것이다. 문 씨는 예비역 육군 대장이고, 정 씨는 예비역 육군 중장이어서 '별들의 전쟁'이라는 작명이 생긴 것이다. 그런데 지금 돌이켜 생각해 보아도 이해할 수 없는 것은 그러한 개인의 폭로전 때문에 왜 민정당의 의원총회가 개최되었는지 모를 일이다. 국회에서 열린 민정당의 의원총회에서는 많은 의원들이 등단하여 정 의장을 비난하기도 하며 거의 모두 그의 의장직 사퇴를 요구했었다. 지금 생각하면 어떤 각본에 의해 진행된 일제 공세인 것 같다. 듣고 있던 나는 참다 못해 등단하여 진정시키는 연설을 했다. 문형태 씨의 부정축재에 관한 폭로가 있었을 뿐 그 주장의 진부가 가려지지 않은 상태가 아니지 않느냐, 그러니 그 진부가 가려진 다음에 정 의장의 거취를 논의하는 것이 순서라는 논리였다. 나는 "지금 먼지가 자욱하여 진부를 가리지 못하는 상태이니 먼지가 가라앉고 난 다음에 진부가 밝혀진 후 논의를 하자."라는 말을 한 것으로 기억한다. 그러나 그때는 문형태 씨의 주장을 믿고 정래혁 씨의 의장직 사퇴를 요구하는 주장이 분위기를 휩쓸었었다. 지금 생각하면 그것도 어떤 측의 각본에 의한 것인지도 모를 일이다.

사태는 당 중앙에서 정래혁 의장의 자택으로 한 의원을 파견하여 사퇴를 종용하는 방식으로 진행되었다. 정 의장이 과천에 살고 있었기에 파견된 사람을 언론은 '과천 특사'라고 불렀다. 그런데 되짚어 생각해 보면 그 과천 특사 파견은 대선 전략상의 정리 작업이 아니었나 하는 추측을 자아내는 것이다.

그 후 전두환 대통령이 청와대 안에 있는 상춘재에서 몇몇 당직자들을 불러 회식을 한 일이 있다. 군에서는 민간에서보다 회식 문화가 발달하여 회식이 자주 있는 것 같다. 전 대통령이나 노태우 대통령도 상춘재 등에서 회식을 가끔 벌였었다. 전 대통령은 그 회식에서 별들의 전쟁에 대해서 최종 판단과 같은 말을 했다. "철저히 조사해 봤는데 정래혁 씨가 부정 축재를 한 것은 없는 것 같다. 다만 여러 직책에서 받은 전별금을 잘 운영하여 재산은 엄청 늘린 것 같다. 그렇게 재산이 많으면 당비나 많이 낼 일이지……."

시일이 얼마 지난 후에 밀양이 선거구인 신상식 의원이 정래혁 씨의 점심 초청이 있으니 가자고 말한다. 그와 함께 초청된 화식집에 가서 점심을 함께 했는데 일상적인 대화만 있었을 뿐 특별한 이야기는 없었다. 그는 긴 유리잔에 소주와 맥주를 반반 섞어 천천히 마셨다. 요즈음 유행하는 소맥 칵테일이다. 식사가 끝난 후 그는 작은 승용차의 뒷좌석에 몸을 싣고 떠났다. 모든 면에서 가급적 절약을 하는 생활 습관이 엿보였다.

나는 정래혁 전 국회의장을 조용한 가운데도 명확한 정치 신념을 갖고 행동해 온 정치인이라고 본다. 광주 극장에서 손수건으로 눈물을 닦으며 "우리 지난날의 아픔의 껍질을 깹시다." 하고 호소하던 그의 모습이 가끔 가슴이 아프면서도 감동적으로 떠오른다.

편집국장 출신 '소신과 배짱' 남재희의 파란만장한 삶

남재희(4선 의원, 전 노동부 장관, 전 편집국장·주필) 사우가 2021년 5월 13일 밤(10시 25분~11시 25분) 'SBS biz: 의견이 있는 경제 채널' 「더 Guru(스승) 우리 시대의 원로」 4회 차에서 지나간 삶을 풀어놓았다. 기자 생활 20년, 정치 생활 20년, 정치 관찰자 20년을 응축했다. 김유식 PD와 임윤선 MC가 도왔다.

박정희에게는 "국회에 각하의 친인척이 5명이나 있는데 정리 좀 하십시오!"라고 직언해 2명으로 줄였다. 전두환에게는 김지하 석방을 건의해 성사시켰다. 현대중공업 노사 갈등에 공권력을 투입하려는 김영삼에게는 "내가 해결하겠다."고 말해 하루 만에 노사 대타협을 이끌어 냈다. 노태우 때는 연설문에 '보통 사람의 시대'라는 말을 넣어 히트시켰다. 국회 노동위원회에 함께 소속되었던 노무현의 인상은 어땠느

* 《서울신문 사우회보》 2021년 6월 30일.

냐는 질문에는 "함께 일을 해 보니 아, 매우 거칠었어요!"라고 말했다.

서울대 의대에서 법대로 옮긴 뒤 이승만의 양자 이강석이 육사에서 법대로 부정 편입학했을 때는 학생총회 의장으로 동맹 휴학을 주도해 자퇴시켰다. 이로 인해 졸업 후 사법·행정 고시 등 '관'(官) 자가 들어간 곳은 못 들어가 언론계에 발을 들여놓았다.

진보와 보수 어느 쪽이냐는 질문에 남 사우는 "현재는 이데올로기 시대가 아니므로 구분 자체가 무의미하다."라며 이 시대 모든 이들은 이슈별 개선 방향에만 집중해야 할 것이라고 강조했다. 3만 권의 장서 중 꼭 한 권만 추천하라면 무엇을 추천할 것인가라는 물음에 『헨리 키신저의 중국 이야기(*On China*)』를 꼽았다. 현재의 미·중 갈등 또는 패권 싸움에 키신저의 '온건 타협, 그리고 공동 발전'이 모범 답안이라는 것이다.

남 사우는 "이제는 펜을 놓아야 할 때가 된 듯하다."라면서도 실수가 덜한 상식이 바로 서는 사회를 주제로 책을 집필하고 있다고 밝혔다. 독일의 위대한 철학자 하이데거는 말년에 나치를 찬양했고 한국의 박종홍 교수는 박정희 유신 당시 「국민교육헌장」의 주요 집필자였음을 예로 들 생각이다.

권영길에 대해서는 "후배지만 워낙 술을 좋아해 술친구"라고 말했다. 임윤선 MC가 사회 초년생 또는 후학들에게 금언(金言)을 달라고 주문하자 "금언이란 것은 갖고 있지 않다."라며 그때그때 성실하게 최선을 다했을 뿐이라고 말했다.

안병준 편집고문

남재희 南載熙

1933년 충청북도 청주 태생
청주고등학교 졸업
서울대학교 문리과대학 의예과 2년 수학
서울대학교 법과대학 졸업
《조선일보》 문화부장, 정치부장, 편집부국장
하버드 대학교에서 니먼언론재단 펠로십 과정 수료
《조선일보》 논설위원
《서울신문》 편집국장
《서울신문》 주필
서울특별시 강서구에서 제10~13대(4선) 국회의원
김영삼 정부에서 제11대 노동부 장관
노무현 정부에서 통일고문
호남대학교에서 5년간 정치학 강의

시대의 조정자
보수와 혁신의 경계를 가로지른 한 지식인의 기록

1판 1쇄 찍음 2023년 1월 10일
1판 1쇄 펴냄 2023년 1월 20일

지은이 남재희
발행인 박근섭·박상준
펴낸곳 (주)민음사

출판등록 1966. 5. 19. 제16-490호
주소 서울특별시 강남구 도산대로1길 62(신사동)
강남출판문화센터 5층 (우편번호 06027)
대표전화 02-515-2000 | 팩시밀리 02-515-2007
홈페이지 www.minumsa.com

ISBN 978-89-374-2767-1 (03810)